泉·程创业路

ENTREPRENEURIAL PATH

程英奇——著

SPM 南方传媒 | 广东经济出版社
·广州·

图书在版编目（CIP）数据

泉·程创业路 / 程英奇著. --广州 ：广东经济出版社，2025. 1. -- ISBN978-7-5454-9529-4

Ⅰ. I247. 5

中国国家版本馆 CIP 数据核字第 2024KZ1514 号

责任编辑：毛一飞
责任校对：李玉娴
责任技编：陆俊帆
封面设计：赖房捷

泉·程创业路
QUAN · CHENG CHUANGYE LU

出版发行：广东经济出版社（广州市水荫路 11 号 11 ～ 12 楼）
印　　刷：珠海市国彩印刷有限公司
（珠海市金湾区红旗镇永安一路国彩工业园）

开　　本：787mm×1092mm　1/16　　印　　张：26. 75
版　　次：2025 年 1 月第 1 版　　印　　次：2025 年 1 月第 1 次
书　　号：ISBN 978-7-5454-9529-4　　字　　数：408 千字
定　　价：76. 00 元

发行电话：（020）87393830　　编辑邮箱：664703063@ qq. com
广东经济出版社常年法律顾问：胡志海律师　　编辑电话：（020）38306079
如发现印装质量问题，请与本社联系，本社负责调换

前　言

这是一部创业小说，它集合了日化行业众多朋友创业的经历和过程。我相信这也是行业内的首创。

我用艺术加工的方法记录了一个新品牌从创立到成长、突破、初步成功的完整过程，品牌就以“冰泉”来命名。

通过三年的努力，我和冰泉团队打造了一个全新的口腔消费领导品牌。这是冰泉的幸运，也是冰泉专业、创新、奋斗的成果。

结合冰泉和多个同行企业的创业过程，用虚拟故事的方式去表达实战，这里面既有如何做好品牌规划的介绍，也有产品开发的策略和方法，同时，针对如何有效拓展和驾驭渠道，实现品牌产品的突破，都有着非常细致的分享。

希望每个人都能从这本书里收获一些专业的知识，包括战略的规划、战术的研究、实质性的业务洞察和分析。当然，也包括组织管理的方法以及如何有效推进企业年度经营管理的思路。

我写下这本创业小说，是想通过自己与同行们的经历，让大家多了解创业的艰难和精彩，以及创业会面对哪些问题、挑战和机会，如何将一个品牌从 0 做到 10，从 10 做到 100，如何从简单的营销加法中学会做乘法，加速企业的成功。

每一个日化新企业的发展与成功都离不开日化品牌和渠道同行的支持，也离不开众多投资人的赋能，更离不开行业协会、行业媒体和地方政府部门的助力。冰泉和其他新锐企业的成功都是天时、地利、人和的结果。因此，编写本书，也是为了表达我对各位“伯乐”的致敬。

我不是专业作家，但是喜欢记录，也喜欢听朋友们的创业分享。记录是我的职业习惯，我每天都会总结自己的工作并写日志，在记录中提升和成长。分享、学习是我的职业精神，我始终觉得与行业共进才能迈向最好的未来。我希望通过分享让大家共同创新和提升，而通过朋友们的分享，我又能够获得更多发展的能量和取得更大的进步。

大家都做大，市场才会更大。市场越来越大，大家才会越来越好。共赢利他、成人达己才是王道。

我热爱冰泉事业，我们要让口腔生活更加美好时尚，要做年轻新世代最喜爱的口腔品牌。我也尊重所有新兴企业的奋斗与努力，我写下的，是所有新品牌在前进路上迈出的精彩的一小步，我相信未来大家一定还会迈出成功的一大步！

目录 Contents

第一章　创业起航

第二章　创业规划

第三章　市场启动

（2019 年 6 月—2019 年 10 月）

第四章　市场破局

（2019 年 10 月—2020 年 3 月）

第五章　发展的瓶颈

（2020 年 3 月—2020 年 6 月）

第六章　发展新篇章

（2020 年 6 月—2020 年 9 月）

第七章　风生水起

（2020 年 10 月—2021 年 1 月）

第八章　再次融资

（2021 年 2 月—2021 年 6 月）

第九章　产品和渠道升级

（2021 年 6 月—2021 年 9 月）

第十章　前进中的调整和优化

（2021 年 10 月—2021 年 12 月）

第十一章　新起点和新征程

（2021 年 12 月—2022 年 1 月）

1

第一章 创业起航

（2018年12月—2019年2月）

1. 墨尔本之夜

11 月的墨尔本正是夏天，天气很热。位于格林斯街的美天集团（化妆品企业）下午 5 点就下班了。正当我百无聊赖时，接到了张智文的电话。他是云南 CS① 经销商，很早就移民澳洲，是澳洲中国美容协会会长。他为人热情，真诚豪爽，是中国日化人在墨尔本的知心好友。

“去不去老彭家吃晚饭？古总也在。”电话那头的他兴奋地说道。

“必须去啊！”我立马回道。在澳洲这个好山好水但是好寂寞的地方，能够有三五好友相聚一下，人的幸福感和开心值会立马噌噌上涨。放下电话，我立马跳上一辆出租车，直奔老彭的豪宅。老彭是我的老乡兼老朋友，是湖南的日化经销商。我和老彭虽然没有生意上的合作，但是非常聊得来。

想要欢聚的心早已飞起来了，但奈何遇上了大堵车，不太远的距离却足足走了一个半小时，车费近 100 澳元，也就是人民币 500 元。

一进门，我就大声和老彭说：“今晚一定要给我安排好酒好菜啊，我得靠这顿晚饭把打车费吃回来。”

“你小子就知道吃，还算这笔账，做生意没看见你这么会算。”古总洪亮的话音，伴随着高大的身材出现在我面前。

古学成古总是我的老板，在日化行业闯荡了 30 多年，可以说是行业的“一杆旗”，人称“古老大”，也是我心目中的大哥。在大哥面前，我当然是无拘无束，无所顾忌。

今晚聚会的老友，个个都是性情中人。大家的交流从和声细语，变得越来越放得开，气氛越来越热闹，古总那“哈哈哈”的极具特色的爽朗笑声也是此起彼伏。

---

① CS：Cosmetic Store，化妆品店渠道。

酒足饭饱，我们到花园里喝茶聊天。

“生意难做啊！”老彭率先诉苦。

“现在的百强直接找品牌要直供，要不就要底价。经销商有一大堆人、一大堆货，成本的确受不了。”古总虽然是品牌厂家，但是对于市场的现状非常清楚。

“现在开订货会给政策都没什么用，我们云南现在都不想开会了。”深有同感的张智文说道。

“那就做品牌嘛，大家都做品牌，去中间化，让品牌直接对接渠道，实现利润再分配。”我脱口而出，显得有点“站着说话不腰疼”。

“你以为做品牌那么容易，做个产品就是品牌啊？”对于我的随意之言，古总立马回怼了一句。

“品牌只要找对了路，找对了方法，找对了人，我觉得做品牌也不是什么难事。我将来就想做一个品牌。”带着酒劲儿，我和古总杠上了。

“你程英奇确实是会做品牌，但是你知不知道，你做的每一个品牌都投入了多少钱和精力才成功的！有你说得这么轻巧？”古总再次回怼道。

我立马清醒了，老板要生气，后果很严重。

老张赶紧打圆场：“英奇还是有两把刷子的，但是做品牌真的不容易。你看那么多经销商曾经尝试做品牌，成功的又有几个？”

至此，这场关于品牌的话题画上了一个句号。大家又进入了借着酒兴吹牛闲聊的状态，直至欢快散场。

虽然我看起来有了醉态，但其实没醉，只是酒后吐一番真言。

在回去的路上，我的话又多了起来：“我将来还是想做一个新品牌，做成一个新品牌的成就感才是最大的快乐。”

这一次，古总思考了一下，然后问我：“你想做什么品牌啊？”

“我想做口腔品牌！首先美天目前没有口腔品牌，我做这个，与公司没有冲突。其次我感觉口腔市场的潜力非常大，是一个未来成长性很好的品类。”我信心十足地说道。

“口腔有得做吗？卖那么点钱，有市场未来吗？”古总依然发出了大大的疑问。

“我有信心，我就想将来自己创业做一个口腔品牌。”也不知道是真的酒劲儿打乱了神经，还是因为这句话憋在心里太久，一下子就从自己的口中蹦了出来。

老天，我现在还在美天担任副总裁，就和老板说自己创业，而且将来要做品牌，这不是赌气吗？

张智文也非常惊讶，但是他顺着说了一句："其实口腔市场还是挺大的。我们云南的口腔产品在各个渠道销量都很不错。"

他话音一落，大家都沉默了几分钟。也许大家都困了，也许都沉浸在思考中，我只听见汽车在高速上的挡风声。

突然，古总说出了让我们出乎意料的话："你们既然觉得口腔市场好，程英奇这么想做，也可以试试。你想自己做一个品牌，这很正常。如果你自己创业，我还可以投资你。"

"那好啊，古总，我就自己干，有你投资我更有信心。我就是想实现自己的愿望，我一定会做成一个品牌！"面对古总的极大信任，我也掷地有声。

张智文也被我们的氛围感染了，也来劲了："这是一件好事啊！要不我们打个赌吧，程总，如果你三年之内做到 5 个亿，古总给你买一台劳斯莱斯和一栋澳洲别墅。如果你做不到 5 个亿，那你给古总买一台劳斯莱斯就行了。"

"行啊！"古总又开始哈哈大笑，沉闷的气氛重新活跃起来。

"就这么说定了，我一定会赢的！不过，古总不用给我买车买别墅了，给我换成钱吧。"我又开始嬉皮笑脸。

开玩笑是有意义的，严肃的气氛就在这种不经意的说笑中变得简单明快。

回到墨尔本西区租住的别墅，我的兴奋还没有褪去。于是拿出洋酒，自己在房间里喝了起来。这并不是说我酒量大，而是发自内心想喝点。我知道，自己终于做出了一个人生中的重大决定，终于说出了自己一直想说又不敢说的话，终于迈出了自己犹豫又坚定的那一步，终于走出了职业经理人那个位高权重的舒适区，也走出了自己的虚荣麻醉区。自己要做一个品牌的话既然已经说出口了，那就必须去做。既然决定做了，那就要开始新的征程了。

这一天是 2018 年 11 月 28 日，在这个深夜我对着自己说话，对着自己说“加油”，对着自己干杯，既兴奋又激动。

2. 市场调研

第二天的墨尔本阳光明媚，感觉一切都很美好。我是急性子，昨晚决定了做品牌，今天就立刻行动起来，去看市场、做调研，了解口腔市场新趋势。毕竟，想法需要做法，做法需要努力，早起的鸟儿有虫吃。

我早早抵达办公室，列了一份长长的调研清单，分成渠道、产品、卖点、价格和推广模式五个板块。市场调研对于我来说是轻车熟路，但我从来不用传统的消费者调研法，也不会通过第三方公司去做长长的数据分析和报告。这并非我舍不得钱，而是我自己总结了一套方法：数据、走访、分析，通过数据看趋势看大势，通过走访看现状看现实，通过分析找感觉找思路。过于复杂的市场研究往往过于理性，而过于粗糙的调查分析又过于表象。真正的市场管理者，用数据看大势，用走访看事实，用分析找认知。数据是多维度的，走访是深入沟通和了解，分析则是跳跃性的。我的调研方法在过去 20 多年的职场战斗中屡试不爽，我有能够成功的自信。

我第一站去了 Myer 和 David Jones，这是墨尔本最有名的两大百货商场。我拉上了同在墨尔本的产品经理秦蓝。我带上她的原因在于，她是一个曾经在英国留学的海归美女，视野广阔，新点子多，能够让我的调研有新的迸发点。

墨尔本太小，我们在市区的调研基本上靠两条腿走。小秦虽然跟着我来了，但有点迷惑不解：“程总，百货商场不卖牙膏啊，也基本上没什么其他口腔产品，为什么要来这里调研？”

我扬扬得意地告诉她：“做市场调研，并不是产品在哪里就去看哪里，而是渠道在哪里就要去哪里。做调研，有的渠道我们是看产品，有的渠道我们是凭感觉，有的渠道我们是看跨界，有的渠道我们是看方向。

在澳洲，这两个顶尖的百货商场虽然不一定会卖口腔产品，但是我们可以通过观察时尚的美妆产品，找到未来的口腔产品的灵感。”

第一天，我们走走逛逛，边看边问。我大步流星往前走，有时候小秦都跟不上，直呼太辛苦了。在公司，同事们有一个共识：凡是和我出差走访市场的人，没有谁走得过我。大家觉得要累瘫了，但是我一点也不觉得累。我喜欢走路，也喜欢走访市场，因为强烈的好奇心和兴趣驱走了我所有的疲惫。

第二天，计划去各大购物中心，除了市区的墨尔本中央购物中心和Emporium，我还选了三家，分别是Chadstone、Doncaster和Pacific Centre。在澳洲，购物中心基本上都规模庞大，百货、集合店、特色店、超市、餐饮甚至各种生活消费都有，是真正的“一站式”购物，既方便了商家，又方便了顾客，只是不方便我们的腿。在这里，想买东西的人会很享受，不想买东西的人也会很放松。

我喜欢拍照，每到一个店，和店员说得最多的一句话就是“just look”。看到好的包装、好的促销方式、好的卖点提炼、价格和陈列等，我都会拍下来。看到、拍到、想到、记到，再回去回顾，调研才有启发意义。

中午吃饭的时候，小秦严肃地和我说：“程总，走访市场时看到您来去匆匆，到处拍照，我很想提醒您，国外很忌讳拍照的，只是他们不说而已。你这样处处拍显得很不礼貌。”

听到这句话，我还真的有点不好意思。确实，每次看市场我都旁若无人，自娱自乐，快速进店，快速扫视，快速拍照，有亮点就看得久一点。

我只好搪塞小秦：“西方人是不喜欢你给他个人拍照，拍产品还是没问题的，这又不影响他的生意。”小秦没有再说这个话题，有了这个借口的我继续边走边拍。有时候我想，一个人为什么能孜孜不倦地去做一件事情呢？我的老朋友灵美公司李雄李总在谈企业经营的时候说过一句话，我觉得非常好，他说一切都是“因为热爱”。是的，有了热爱，会觉得一切努力和奋斗都是幸福的。这也是我任何时候都有干劲的原动力。

在调研中，虽然百货商场给我留下了很深的印象，但我最大的收获还是源自各大超市和药妆店，因为这些地方才卖口腔产品，才能从中找到口腔产品的场景感。但是，我在超市和药妆店走得越多，就越觉得口腔市场好难做，越觉得陷入了品类发展的困境。

确实，高露品牌基本占到了口腔品类销售量的一半，宝生（日用品公司）的欧勒品牌紧跟其后，销售比重在25%以上，舒达品牌也占近20%的份额，剩下的就是几个澳洲的有机天然口腔品牌，销量很低，价格低廉，功效是美白和护龈；漱口水就是那些大瓶装晃来晃去；口喷、牙线是小小的补充。我从高端百货到化妆品店的好心情，到了超市和药妆店却变得沉重起来。前一天没怎么睡，这一天又是如此高强度的走访，调研结果也不太令人满意，这些都让我陷入了一团负能量中。

当地的商场下午5点下班。接近黄昏时，我在墨尔本西区的太平洋购物中心突然发现找不到小秦了。我想，是不是她逛累了，自己找地方休息去了。既然下班了，我也去逛逛吧。

墨尔本的天空真蓝啊！我抬头看天，蓝天白云总能让人觉得纯净。我看着一个个匆忙离去的人，看着逐渐热闹起来的商场外的餐饮店，一股落寞油然而生。

突然，小秦不知从哪里跳到了我面前，还拿了一个袋子，兴奋地递给我，说："程总，你看，这是露诗品牌的口腔产品，我刚买的，有特色吧！"

我拿过小袋子，打开看到几个透明的小塑料瓶，里面有一些像是药片的东西。我并没有觉得这有什么特别，随口说："那就带回去吧！"

小秦看到我并不为此感到兴奋，赶紧拿出一瓶打开，倒出那个白色的东西，着急地说："领导，你看清楚，这是固体牙膏，你以前没有见过吧？"

"固体牙膏？那这怎么使用啊？"我发出了大大的疑问。

"你放到嘴里嚼一会儿，再用清水漱一下口就行了。我问了店员，他说这是他们的新产品，特别受年轻人欢迎。"小秦的话语中，满是对这个产品的夸赞。

特别受年轻人欢迎！这句话一下子触动了我的灵感开关。是啊，我为什么要局限在固有的思维中？我为什么要在传统中去提升传统？我为什么不能跳出来，走一条年轻人的路子，做年轻人的产品，做未来受欢迎的产品呢？

我的思路一下子打开了，感觉茅塞顿开。我心想，这个小秦，不愧是海归，思想就是新潮。我们赶紧将产品收起来，我甚至还想立马冲到露诗店铺去。毫不意外，我被保安拒绝了，因为购物中心下班了，不让进去了。澳洲人啊，到点关门，真的会享受生活，有生意也不做了。

这一天我们特别辛苦也特别曲折。做调研就是这样，一天如果能得到一个启发，就已经很幸运了。我开心的是，“做年轻人最喜爱的口腔产品”这个方向，让我找到了品牌竞争降维打击的新思路，也让我找到了口腔市场发展的新起点。

随后几天，我更加勤奋，干劲儿十足地和小伙伴去了更多的店铺、商场、超市、药妆店，甚至去了悉尼、新西兰的奥克兰。我告诉自己，读万卷书不如行万里路。走得越多，想法越多，创新越多，成功的机会就越多。

这场调研极其考验体力和心智。我拍了几千张照片，花了一个星期才整理完。在调研的过程中，我也在思考化妆品和洗护用品的市场现状，写下了一万多字的调研报告。我是一个强迫症患者，做什么事情都要记录和总结，都要做到位，做到与众不同，做到比别人更深入。

但是，澳洲的调研对整体营销来说并没有特别大的帮助。我唯一欣慰的是找到了年轻化品牌的方向。但是，这又是一个虚无缥缈的思路，还只能在天上飞，远远不能落地。

3. 左右为难

在澳洲的时间过得飞快。2018 年 12 月 18 日，我带着团队回国。回想这次的澳洲行，我和 18 个伙伴在墨尔本租了三栋别墅，近两个月的时间，我们一起做调研，一起做产品分析，一起找国际趋势。对大家来说，每个人对澳洲、新西兰市场都有了更深的了解，看到了一些新的化妆品、个护趋势，也收获了一些新的想法。对我个人来说，最大的收获是启动了口腔品牌项目，有了新的追求和梦想，有了事业前进的新动力。

有时候我也有些看不懂自己。毫不夸张地说，有时候我觉得自己很聪明，因为我对于事物的认知、对于工作的快速反应、对于问题的分析和研究，都有着超出常人的认知和理解，可以快速抓住重点。但有时候我又觉得自己特别笨，因为我不像别人那样有城府，很容易就将自己的心里话说出来，简单又直接。这一次的澳洲行也是这样，我毫不掩饰地表达了自己想创业的欲望，也极其强烈地表达了自己要向前冲的想法，基本上没有去考虑美天集团其他人的想法，也没有去考虑古总的感受，甚至在回国前的一个晚上，还大言不惭地和古总说："我就是想在品牌开创上过把瘾，想过把自我实现的瘾。做这个项目，我一定会全力以赴。老板能投资我，我非常感激，但是我也有一个要求——不要管我。"

这些都是我内心的真实想法。我希望未来能在行业中留下自己独特的印记，有让自己骄傲的成功。这种成功，财富还没那么重要，更重要的是让我实现自己的价值。我想用自己的思维，去实现自己的未来，所以，"不要管我"，我要自己仗剑走天涯。

回到广州后，在澳洲的兴奋劲儿逐步褪去，我回归了现实。

美天集团年底的千人年会依然盛大，我依然代表集团做了慷慨激昂的营销战略报告。在这个年会上，古总出其不意地抛出了一句话：程英奇要自己创业啦，美天准备帮助和孵化他的项目。这是美天大众创业的一个新模式。这句话引发了诸多议论，有人惊讶，有人赞叹，当然也有人说闲话。

和往年一样，趁着年会的时机，我和很多商超经销商一起吃夜宵，开怀畅饮。客户王总悄悄和我说："程总，我知道你要离开美天了，但你我永远是朋友。"我知道，王总他们想多了。他们认为我是在美天干不下去了，以此来实现自我离职的软着陆。这也是大部分经销商的想法。毕竟，在这个行业，作为一家企业的营销操盘手，总是"铁打的营盘流水的兵"，各领风骚三五年。我在美天干了7年，也许老板真的对我厌倦了，我也应该挪一挪位置了。所谓我的创业，只是一个离职的借口，也是古总有情有义地给我一个台阶。我没有和经销商解释，也无法解释。

因为有时候，你越解释，别人越不信。我和经销商都是 20 多年的朋友，相信会路遥知马力，日久见人心。

年会后，因为我创业项目的公开，也因为美天各个品牌的负责人本身都能独立，我在公司逐渐处于边缘化的状态。这一状态，在 2019 年 1 月尤其明显。我充分感受到了职场有时候很快乐，有时候也很可笑。

以前，我在公司总是满面春风，欢声笑语，大家见到我都非常客气和尊敬，我在公司很有威信和影响力。而这个月，各个部门都表现得非常明显，没什么人来找我。大家对我也冷漠了很多，甚至有人在私下议论，我到底什么时候离开公司。

这样一来，我的心情也越来越不好，觉得身边的人太势利眼了。感性的我变得非常敏感，疑神疑鬼。而自己的口腔项目，却一直定不下明确的方向。我变得迷茫、失落，甚至有点不知所措。

这时候，一场朋友聚会，让我跳出了这种状态。

在行业里面，我有很多兄弟朋友，我们经常聚会。

杨毅是我多年的朋友。当年我们一起在绿星集团（日化企业）打拼，我负责销售，他负责市场，只是后来我坚持做高端打工仔，穿梭于国内各大头部日化企业做整体营销操盘手，而杨毅则在 10 多年前就开始创业，开创了乐妈网。现在，他的产业既有乐妈网，又有新品牌，还有众多的项目投资。在我的私交朋友中，杨毅可以说是最有高度和深度的良师益友。

杨毅平时不怎么喝酒。这一次，他却喝了不少。也许是最近的母婴热点让他的事业非常顺利，我明显感受到了他的高兴和兴奋。

“程英奇，赶紧自己干吧。我跟你说，你打工生活已经走到头了，再打下去也没有未来了。你都 40 多岁了。”每一次我们聚会，他都用这句话和我开头。

以前，我总是笑笑，说：“你不明白。”但是这一次，我觉得他这句话无比地真实，无比触动我。我猛喝了一口酒，回他：“是啊！我必须找到自己新的挑战和成功点。”

“你少来。不要给自己找借口。你别以为自己永远是香饽饽。不会的！我也是老板，老板要的是员工能不断地创造新的价值，打出新的成功。否则，老板说不用你，就不用你了。”

杨毅的话，每次听起来都很尖锐。

其实，我每次和朋友们聚在一起，表面上是吃吃喝喝，实际上是各种吐槽。在这种氛围下，可能不一定能找到自我突破的良药，但是能够平复一些内心的焦虑，获得片刻的放松。我能不焦虑吗？创业的牛已经吹出去了，但是自己究竟应该做什么，项目的方向和机会究竟在哪里，项目规划应该如何做？我的想法还停留在澳洲调研时获得的口腔年轻化的一些思考上，基本上没有成型的思路，一切都还只是自己夸下的海口。我就像带着这个夸下的海口骑墙，不知道该何去何从。

古总对这个项目的热情，似乎也冷了下来。我觉得自己该直接面对了，要不就做项目，要不就坦坦荡荡地离职，不能再无所事事地在公司里瞎混。我得赶紧找古总谈谈。

在古总位于五楼的办公室，我和古总面对面坐着。这一次，古总的话语很凝重：“项目想得怎么样了？有思路了吗？准备怎么搞？”

我回道：“还只是一个年轻化品牌的想法，没有形成具体的思路。我准备近期再出几趟差，在国内做做调研。”

“这不是出不出差的问题，关键是你自己有没有想法，有没有创业的想法，有没有明确的品牌方向。有了想法才会有做法。”古总立马说道。

我一下子变得有点蔫，回道：“我现在也有点困惑，感觉口腔项目没想象的那么容易做。头部占的份额太大，机会基本上被它们垄断了，竞争太激烈。要做成它，感觉难度非常大。”

听闻此言，古总立刻表明了态度：“你自己看着办吧。你如果决定干这个口腔项目，我就投。如果你不想干，那我也不说什么。我之前就说过，项目方面我投的是人，我还是看好你的。”

从古总的言语中，我明显感觉到了他有打退堂鼓的想法。而对于我来说，开弓没有回头箭，创业的话放出去了，硬着头皮也要上。我的二劲又上来了：“我再想想吧。如果决定干，就不回头。如果的确没什么机会，我也会放弃，主动离职。我也想休息一段时间。无论如何，古总你这么多年挺照顾我的，我绝对不会给公司添任何麻烦。”

“你先研究考虑吧，具体的事情年后再说。”古总给我和他都留了一个春节定调子的时间，但是我已经明显感觉到美天留给我的时间不多了。

晚上，我一个人静静地思考。自己做了这么多年的职业经理人，自然会有创业的想法，决定了就要干。但是对于创业具体应该怎么做，我其实没有任何经验和自信。我真的要沉下心来想清楚，写清楚，然后才能够走清楚。

2019 年 1 月，我是虚度的，是回归到现实的，也显得有点怯懦，在择业和创业之间左右徘徊，无所事事，浪费了一个月时间。

4. 春节的坚定

当一个人处于忙碌的工作状态时，会觉得时间飞快。但是当一个人不在状态时，工作就会变得很难熬。年初这一个月，我左右为难，觉得时间特别难熬，总希望时间过得快一点。加上年关将近，我更是期待赶紧过春节。

每年春节，我都是在老家过的。作为湖南人，我觉得只有回到湖南，才有年的味道，才能感受到年味的亲情和温馨。这个春节，我特别想借此从矛盾中跳出来，让自己的事业之路更加坚定、更加清晰。

每次过年，我只有三件事：陪伴家人、同学聚会、祖山祭祖。2019 年的春节，是一个暖冬，天气很好，回家的感觉也特别好。

我的父亲和母亲在我很小的时候就分开了。因此，春节期间，我会分别陪伴父母。父亲话不多，一直很严厉；母亲是话痨，一直牵挂我比较多。春节前两天，我和弟弟、妹妹们与父亲一起吃饭。别看我已经 40 多岁了，但是每次见父亲之前，我都做好了接受教育和批评的准备。父亲从事建筑行业 40 多年，有着他自己的社会认知和阅历，也有他待人处世的独特方法。他非常自负，总觉得自己才是绝对的正确与权威，这一次春节也不例外。

一见面，父亲就问我：“今年搞得怎么样？”

“马马虎虎，虽说整体业绩增长不大，但还过得去，老板对我也还不错。”我敷衍式地回答了父亲的例行询问。

“要认真用心搞。现在做什么都不容易，不能随随便便。你都40多岁了，要好好珍惜现在的工作，要对自己和一大家子负责。”父亲还是那个教育的腔调。

“是啊，我想有更好的未来，所以想自己闯一闯，创业做一个品牌，再去冲锋一把。”我小心翼翼地抛出了创业的话题，带着忐忑，想听听父亲的意见。我想，父亲一直希望我稳定，更有担当，很大概率会反对我创业。

“这是好事啊！你早就应该自己做了。你只有自己打出一片天地，才有自己的未来。一个人最重要的是能够掌握自己的命运。能自己作主的，才是有前途的，打工又不能打一辈子。”出乎我的意料，父亲竟然非常赞同我这个想法。以前，我有什么想法，父亲基本上是通过否定来证明他的决定才是正确的。但是今天，他居然如此认可我的决定！

“我搞建筑这么多年，也当了40多年老板，总结一句话，一个人要自己去拼一把才有意义。”听起来，父亲似乎早就想让我创业，只是一直在等我自己有想法而已。

这一次吃饭，我感觉我们无比融洽，也无比快乐。我们的话题始终集中在我要创业的事上。父亲从来没有如此地肯定过我，甚至比我自己创业还兴奋。我突然很感动，也好像有点明白了。这些年，父亲好像总是对我的工作不满意，或者对我的做法挑刺，或许是因为他一直期待我有更大的作为，希望我能站到更广阔的天地。也许，他等我创业这句话已经等了很多年。

相较于父亲这边的极大肯定，我创业的想法到了母亲这里，却有了不同的反应。

大年三十这一天，我照例和母亲一起吃团年饭，和母亲说起自己准备创业。她表现得忧心忡忡。“儿子啊，你干得好好的，职位高，收入高，搞什么创业啊？是不是你老板对你不满意，你走投无路了啊？你年纪也不小了，再去折腾，搞不成怎么办啊？”她显得非常焦虑，一遍又一遍地提醒我，说我作为家庭的主要承担者，要面对现实，不要有太多冲动的想法。

“老板对我很好的。只要我愿意，我可以继续在公司做得风生水起，也有很好的发展和收获。想去创业，是我想给自己一个新的机会，希望自己有新的突破。”我和母亲坦承了内心的想法，希望能够缓解母亲的焦虑。

“既然老板对你好，那你就跟老板说，自己不创业了，还是老老实实地干好你现在的工作。妈妈只希望你们稳定和平安。”母亲语重心长地说。

“老妈，你就别管了。我对自己的将来想得很清楚。开弓没有回头箭，你就放心吧。”我知道，对于这样的重大决定，母亲肯定会不放心。我也实在不能和她再深入去谈这个话题。因为我们谈得越多，她就会越焦虑。我赶紧东拉西扯转换话题，省得她老人家吃不好、睡不好。做母亲的，总是对自己的孩子有各种担心。

除了亲人团圆，我和老同学的聚会也是春节必备节目，有聂铮、杨博、易羽、刘君、肖玲、彭灵和陈晶这些老同学。我们从小一起长大，不仅有同窗之情，还有一种兄弟姐妹般的亲情缘分。巧的是，这一次在上海的老同学郑永也回来了。我们的聚会，坐了满满一大桌人。

我和老同学的相处，充满了嬉笑和打趣，非常简单自然。很快，我就和大家报告了自己的创业大计。

“挺好啊。创业才有未来，你这个时候去冲一把，还来得及。等到50多岁，你就没有那么大的干劲儿了。”好友聂铮第一个给我鼓掌。

“这对你来说是一个新机会，也是一个新挑战。选择了，你就勇敢去做，别想太多。想多了，你自己反倒没主意了。”易羽是我的发小，意见非常中肯和实在。

刘君讲话也很干脆、豪爽。他直接举杯说：“不要说那么多了。英奇要做大事了，我们干杯，为他庆祝，为他的公司将来上市干杯啊！”

“英奇要做大事，我们都支持他，给他加油！希望他事业大成大发。”杨博在举杯的同时，又老成地补充了一句。

在一片欢笑声中，大家一杯接一杯。我们特别快乐，特别放松地度过了一个夜晚。我想，同学聚会，就是给自己找一个回归稚嫩青春的理由，找回那个轻松、真实、青涩的自己，将一切都放下。虽然我并没有完全放下，但是心里已经变得踏实。

春节后，我回到了乡下老家。我们湖南有春节祭祖的习俗。我小时候，父母经常在外，我由爷爷奶奶带着，和曾祖父也非常亲热。其实，我是陇西堂李氏族人，小时候由于父母分开，我随母亲姓了“程”，但是后来我让儿子和女儿又随我父亲姓了“李”，认祖归宗。我的祖上还是让人骄傲的，曾祖父是黄埔军校 18 期毕业生，曾经是国军抗日中的一员。祖父是一名民间画家，擅画人物画和山水画，他们都很受周边四邻的尊重。我的名字英奇还是曾祖父所取。据说，我出生的时候，曾祖父抱着我就说，取名英奇吧，小小英奇，聪明伶俐，如此得名李英奇。当然，父母分开后母亲让我改姓，也就变成程英奇了。因为对于祖辈的依恋，所以我每次有事情的时候都会在祭祖时许愿。我始终认为，人其实是一种气势和精神的延续。祖辈的那些荣耀，需要我们用行动去传承。对于我来说，祭祖更是与先辈沟通，充满先辈佑及后人的能量。

这一年的春节，是我最快乐的一段时光。我从压力中跳了出来，从左右为难的骑墙状态中跳了出来，更加坚定了自己走出来的信念。唯有自己内心的坚定，才是创业的开始。春节，让我的内心变得更加自信和强大，也让我真正坚定了创业的信念。

只要路对，就不怕路远。想，都是徘徊。干，就得到答案。

5. 坚定信念

春节一过，大家慢慢都进入了上班状态，我也开始正式思考自己的创业项目，调整自己的状态。

2019 年的正月初八，我又来到了古总办公室，和他聊起自己的新想法。

“想清楚了吗，怎么做？过了个年，还是有收获的吧。”古总满面红光地开口，看起来心情不错。

“想清楚了，但也还有不清楚的。想清楚的是坚定了自己创业的想法，没想清楚的是创业的方向。不过，我相信自己能在一个月之内拿出方案。”我信心满满地和古总说道。

“既然你下定了决心，那么我就继续投你。你主导创业，方案你自己定。在你的创业方案没定下来之前，美天的营销你还跟着，带着大家继续干。”古总依然豁达，表示了对我的认可。

他顺着话题继续说：“程英奇，在打工的人里面，你是我见过最好的。我在大会上也说过，在美天你是属于有特殊贡献的人。你为美天做出了大贡献，是你重新改造了美天的品牌管理，带来了现代营销的理念。所以，无论你做什么，我都认可你。但我还是得说，你的优点和缺点都非常明显。做企业最重要的，是收和支，你的优点是收的能力特别强，很会抓收入，但是你在支的方面做得不够好。在这一点上，你就比不上陈珺。”

陈珺是古总的大徒弟，跟着古总20年了。美天集团旗下的香溪至选品牌就是他跟随古总一手做起来的。他有特别强的经营意识和生意意识。对此，我绝对是心服口服。的确，要从一个职业经理人转向创业者，除了拥有强大的营销能力，还必须具备很强的费用控制和财务管理能力，这是从管理走向经营的一个过程，的确是我要尽快补齐的短板。

“不过，我相信你的学习能力。你只要进入了创业者角色，就能做好一个创业者。毕竟你是中国日化界第一职业经理人嘛。”古总又开始哈哈大笑地调侃我，爽朗的笑声响遍了楼道。

“我哪里是什么中国日化界第一职业经理人？这都是古总你封的。古总你不就是想告诉我，你给了我第一职业经理人的收入，想让我更加努力嘛。你是我大哥，我心里有数的啦。”我也开始放松起来，在古总面前油腔滑调起来。

“不说这个了。你做好眼前的工作，赶紧厘清思路，早点开干，把它拿下。”古总很坚定。这也给了我更大的能量。

能量和信心有了，接下来我要继续考察国内市场，寻找细分市场，寻找新的机会。

我拟订了国内重点城市的调研计划，准备出差十天，到北上广深和郑州、成都去看看。

走店、拍照、访谈，我看到的依然是头部品牌对口腔市场的强大碾压，前五名品牌湖南红药、黑客、高露、佳士、舒达已经占据60%以上的市场份额，而且线下占主导，线下与线上八二开。大家都认为，口腔产品就是牙膏、牙刷。漱口水基本没有什么市场；电动牙刷是新领域，市场也不大；牙膏、牙刷的竞争到了低价白热化的程度，基本上没有太多的突围机会。

一路看下来，我的心情又有点压抑了。口腔头部品牌的集中度让人喘不过气来。作为一个外向、带点侠客特色的人，我往往会在出差的时候和老友相聚、喝点小酒放松下来。于是到上海后，我就彻底放松了一把。

朱晓斌是我以前在索新的同事。2002年我负责营销的时候，他是大区经理，和我并肩作战，也成了我非常好的朋友。早在十年前，他就开始创业了，做了一个新西兰品牌觅醇，有点小火和小成功，但一直在等待大爆发。他是我身边最真实，也是我最了解的创业者。

其实，早在2013年，我到美天之前，就在上海和他大醉了一场。那时候，他就劝我创业，希望我能走出一片自己的天地。只是那个时候，古总要做一个全新洗发水的宏伟蓝图吸引了我，加上自己虚荣心强，更倾向于到大企业当大领导，做一番轰轰烈烈的大事，成就自己的行业地位。那时候，对于自己创业，我处于陌生和保守的状态，不敢放手一搏，只想在稳定的环境中去放手干、放手赚，想的是大树底下好乘凉。这一次，我的心态已经截然不同了。

老朱下了血本。他拿了一箱好酒，喊了上海一帮老友，其中有嘉然集团（化妆品企业）负责销售的张文颀，同样在创业的艾贝和曹敬，还有原来在索新公司（个人护理公司）和美芳集团（个人洗护企业）的老同事们，满满一大桌。老朱上来就是一顿调侃："老程你就是过来骗吃骗喝的。每次都是来调研，每次都是来喝倒我。怎么，创业就从我这里做首发式啊？今天不醉不归啊！"

我也没有任何伪装、任何顾忌地和朋友们大声笑闹起来。

"老朱既然和大家讲了，我就说几句吧。我想创业已经想很久了，只是去年年底才做出决定，而且这个决定也得到了美天古总的支持和投资。

当然，我自己也会出钱。我就是想做一件自己喜欢，并且有成就感的事情。创业路漫漫，现在我的思路还没有完全成熟，还在谋划当中，连启动都还谈不上。但是我必须做，所以也请兄弟们多多支持和帮助我啊！”

这一晚，应该是我在彷徨的调研中睡得最香的一个晚上。平时，我经常只睡3个多小时，因为在白天看到听到的，我会在晚上不断琢磨，一会一个思路，一会一个方案，不断肯定，又不断否定，翻来覆去，难以入眠。而这一天就不同了，因为喝多了，倒头就睡，来不及想任何事情，直接快速进入睡眠。

春节后的调研，我依然没有找到让自己完全满意的创业方向和方案。我感觉自己要求太高，压力太大，也没有跳出对口腔市场竞争大的畏惧。但是，在与经销商、朋友、以前的同事、战友们沟通后，我坚定了下来，也放松了下来。我在自己的本子上写下了一句话：成功，就是走着走着花就开了。我必须坚持大步前进。

6. 千妆奖之夜

2月底，M电商集团的洗护负责人陆戈通知我：美天荣获2019年千妆奖，3月5日要到上海参加千妆奖颁奖盛典。这是一个让人荣誉感爆棚的大事件，因为M电商集团千妆奖被誉为国内日化行业的“奥斯卡”金奖，它一直用销售综合数据作为评奖依据，含金量非常高。我特别想去参加这个大会，但是又有些纠结。因为我作为集团的副总裁，名义上是所有营销的负责人，但是美天品牌营销中心有实际操盘的是总经理周翔，而且他刚刚担任这个职务，我不应该去争抢这个机会。

到了周翔办公室，一见面，我就和他说：“千妆奖的颁奖盛典，你去参加走红毯和领奖吧。毕竟这也是你在M电商集团露脸的一次机会。”虽然我表现得有点心口不一，但也真是这么想的。

“领导，还是你去吧。我和M电商集团也不熟，一直都是你在和他们打交道。我打下手做点事情就行了。”老周也有点不好意思。听到这些话，我反倒释然了。成人达己一直是我的为人理念，我其实没必要这么遮掩。于是我说：“要不我们两个一起去？你负责走红地毯和领奖，我就和老朋友们见见面，正好可以给你介绍一下 M 电商集团的各个负责人。”见我这么坚持，老周也不再矫情。他也是一个真实又敞亮的人，何况大家都是为了工作。

有时候，事情就是这么巧，刚刚和周翔沟通完美天的千妆奖事情，我又接到 M 电商集团美妆负责人颜竹的电话。颜竹是我多年的老朋友，她的个性非常直爽，一开口就说：“程总，你们香溪至选的千妆奖也定下来了。你要过来捧场，赶紧订机票吧。”

颜竹讲话非常干脆利落，行就行，不行就不行。她这种性格，也得到了很多国货品牌的认可，因为她很实在地为大家赋能，提出建议。对各个品牌的生意，她比自己的事情还上心；如果哪里掉链子了，她那风风火火的性格会让你充分感受到她恨不得要吃掉你，真的是一个典型的辣妹子。

“当然要去。美天也获奖了，我肯定会去，但是可能就不走红毯了，让各个事业中心的总经理去走。我去打打酱油，和老朋友见见面，听听大家对我们下一步的建议。”我也十分开心和坦诚地告诉她。说老实话，我想去上海参会的一个更重要的原因是想和大佬们谈谈自己的创业想法，听听他们的意见，尤其是对于口腔品牌趋势的看法，这样说不定会让自己的步伐迈得更加精准。

这一天双喜临门，我的心情变得非常好，走路都恨不得吹起小口哨。中午，我就叫了几个事业中心的老总一起去吃鸡，找一个理由聚聚。

美天一期工厂旁边有一个非常简陋的铁皮房，只做三个菜：炒鸡、炒鸭、炒鹅，价格不便宜，生意却出奇的好，每天都人满为患。真的是菜香不怕巷子深。

我和美天的老周、香溪至选的陈珺、绿尚（美天集团旗下品牌）的张丽安、妍雅（美天集团旗下品牌）的王清一行五人，点了两大只鸡。我一边吃一边和大家啰嗦：“今年古总已经将目标责任都下达给各个事业中心了，大家各自加油啊。我将来要创业，短期内就给大家搞搞服务。古总也发话了，要给我投资，我还是企业的一分子，先给大家打个创业的板吧。”

“程总，你这个挑战很大啊。我还真的佩服你这个勇气。”陈珺是香溪至选的操盘手，也是美天资格最老的高管，他讲话向来不紧不慢。

张丽安跟着说：“程总你可不能丢下我们啊，我们还需要你多把关呢。你在这里，我们心里踏实。”丽安也是美天十多年的管理者，她讲话从来不伪装，平时也喜欢和我商量工作。她这个话说得很真诚。老周和老王附和着，齐声说：“程总就是我们的榜样啊！”他们这番话，说得我反倒有点飘飘然，仿佛创业已经成功了一样。

忽然，老周起身接了一个电话，接完有点着急地和我说：“程总，有个特别的事情，我们原计划在瑞士做的美天新品发布会可能要提前了，因为巴黎时装周也改到了3月初，那些网红达人3月初就要从巴黎回国了。我们如果顺应这个时间的话，可以让他们从瑞士中转，这样可以省很多费用，那么我们的时间就要调到3月初了。还有，原来约了沃森氏（大型日化用品连锁超市）的Steven一起去瑞士开发布会的，不知道他的时间有没有问题？”

“这有什么？我们把时间改到3月初就好了，能省钱的都是好事。”作为一个急性子，我认为这根本不是事儿。

“那千妆奖怎么办啊？沃森氏那边还要领导你帮忙去协调啊。”老周说。

“没事，沃森氏我来沟通吧，应该没问题。千妆奖不是3月5日召开吗？我们参加完千妆奖，当晚直接从上海飞日内瓦就可以了，说不定费用还会便宜一些呢，可以找俄航中转，价格美丽。”我觉得近期沃森氏应该没有什么大事，Steven的时间应该可以调整。我对国际航班有天然的敏感度，直觉告诉我上海中转莫斯科去日内瓦绝对便宜，这是飞欧洲的最经济的航线。当然，事后也证明了我的判断精准。

“就这么定了。上海千妆奖由老周、老陈分别走红毯和领奖。我和M电商集团方面都说好了，单纯参会。”我一边大口咬着鸡肉，一边和大家落实会议的事情。

“好的好的，等程总开会回来，我再请大家吃鸡，我们积‘鸡’向上。”一向内敛的陈珺都开起了玩笑。

快乐的聚餐，让我们这帮老战友们度过了快乐的一天。

一切都成了最好的安排。我去参加千妆奖了解行业动态后，再去瑞士参加发布会，时间一改，我正好可以去欧洲市场看看口腔产品现状，找找新的灵感，非常棒！

3月很快就到了，我和团队大包小包、兵分两路出发。我和老周，还有市场部的苏汀在千妆奖结束后从上海走，其他同事从广州出发。为了办好这场国际营销发布会，我们团队做了精心的谋划和准备。

3月的上海有点冷，会场的空调制热效果不佳，冷风飕飕的。而千妆奖又规定我们必须穿西装打领带，这让我有点尴尬，只穿西装有点冷，不穿西装进不去，只好在原地小跑暖身等待进场。结果在门口被颜竹逮住了："程总，你来了？我告诉你，等会儿必须走红毯啊。"

"红毯我安排事业中心的老总走了，我说了这次是过来看看你们，顺便来学习的。"

"没事，我可以安排你们两个人一起走啊。你们的代言人张晓彤来了，正好你们两个左右护法，就这么定了啊，我和会务组去落实一下。"还没等我反应过来，颜竹已经一溜小跑地走了。她这个人就是这样，总是热心地替别人着想，热情地替别人安排。

"这样也好，我和程总一起走，给我们的代言人遮风挡雨。"陈珺穿得也不多，我看到他说这句话的时候都缩着肩。看来他和我一样都有点怕自己感冒。

周翔与张丽安走在红毯前面，后面是我和陈珺一左一右站在张晓彤两边。张晓彤穿着红色的晚礼服，非常美丽可爱。她很亲切自然地和我们说话。突然，我灵机一动，问身边的香溪至选工作人员："你带香溪至选防晒产品了吗？"

"没有带，都放到千妆奖展区了。"

"展区有多少瓶？"我立马问道。

"有十多瓶。"

"马上拿一瓶给我，拿走一瓶不影响展示效果的。"我让他赶紧去拿过来。

很快，工作人员就拿给我一支香溪至选全新的防晒产品。大家也被我搞晕了，没搞明白为什么走红毯的时候突然提出这样一个要求。

我没有过多解释，将产品放到西装口袋就直接和老陈一起，陪着张晓彤踏上了红毯。红毯的路程并不长，但是在中心区会稍作停留，有一个简单的采访。主持人先问了张晓彤几个问题，然后将话筒递给我，说：“请问我们香溪至选品牌方，今天面对全国看现场直播的观众，有什么话想要说吗？”

平心而论，上台讲话和接受采访是我的强项。接过话筒，我首先对M电商集团表示感谢，然后表示我们对于获得M电商集团千妆奖感到非常荣幸。这都是套路，几乎每个品牌方都会这么讲。但是讲完这几句，我立马从西装口袋里拿出了香溪至选防晒产品，在镜头前向大家展示：“大家看看，颜值这么高的香溪至选防晒产品，和张晓彤女士是不是特别搭啊？我想，今天的M电商集团千妆奖，不仅是对香溪至选防晒产品的认可，也是对我们与张晓彤一起现场晒出来产品的认可。”

现场一下子掌声雷动！大家都没有想到我会来这么一出，也许我是M电商集团千妆奖直播唯一一个拿出自己产品来做广告的品牌负责人吧。

没办法，我就是这样一个爱炫的机会主义者。只要能够给品牌加分，就是我最大的快乐。

我又出了一次风头，还有很多人录制了现场视频，在朋友圈传播，配文是：见过千妆奖，但没见过一个在千妆奖直播现场做广告做得这么自然的程总。

出风头让我很得意，加大了品牌宣传让我更得意。之后，就是忙忙碌碌的千妆奖现场了。后来，颜竹又将我安排到了前排最核心的位置就座，和M电商集团的核心高管、核心国际品牌方坐在一起。大家虽然都认识，但是会场不允许自由交谈，我想了解更多市场机会的预期落空，只好和各位大佬们简单交流后，与颜竹、陆戈相约回来再聚。

这次千妆奖由穆子琦主持。穆子琦是M电商集团从BA[①]起步，新培养的一个头部主播，主持风格挺好，盛典非常精彩，领奖隆重热闹。领

① BA：Beauty Advisor，美容顾问。

奖结束，会议散场，我和老周拿着行李匆匆赶赴上海浦东机场，即将开启我们的国际之旅。

7. 日内瓦的思考

因为要从莫斯科中转，我们累计飞行了十多个小时，终于到达日内瓦。这一次，我们到芬美公司（香精公司）总部开发布会，是因为之前我和老周到芬美公司总部的时候，他们的全球副总裁 Paul 在一个中型的员工餐厅和我们搞了个餐会。那里环境幽雅，空间很大，让我们印象深刻，感觉很适合搞发布会，会给人一种新鲜感。因为只有一个小团队参加，所以我们连物料和展架都在国内做好后带过去。我们此举，再次让芬美感受到了惊喜。

在发布会开始前，我就算了一笔时间账。我们在当地下午 1 点多下了飞机，但没有让芬美的人来接我们，因为另一个国际上赫赫有名的香精公司吉顿在日内瓦有一家很大的工厂，我提前预约了去参观学习一下。我是一个对任何事物都充满好奇心和求知欲的人，有这么一个好机会自然不会放过。但我心里还是有点犯嘀咕，担心芬美知道后会不会有点不爽。

我和老周在吉顿的人的带领下参观了他们的日内瓦工厂和实验室。这是吉顿起步期的工厂，有几百年的历史，看起来略显陈旧。进入工厂，我们发现厂区的设备和维护、车间的运作和管理、香精实验室等，都井井有条，没有人特别忙，也没有人特别闲。在他们眼里，敬业不是值得表扬的，而是应该做的。当然，他们下午 5 点就下班了，加班是不可能的。对于他们来说，生活才是生命的全部。国际企业的文化就是这样，不用担心他们懈怠，但是他们也不会有忘我的奋斗和拼命。

吉顿负责人给我们详细介绍了他们的香精发展历史和最新的香精趋势，尤其讲到了天然香精的发展大方向，这带给我和老周很大的启发。洗发水除头皮护理功效以外，好的香精也可以给消费体验大大加分。

芬美安排车辆把我们送到酒店的时候，已经快晚上 6 点了。小伙伴们将我们安排到了离日内瓦一个小时车程的洛桑居住，原因是近期日内瓦有很多会议，订不到酒店，即便能够订到也是价格惊人。我们下榻的酒店，在洛桑到日内瓦之间的一个小镇。说是小镇，其实就是一个路边的小村落，幸好风景还不错，不愧是世界公园。

晚上，我和老周，还有团队在网上搜到一个中餐馆，步行过去只要半个小时。到了那里，我们体验了一次中不中、西不西的中餐。这个餐馆的确有点怪异，内部装修是意大利风格，菜单上基本是上海菜。服务员说的中国话我们听不太懂，我们说的英语服务员也似懂非懂。反正我们就这么稀里糊涂地吃了一餐。

第二天一早，我催大家起床，出发直奔芬美。沃森氏的大佬 Steven、合作的广告公司和他们联系的网红也是昨晚很晚才到，还没有倒过来时差。我怕他们起不来，安排了人把他们一一叫起。在国外出差，我们的时间宝贵，不能随意更改，以免耽误上午的发布会。我看老周也是睡眼蒙 ，估计晚上没睡好。他和美天的金牌设计师王培住一个房间。王培的专业能力特别强，打呼噜的能力也很强。我看着老周疲惫的样子，还有大家的慵懒状态，只能忽悠大家到车上去补觉，因为我们要坐一个半小时的车。

芬美的工厂在雪山下，它的全球总部在日内瓦老城区，面积不小，相当于一个小型的花园式工业园。刚下车，我就发现 Paul 带着团队一瘸一拐地从远处过来迎接我们。我正诧异 Paul 走路的样子，他就主动解释说，前几个月去瑞典滑雪摔伤了，还没恢复好。我哭笑不得，只能说他们精神可嘉。

会场布置得非常国际化，我们的小伙伴提前一天到来，在五星级的员工餐厅做出了五星级酒店的发布会气势，我为他们感到骄傲。他们没有什么豪言壮语，但每次交代他们做的事，他们都能给我们高质量的回应。

芬美特别安排了他们的华人员工做我们的翻译。Paul 做了热情洋溢的致辞。我估计他是和中国人打交道多了，言语间显露出了中国式的客套和味道，经翻译之后说出来，引得我们哈哈大笑，氛围特别轻松。

说老实话，虽然我的海外出差次数非常多，但是做国际发布会，我和伙伴们都是第一次。所以到我发言的时候，我还是有点小紧张，加上穿着西装戴着领带，一本正经地讲话，就更不习惯了。不过我是个“人来疯”，被热烈的气氛一烘托，状态就上来了，习惯性地讲了三点：

第一，美天与芬美的战略合作有高度、有温度、有风度。

第二，美天这次新推出的国际产品是为沃森氏定制的，既是国际时尚，又是年轻时尚。

第三，这次国际发布会，不仅是美天的一次产品升级，更是品牌创新的升级。

就这短短的三句话，我却讲了快半个小时，将品牌、产品、行为和创意都阐述了一遍。

接下来，由老周做产品介绍，沃森氏的 Steven 谈未来的渠道推广。会议还做了一个互动式的研习会，特别生动有趣。Paul 和他的团队主要负责人全程在场，十多个网红也非常活跃，拍照不停。

会议结束，Paul 在另外一个小餐厅安排了一个冷餐会。大家继续畅聊未来合作的事项，现场其乐融融。下午，我们要走了，Paul 又送我们到车上。末了，他问我：“发布会会在哪些媒体上发布？能够共享一下吗？”我一听就乐了，心想：看来西方人也喜欢宣传，也偏爱关于自己的报道啊。

我们回到洛桑是下午 2 点多，阳光还非常强烈。我到了房间，仔细看了一下周边的地图，突然发现洛桑与依云小镇隔湖相望。如果去依云小镇，只需要在洛桑坐 20 分钟船就可以到日内瓦湖对岸。依云小镇是世界名镇，在阿尔卑斯雪山下，归属法国，依云矿泉水可是全球知名的矿泉水。

我立马打电话给老周：“今天下午没什么安排了，我带大家去依云小镇转转怎么样？”

老周是旅游和购物的双重积极分子，一听去依云小镇转，立马惊喜地问我：“程总，这里离依云小镇很近吗？这里是日内瓦呢。”

“很近，坐船 20 分钟就能到。你不要将欧洲的国家看作国家，当作我们的县城就行了；城市也不要看作城市，当作我们的镇就可以了。这里和法国的依云小镇就隔着个日内瓦湖。”因为看过地图，我非常自信，显得好像经常去依云小镇一样。

老周瞬间就不疲惫了，马上通知团队别睡觉了，说带大家去依云小镇。

Steven 和网红们的确累了，选择继续睡觉。美天的伙伴们却兴奋得很，三下五除二，坐船、拍照、游玩，美丽的风景赶走了一切疲惫。

我们到了依云小镇，看到的都是度假放松的西方人。虽然我是一个工作强迫症患者，但是我也不会强求小伙伴们和我一起连续工作。我参照地图把大家带到了半山的依云泉水边。据说，这里就是依云矿泉水的接水口之一，这些矿泉水不用经过任何加工就可被直接包装送到世界各地，是纯天然的纯净水。我们自然猛喝了几口。

"依云矿泉水要几十元一瓶，我们要多喝一点，将船票喝回来啊。"我和大家打趣道。

"我的肚子大，喝得多，我赚大了。"王培拍了拍他肥胖的肚子。

老周则带着女同事们不断拍照。

依云小镇虽然是一个旅游度假小镇，但也有不少化妆品小店，山腰的小街上到处都是以依云矿泉水为卖点的化妆品。当然，最有名的还是雅妍喷雾。据说这个喷雾也是直接用的依云矿泉水，没有添加其他任何成分。我们抬头就是蓝天、白云和阿尔卑斯雪山。大家都非常开心有这么放松的时间。每到一个地方，我都喜欢去看店，到了这里依然如此。于是我去看店，和其他人约定了各自行动，五点半在坐船的地方集合。

我自认为我的走路能力很强，尤其是看店的时候。我一个人跑了一家又一家店铺，看产品，看概念，拍照片，把那条一千米的街走了个遍，也得出了三个产品结论：依云矿泉水——天然纯净，大自然呵护，不刺激。这个小镇，做出了旅游的特色和产品的个性。

在回去的船上，大家都没有了来时的激动。傍晚的日内瓦湖，坐落在两个城市的高山之间。我站在船上，看着这美丽的霞光和波光粼粼的湖面，思绪回归到自己的口腔产品和创业项目。我在依云小镇没看到什么牙膏和口腔护理产品，只看到了化妆品和部分洗护产品。我虽然总结了三个特点，但是也没有多少激情。不过随着游艇前进，我感觉自己的新项目也在默默地乘风破浪。我脑海里突然闪出一个想法：能不能将依云矿泉水融入牙膏里？说不定这也是一个创意，况且依云矿泉水还含有特别丰富的矿物质，对于牙齿和牙龈的养护说不定也有一些功效。这个想法，开始在我心里激起了点点涟漪。

阿尔卑斯山矿泉水与口腔的结合也许是一个亮点。我快速将这句话记在手机上。也许，这会是我来日内瓦的收获。

8. 安纳西的惊喜

第二天，我带领美天的团队到日内瓦的城区调研。日内瓦虽然不大，但也是一个国际著名城市，时尚产业和钟表事业都世界闻名。每年看看国际市场变化，就能让我们探索到一些新的趋势和机会。有时候，我们看市场，品牌、包装、概念和推广其实都是表象，真相需要我们在调研中捕捉。

小城市的好处就是去哪儿都可步行。日内瓦就一条不到两千米的商业中心街，街中间是电车，两边的店铺既有着欧洲中世纪的古老感，又有着传统现代化的厚重感。店铺内则各不相同，看起来比较上档次。也许是有钱人多的缘故，东西也比较贵。

也许是在依云小镇调研时先入为主，抑或是欧洲产品的特点就是如此，我在日内瓦城区看到的依然是天然、植物和有机，环保、健康和无添加，没有发现什么新的亮点。或许是思想还停留在阿尔卑斯山矿泉水做牙膏的幻想中，我这一天的调研有点走过场的感觉，如同机器一般，完成了全天的看店、拍照。这时候，显得自己定力不够，很容易就被前面的人和事物影响，陷入自我设定的围城之中。

日内瓦有一个世界闻名的牙膏品牌，叫作LAX，包装是非常跳跃的橙色。除此之外，也没什么其他特色。部分门店有一个在国内被炒得很热的品牌，叫作MARY，其实它在欧洲是一个分销很少的品牌，只在部分药妆店有，销售量也不多，售价居然在1欧元左右。但它在国内号称牙膏中的爱马仕，零售价近百元，这也是炒作的力量。

没有亮点的市场，无法让人兴奋和激动，也让做调研的我们感到乏味和辛苦。

跑了大半天，快傍晚时，我照例给伙伴们放了一个小假，让他们到花钟、喷泉和日内瓦湖边游玩一番，拍拍照。在日内瓦这个小地方，也只有这些美景值得欣赏和留念了。我和老周来过多次，再去无益，于是我们找了个偏僻的地方聊天。因为心里有事，我和老周刚开始没怎么说话。

“你怎么看欧洲的口腔产品？”我先打开了话匣子。

“我觉得程总你可以好好搞一下口腔产品。这个市场其实挺有潜力的，而且近十年都是正增长，是整个日化行业唯一一个一直在增长的品类。”老周以前做过口腔产品，对口腔市场有所了解。他顿了顿，继续给我建议，“我觉得 LAX 的包装挺不错，你将来可以参照它做一个高颜值的牙膏。MARY 的操作手法也可以考虑，做一个国际品牌。这些都是机会。”

我笑了，摇摇头说：“这两个小差异化我也看到了，但是光靠包装肯定做不长久，而且做‘假洋鬼子者’更容易被消费者戳穿。我要么不做，要做就必须做长线。”

老周不说话了，估计是觉得我太固执。如果没有话题共鸣，沟通多了反倒尴尬。我也只好自嘲地笑笑，敷衍一下避免尴尬。

我们后面几天的活动是与网红一起做寻香之旅，去法国探访香精、香料。由于我心里老想着口腔产品，所以对于洗护的香型研究就让老周主导，跟着了解各种香精的趋势、在洗护产品中的应用。

在寻香之旅的活动计划中，有一个必经的地点叫作安纳西。它是法国的一个著名小镇，也在阿尔卑斯山下。十年前，我就到这个小镇旅游过。这一次我理所当然成了大家的向导，带大家去了天鹅湖、小镇城堡、电影博物馆等。这个电影博物馆有一部小电影，讲述的是法国曾经有一个调香师，用人的尸油调香。电影情节有点恐怖，但真实反映了法国早期调香的执着和变态。我和大家在香精的世界里遨游，倒也感受到一种繁忙的惬意。安纳西的阳光很柔和，空气新鲜得如同森林的味道，我和伙伴们在工作中也体会到了轻松的感觉。

安纳西的寻香之旅，我们除了与网红互动，还去各个镇上买了一些香薰礼物，价钱不贵，但很有特色。我对工艺品没什么兴趣，更关注化妆品和洗护用品。小镇中央有很多店集中了各种与香相关的产品。我的英语一般，对法语更是不懂，于是找到英语和法语关于牙膏的拼读，一到店里就问工作人员有没有牙膏。大部分店家都是耸肩一笑，没有。直到来到规模最大的中心店，店员似懂非懂地拿给我一支像洗面奶一样的产品，示意我看看。我以为她领会错了我的意思，赶紧拿出手机给她标注了牙膏，问她有没有这一类产品。她依然递给我这个产品，于是我就用手机扫描这个产品说明书。这才知道，真的是牙膏，长得像软管洗面奶、有香水包装风格的香水牙膏。这可是破天荒第一次见到这种牙膏，我的心情瞬间美到炸裂。这个世界上居然有香水牙膏，简直不可思议！价格也不便宜，10欧元，相当于70多元人民币。我的思路一下子绽放了，香水牙膏，这真的是一个绝好的创意。

我马上买了下来，一口气买了10支。这可是大收获。

我兴奋地和伙伴们说："我找到了！找到了！找到自己要的产品了！这就是我要的宝贝！"

伙伴们对我这种行为已经见怪不怪，都知道我是一个感性的人，有什么烦恼和喜悦都藏不住。前两天，他们看到我闷闷地消极，今天又看到我肆无忌惮地张狂。

晚上，我和伙伴们住在法国南部的大城市里昂的酒店。我迫不及待地拿出那支还不知道是什么品牌的牙膏刷牙，找找香水牙膏的感觉。结果使用完，我的心情一下子跌到了谷底。这牙膏太难闻了，一股浓浓的化学香味，味道很重很刺激，在口腔里面也非常黏腻，让人很不舒服。这真的不是一支好用的牙膏。

只是一个下午，我就由希望转为失望，非常沮丧。晚上很晚了，我还在酒店外面望天。我们住的这个酒店是当地的标志性建筑，像一支巨大的铅笔，中文简称就是铅笔大厦，我看着这栋楼，赶紧给芬美的王菁打电话。她是芬美公司中国区的销售总监，这一次她因为有其他的公务，没和我们来欧洲，但一直在幕后安排团队配合我们的工作。

我是个急性子，也不管国内是什么时间，直接打通她的电话问："你们给牙膏公司提供过香水香精吗？”

“对不起，程总，我们没有给牙膏公司提供过香水香精。我们属于日化产品供应合作线的。别的牙膏香精比如薄荷等，我们倒是有提供，但不是香水味的。香水味比较浓，比较厚，而牙膏是入口的，把香水香精加入牙膏不知道会发生什么变化，也没有牙膏公司提出要我们做香水香精。”

王总一直非常支持我们，也告诉了我们真实情况。我在电话中掩饰不住自己的失望：“我在法国安纳西发现了一种香水牙膏，你们能在实验室给我们研究一下，做出类似的产品吗？必须是香水牙膏，用香水调配出来的。”

“入口和非入口的产品香料有严格的控制和管理。用香水来调配牙膏，我们从来没有做过。不过，我们可以安排食品板块的人协助我们做香水牙膏的研究。”她的回答，又让我看到了希望。

速战速决，给芬美打完电话，我又联系了四大国际香精香料公司的另外三家：吉顿、香馨、曼思公司，将同样的想法告诉他们，请他们做出同步的研究。众人拾柴火焰高啊！

里昂的夜晚有点冷，我在酒店外想着香水牙膏的创意，一边焦虑，一边幻想着香水牙膏创意的大成功！正好沃森氏的 Steven 也出来了，我拉着他和我一起去外面走走。我们两个走在并不热闹的大街上，在微凉的夜色中呼吸着新鲜空气，也是一种惬意。Steven 是香港人，在沃森氏奋斗多年，从香港到台湾，又到了大陆。他的做事风格是专业、真实、用心，为人特别好，话不多，但是看问题和机会又有独到的视野和判断。

“我明年想做一款年轻时尚的牙膏，也想到了一个香水牙膏的创意，你觉得怎么样？”我开门见山打开了话题。

“在沃森氏，牙膏不是大类，但是沃森氏特别重视潮流时尚、进口精品、年轻特色，你这个思路我觉得可以，但是年轻人会不会认可你这一类产品，我觉得你还需要进行多方面研究，关键在于是否好看又好用，技术能不能过关。”

Steven 的话给了我信心，我赶紧趁热打铁：“那沃森氏将来可要支持我这个项目啊！”

“沃森氏对产品的选择是以消费者和门店为导向的，将来你这个品牌是否适合沃森氏，那还需要评估。我觉得你这个方向还是靠谱的。”Steven就是这样，既有态度，又有温度，还有维度。这真是一次非常愉快的散步。

回到酒店，我又抓紧时间写下了对品牌和产品的一些新想法，至此，创业项目终于有点眉目了！终于有一个思路让自己激动了！这让我又有了春风得意的好心情。

9. 项目第一次定调

在里昂的两天，我一直保持着和四大国际香精香料公司的联系。我一直有一个非常明确的观点：与世界顶尖的公司合作，就能够做出顶尖的产品。我多年的传统企业工作经验告诉我，好产品才能成就好品牌，好产品的基础是好原料和好配方。因此，我觉得任何一个品牌和产品的创意首先要取得顶尖原料公司的认可才能够实现。

可能是我太心急了，几个香精香料公司的亚太区老大、中国区负责人都被我骚扰得不行了。回到国内，我依然沉浸在香水牙膏这个创意中，所思所想都是香水牙膏，连做梦都想着未来是否能和香水一样推出不同系列的香水牙膏。

其实，我个人从来不用香水。我始终觉得香水这一类产品用在男人身上有点怪异。但是对于外国人来说，使用香水好像是他们从小就养成的习惯。中国人对于香水的认知还很少，中国的香水使用率也非常低。但是有一个非常重要的现象，中国消费者对香的认知在近几年得到了极大的提高，无论是护肤品，还是洗护用品、生活用品，都比以往更加重视香味的嗅觉体验。这是非常明显的消费升级。

在广州的办公室，我不断找行业内的技术人员了解香味在口腔产品中的运用，包括头部品牌或者关联企业的工程师。我想知道，口腔产品香味运用的情况，结果得到的结论让人诧异：在口腔领域，薄荷香就是香的核心，口腔产品都以薄荷或者双重薄荷为主，通过薄荷的清凉来提升口腔的劲爽是大部分口腔企业对于香型的理解。其他的就是近十年比较流行的黑客茶倍健的香味。香水在口腔中的使用前所未有。

我很兴奋，一个市场从无到有是最刺激也是最有品牌发展冲击力的，就比如当初美天开创无硅油洗护的时候，明显是开创了一个全新的品类，从唯一到第一，到绝对第一的无硅油洗护老大，美天这次的创新可以说是我做品牌以来最刺激和最有成就感的一次。

我这个人原本就爱交朋友，生活中总是喜欢热闹。自己的创业项目有了清晰的方向后，我就更喜欢情义满天的感觉。在事业的道路上，除了自己的勤奋和思考，还需要众多朋友的支持。

恰好，品夕夕（手机购物 App）的千秋到广州出差，希望我能够叫一些品牌方一起沟通一下整体生意的提升。接到任务，我迅速叫上了绿星集团的刘总和程总、雅达集团（生活用纸大型企业）的唐总和张总等一众好友。绿星是我的老东家，十多年前我在那里做营销负责人。绿星的罗夏董事长如同我职业的启蒙恩师，对我的影响非常大。我一直将自己当成绿星的家人，每次有活动都会叫上绿星的总经理刘文智。程亮是我 20 多年的好友，和我是校友师兄弟，当年我们一起在大学学生会共事，也是我把他招进绿星的。雅达总经理唐海是一个特别实在的人，有着广东人的智慧和实在。电商负责人张总也同样是个务实之人。千秋来广州，正好给了我一个和兄弟们相聚的好机会。我也特别想听一听他们对于我创业思路的意见。

千秋是品夕夕美妆个护业务板块的负责人，哈尔滨人，做事直爽，也非常喜欢帮助品牌方，为人特别谨慎。为了将各个品牌在品夕夕的工作推动起来，他也需要深入各个品牌方。豪爽的哈尔滨人酒量自然不差，我们美天的四个品牌方的电商负责人，加上绿星、雅达的人，凑齐了整整一大桌。千秋上来就一人敬一杯，一边喝酒一边说："多谢支持品夕夕啊。我们共同把品牌做大。"

之后，千秋开始给我们鼓劲儿："今年品夕夕会有大动作，我们不仅会从商城角度提升，还会强化品牌化运营，将来会对各个品牌做出重点专项扶持。只要大家有意愿，就能够做出第二个 M 电商集团的业绩。绿星和雅达分别是液洗和纸品的国内老大，美天也是中国日化的领军企业，我们必须走在前面，也会全力配合大家。”

我一听也来劲了，说：“口腔产品在品夕夕有没有未来啊？我将来想搞一个口腔新品牌，用自己这把老骨头去冲一把，你要给我赋能啊。”

“怎么？程总要搞口腔产品啦？”刘文智和唐海非常意外。他们知道我喜欢挑战，但是没有想到跨度这么大。

“程英奇你搞事情样样都成，我看你又要有大动作了。”程亮急忙插上一句。

“我就是想做一件让自己骄傲的事情，想挑战一下自己，所以才想创业做一个新品牌。美天也会给我投资，这对于我来讲是一次全新的机会。”我举起杯继续说，“我干一个大的，希望大家都多多地支持我啊。”

“原来今天有大事啊！我们必须庆祝，大家一起搞个大的。”千秋借机说，“在我这里，只要程总的品牌没问题，我一定会全力帮助和扶持，我们平台也喜欢看到新品牌的创立和成功。”

“那就这么说定了啊！千秋在渠道上给我支持，绿星和雅达在经销商方面给我开绿灯，加上美天的资源和网络，我的新品牌看样子是赢在了起点啊。”好友给力，我感觉自己在创业这条路上也必须给力。

回到家，我在自己的花园里坐了很长时间。一方面是醒酒，另一方面也是理一理思路。有的人喝酒后不理智，我是喝酒的时候不理智地猛干，喝完以后特别理智。这说明我在场景下容易冲动，而在孤独的时候又特别冷静。

我在自己家的花园小憩，我的金毛狗就陪在身边，乖巧地看着我，好像也在鼓励我：“加油，努力。”

酒后的理智让我更加精神。既然睡不着，干脆就再修改一下新品牌规划吧。

针对品牌规划，我有一个“五品理论”。我认为，**品牌=品名+品类+品质+品位+品创**。首先，我要确定品名。我要明确地做出一个香水牙膏的新品类，做品类老大。我要和国际顶尖公司进行技术合作，做出领先的品质。我要做出一款全新的年轻、时尚、精致、有品位的牙膏。我要做出一个全新的推广和营销创意。

我一边胡思乱想，一边写下对品牌框架的想法，也把各种思路附在后面。虽然看着有点乱，但是自己感觉很清晰。我始终认为，只要品牌的框架明确，那么其他的都是修正优化的问题。在整体逻辑思路下，我们要先明确往哪里走，然后才是如何走正确的路。

有了品牌思路和逻辑，也就完成了品牌规划的第一稿，在一个酒醉后无法入眠的夜晚，我完成了自己创立品牌的第一稿。虽然只有五个板块的框架，我却写了 16 页，这也充分证明了我是一个想法特别多的人。

“只要路对，就不怕路远。”在规划的最后，我再次写下了这么一句话。写完后，天就亮了。我也不准备睡觉了，洗漱一番，就到公司上班去了。

2

第二章 创业规划

（2019年2月—2019年6月）

1. 招兵买马

我是理论和实践的双重主义者，很喜欢总结一些营销和管理方面的理论，并将这些理论运用到实际工作中。在实际工作中，我又总结出新的理论或者营销趋势，再用新理论去推动实践，从而形成与时俱进的循环。

昨天做的营销规划就来自我自创的“五品理论”。我认为，将“五品”的框架画好了，我们的思路就明确了，至少知道当下该怎么做，也就有了当下的整体工作方向。有了工作方向就必须有人来干，必须构建组织体系。有思路、有人、有落地，就有前进。

回到办公室，我第一个想的就是人，要先将创业班子搭起来，再将团队基本成员组织起来。这就是俗话说的，**一伙人，一条心，一件事，一定成**。

我先在纸上画了一个极简的创业架构。

市场部负责人、销售部负责人、供应链负责人、技术部负责人，要想创业启动，这四个人缺一不可。而财务、人事这些支持性工作，前期可以找美天的团队帮忙先干着。市场部负责人搞品牌规划和产品，销售部负责人搞渠道规划和策略，供应链负责人负责生产和物流，技术部负责人搞产品配方和品控。只要这四个人到位，项目就能够启动，火就可以点起来。

对于人选，我心中其实早有打算。但是，我觉得创业必须找到同样渴望创业、愿意创业的人，只有同心同德，才有同心同得。同时，核心团队除了能力，还必须有创业素养，也就是有奋斗、相信、坚韧的精神，吃得了苦、耐得了烦，有坚定必胜的信念，有抗挫折能力，有坚持的恒心。这样的人其实很难找，因为职业精神和创业精神之间有很深的鸿沟，二者所站的角度不同，所形成的思维习惯和方式就会不同，就好比房子，创业是属于住自己的房子，而择业是属于租别人的房子，虽然都是住家，但是珍惜和爱惜的程度以及对于家的投入都完全不同。

思来想去，我在这四个板块的人选方面又分了一下，先确定市场部、销售部、供应链，再确定技术部和电商部。我增加了新板块——电商部，因为这是一个电商时代，必须单列一个电商销售部。在每一个人选方面，我又开始写名字，看哪些人合适，哪些人会有意愿。在日化行业奋斗20多年，我有很多老同事、好朋友，管理团队资源还算丰富。我有时候和别人开玩笑，我都可以在行业里面开一个猎头公司了，因为平时经常有人找我给他们介绍营销负责人。当然，我也帮很多朋友找到了非常优秀的负责人。

有了这些想法，我第一个想到的是古总，还是要听听他的意见。古总对于大方向和思路有着非常独到的高瞻远瞩，年前他去了澳洲，现在刚刚回来，我立马找他汇报工作进度。

到了五楼，我发现这一次见到的古总有点疲惫，也许是因为他刚从国外回来，还没有缓过来。他看起来情绪不高，至少没有大分贝的爽朗笑声。不过，从古总低沉的话语中，我还是听出了他对我的关心。

“怎么样，听说你找到方向和思路了？看样子最近春风得意啊！”古总说话的声度虽然不高，但很有温度。

我随意一笑，带着点骄傲和他说道：“我做事，你放心。方向定了，做香水牙膏，打造一个全新的品类，做口腔领域开天辟地的事。我觉得这个项目可以搞成，具体方案我还在等技术方面的消息，还需要时间再调研和思考一下。给我两个星期的时间，我就可以制定出非常明确的项目规划了。”

我顿了顿，又继续强调：“现在我要组建团队了，我感觉自己一个人干还不够，必须有几个核心的伙伴一起来干，共创才有共赢。”

古总想了想说：“我说了，这个项目以你为主，我就是做投资给你赋能，你是老板，具体方案和招人什么的，你自己搞就行了。现在你创业了，是创始人，我是投资人，你自己要有思路、有担当。但我也要给你定一个规矩，那就是美天的人你一个都不能动。你不能影响我现有的团队，这是底线。”

古总这番话一出，我赶紧将自己的笔记本收了回去。原来我的人员规划里面有一些美天团队的人选，既然古总这样说了，我就没有必要再去和他说之前的人选的思路。我退缩的动作应该被古总捕捉到了，他又补充了一句："工作上的事，你不要来问我了。你做你的，人员你自己从外面找。我们倒是要想一想成立公司的事情，等你把规划和人员定了以后再来和我谈吧。"

"保证完成任务。"我起身离开，又习惯性地给了古总一个坚定的回答，这既是表达自己的信心和勇气，也是表达一种全新的态度。

回到办公室，我赶紧重新列名单，除了减掉美天的部分人员，还减掉了一些我认为可能融合性比较小的人。

销售总监，从刘奇和王立两个人中选一个。

刘奇是我的老战友，从索新，到担任美天和绿尚的销售总监，和我有共同的战斗经验，精于线下销售，只是他离开美天两年多了，现在自己在长沙创业做沃森氏的维护商，不知道他能否割舍下现在的事业。

王立也是我从索新到美芳的兄弟，现在美芳做销售总监，但是最近工作不是很顺利，可能会从美芳离职，不知道他是否有创业的意向。

市场总监，选严军或者李春。严军特别好学，在索新和美芳都是我营销团队的推广负责人，后来担任过一些创业公司的市场总监和总经理，也做过绿尚的市场总监，从美天离职后工作不太稳定，缺少一点创业的思想准备。

李春是我在索新的同事，后来在药王（洗护公司）做市场总监，做得风生水起，离开药王后，做过小创业和咨询，业务有点杂，不知道他对新项目有没有想法。

供应链总监，这是我的一个盲点，我要找以前公司的供应链负责人推荐看看。

我在办公室走来走去，既淡定，又彷徨，淡定的是相信老同事们会愿意和我一起干，彷徨的是不知道这些老朋友对未来的心态。最终，我在记事本上写下六个字：**意愿，相信，融合**。

想要和我一起创业、一起战斗的人，必须有强烈的意愿，对我和项目要绝对相信，能够和团队形成共性。

打电话我嫌慢，于是就用老办法把这些兄弟叫到一起聚一聚，现场找感觉、看意愿、看相信、看融合。办法虽然很传统，但是我觉得会更有效。

说来也巧，正当我准备召集老友们聚一聚时，我在美芳的老同事黄俊凯来广州找我，说想一起聚聚聊聊。借此机会，我把之前想叫的老朋友都叫上了。这里面只有刘奇在长沙，我马上打电话叫他过来。刘奇和我一样是性情中人，他二话不说，买了一张高铁票直接来报到。

我们的聚会安排在周末，大家的时间都比较充裕，地点定在离我家很近的番禺。除了王立有事没来，我们来了12个人，满满一大桌。我还拿了一箱酒出来，大家一起大吃大喝。

一上桌，我就和兄弟们说："今天这个聚会，一方面是因为俊凯来广州了，另一方面我要和大家汇报一下我创业的事情，请大家出出主意啊。"

"我就知道程总肯定有大事，不然不会叫我从长沙赶过来。程总你做大事，不管是什么事，我都觉得会成功。"刘奇是湘西人，说话带着大气和匪气，拿起酒杯就冲到我面前说："我先敬程总一杯。"

"今天的酒还是不错的，是好友过年的时候专门叫人送过来的，一共两箱，我已经喝掉了一箱，今天这一箱可不能喝这么猛，大家要悠着点来。"我知道必须控制一下节奏，否则话还没说完，可能大家都会喝醉了。

在兄弟们面前，我习惯了当老大，于是先来了半小时的演讲，将自己创业的想法、想搏一把的想法和大家说了个透彻，也简单讲了一下口腔项目的思路。

我讲得慷慨激昂，大家听得心潮澎湃，每个人都来给我敬酒，我也回敬每个人。这创业才刚开始，我们倒把这次聚会酒宴先喝成创业庆功宴了，原来说欢迎俊凯的话题也被淹没了。俊凯在汕头，也和大家好几年没见了。他有点激动地举杯说："大家安静一下，我和大家汇报一下我的情况。这几年我自己在汕头做一些日化产品的代理，比如红象、美束等，养家糊口、养活公司还可以。但是，今天听程总讲了他的创业计划，我觉得我的心还是太小了。我祝程总创业成功，先干为敬。"

紧接着，俊凯又举杯说："我要再来一杯。这一杯，我要敬程总。程总刚刚说的创业项目，我很用心地听了。说句老实话，我心动了。这几年我在汕头，一直对自己的未来比较迷茫。刚刚程总一番话，我豁然开朗，也找到了自己的新未来，那就是我要和程总你一起干！我要参加程总的创业项目。”

俊凯讲话一套一套的，我有点感动，他会第一个跳出来给我勇气，这是我没有想到的。毕竟，我还没有想好俊凯在创业项目中能够承担什么样的岗位。毕竟，他以前是做销售管理的，在销售渠道方面又偏美芳化，是个短板。

我同样倒上一个分酒器，正准备和俊凯干了时，刘奇赶紧跑到我面前，说："程总，我也敬你，我和俊凯一起敬。我觉得每次和程总一起干的时候，都有好运气。现在程总你创业，俊凯说和你一起干，我也要和你一起干。我和程总是同年的，我要和程总一起做一番大事。我也要实现自己的理想。”

这个时候他冒出来的这句话，其实是我一直在等的，也是我一直想主动和他说的。听到他主动说的这一刻，我真的有点心潮澎湃。我举起杯，心里面还打着小算盘，还会有人一起呐喊吗？

“我们赞助，我们赞助，大家一起举杯。”所有人都站起来，共同干杯。大家都异常激动，但也没有人再说要和我一起创业了。

这一晚，我喝醉了，但睡得很好，睡足了十个小时。接近中午，我还头昏脑涨。打开手机，俊凯和刘奇的微信消息跳了出来。

俊凯在微信消息上说：程总，我昨天没有喝醉，说的是真话。我等你的号令，随时过来跟你干。

刘奇的微信消息非常简单：程总，我听你的。你的创业项目启动，我全力参与。

原来，酒话是当真的。

中午我喝了点粥，心想，也许，一切都是缘分。刘奇和我天生有缘分，他做渠道销售我放心。对于俊凯，我昨天还没有想好，但是今天突然灵光闪现，他做供应链也挺好。他对供应链很熟悉，还是潮汕人，非常心细，会算账，有很好的后勤管理能力。这样我至少找到两个人了，两个主动想创业、曾经创过业、未来想创业成功的人。

我特别高兴，给他们两个人回复了同一个内容：“一周后，到公司报到，我们共同战斗。”

有了志同道合的兄弟，事业真正开始。

2. 公司注册

项目方向明确，人员基本到位，心情自然舒畅。我又找时间在广东省和上海市做了详细的调研。毕竟，广东和上海是中国口腔市场中最有代表性和销售力的区域。这两个地区的市场调研，对我们的新项目来说是非常重要的市场竞争分析依据。

调研出来的结论很简单，就四句话：一是头部品牌优势明显，几乎占据市场80%以上的份额；二是价格促销竞争严重，大包装和大特价是销售主流方式；三是线下销售比重非常大，各大头部品牌的促销员是现在的销售主力；四是除了牙膏，其他新兴品类的销量非常低。乍一看，都是问题，但是仔细想，都是机会。俗话说，有就是没有，没有就是有，关键是要“无中生有”，从市场问题中找到市场机会。这次调研，让我有了更多的思路和信心。

一晃两周过去了，我让刘奇和黄俊凯收到我的通知后再到广州，因为我们还有一件非常重要的工作要做，那就是注册公司。我们必须尽快成立创业主体，这也是美天古总督促我要做的事情。我必须趁古总还没有去澳洲工厂之前，将公司注册的事确定下来。

其实，在澳洲的时候，古总就和我沟通过成立公司的细节。古总一直和我强调，我是新项目的创业者。他希望通过我的创业来打造美天的一种新型发展模式，老品牌做分红激励制，新项目做内外部孵化制，激活企业的人才，从而激活企业的品牌或者投资品牌，实现企业做大做强。

在澳洲的办公室，我和古总的办公桌一前一后。古总一直和我说，新公司是我做老板，他只做投资人。因此，我自己创业，就要按照自己的想法大胆去做。

我虽然做了20多年的日化行业职业经理人，对企业和品牌的操盘非常熟悉和熟练，但是对于自己成立公司做一番事业，真的是一张白纸。

我的想法非常简单，重要的是我要做成这件事，将自己的思路和想法变成现实，从而走向成功。所以，我对于企业的法人治理结构没什么概念，甚至不断和古总开玩笑说，对于新项目我唯一的要求就是四个字："不要管我。"我老是说，我就是想过一把瘾，大胆向前冲一次，用成功实现梦想。

年后第一次见面，古总就问过我公司注册的事情，而现在我也必须将自己的思路与古总沟通一下。

我其实一直有个习惯，喜欢将自己与人沟通的内容框架提前写下来，形成几个纲要，然后按照这个框架纲要与人沟通。这样交流就不会散漫，能够形成一项又一项的结果。

其实，针对新公司的创立，我也有自己简单明确的思路。

我给自己的定位是职业经理人和创业者的综合体，美天和我共同投资，我负责整体运营，同时让核心的创业伙伴投一点钱成为次级股东，形成美天是支持者、我是经营主体、核心员工是共创团队的整体。

曾经有好几个朋友劝我，让我自己单独出来闯，不要牵扯前公司。可我还是坚持借势美天，这样资金上也能充裕一点。靠我那几百万元也做不大，而有了美天的支持，我可以整合资源。我和创始团队放出一部分股权给美天，自己完全操盘和独立运营。

也曾经有行业内的朋友和我说，我和团队应该占一部分管理股，因为我们是实际经营者，除了现金股份，我还应该享受比同等现金更多的股权占比。

这些建议我都没有接受，一方面的确是我对公司的法人治理不太懂，另一方面是我相信美天，相信古总，更相信美天孵化企业的战略思路。美天投资新项目的目的是做大做强企业，不是独占企业，更不是绝对控制企业，而是倡导体系内外百花齐放的一种新成功模式。

再次与古总沟通的时候，我非常平和，思路也非常清晰。

我拿出一张纸，现场给古总画出公司成立的基本思路，一边画一边和古总说："美天、我和团队都投入现金成立公司。前期，古总需要支持我们的创业项目，我个人的工资继续由美天发，我在美天也顺带做一下KA① 和电商平台对接。等新项目能站起来独自行走了，我的工资再从新公司发。”

古总看着我，听我继续啰唆：“公司注册资金2000万~3000万元就够了，大家都实打实地投入资金，先将项目启动起来。如果未来有其他融资需要，或者有共同加大投入的要求，我们再来优化股权结构。”

说这番话的时候，我心里也在打一个小算盘，我的工资继续由美天发，那么新公司就可以少支出我的收入费用，我自己也可以站在一个进可攻、退可守的安全位置。古总很快就明白了我的意思。对于我，他向来很包容，也知道我是一个直接的人。

“这个想法不是不行，你的工资从美天出，我觉得暂时可以，一方面你还要带着美天的大营销团队、带着小古总向前走，做好公司二代传承的推进；另一方面你的工资对于新项目来说压力也大，这也相当于美天支持你，让你在项目启动初期少一点现金流压力。”

古总边说边望着我，似乎要看透我的隐藏之意。紧接着，他话锋一转：“这个支持最多给你一年时间，一年以后你必须完全独立去干，这样才符合创业的逻辑。”

“一年太少了，两年吧。”我一听古总这么说，就迫不及待地提出了新要求。

“两年太长了，最多一年。”古总说。

“第一年做规划、做产品、做供应链对接，很快半年就过去了，还没有享受到什么社会主义温暖啊？企业发展毕竟有前期启动期，古总还是支持两年吧。”

“那就一年半吧。”古总终于笑了笑，“你刚当老板就开始会算账了。这一年半算美天支持你的，就这么定了。”

我没有让步，继续嬉皮笑脸地说：“古总，我不管那么多，你一定要支持我两年啊，另外股权结构和公司注册就按我前面写在纸上和您汇报

① KA：Key Account，关键客户。

的思路去做吧？”古总没说行还是不行，我就假装古总默认了，说：“两年，就这么说定了啊。”

匆匆走出古总的办公室，我感觉两腿生风。整体来说，自己的想法算是得到了古总的认可，又搞定了一件大事。

刚走到电梯口，我就发现刘总从另外一个办公室走了出来。刘总一把拉住我：“程英奇，你新项目的市场部负责人找到了吗？”

刘总是美天的总裁，也是古总的夫人，做事向来风风火火。我没想到她还专门为我找团队。

我连忙向刘总询问有什么好建议。

刘总也是快言快语：“我觉得杨卓宝挺不错，可以让她做新项目的市场总监来帮你。”

“刘总，古总前段时间给我立了一个规矩，那就是美天的人我一个都不能动。”

“英奇，我当然知道，但是杨卓宝不同。她是 MEY（护肤品品牌）的市场总监，但是 MEY 团队现在可能要搬到上海去。卓宝家在广州，她去不了，我想正好可以转给你做市场总监啊。”刘总继续给我解释。

“那我考虑一下，了解后再汇报给您吧。”我边回答刘总，边在脑海里搜索杨卓宝这个人。她一直在做品牌管理和产品开发，在药王、汀美、雅婕和韩倩等化妆品公司都做过，有专业能力和经验，只是不知道她的创业意愿怎么样，也不知道她对口腔项目有什么想法。这段时间，我始终觉得，创业者的意愿是创业团队的基本元素。

我一边下楼一边想，如果杨卓宝也想创业，这倒是一个非常优秀的人选，也正好可以快速融入创业团队，马上就有产品的落地了。

人逢喜事精神爽，凡事一顺则百顺，我感觉自己创业的每一个起点，都会有新的势能等着我，定项目、定人员都一样。

3. 研发转向

第二天，我找杨卓宝来我的办公室。对于创业伙伴，我还是那句话，意愿很重要。

杨卓宝是“80后”，从事品牌管理工作已经有十多年。我和她开门见山地说：“卓宝，是这样的，我想做一个新的口腔项目，公司内部也都知道我的情况。现在我们缺一个品牌负责人，昨天刘总推荐了你，我也大致了解了你的情况，你感觉怎么样？”

“太好了，程总，我们都知道您在做一个新项目，大家也都很看好您。如果我能够过来助您一臂之力，那么我是十二分愿意。毕竟，我也想跟着您做一番大事业。”

杨卓宝回答得这么爽快，让我有点诧异。我心里想，她可能还不完全了解新项目的情况。于是，我和她讲述了一下整个项目的思路和未来的操作模式，然后和她开玩笑地说：“新项目一定会遇到很多问题和挫折，也需要付出比平常多几倍的努力，而且没有高薪。这是一个既有挑战又有压力的工作。当然，如果成功了，我们自然也会收获更多的鲜花和掌声。”

“我没问题的，随时可以到位。MEY那边做好交接就行了。我对品牌管理也很有信心，况且是和程总您一起工作，我也可以学习到很多，可以更好地提升自己。”

杨卓宝的话语很坚定，看似套话，又感觉不是套话。毕竟，她不是一个工于心计的人。

“程总您的思路我完全相信，我在品牌和产品开发方面也有丰富的经验，愿意与程总您一起去拼。”杨卓宝可能是看到了我的犹豫，又进一步强调，“这对我来说，也是一个全新的开始，我有这个思想准备的。”

我从杨卓宝的眼神里看到了意愿、真实和信心。我想，这也是我最看重的创业伙伴素养，所以就简单干脆地拍板了。

“那就好，你和销售总监刘奇，还有供应链总监黄俊凯，下周一就全部到位吧。人事手续和办公室安排由我来落实。”

我还是急性子，说出的事就必须马上办，落实到位。

人员马上就要到位了，所谓万事俱备，只欠东风，这个东风就是产品基础研究和香精公司调香情况。我开始给四大国际香精香料公司的大佬打电话、发微信，不断催促。毕竟，在法国时，我买的那支香水牙膏的使用感并不让人满意。目前，原料和香精公司都迟迟没有给我答复，我内心很焦虑。因此，我必须制订具体的工作计划，和大家展开行动了。

在我的催促下，香精公司调试的产品寄过来了。我迅速安排美天市场部的伙伴们帮忙安排试用，我自己也先刷为快。

结果很不理想，我自己很不喜欢，美天市场部的年轻人也反馈香水味过浓，总有一股化学品的味道，甚至有点刺鼻和恶心。对结果的不满意，导致我着急上火，甚至认为这是原料公司和香精公司在敷衍我，没有深入去做产品的调配升级，或者是他们根本不看好我的项目。

我的第一个电话打给了香馨东北亚的总裁程总。程总是我多年的好朋友，也是北大的高才生，在日化原料和香精界的人缘非常好，也特别热心。因为熟悉，加上着急，我在电话里非常不客气。

“程总，你可不能忽悠我啊。我用了一下我们的香水牙膏，非常不好用。我和香馨沟通对接了一个月，提出了三个要求：一是要有香水味，二是要清爽，三是要留香效果持久，其他的美白、防蛀之类的功效先做基本的就行。但是现在给我们做出来的产品，香水味很冲，清爽感不足，留香也没有什么感觉。这样我的新产品创意推广不下去啊。”

我说话的语速很快，像机枪一样，我估计程总从电话那头都听出了我的火气。程总很淡定，他知道我的性格，也没有怪我，对我打开了长时间的技术解释模式。

“程总你误会我了，我们绝没有不重视这个项目。我安排了谢副总来负责，成立了专门的工作小组，谢副总也按照您的三点意见去推进项目。但是在实际操作过程中，我们发现您的几个要求是相互矛盾的，香水味本身就有很强烈的刺激性，很冲是正常的。香水味过重，我们的清爽程度就和它有冲突，而口腔里面是个流动的环境，留香的时间也有限。这几个原因就导致我们要不断寻找平衡，不断调配配方。说老实话，我们内部对这个配方也很不满意。要不是你催得急，我们都不应该将自己都不认可的产品寄给你。”

程总的解释不但没有让我接受，还让我觉得他在搪塞我。有时候，我会蹦出一种小人思维，觉得没有达到自己的目的是别人过于随意。

于是，我又给芬美的王总、吉顿的马总和法国曼思的黄总打电话，得到的结果却是一样的，就像他们提前商量好了一样。

这让我开始冷静下来思考，是不是我的想法真的不符合产品技术的逻辑？或者香水牙膏是一个伪命题，根本无法实现？

于是，我又召集了美天的几个技术总监和调香实验室的负责人开会，虽然他们不做口腔产品，但日化用品是相通的，可是最后得出的结论居然和四大国际香精香料公司一样。

看样子，我的确是用主观意见去推动项目思路，不由得有点懊恼和沮丧。这帮技术人员，怎么不早说呢？但是回过头一想，我和技术团队开会的时候经常讲，不要过于用专业的思维否定营销的创意，要先去尝试，只有尝试后才知道营销和技术结合的有效性。所以我也不能责怪他们，因为他们也希望在尝试中获得满意的结果。

散会的时候，美天化妆品技术负责人陈博士和我说了一句：“程总，口腔产品是入口的东西，不能完全和我们现在的化妆品、洗护用品画等号。化学用品在口腔中的运用有不同的标准和要求，所以，我觉得香水和牙膏之间的兼容应该有问题。”

陈博士这句话再次让我陷入沉思，直至下班我都在想，香水牙膏的方向看样子有很大问题，是不是这个项目的起点就是错的呢？

就这样我过了一个郁闷的周末，自己的想法被技术否决了，自认为绝佳的创意居然无法实现，一切的激情只是一个幻想。

一想到没有未来，我就不能等了，我感觉真正的答案一定在市场。因此，周末我继续到各个门店做调研，去和营业员沟通，试图了解市场要什么、顾客想什么。

我自己开着车，在广州开启扫店模式，去看牙膏、看香水、看化妆品、看洗护用品。但看来看去，都是一个样，要么是同质化卖点竞争，要么是低价大促销竞争，而这两个绝对没有未来。我陷入了一个迷宫，陷入了自己的局中，变得非常困惑。

看完广州的艾之玛（大型购物超市），天色很晚了。我开了一天的车，不停看店和思考，无比地疲倦。离开店时，我顺手买了一瓶口香糖。在车里放口香糖是我多年的习惯，有块口香糖在口里嚼一嚼，可以防止自己开车犯困。

我开车的时候容易走神，一边嚼着口香糖一边想，还有别的口腔产品创新思路吗？包括以前技术人员和我反映的无水牙膏可以做吗？以前朋友和我说过的抗幽门螺杆菌牙膏可以做吗？经销商提到的益生菌牙膏可以搞吗？我一边想一边否定：无水牙膏是逆人性的，实际使用感也不好；抗幽门螺杆菌牙膏是收智商税的，根本就是在忽悠消费者；益生菌牙膏虽然有一定效果，但是已经漫山遍野，很多品牌都在做，很难做出差异化。

开车时思考的苦闷和纠结，一直到停车回家还无法停止。进入家门前，我吐掉口香糖，才开始停止思考。

但是，坐在家里的沙发上，我脑海中突然迸发出一个灵感火花：虽然口气清新与香水有冲突，但是口气清新可以通过口香糖来解决。如果把口香糖的香味与牙膏结合起来，是否能够融合？而且口香糖也是食品级的，与其他口腔原料应该也可以融合。

我一有想法，说干就干。虽然是周末，而且是晚上十点半，但是我也管不了那么多了，直接拉了一个群，将四大原料香精公司的老大们聚在一起开电话会议。我估计这样的事情只有我这么厚脸皮的人才干得出来。毕竟，这四家公司都是竞争关系。这样的集合电话会议方式其实不太尊重合作公司，但是我要赶时间，又想通过他们找到自己更加精准的合作方向，所以只能借着老朋友的关系，用特殊的方式去推进工作，这样才有更好的工作结果。

在电话会议中，我抛出了自己做口香糖牙膏的全新想法。这一次，原料香精公司出奇一致地肯定了我的想法，因为这样就解决了香味和口气清新对冲的问题。况且，他们本身就在给口香糖产品提供香精原料。研发口香糖牙膏，虽然跨界，但还属于口腔产品，很容易实现，一周内就可以给我新配方。

这时候，我真的佩服自己。只要思想不滑坡，方法就比问题多。这个好想法让我再一次超越自己，树立了新的勇气和信心。所有的疲倦消失殆尽，一切都变得无比美好。晚上，我做了一个梦，梦到自己在草原上快马飞奔。我想，这也许预示着我的创业项目会快马加鞭前进吧。

4. 团队启动

按照既定的时间，周一，刘奇、黄俊凯、杨卓宝全部到位。有了方向，也有了团队，我做的第一件事就是统一思想。

我向来认为，所有的管理都是有层次的，**最低的层次是做事，第二个层次是管理，第三个层次是领导，第四个层次是思想**。做事只能活在当下，关注眼前；管理则有秩序、有计划、有条理；领导是方向、思路清晰，不断带领大家朝着正确的方向去战斗；思想是最高层次的，也就是大家有共同的愿景、共同的志向，在共同的志向中统一思想，步调一致，始终保持统一的态度、高度和不同的操作维度，以形成共同的精彩。思想的影响力才是企业经营的最高境界。

统一思想不分企业大小。因此，我在团队到位的第一天，花了半天时间开会，目的只有一个，即统一思想，形成共同的步调。

我的确很喜欢开会，很多年以来，我办公室隔壁就是一个会议室，大会、小会都能够形成决议，形成工作的推进力。

虽然只有四个人，但我们的会议却开得很深入。我向大家介绍了未来创业的两大思路：一个是口腔品类发展的创新方向，另一个是共创共赢未来的理念。

口腔品类发展的思路有五个：**一是从价值差异化方面去打造一个全新的口香牙膏品类，做开创者和领导者；二是树立一个做年轻人最喜爱的口腔品牌的梦想；三是要做出新口腔的年轻时尚和色彩；四是打造一个全新的线上线下共进的发展矩阵，线上造势，线下收割；五是通过新**

媒体创新的四两拨千斤的机会主义来冲锋。

这五点是我思考了三个月的精髓，也是我总结的创立一个成功新品牌的基本要素。我也和大家详细分析了当前的口腔行业市场环境和品牌竞争情况，分享了我的思考历程。

在企业的经营思路上，大家都没什么意见，这也是大家意愿和信任的体现。在创业初期，只有一个声音，大家才能集中力量办大事，才能够在大方向中找到各自的精彩做法。我不排斥民主，但是在大事上必须我说了算，民主是体现在工作方法上的百花齐放。

刘奇、黄俊凯和杨卓宝都熟悉我的风格。因此，在统一思想这个问题上我们都达成了共识。

对于共创共赢未来的理念，我和团队分享了自己多年做职业经理人的内心感触。在企业内部，大部分职业经理人再优秀，都不可避免会有公和私之分。当我们一切都是为公司而做的时候，我们没有压力和担当。当我们为自己而做的时候，我们就有一种责任感和主人翁精神，就知道权衡利弊，知道如何全身心投入工作。

因此，关于创业团队，我的想法是共同持股，直接投入，大家以股东的身份形成最早的创始人团队。这样，大家都是公司的主人，都有行动力，都有成功的梦想和欲望。在起步期，我不和原始创业团队谈期权，而是直接以实际股权的方式合作。至于未来的新人才、新高管，则可以通过期权的方式形成共创的机制，让公司的高管团队共享企业、共享胜利成果就是我们团队战斗力的关键。

这是一个全新的想法，也是我的真实想法。我自己对创业项目的想法是争取快速成功，迈上事业新台阶。我最在乎的不是股权和经济利益，而是大家一起成功后的自我实现。

从另外一个角度来讲，既然是创业，大家就必须投入资金，来体现自己的权益和担当，用市场化的方式实现市场的共建和共成。

对于我说的共创共赢未来的理念，大家的反应则没那么积极。毕竟，对于我说的思路，大家以前没有经历过，虽然他们的股权比例不是很大，但是让他们一下投入上百万元，他们还是有一些顾虑的。但是我很坚定，我一直强调，意愿、相信、融合是创业团队的基本准则，投入也是这个准则的体现。

在会议最后，我掷地有声地和大家说："要做就做得轰轰烈烈，要么就不做。你们三个是我选的创业合伙人，我们在一起就要同舟共济。但如果想法不一致，在创业上患得患失，那就说明大家的决心不够，还没有做好创业的思想准备。"

说到这里，气氛稍微有点尴尬。刘奇率先打破尴尬，笑了笑说："不是我们不相信公司和程总，而是我们还需要消化一下领导的精神。领导给我们一天时间，我们搞明白您的方案以后再最终确定吧，还请程总理解啊。"

有时候，我觉得刘奇既有匪气，在市场上敢于"喊打喊杀"，又有文气，说话做事情商很高。他的一番话，让我从急迫和焦虑的情绪中放松下来，说话也平和了很多："既然这样，大家就把我今天讲的企业经营方向和团队合作理念先消化一下，我们明天再定吧。"

回到办公室，我还没有回过味来。本来我以为说出这些话，团队应该非常认同和有共鸣才对，怎么还会冷场呢？我心里有点不是滋味。

黄俊凯中午到我办公室一起喝茶。他是潮汕人，泡茶是把好手。我知道喝茶只是他的借口，主要还是想和我聊一聊他的想法。

"怎么样，打退堂鼓啦？"我率先抛出话题。

"程总，我们绝不是打退堂鼓。和您明说吧，我们几个觉得，我们是经营者，同等的资金得到和美天同样的股权，是否合理？我们是不是应该还有管理股？比如我们投入资金少一点，但是股权比例大一点。这种方式在很多创业公司都有先例。"他顿了顿，继续说，"企业未来如果真正成功，投入几千万元肯定不够。如果需要继续投入资金，我们的实力肯定不够，那会不会在未来的投入中，我们的股权不断被稀释，最终使得股权成为一种形式？"

"这是你们几个人共同的想法吗？"听闻这些，我感受到他们确实很深入地思考了我的方案，对此我有点欣慰。他们不是不相信事业，而是对自己的权益有所担心。

黄俊凯重新泡了壶茶，继续慢条斯理地说："我不知道杨卓宝是怎么想的，但是我和刘奇是这样认为的。"

我品了一口茶说："既然大家有共同的困惑，那就不是你们想明白了回答我，而是我要回答你们的问题。这样吧，你把大家叫到我办公室来，我们一起当面说明白会更好。"

十分钟后，刘奇和杨卓宝到我办公室，相当于我们重新开一个小会。

我必须反省一下自己，我在创业团队中过于强势，总是将自认为最好的想法强制灌输给团队，忘记了思想需要沟通，而不是强制。我一直要求创业团队融合，却忘了自己也应该有主动融合的心态，而不是硬性要求。听取团队的意见，并不是改变自己的想法，而是让自己的想法更好地得到落实，更好地让团队接受和领会。

针对大家的问题，我开门见山地说了自己的想法："我认为创业开始，我们要用平等、公平、公正的心态去与美天合作，同股同权也没什么问题。我们和美天是相互推动、相互托起的。况且我也相信古总，相信他的高度和胸怀。在这个问题上，如果我们过于纠结、患得患失，那么反倒会让我们的合作不顺畅。所以大家的第一个问题，我建议不要再提了。第二个问题，我觉得有两种解决办法：第一种办法是，我们不要求管理股，但是可以要求在需要增大投资的时候，美天给我们一千万元借款继续支持我们创业，而不是马上稀释；第二种办法是，我们可以再设立一个期权池。期权池其实也是另外一种意义的管理股，我们通过期权池来保障原始创业股东的权益，也给更多新的伙伴共赢的机会。我相信这些情况我和古总汇报了以后，他也会接受的。因为古总对新项目是一种试点思维，也是一种投资思维。他对新公司的控制欲并不强，但还是很渴望项目成功的。所以，我觉得我们和古总合作也是一种缘分。"

我讲完这些后，刘奇、黄俊凯、杨卓宝就释然了。此刻，他们唯一担心的就是美天是否真正同意这些想法。这个时候，正是我展现能力，让他们相信的时候。我让他们等我的消息，我马上就去找古总沟通想法。结果正如我所料，古总毫不犹豫就同意了。他觉得，既然是新项目试点，他只是投资者，他会为项目的长远发展而尊重大家的想法。

这是一个充满激情、充满曲折的过程。创业团队的心在一起，事就在一起；事在一起，未来就能够一起成功。心的融合就需要在有主见的同时有沟通。只有沟通和打通，才是共同奋斗的起点。

5. 确定商标

团队到位后，需要马上进入工作状态，正式安排工作。

作为一个有强迫症的人，我喜欢将自己的时间安排在每一个节点上，对团队要求也一样。只有将工作尽快落地，才能够推动创业项目迈上“快车道”。

我将创业项目的启动工作分成了九大板块。

第一大板块是成立公司和确定商标，由我负责。第二大板块是战略规划确定方向，由我负责。第三大板块是启动研发出新产品，由杨卓宝负责。第四大板块是供应链启动做协同，由黄俊凯负责。第五大板块是渠道策略要明晰，由刘奇负责。第六大板块是完善团队做好管理，由我负责。第七大板块是财务预算做清楚，由我负责。第八大板块是完善组织优化团队，由我负责。第九大板块是品牌产品发布会起航，由我和团队共同负责。

这九大板块是我针对企业和品牌创业制定的路线图，既有企业整体的管理框架，又有团队工作的具体分工，更有企业推进的时间轴，非常明确，也非常有管理逻辑。

当我将工作思路、工作项目计划分解给大家后，我们约定了一个以6月底为截点的工作倒计时。大家将工作项目做成甘特图，以推动工作按时按量完成。

首先就是要成立公司，确定商标。

其实，成立公司很容易。股权思路明确了，投入方案定了，去做工商登记就行了。但是，我非常重视公司名称和品牌名称。我认为，企业的成功要赢在起点，而起点成功必须从一个好名字开始。我甚至和团队开玩笑说，一个品牌的成功，是有顺口溜的：**听见名字有联想，看见包装有幻想，使用产品有感想，这个品牌就能够打响**。虽然这是我自己总结的顺口溜，却反映了企业和品牌成功的核心要素，那就是品名、包装和品质。名字则是关键的第一步。

黄俊凯建议我想一个商标去注册，我果断拒绝了，因为商标注册的时间漫长，我们不可能等待那么长时间，况且好商标大多被人抢注了，自己很难一下想出一个特别如意的商标。做了这么多年的企业管理，我觉得找商标最好的办法是去购买已经注册好的商标。

于是，我叫杨卓宝迅速去搜寻商标，并且给她提出了我们寻找商标的六个标准：一是必须是适合牙膏等口腔产品的名字；二是只要两个字；三是要有年轻时尚感；四是商标要有内涵；五是要覆盖到未来日化行业的整个商标类别；六是能够与口腔清新或者留香相关联。

这些标准是我自己总结的。口腔品牌自然要和口腔行业相搭配；两个字好记忆，容易传播；有内涵的商标才有消费联想；符合类别才能经营持续；清新、留香的认知更是品牌定位的印象。

杨卓宝接到我的要求以后，马上展开了行动。我希望她三天之后给团队提交一份商标选择的建议。

我也没有让刘奇、俊凯闲着，把他们叫来和我讨论渠道思路和供应链后勤管理思路。工作有了节奏感，就有了充实感；有了充实感，就有了干劲儿。

杨卓宝的效率很高，只花了两天时间就给出了 5 个商标建议。当然，在此之前，她已经从 80 多个商标中做了初选，包括在美天的年轻人团队中做问卷调研、与 50 个“90 后”面对面沟通，筛选出 10 个商标，再通过一轮线上投票，最后筛选出 5 个：乐达、清幂、白皙、黑箭、品香。

我和杨卓宝、刘奇、黄俊凯对此展开研讨。杨卓宝喜欢清幂和白皙，清幂与亲密谐音，白皙可以体现牙齿美白的卖点；刘奇选择乐达和黑箭，他深刻认可了口香糖牙膏的卖点；黄俊凯则喜欢黑箭和品香，他除了认同口香糖牙膏的卖点，还认为我们可以进一步突出品香的联想。听着大家的意见，我也有点难以抉择。我都喜欢，又都不喜欢，比如乐达太男性化了，清幂的“幂”字太复杂，白皙感觉像化妆品，黑箭好像黑客和盾牌的山寨版，品香又让人觉得不像口腔产品。也许是我有点鸡蛋里面挑骨头，但是创业者就是要挑剔，因为品名是至关重要的第一步，绝不可随意。

不满意就难以决策，于是我想听听美天集团周翔的意见。于是，我拉上大家去找老周，一起去公司附近吃炒鸡，边吃边想。

4月的广州，天气已经很热了，要不是炒鸡的味道不错，我们绝不愿意坐在一个火热的炉子边吃饭开会。看来好的产品还是刺激需求啊。一大盘鸡上来，大家的食欲也提上来了。我站起来，边用锅铲翻滚着炒鸡，边撺掇着老周："你是品牌专家，说说你对这些商标有什么建议？"

老周有点小狡猾，反问了我一句："程总你喜欢哪一个啊？"

"我一个都不喜欢，"我笑着说，"想听听你的意见。"

老周明显有点慎重，也许是他觉得这是我最重要的创业项目，说话要负责；也许是他也觉得这些品牌名字都不够好，他的回答有点牵强："领导你都不喜欢，那就再找，再选一选嘛。"

"我们已经选了三天，做了大规模的调研和问卷，才有了这5个商标。我估计商标库里像样的名字都被我们找完了。"我对老周的回答颇有点失望。

"那我给程总出一个主意，既然你从外部商标网里面买也是买，那为什么不看看美天已经注册过的商标里面有没有合适的。美天如果不打算用，你们就可以买过来嘛。"

老周毕竟是老手，一句话就让我们打开了新思路。

"这是个好办法。卓宝你马上找美天的法务要一下商标库，我们初选一下。如果有合适的，我去找古总沟通一下，转过来。"我即刻拍板新的工作安排。

吃完饭，说干就干，下午我们就开始了新选择。美天注册的商标的确非常多。在众多的商标中，我一眼就看到了"冰泉"这个商标，这个名字好像与我有缘，一下子就打动了我。一是名字朗朗上口，容易被人记住；二是创意来自阿尔卑斯山下的冰泉水；三是我觉得带水的名字能给人清爽、清新的感觉；四是泉字上还有个白字，水又是财。"冰泉"真的特别符合我选商标的要求，契合我说的听见名字就有联想的理念。当我说完我的意见的时候，大家都表示赞同。说着说着，刘奇突然一拍桌子，说："程总，就是冰泉了。我觉得这个商标就是为我们量身定做的。"刘奇这小子，就是这样，平时说话不自信，激动和兴奋的时候，表达又特别粗鲁和干脆。

古总对我们的商标选择意见很支持，也觉得“冰泉”这个商标特别有感觉。不过他提出来，美天注册“冰泉”的时候花了多年的维护费用，从市场化的角度来讲，我们创业团队是要出维护费用购买的。这个时候，我又开始展现自己的耍无赖精神。我一边和古总激动地描述项目思路和蓝图，一边趁机和古总说：“我们现在是创业初期，老大你要给我们支持和动力，商标的事就不要谈钱了。你也是股东嘛，给我们省点费用吧。”

古总已经熟悉了我的套路，笑着骂我：“自己当老板就知道算账了，你小子倒是精得很。”

“不精不行啊，创业艰难。”我在古总面前随意惯了，一边走还一边嬉笑着说，“我们就注册冰泉公司，用‘冰泉’商标了啊。这个商标就当你送给我们团队的创业礼物，谢谢老大，就这么定了。我马上通知相关部门去落实。”

这种霸王硬上弓的方式，估计换了别人，古总是不吃这一套的。但是对于我，他总是有些偏爱，最终“冰泉”商标转让只收取了3万元的基本转让费和维护费用。这也的确是古总给我们启动项目的支持，给了我们更多的前进的力量和信心。

4月30日，冰泉化妆品科技有限公司正式成立，“冰泉”商标也正式转让完成。我的创业项目又上了一个新的“快车道”。这真的是特别有意义而又值得纪念的一天。冰泉“泉力”出发了！

6. 战略规划的冲突

我一直在思考创业项目的思路，但是在新企业和新品牌创立的过程中，绝对不能凭着感觉走，必须制定完整的战略规划。有规划地前进，才能有成果地推进。

我个人特别推崇工作计划的精准性，所以一直认为，目标刻在石板上，计划写在沙滩上。我们的工作必须紧扣目标，一切为目标而战斗，而战斗的目标需要靠一步步推进作战计划来实现。计划是一切工作的指南针，但是也不能只按既定的计划向前，而忘记了管理的灵活和应变。既然计划是写在沙滩上，那么就要随着风浪对计划进行适应性调整。这样才能让工作有章法、有方法、有做法。

因此，我召开了战略规划会议，和团队明确了战略规划的提纲。

（1）战略研究分析，通过内外部环境的SWOT分析得出战略方向，由我负责。

（2）战略目标的设定和3~5年营销目标的分解，由我负责。

（3）品牌和产品战略规划，由杨卓宝负责。

（4）价格战略规划，由我和杨卓宝负责。

（5）渠道战略规划，由刘奇负责。

（6）职能及供应链支持战略规划，由黄俊凯负责。

（7）年度战略预算，由我负责。

（8）年度战略工作行动路线图，由各自负责。

这个战略规划非常清晰。这样一来，我们的工作就不会走偏，能抓住核心和重点，实现更加高效的前进。

在会议上，创业伙伴们一致觉得这个战略规划太虚了，没有意义，还浪费大家的时间和精力。对此，我坚决反对。我给伙伴们讲了一个道理，任何事业，只要路对，就不怕路远。我们的战略规划，讲的就是目标、策略和方法，规划好我们未来要走的路。

对我来说，做战略规划轻车熟路，一切都在心中。如果要写，洋洋洒洒可以在一个晚上赶几万字出来，但那样才是形式主义。做战略规划，我们要的是群策群力。如果是我一个人写的，那就只是我一个人的思想，无法让大家形成战略的融合和同步。如果是大家一起做的，那么大家都可以通过战略规划进一步提高自我能力和将来操作的熟练程度。

我给大家完成战略规划的时间是一个星期，因为战略大方向基本确定了，剩下的都是策略性的内容，以如何做为主。我和创始人团队都是营销管理的老革命了，凭着以往的经验和适当的调研，就可以形成自己的战略框架。更何况，整个战略规划基本上都在我心中，我们可以通过集体的智慧去实现更好、更精准的行动规划。

四天调研，一天讨论，两天撰写，我很快就安排了大家各自的任务并落实执行。在战斗之前，我和大家复述了一遍大思路，让大家不要迷失方向。

看得出，刘奇、黄俊凯都是营销野战军出身，对战略规划有所畏惧，不知道如何做，担心自己无法形成专业性和系统性的规划文件。而杨卓宝对于战略规划也有着自己的顾虑，那就是她对口腔领域还是有点陌生。我对刘奇、黄俊凯说："你们都有丰富的实战经验，就根据实战经验来写规划，怎么想的就怎么写，实在搞不明白就和我探讨一下，我给你们一些启发。"对于杨卓宝，我给了她更多鼓励。正因为她以前没有做过口腔品牌研究，才不会被过去传统的口腔品牌思路所影响。也正是因为其他企业同质化，我们才需要思考跨类目、跨界限的价值差异化，从而能够站在战略规划的新高度。

看、想、问、破，我又送给创业伙伴这四个字，实际上就是告诉大家：要多看市场、看数据、看行业优秀的做法；想着自己的战略板块，建立合适的逻辑结构；问同行、问朋友、问渠道商甚至问对手；打破传统操作思维，打破原有的管理格局。在战略规划开始前一天，我像一个管理培训师一样，一遍又一遍地和大家强化战略规划的制定方式，并梳理框架。

在战略规划的第一天，我将自己心中的规划写了出来，有三四千字。但我觉得还应该去听听外界的声音，听一听大家对"冰泉"快速创新突破的建议。

于是，我买了一张机票飞往上海，去请教自己的营销创意老师叶国中。

叶国中被称为"中国营销创意第一人"，他的创意成功助力了上千个品牌。他是我的老师，我是他的企业界大弟子。因此，我自己做企业、做品牌的时候，必须听听他的意见，也必须在叶老师那里获取创意的尖刀。

叶老师的办公室在上海桃江路，美国领事馆正对面。4 月的天气正好，这是一个阳光明媚的下午，给人一种温暖和慵懒的感觉。因为和老师提前预约了，我直接到了他五楼的办公室。

叶老师坐在沙发躺椅上，头上戴着顶帽子，边喝茶边抽着雪茄，天生一副大师的气质。叶老师是一个很有性格的人，只要是他看不上的人，无论多大来头他都不见。他给别人做创意不仅是为了利益，更是基于自己的感觉和喜好。不了解他的人，觉得他有些特立独行的怪异，但对我们这些熟悉他的弟子来说，他充满着大智慧和洞察力。

我一进门就把自己的外套脱了。这时的阳光，照得人特别舒服。要不是有正事要谈，我还想和老师吹一下午的牛。

“老程，你来啦。最近创业了，是好事啊！”叶老师向来叫我老程，从来不客套，见我说的第一句话非常简单干脆。

“创业才开始呢，八字没一撇，所以专门来找老师帮忙把脉。”我略带羞涩地回答。在叶老师这里，我不敢随意和随便。

“大致的创业情况，我在电话里也和老师说过了。我准备做一个全新的口腔品牌，品牌名字叫作‘冰泉’，想做一个口香糖牙膏产品。”

叶老师眯着眼睛想了想，用笔在纸上写下 7 个字：冰泉口香糖牙膏。然后轻轻说了一句：“有点意思啊，你自己都有什么想法？”

于是，我开始展开长篇大论，从以 Z 世代为核心做年轻时尚的口腔品牌，到如何做冰泉口香糖牙膏产品，如何打造未来口香糖产品全系列，如何做一款高颜值、高技术含量、高体验感的产品，甚至还泛泛地谈到了渠道发展思路和推广促销想法。

我说了一个多小时，叶老师没有说一句话，只是不停地喝茶，默默地听着。

我夸夸其谈之余，还乘兴和他说：“广告语我都想好了：刷了一辈子牙，你刷过口香糖牙膏吗？冰泉口香糖牙膏，不辣口，不刺激，清香祛口气，冰泉口香糖牙膏，冰泉。”

“你打住！乱来。”听我这样说，叶老师猛地将茶杯放下，生气地叫我停下。

我吓了一跳，知道自己有点得意忘形了，但还没意识到哪里惹他生气了，于是赶紧坐到椅子上，老老实实等候他的训斥。

叶老师看我没那么张狂了，才缓了缓语气，说：“老程你啊，真的是乱来。刚刚那个是咱们做美天时用的广告语，你怎么能够东施效颦，山寨自己呢？不但糟蹋了一个好创意，还让自己变得很低劣。你这样做太让我失望了。”

我的脸一下涨得通红。我原以为自己把美天的创意移花接木到冰泉，会得到老师的认同，没想到却让他如此反感，心想，糟了，弄巧成拙了。

“不过，你前面讲的思路我还是很认同的。老程还是老程，有两把刷子，古总给你取的‘中国日化营销第一人’，你并非浪得虚名。何况你是我叶国中的学生，做品牌还是有点含金量的。”叶老师续上一杯茶，继续说，“冰泉口香糖牙膏，这个创意挺好；做年轻人的消费，也挺好；做高颜值的包装，从传统里面跳出来，也挺好。但这些都只是表象，最重要的是，要提炼出品牌最核心的内涵。你创意的关键在于认清楚口香糖牙膏只是一个点，还要从消费者的痛点入手，找到冲突并制造冲突，这样，创意的力量才会无穷大。”

叶老师在纸上又写下几个字，示意我看，同时强调：“口香的冲突是口臭，你只有强调口臭这个痛点、放大这个痛点，才能够制造口臭与口香的冲突。冲突越大，你口香糖牙膏的价值就越大。你不能只盯着做口香产品，这是表象，放大口臭来实现与口香冲突的价值突破才是最重要的。另外，你还要想一想，口香还会给消费者带来社交价值，让生活亲近的情感价值，这些是你未来制造冲突后的品牌升级。”

我是真的佩服叶老师，几句话让我醍醐灌顶，打通了冰泉创意的任督二脉。我迅速理解了老师对于冰泉创意中的冲突的高度把握，理解了老师如何让自己从口香糖牙膏的平面营销走向立体冲突营销策略。所谓的平面营销就是同纬度宣传自己好，而立体营销则是站在一个新的高度全方位地放大冲突。这样冰泉品牌就有了加速度，有了腾飞的翅膀。

被老师批评真的是一种幸福啊！

看到我能够很快理解并融入他的想法，叶老师又变得非常高兴，说：“你刚开始创业，我就是点拨一下你，我给你写几幅字作为祝贺吧。”

在叶老师办公室，他现场写下四幅字：

“冰泉口香糖牙膏”

“用冲突创意冰泉”

“冰泉口香糖牙膏，清新口腔，越刷越香”

“横扫千军”

我捧着这四幅字，赶紧和老师合影。这也是我吹牛的资本，正好可以满足我的虚荣心。叶老师真的是太了解我了。

当天，我就坐晚班机回到广州。伙伴们的战略规划还在进行中，而我已经收获了全新的创意密码。叶老师写的四幅字给了我很大的能量，“冰泉口香糖牙膏”是产品创新，“用冲突创意冰泉”是价值放大，“冰泉口香糖牙膏，清新口腔，越刷越香”，这不就是我们的广告语吗？而“横扫千军”就是叶老师对弟子带领全新创业团队的期待吧。

战略规划的高度不同，规划的内容和思路也就完全不同。我们必须进一步丰富和丰满规划内容，必须有更加精准的方向。我必须再和团队共同建立更有高度的新思路。

7. 品牌战略

收获了叶国中老师的冲突思维，我们创业项目团队备受鼓舞。在大方向的指引下，大家思如泉涌，好像真正迈入了创业的大门。每个人都有了新的视野、新的规划思路，心打开了，格局打开了，想法才会更有宽度和深度。

我也修正了自己对战略规划急功近利的态度，将战略规划完成时间延长到两个星期。磨刀不误砍柴工，我们必须准备充分，确保能在4月底完成。

刘奇是做销售的，需要实地出差，去拜访经销商、门店、同行，到一线市场才能听到市场真正的声音。

黄俊凯是做供应链的，需要找到目标供应商和合作工厂，拜访调研、分析评估，了解初步供应采购市场的情况。

杨卓宝需要去了解终端市场，了解线上数据，了解竞争环境，了解口腔市场真正的发展状态。而我在这一阶段，会全力配合卓宝做好品牌战略规划。这就是吃着碗里的品牌，看着锅里的销售，想着田里的供应链。时间和分工到位了，工作也就有条不紊，有章法，有进度了。

品牌战略规划从来都不是虚的，既不是美轮美奂的 PPT，也不是华而不实的品牌罗盘，而是从高到低、从上至下的立体的品牌战略框架。

我迅速写了一个品牌战略规划提纲给杨卓宝，先让她将工作捋一捋：

（1）整体行业数据调研和分析；

（2）品牌人群和细分市场分析；

（3）品牌价值定位和发展规划；

（4）产品整体规划；

（5）产品包装设计；

（6）产品配方研发；

（7）产品价格和渠道定位；

（8）品牌形象 KV[①] 和广告创意；

（9）品牌和产品推广计划；

（10）品牌组织架构规划；

……

一个个算起来，是项大工程。卓宝看了一上午，估计头都大了，急匆匆地来到我办公室，将我写的品牌战略规划提纲递给我，说："程总，这么多工作，我们两个人怎么可能在两周内完成啊？这些都可以写一篇论文了，我看了一上午，自己都有点乱了。"

我让卓宝从办公桌移步到茶桌前，泡了一壶茶，不紧不慢地说："你放心，我心中有数。凡事咱们理顺逻辑，找到根本，做好分工，协同落实，就可以轻松完成。"我看了一眼更加迷茫的她，开启了我的品牌能量传输。

"行业数据和调研是理性的，我们要先有思路结论，再去看数据。数据的主要目的是验证我们的结论，不是重新得出结论。同时，数据能让我们在品牌框架下知道发展的路径和结构。因此，数据方面我们可以让

① KV：Key Vision，主视觉。

美天的伙伴们给我们先梳理好。至于市场实地，我已经看过很多，有很多调研资料。我希望你花两天时间去实地看一看，这样会更有感触。这一块也不需要你花太多时间，我只是希望你能够触摸到口腔行业的温度，感受到行业的冷暖。对于品牌价值定位和发展规划，我已经从叶国中老师那里收获了极大能量，我会结合数据、结合自己的调研思考完成。我们的大方向已经非常清楚了，口香+有社交属性的口腔产品定位，做年轻人最喜爱的口腔产品，驾驭口臭和口香的价值冲突。这一点，你和我保持同样的认知即可。

“产品规划可以分为三块：一是整体产品3~5年的多品类发展规划；二是两年内牙膏产品的发展规划；三是冰泉口香糖牙膏上市计划。前面两项是框架性工作，后面一项冰泉口香糖牙膏的立项开发非常紧要。这个工作你必须主抓。当然，我也会马上找一个产品经理协助你。

“产品包装设计，我们必须寻找一家有创意能力的新锐广告公司合作，让他们在我们的指导下完成即可。你先找三四家合作公司，我们本周评估确定后就开始启动设计工作，同时找一个设计经理负责协同和落地。对于产品包装设计，我们只做评委和裁判，不做运动员，只要指点就可以了。

“产品的配方研发工作，我们两个都不用做，因为我已经找了一个有近30年口腔经验的研发负责人，后续会和他尽快确认到岗。他完全有能力与四大国际香精香料公司对接，确定产品配方。这个工作你和我一起跟进、督促就可以了。

“产品价格和渠道定位工作，不用这两个星期内完成，而是要结合包装、配方、成本、渠道思路最终确定，先做好前期的模拟性研究就可以了。

“品牌形象和KV一起交给广告公司去做。

“广告创意方面，叶国中老师已经给了我们基本思路，我会和他敲定完成，所以这项工作你也不用管。

“对于推广方案，我们也不急，可以先定一个轮廓，后续在工作推进中形成完整的方案。这项工作需要我们团队集众人智慧共同解决。

“关于组织架构，刚刚也说了，会马上给你配产品经理、设计经理、技术经理，加上我们两个人和外部合作公司，大家一起在两周内完成主要工作，启动所有事项，在上市前形成最终结果。你看，这样战略规划就搞定啦。”

我一边和杨卓宝说，一边在白纸上标注了工作主次、分工和时间，足足讲了两个多小时。讲完后我得意地说：“这些工作不多吧？我们绝对可以搞定。”

杨卓宝估计又被我说晕了，假装很轻松地说：“感觉也没那么复杂了。”

我明显看出了她的言不由衷，但是又不能着急。我将写好框架的白纸递给她，继续鼓励她：“你再看一看这个分工，静下心来，想明白了，下午就来找我。”

杨卓宝走后，我依然轻松。我是一个喜欢迎接挑战的人，也是一个越战越勇的人，从来不怕工作多。凡事心中有数，就会脚下有路；千斤重担众人挑，个个头上有分工，一切就都能搞定。

下午，黄俊凯和刘奇估计是听杨卓宝讲了我给她的战略规划框架思路，也跑过来找我了。我一边笑着骂他们：“你们都是老革命了，还找我要什么框架？你们自己找思路，”一边又实打实地说，“你们的工作都是实操性的，我想让你们先自己独立思考，想出自己的战略研究逻辑，之后我再给你们修正。这样才会更有启发和帮助。”

任何工作都不能是“一言堂”，必须从下至上、从上至下群策群力，才能更周全、清晰、明确，便于落地。

杨卓宝是湖北人，我一直非常佩服湖北人的聪慧。果然，下午快下班的时候，杨卓宝不仅完整阐述了工作分工和想法，还制定了一个时间计划表，可以非常实用地推动工作向前发展。我很高兴，创业就需要这种有默契和高效完成工作的伙伴，这样才能够走得更快、更稳、更好。

想法有了，理论有了，经验也有了，品牌战略规划的推进就会很快。

最终，我们选择了广东省领航者广告公司作为包装设计合作方，快速签订合同推动项目向前发展。

产品经理、设计经理、技术经理岗位也如愿招到了合适的人员，形成了“冰泉”品牌部门小团队，工作有了烟火气的小热闹。

对于产品设计，我们最终从五个方案中挑选了一个红蓝色渐变的风格，更有时尚感和价值感，与普通牙膏长得很不同。我经常和团队说，产品要脱颖而出，就要“形象好”，这样才能让消费者高看一眼、多看几眼，赢在起点。

对于产品组合规划、产品包材供应方案、产品全链路上市计划，我们也都在高效推进。

配方研发工作一直在紧锣密鼓地进行。我给技术负责人韩工定了4个规矩：第一是用最好的原料；第二是把美白、护龈、抗敏的功效做实；第三是调香，要做好年轻人的香味测评；第四是要做好产品外观和使用体验的盲测评价。在这4个要点的指引下，杨卓宝又组织了200个“95后”作为冰泉的试用员，给予一定激励，固定听取这些人的意见。当然，冰泉不仅有牙膏，还有牙刷、漱口水、牙线等品类。

其他的品牌战略规划也都全部明确，一切都在掌控之中。

品牌战略规划就是这样，大的、中的、小的，现在的、明天的、未来的，都要一一规划到位，在制定中前进，在前进中完善，在完善中修正，在修正中逐步确定，直至全部完成。我很享受这种工作节奏感和韵律感，以及各项工作落实到位所带来的成就感。

干，想干，喜欢干，快乐干，就从来不觉得疲惫。

8. 渠道战略

公司的品牌战略如同冰泉项目的导航图，让我们在前进的道路上越走越清晰，越来越快捷，促使团队高效前进。

我一边指挥杨卓宝落实各项品牌规划工作，一边关注渠道和供应链的战略思路。刘奇和黄俊凯都在出差调研。

我有20多年的渠道精耕经验，对于线下终端渠道，就算不去实地，也能把发展思路理得七七八八。在多年的渠道管理中，我去过180多个地级以上城市，去的县城和乡镇更是数不胜数。全国大部分地方的大卖场、连锁超市和CS渠道都装在我心里。无论是经销商的布局，还是渠道的经营特色、发展现状、费用情况，我都弄得清清楚楚。况且，大部分经销商和零售商都是我多年的好友，大家大都了解、支持我。有了刘奇这样一个和我共同战斗多年的老将，我更是信心百倍。

对于线上渠道，我在美天兼任电商事业中心总经理，在电商行业摸爬滚打近十年，对各个线上渠道的运营也手到擒来。我非常关注电商平台的战略创新，在2018年总结了**“数据驱动，人群分层，内容为王，精准推广，深化会员，价值营销”**的24字电商运营方针。这24字放到现在也不过时。

虽然我自诩为行业的老炮，但是市场的快速变化让我必须慎重。我一边了解刘奇出差的工作日报，一边制订自己的实地调研计划。在冰泉渠道战略确定之前，我必须去各主要渠道和线上平台了解情况。毛主席说过，没有调查就没有发言权。我必须再去一次一线市场，找经销商、渠道商沟通访谈，听取他们的想法、意见；找电商客户和平台交流，听取他们的建议。市场才是最大的灵感所在地。

成都，是一个休闲之都，也是综合商业比较发达的地方，无论是百货商场还是大卖场、连锁超市、便利店、化妆品店，都有代表性的门店，并且充满了创新和变化。

第一站，我到了成都刘赢的办公室。老刘是我的老朋友，是四川非常有影响力的渠道商，在大卖场、商超和便利店渠道都有着极强的实力和丰富的运营经验。

我和老刘的沟通非常轻松。有时候，如果用朋友的心态去做生意，那么做生意就像朋友之间的交心，很坦诚也很真实，更能互相成就。我把自己的创业思路像竹筒倒豆子一样介绍了一遍。老刘听得很认真，听我说完以后，他非常严肃地对我说：“程总，我们是好朋友，我建议你不要做这个项目。我知道你的能力，但是我觉得口腔产品实在是太难做了，很难做成功。”

老刘的话给我浇了一盆冷水，也让我略微有点不快。但是老刘继续和我强调：“你看现在这几个口腔大品牌，价格已经放到了9.9元，有的还是大包装促销装。你再到口腔区看看，基本上都是促销员和促销活动，竞争太激烈了，还没多大的利润。我这几年做了几个新口腔品牌，都不是很成功，真的很难。”

老刘说得真诚，的确够朋友，每一句话都发自内心为我着想。我没有和他过多解释我的想法，因为我的想法也不完全成熟。而老刘的话似乎代表了中国主流经销商的声音：口腔品牌是一个过度竞争的市场，是一个极难破局的市场。

从老刘那里离开，我又走访了成都其他的经销商，他们也都是我的老朋友。他们也反馈：口腔市场是一个血战到底、不知道有没有未来的市场，并不看好。

带着郁闷的心情，我从成都飞到安徽去见武锐。他是华东最大的经销商，全面布局线下大卖场、包场和CS，线上也做，是一个有规模、有代表性的经销商。当然，他特别喜欢思考，虽然是“60后”，但始终保持着与时俱进的思维。

虽然武总企业做得很大，但为人朴素，专门抽出时间在办公室等我。听我讲完创业的想法以后，武总虽然没有给我泼冷水，但直接问了我一个有意思的问题：“程总，你觉得舒塔牙膏怎么样？你怎么看沐白牙膏这个新品牌？”

我和舒塔的龙总、沐白的高总都是好朋友，武总基本代理了所有的口腔品牌，当然也做了这两个品牌。

我想了想，略微有点勉强地回答他：“舒塔是在终端做起来的品牌，有十多年的沉淀了，算得上是一个非常成功的终端渠道品牌。但是它在消费者心中究竟代表什么，大家也都不清楚。从严格意义上来讲，他们的销售管理做得不错，但是品牌运营还差一点火候。沐白的品牌定位非常清楚，做祛黄牙膏并且有医药背书，但是渠道运营没什么策略，渠道推广比较凌乱，终端市场表现一般，没有形成市场认可。”

武锐笑了笑说：“程总是老革命，也是行业专家，一看就明白。你讲得非常对。其实口腔企业都有各自的特色，但是都做得很艰难。要想在口腔行业做出点声量来，还得是程总你出手啊。但是你要做好打持久战的心理准备，这个市场可不那么容易做。”

武锐说得很含蓄，但也是换一种方式告诫我：口腔市场大道路阻且长。

趁着出差，我也给云南的黄林、张智中，厦门的李涯，深圳的黄国华、王路等线下终端老大打了电话沟通，他们都告诫我要谨慎小心。

这一次的线下客户拜访，我虽然因为老友相见非常开心，但也因为他们对口腔市场的顾虑而变得忧心忡忡。

离开合肥，我又去了趟杭州，去见 M 电商集团的颜竹。她见多识广，对行业的风向和运营变化有深度洞察。听听她的看法，也许会给我带来更多启发。

颜竹很忙，本来约了我 6 点吃饭，结果 9 点才从园区出来。M 电商集团园区边的饭店也给力，9 点多了还热闹非凡。

颜竹还是快言快语，刚一坐下，就说："程总，上次你说要创业，我就挺高兴的。你早就应该自己干了。怎么样，项目启动了没有啊?"

"项目早就启动了，做一个口腔新品牌，做年轻化、时尚化的高颜值产品，品牌定位是我老师叶国中做的，口香糖牙膏。"我知道颜竹忙，也没和她兜圈子。

"那你赶紧做，这个项目非常好。程总，我跟你说，目前口腔产品在线上的占比比较小，但是增长很快，而且新品类的机会非常多。从数据上看，口腔产品的机会非常大，你完全可以做一个颠覆性的品牌，做一个开天辟地的重新定位的口腔消费品牌！你做品牌我是最相信的。当然，如果上线，你必须在我们 M 电商集团首发啊。"

颜竹说话很快，而且边吃饭边说话，都没怎么抬头。这就是她的风格，尤其在老朋友面前。她在饭店吃饭也像吃快餐，很快就吃完了，马上又要回园区加班。她这样的精神状态，让自认为平时很努力的我惭愧不已。走出饭店，她回头对我说："你如果觉得可以的话，到时候有什么市场方案可以拿给我看看，我给你出出主意，给一些建议和参考。总之，你创业，我全力支持。你创业成功，将成为职业经理人行业的偶像。凭借你的这股干劲儿、你的能力，干啥啥都成。"

颜竹的这句话，一下子击退了我这几天的纠结。我的心情也变得豪迈起来。她讲了数据，数据就是趋势；她讲了结构比重，结构比重大就有在变化中抢夺市场的机会；她讲了新品类，这也有了让我们建立竞争高纬度的机会。

向左看，一切都是问题；向右看，一切都是机会。这就是市场，这就是市场营销，我只有看到大家没有看到的，才知道自己真正要走的路。

晚上回到酒店，我给刘奇打电话，要他尽快回广州与我会合。我们要统一战略思路。

刘奇这次的调研让我很吃惊，一周的时间他居然跑了十多个城市，几乎一天调研两个城市。调研结束，他还做了一个50页的PPT。我很满意，这种奋斗精神是我真正需要的创业伙伴所应具备的。在这个世界，只有多做、快做，才会真正好做。

刘奇的PPT内容和我预想的一样，听到的都是“难”。

我叫来杨卓宝一起参加刘奇的渠道战略会议。品牌和渠道战略必须有关联、有配称。

刘奇讲完，颇有点“狗咬刺猬，没法下嘴”的感受。但刘奇是一个百折不挠的人，我从他的眼神里看到的是渴望而不是失望。他应该猜到我已经有了全新的思路。

我足足花了两个小时和他们讲了我的调研报告，冰泉渠道战略的主题是三个字：难、势、新。

难在传统渠道，势在线上渠道，突破性的创新打法。

传统大卖场渠道只做占位，做重点核心大卖场覆盖，先通过以年轻人为主的线下精品潮流渠道去抢位（比如沃森氏、精品大卖场、化妆品店等），而后再建立传统渠道的全覆盖。

线上渠道要做出全新的口腔人货场，做出有针对性的消费者运营推广，做出更有深度的消费者内容沟通，实现冰泉产品销售的持续性。线上渠道由M电商集团先做冲锋，实现品牌的影响力和销售力势能，再循序渐进地实现线上全覆盖。

线下要做场景促销和体验促销，要有符合渠道和品牌的打法；要结合经销商的情况，做出更多更好的新零售促销。

这就是冰泉的渠道战略，在艰难的渠道当中找到势，在势中找到新，用势冲锋，用新持续。

刘奇、杨卓宝也感受到了我的兴奋。我就是这样感性的一个人，找到了对的路径，讲话就会很嗨。

9. 产品试用

渠道思路确定了，剩下的工作就是刘奇根据各个渠道的主次制定相应的价格体系和支持政策。这些还要根据各个渠道的特点来定，由刘奇完善细节。

黄俊凯继续了解供应商信息。我和杨卓宝回到了品牌战略落地的核心工作——产品研发。

大家的时间配合得挺好，四大国际香精香料公司供应商的基础配方产品都寄过来了。杨卓宝和韩工将每一个供应商的样品拿给我，让我确定产品方案。

我拒绝了，我觉得让我来确定产品是不对的。

我和杨卓宝讲了一个道理：目标消费者喜爱的产品才是好产品。我不是目标消费者，怎么能让我来确定产品呢?

在办公室，我提出了产品开发的四个要求。

第一个要求，产品必须以年轻人的需求为导向，外观、膏体和香味既要有年轻化的口味，又要有区别于传统牙膏的差异化口味，实现颜值和价值的双重高度。

第二个要求，尽快将200个人的刷牙队常规化，通过建立机制，让这200个“90后”“95后”成为稳定下来的冰泉产品试用团队。

第三个要求，在产品调试过程中，先不考虑成本，只考虑感受，根据试用团队的反馈意见做好产品。产品做好了，成本只是定价的依据。我们必须从传统的低成本思维里跳出来，把产品做好。

第四个要求，产品必须有对应的美白、护龈和抗敏的技术背书，有产品信任状，有产品的技术支撑和实效。

这四个要求是我根据多年的工作经验总结出来的。作为企业创始人，我必须懂得产品研发的基本思路和原则。我将这四个要求分配给杨卓宝和韩工，让他们各自在规定的时间内落实。

对于安排工作的能力，我自信是一流的。杨卓宝按照我说的工作要求迅速组织试用队，并且安排包装打样。韩工留在我办公室没走，要继续和我沟通。

韩工名叫韩六九，是安徽人，从名字上看很有特点，1969年出生的，简单明了。他做口腔研发工作20多年了，在多个大型口腔企业做过研发负责人，可以说是行业里面鼎鼎有名的专家。我认识韩工的过程也非常有意思。当初我广发英雄帖寻找技术人员，朋友们给我推荐的人要么经验不多，要么原来是做化妆品的，专业没那么对口。韩工则是从朋友那里听说，然后毛遂自荐。我和韩工见面不超过半个小时，就拍板将他请到了冰泉，因为他特别符合我对技术人员的要求：专业对口、经验丰富、简单实在。

作为技术人员，韩工平时话不多，甚至有些木讷，但是今天在我办公室，却哗啦啦打开了话匣子。这也是我第一次和他做这么久的沟通。

“程总，你刚刚讲的四个要求我都没有意见。只是我作为一个做口腔的技术人员，还是要提醒你几点：第一，不计成本研发，只考虑产品体验，这和我原来的企业大不相同。我原来的企业是不顾一切降成本，你现在是想尽办法提成本。第二，我们做的产品要与别的产品有技术差异，短期内我不可能做出来，只能在配方结构上去优化。第三，现在技术团队就我一个人，设备也比较少，我们要独立开发也有难度。”

韩工一边说，一边笑了笑，从他的笑容中我看出了客套和僵硬。我没有打断他，示意他继续讲，将自己的想法都说出来。

“其实我的意见很简单，那就是咱们赶紧确定一家合作的OEM[①]工厂，和工厂端共做研发。前期，我们确保基础技术和传统的牙膏同步，但是在调香和留香的效果上创新并要有绝对的口感体验，后期我们再做针对性的技术突破。这些工作，我们除了和生产方的工程师合作，还可

① OEM：Original Equipment Manufacturer，原始设备制造商。

以和国内的大型口腔医院、专业机构的技术研究团队来做长期的配方合作。”

管理有时候真的是兼听则明。韩工的一席话，给了我新的启发。我根据他的想法，重新确定了产品研发的三个基调。

第一，产品用最好的原料开发，把产品使用体验感先放第一位，成本可以往后放一放。

第二，产品技术配方研发马上同步找合适的口腔院校和口腔医院合作，将来再升级突破。但是现在也要干，越早越好。

第三，我们不能只依赖与 OEM 合作，还要建立整体的技术驱动力：四大国际香精香料公司给基础配方，韩工自己做调试优化配方，再用优化后的配方和 OEM 工厂一起改进，升级为最终配方。

韩工听我讲完，一直不说话。这让我很担心，他是不是没有理解透彻，或者是根本没有理解？于是，我拍了拍韩工的肩膀，说：“你明白我的想法了吗？”

韩工被我的话吓了一跳。原来他还在消化我的想法。被我一拍肩膀，他赶紧解释说：“我刚刚在想，用怎样的高成本方案来突破原有的对传统牙膏的认知。只不过，程总，我还有两个要求，一是赶紧给我配备一个技术助理，二是马上购买一些基础的技术设备。”

“这不是问题，人你自己找，找自己熟悉的最好。设备你马上申请，我今天就给你批。你今天下午给我和杨卓宝一个时间表。我们必须在技术工作方面行动起来。”听完韩工的要求，我不由得哈哈大笑，“这些都是小事，小事听你的，研发方向你要听我的。这个差异化的大方向决定了我们能否在市场上做出差异化以及可达到的高度。”

韩工领命，开始全力以赴启动配方的优化。事情就是这样，方向大于方法，方法大于方案，当我们的方向明确、方法有效的时候，产品的研发速度就快起来了。

调制基础配方，优化配方，制作配方，出样品，试用，评价，调整，再优化，再出品，再试用，足足做了四轮，将近一个月的时间我们都在反复测试。每一次测试，我都特别关注。我和杨卓宝也在试用，只是我们的意见不是拍板性意见，我们只是试用团队中的一分子，不起决定性作用。但是，在试用的过程中，我自己也越来越有感觉了。

膏体做得晶莹剔透，一改传统牙膏的白色和中药色，黏度和弹性的效果也非常好。

在膏体中添加了香氛纳米粒子，给人一种闪闪亮亮的感觉。

牙膏挤出来很有颜值感，放在手背上闻香的效果很明显。

刷牙的感受很温和，很舒适，不像传统牙膏那么辣。

拥有不同的香味且留香效果都不错，是一种淡淡的清香，不刺鼻，有一种余味无穷的感觉。

因为购买了一个凉感技术专利，所以清凉的效果适中，清爽的感觉也很到位。

我很高兴，产品在清爽、温和、留香、外观这些方面都远远超过传统品牌。虽然产品在美白、护龈和抗敏这些传统功效上也有保障，但是我们还没有超越传统品牌的能力。事情要一步一步做，罗马不是一天建成的，我认为功效升级是后续的事情。

漱口水的产品开发也是同样的道理，温和、清爽、留香，同样也做出了试刷队成员满意的产品。牙线、白牙贴、牙刷、儿童牙膏也都在同步推进，一切顺风顺水。不过，这些都是产品的初步配方打样，最终还要做产品的稳定性测试和试产，还要落实工厂。

在产品技术创新过程中，我们当初选择的是苏州的工厂。在产品最终定案之前，我还必须针对产品全链路做一个系统的梳理。这个时候，我正好要和负责供应链的黄俊凯聊一聊战略规划。

品牌、渠道、产品、供应链，每一个环节的工作都不是单一的，也不是重复的，而是各自前进，又彼此配合，相互协同驱动。在项目推进过程中，我们可以感受到一切如自己所愿的快乐，感受到工作如行云流水、高效酣畅的幸福。我很享受创业的奋斗感。

10. 供应链战略

黄俊凯负责的工作比较杂，除了供应链，还有公司所有的琐事，无形中成了内部最忙、小事最多的人，包括公司注册、公章管理、合同审核以及所有的行政和对外工作。他每天都起早贪黑，但又没让人看到他的工作成果。

我对他的工作表示理解和支持。万事开头难，公司需要有人做后勤管理、补漏管理，但我也提醒他，他的工作核心还是要放在采购和供应链管理上。4 月下旬，我开始介入他的供应链战略规划。

我给供应链定了八字原则和方针：**成本、效率、服务、协调**。意思很简单，他要当好公司的“老板娘”，守好家，管好家，尽量把成本降到最低，在效率上要快、准、好，在服务上要配合所有部门的需求，在协调上要和营销部门同频共振。为了节省费用，现阶段的人力资源、财务都由美天团队的人兼任，连办公室都是借用美天的，他要居中做好协调和沟通。这些工作都需要有强大的沟通协调能力。

黄俊凯就像一头老黄牛，日常看他的工作不显山不露水，似乎每天都忙忙碌碌，作用不明显，但他分担了我和营销团队的事务性工作。我也清楚，如果他陷入过多的事务性工作中，就会缺乏对供应链核心和重点的思考，缺乏细节管理。

因此，我迅速给黄俊凯配了两个人，一个是负责行政工作的马露，是我在美天集团的行政助理；另一个是供应链主管刘钰，有丰富的实操经验，有湖南人的麻利，正好可以弥补黄俊凯在供应链管理上的短板。

供应链有人了，品牌战略和渠道战略框架也基本确定了，供应链的支持战略也要定了。在做职业经理人期间，我虽然有过供应链统筹管理的经验，但是对专业细致的供应链管理体系的了解还只是停留在表面。我有一个特点，有时候爱不懂装懂，然后去学习，再做出整体的运营管理。因此，在团队面前，我在供应链方面也游刃有余。

我和黄俊凯、刘钰提出了供应链管理的三局原则：**布局、做局和大局**。

布局就是要求他们从供应、生产到物流快递去建立适合冰泉的客户布局。布局做好了，后面的运转就顺畅了。当然，布局分析除了看成本，还要看能力。供应链体系有成本、有能力才算优秀。

做局就是做好日常管理操作、内部和外部对接、计划管理、采购管理、生产管理、调拨管理、仓储管理等，有清晰的组织架构、职责，分工明确，流程清晰。只有将操作体系转化成高效的能力，才能提高管理的效率，确保内外部服务到位。

大局就是要了解自己有哪些大的工作项目，比如软管采购、生产管理、计划管理等。针对这些大工作，从细节上去研究提升整体能力，确保供应链重点工作快速顺畅，为整个冰泉的发展保驾护航。

我的“三局理论”是从科牛集团牛东生那里得到启发的。十年前，我有幸与牛总在一次晚宴上相识，他当时给我分享了这个“三局理论”。当然，他是站在营销的角度去谈的。我觉得从营销角度来说，这是发展型和成熟型企业全面前进时要考虑的模型。冰泉在初创期还做不到“三局理论”，只能用营销的点去形成冲击力。但是，我觉得这个“三局理论”用在供应链管理上特别合适。

在和我开会之前，黄俊凯已经做了十多天的市场调研，对供应链管理有了初步想法。当我讲完供应链管理的八字要诀和“三局管理”思维时，他顺便向我汇报了一下他的基本战略框架。

黄俊凯真的有着潮汕人的细致。他将拜访过的供应商、生产商做了一个统计表，做了优劣和成本分析。为了做好这一次调研，他找美天集团的采购负责人古姐要了采购供应商清单，在朋友的介绍下去了很多OEM工厂进行现场调研，针对物流快递做了基础的摸排。他讲了三个小时还没有结束，我连忙打断了他的话：“俊凯，你负责供应链，不用和我讲这么细。你就告诉我，结论是什么？”

“程总，我的结论是明确与全球最大的供应商索尔合作做软管，香精供应则根据四大国际香精香料公司供应商出的产品情况再定，纸盒和纸箱从美天供应商的信息库中挑选，最终做货找苏州清香，快递物流交给广州顺通。”看得出来，在重点工作上，他有非常清晰的见解。

“你说的这些是否符合我和你讲的‘三局管理’理念？有没有理顺供应路径和协同效率？”我明显不是很满意，因为我觉得，在公司业务还没有做起来的情况下，将供应链体系放在广东和江苏，肯定不符合布局。但我没有指责他，而是继续追问。

“不是很符合‘三局管理’理念，但符合您‘用好原料配好产品，用好生产配好品牌’的原则。”他看我追问得紧，说话有点紧张，慌忙强调了一下，“这是我觉得最佳的管理方案，另外我还制订了一个完全符合您‘三局管理’理念的计划，找广州的 OEM 工厂生产，但广州的工厂条件都不是很成熟，有风险。”

听到这里，我稍微有点生气，于是拉高了音调。

“你怎么判断不合适呢？不符合‘三局管理’理念就不符合成本和效率管理，这说明你根本没有将我的思路放在心上。”

黄俊凯的脸都涨红了，不断强调他是基于做好产品和服务的思路。至于成本，因为产品配方还没有最终确定，费用也不是很清楚。按照他这个布局，虽然会增加调拨成本，但是能够确保产品的高品质和良好体验。

我非常不满意，于是又开启了现场拜访供应商和生产商高层的想法。任何管理，只有去到实地、去到一线，才知道布局的合适度。

一个周三，我们来了一次说走就走的供应链拜访之旅，先在广东拜访，再去上海、江苏、浙江。我们计划用五天时间，完成相应的调研拜访和评估。同时，我也叫上卓宝一起，让她对供应链也有清晰的认知和建议。

我认识索尔十多年了，它是全球最大的软管供应商。这是五星级合作，不用看了。

广东的工厂基础设备老化，费用优惠，但总给人一种落后的感觉。随后我们去了浙江和江苏。相对而言，江浙的生产自动化和现代化程度比广东高出几个维度，苏州清香的品质管理的确是最强的，最重要的是他们还有独立的研发能力和专业的技术团队。

我觉得物流商还不急，先不去看。

我们一路风尘仆仆走访调研，最终验证了黄俊凯的布局思路是正确的，最适合我们当下的发展阶段。这让我心里踏实了，同时有点自责，自己实在不应该在不了解情况的前提下对俊凯妄加指责。

在管理中，我们有时候会被自己的思维束缚，过于自负和武断，殊不知兼听则明，偏信则暗，只有尊重他人的意见并根据意见来审慎判断，才能让管理更加成熟。

这个世界，管理就是要听得进话，听得进意见，才能够听到更加精准的管理判断和决策依据。通过供应链战略规划，我也得到了新的学习机会和成长！

11. 中日美容交流大会

冰泉的工作在紧锣密鼓地进行着的同时，我也没忘继续协同美天各个部门做好相应的工作推动。4月底，我们的核心工作之一是确定“618”大战规划。我见缝插针和美天的伙伴们深入沟通电商工作要求。

电商是一个数据活，也是一个细节活，更是一个分析研究活。每一次电商规划会议，做规划的人都要脱一层皮，听规划的人也要晕头转向好几天。营销工作就是这样，只有计划的精准，才有成功的可控。

一连好几天，我都是白天开美天各个品牌的电商会，晚上开冰泉各个板块的战略会。我笑着称自己是公司的会长。

这天，我在和美天探讨M电商集团计划时，突然接到了杨忠博士的电话。

杨博士在日本，是中日美容交流协会的会长，也是国际洗护第一人，从事洗护产品技术研究和研发工作30多年，曾担任过宝生首席科学家，现在做独立的技术研究公司，国内大型企业的洗护产品包括美天的都是由他做技术开创和把关，他开创了美天无硅油技术。也正因有杨博士的支持，才使美天成为中国无硅油洗护的开创者，成为中国高端洗护第一品牌。可以说，杨博士既是科学家，又是国际洗护界公认的权威专家。

杨博士想邀请我参加中日美容交流协会4月底的年会。虽然他亲自邀请我，但我还是犹豫是否要去。毕竟，现在冰泉的工作比较多，而这个会议主要是化妆品和洗护用品主题。杨博士非常热情，还说可以为我做一个日本口腔产品的调研报告，给我的创业助力。这真的是天大的好事，冰泉很幸运，在关键的时刻总能有贵人相助。

4月底，我和美天集团的周翔、王工直飞大阪，开会、调研、学习。到了大阪，天气有点闷热。闲不住的我到酒店放下行李后，就直接杀入各大药妆店了解市场。

我此次的目的性很强，主要是研究口腔产品。我从门口的松本清开始，一路看下去，但完全没什么收获。日本的牙膏只有两类：一类是大众类牙膏，和国内没什么区别，便宜但没特色；另一类是医药外品的功效类牙膏，主要是美白、祛黄、中药类概念。我很失望，觉得日本的口腔市场实在是缺乏创新。

第二天开会，大家研讨的是中日化妆品和洗护用品。我提不起兴趣，心里还在纠结日本的口腔产品为什么缺乏创新。

第三天，按照原定计划，我去了非常期待的杨博士公司在神户召开的技术研究会议，因为他专门安排团队做了一个简单的日本口腔研究报告。也许，杨博士会有更加深入的见解。

果不其然，杨博士的报告让我再一次意识到了自己的浅薄。

杨博士和团队分享了日本口腔市场的五大特点：

第一，日本口腔市场以他们的国货为主。

第二，日本口腔市场是当前整个日化行业品类增长最快的。

第三，日本口腔产品的卖点由以美白为主走向了以口气清新为主。

第四，日本的口腔新品类发展比较迅猛，尤其体现在漱口水和大众电动牙刷上。

第五，日本的口腔产品年轻化新包装越来越多、越来越时尚，传统品牌受到了冲击。

听完报告，我又开始兴奋起来，但是又有点疑惑，于是趁着中午的时间向杨博士讨教。

“杨博士，我前天晚上看了一下松本清和其他几个药妆店，感觉日本市场的口腔产品非常普通，但是今天您的分析又让我感觉日本口腔市场变革很明显，这是什么原因啊？”

说完这句话我有点后悔，我这样好像在质疑报告的真实性，也有点不尊重杨博士。

但杨博士还是和平常一样和颜悦色，一边打开电脑，一边不紧不慢地和我说：“程总，我不太了解你看到的市场情况，但是我们的研究，结合了日本的一些公开数据。”杨博士打开数据源，继续说，“这些是数据上的结论。至于市场情况，我觉得你可以多跑一些渠道看看。也许在日本，松本清这些药妆店并不是口腔产品的主渠道，你应该去一些特色超市、时尚店看看，或者有可能心斋桥的店铺是为了迎合中国游客的需求而将主流商品推广放在了美妆洗护和保健品上面。你再多去一些门店看看，可能会有新的收获。”

杨博士的话让我非常惭愧。是啊，我才看了六七家店就轻易下结论，的确是过于急躁和草率了。

“您能安排一个懂日语的同事带我去神户市中心看看吗？”我来不及反省，直接和杨博士提出协助要求。

“没问题。这个口腔产品研究本来就是李博士专门做的，就让她陪你们去看看店铺和产品吧。”

杨博士为人很真诚，也很爽快，现场就安排李博士带我去市场看看。

神户并不大，市中心就是商业区，店铺也不多。我和李博士看了两家，她就直接带我坐地铁去大阪了。从神户坐地铁到大阪只要 30 多分钟。神户很美丽，但是大阪的商业氛围更好。我们去了洋华堂、阪急百货、松本清等十多个店。因为李博士的现场讲解，我了解得更加透彻。

有时候想一想也有点好笑，第一天看市场，因为我不懂日语，所以没有找到新型的口腔产品，也因为我太急于求成，所以从来没有询问过任何店员，很多商品尤其是新牙膏、新漱口水都没有找到。而今天，我不仅看了更多的店，看到了更多的口腔产品，也看到了市场的真相。

粗略的市场调研和敷衍快速的走店会让我们收获自以为是的结论，而专业详细的走访和认真用心的访谈才会有市场研究的实效。

后来我才知道，李博士只不过是带我将她看过的店重新走了一遍，让我能够更深入和用心接受。

看了一天的店很累，我却感觉累得快乐。回顾杨博士团队的五点分析，我越想越兴奋，因为有收获：口腔产品在日本的“国货天下”是在预言中国口腔市场的明天，口腔产品增长最快意味着创新驱动增长，口气清新和口香异曲同工，新品类的发展预示着有更多的增量趋势，年轻时尚、摆脱传统的高颜值包装就是冰泉所追求的。

日本之行又给我的创业增加了大大的能量。杨博士也让我们除在品牌、产品、渠道之外，建立了全新的产品技术和市场趋势相结合的营销创新认知，根据产品技术和消费需求做新产品，根据市场趋势做新品类和新突破，二者结合才有更好的品牌发展力。

12. 招兵买马

进入 5 月，战略规划的推进很顺畅，各项工作也逐渐走上快车道。我和创业团队定了一个品牌发布会的时间：6 月 20 日。也就是说，6 月 20 日之前，距离现在还有一个半月的时间，我们要完成所有的战略规划、供应链体系确定、产品上市、渠道政策和方案。原因有两个：一是线下终端上架和线上开店需要 3 个月左右的时间。如果我们 6 月底出货，线下正好赶上 10 月国庆节促销，线上正好可以备战冰泉的第一个“双 11”。卡住这个时间点，冰泉上市才能一炮打响。这是营销的需要，也是首战必胜的需要。我和伙伴们提出，从 5 月开始，每天晚上 9 点下班，并取消所有周末休息，大家全力以赴抢时间上市。

工作很紧张，工作量加大，加上很多上市的前期工作需要做相应的客户沟通和谈判，人员布局也成了当务之急。

招兵买马这个活儿对我来说是轻车熟路，毕竟我已经在行业战斗了 20 多年，有非常好的人脉关系。我把大旗一举，还是会有很多老部下积极响应。

找人之前，首先要完善组织架构。我喜欢用理论指导工作，所谓战略决定组织、组织支撑战略，我们的战略和业务是什么，就要建立怎样的组织架构；战略和业务的工作量是什么进度，就要建立怎样的定岗定编；战略和业务在什么发展阶段，就要建立怎样的薪酬激励和绩效管理体系；战略和业务的结构怎样，就要建立怎样的流程和管理制度。

一个上午，我就做出了冰泉6月20日前的组织体系方案。创业刚开始，要尽可能降低人力资源成本，同时，人才的引进也非常重要，不能画饼充饥。

产品团队和设计团队要再找几个人，产品上市是核心。

供应链体系中除了采购，还要有计划和物流人员。

关键环节的销售，线上要找一个负责人，由负责人搭建基本的店铺运营团队；线下由刘奇负责，形成全国销售团队的基本框架，初步定10个人，每个人负责2~3个省，再配备一名推广培训师。

技术研发有两个人，主要借助外部合作，不用增加人员。

管理就是这样，图像清晰了，思路明确了，行动就会果断。

依靠常规的招聘途径，我们很难完成这个招聘任务。所以，我再次发英雄帖网罗人才：一招是找自己认为合适的人才直接沟通引进，共创共进；另一招是发动自己和团队在行业内的好朋友来介绍，筑巢引凤。

只要想做，只要有信心和勇气，团队搭建的工作就非常迅速。几乎只用了一周的时间，我们就形成了新一轮的小团队，人数超过了20人。我们的工作区热闹了起来，职能团队热火朝天地进入了工作状态，销售团队士气高涨，进入培训和备战阶段。冰泉办公室白天忙忙碌碌，晚上灯火通明。要在6月20日召开上市发布会，我们必须在5月完成所有的产品开发工作、供应备产工作、前期的客户沟通和参会沟通工作，时间紧、任务重、压力大，只有苦干和强干。

工作要做好，除了大家一起努力奋斗，项目管理的驱动也非常重要。工作的效率体现在个体执行力、部门行动力和团队协同力上。

个体执行力体现的是每个人的工作量、工作成效和工作结果。部门行动力体现的是某个重点工作的统筹落地、实效达成。团队协同力体现的是针对“6·20”上市，各个部门之间如何配合衔接、相互推动、共同协同，确保时间进度和步调一致。

我的项目管理方法，就是将每一板块的工作分解为重点工作和具体的工作事项，然后再将工作落实到每个人、每个时间点、每个具体资源的配合要求，由我和创始人团队当裁判，驱动项目工作推进，遇到问题就解决问题，遇到困难就解决困难。人人有活干，个个有责任，事事有连接，阶段有成果，最终有保障。有了这样的项目管理，大家的工作忙碌且充实，都有强烈的成就感。

刘奇培训团队只花了10天时间。销售人员都是老革命，一手抓品牌和产品思路，一手抓渠道政策和招商培训，培训完马上奔赴战场。在上战场前，我给刘奇布置了一个任务：邀请10个左右的行业老大来广州，一起针对冰泉上市的工作策略和方案做一个小型沟通会。对于一个新品牌，只有知道客户的需求、困惑、顾虑和疑虑，才能做出最适合客户的销售方案。只要能听到客户的声音，就能收获客户的掌声。

客户都是老朋友，我们通过几个电话召集了10多个有代表性的客户，有云南的黄总和纪总，四川的刘总，安徽的武总，重庆的黄总，西安的陈总，郑州的何总和丁总，广州的童总，湖南的陈总，江苏的徐总，浙江的张总。他们都是全国有代表性的客户，也都是日化商超客户中的扛把子。能请到他们，既是我的荣幸，也是我的骄傲。做线下终端，得客户者得天下，和客户合作共赢才是终端生意发展的真谛。

与经销商朋友们开了一下午会议，我总结了四个声音：一是价格不能低，政策要到位；二是产品卖点好，线上线下价格可控；三是打高卖低才是促销最好的竞争力；四是一定要有卖货的方法，要有绝招。这些客户朋友都是在市场上真刀真枪搏杀过多年的，他们的每一句话都是金玉良言，也很真实地反映了市场的意见。其实对于这些工作，我们还没有太多的研究，处于模糊阶段。这一次的客户会议，给我们敲响了警钟。前期，我们做了太多方向性的规划工作，做了太多在天上飞的工作，而真正的销售推广策略、落地方案，无论是严谨的价格体系，还是有效的政策支持、实效的促销方案，都处于不明确的状态，甚至我们连未来客户合作的标准和方向都没有设定，只是凭着满腔热血去招商，甚至认为招商一响，客户就会应者云集。前期我们做了太多梦想和理想性的工作，但是忘记了实效性的具体工作。

通过这次客户会议，我做了一个小小的工作转型，那就是要做具体的上市落地方案，无论是品牌，还是销售、供应链，我们都要回到工作的本质，让工作方案和事项更具体。

众人智慧解决众人问题，既然销售人员已经到位，我们要让销售人员一边去市场邀约客户，一边听听客户对于未来产品上市的建议，最终在6月初定出具体的销售方案。

品牌和产品必须有相应的VI形象①、品牌形象、产品形象，要确定产品配方、打样和测试，同时要确定精准的价格体系和盈利模式体系。

供应链要确定具体的采购合同、加工合同和物流合同。

只有工作具象了，我们的工作才能从天上飘着走向脚踏实地。只有走得稳，才能走得远。

13. 紧张与焦虑

这段时间，我每天都给自己打气，每天都反省和改进，每天都看起来积极阳光。我每天用自己的标准要求别人，如同周扒皮一般督促团队，也说明自己陷入了紧张和焦虑的状态。

时间真的很紧，我们每天都感觉时间不够用。我变得十分暴躁，听不进任何人的意见，觉得每个人工作效率都很低，情绪化越来越严重。

在这样的状态下，我经常失眠，整晚想事情、想方案、想细节，这种超负荷、近乎神经质的工作状态让我有点难以承受。但是，我的心中又总有一股力量驱动自己前行，告诉自己要继续加速前进。

也许是我的心智还不够成熟，也许是我长期做职业经理人，没有经历过创业的苦和难，也许是我没有见过什么大世面，难以面对事业中的风浪，白天的我信心满满，充满斗志，晚上的我却翻来覆去，思前想后，

① VI形象：Visual Identity，品牌视觉设计。

陷入难以自控的状态。

我甚至开始心慌，但不知道自己慌什么，为什么慌，常常心跳加速。

我在想，难道是缺乏锻炼？于是我买了一台简易的踏步机放在办公室，每天晚上 6 点半以后，一边看新闻，一边踩踏步机。我发现如果单纯运动，会觉得乏味又疲倦，踩几下就想放弃，但是当我一边看新闻视频一边运动时，就忘记了累。在这种不知不觉中，我从每天的五千下，增加到了每天一万下，每天一个小时。5 月的广州已经很热，我每次都踩得汗如雨下，于是又在办公室备了很多套衣服。这个运动量够了，但是紧张的状态还是没有得到缓解。

在这种情况下，我依然每天坚持写文章。

每天早上，我 6 点半起床，然后用 15~20 分钟写一篇 1000 字左右的工作文章，内容随机结合工作、结合所想。我坚持这个习惯有 20 多年了，一方面是鞭策自己，另一方面也是积累自己的管理心得，自我提高。这 20 多年来，我累计写了 700 多万字，这是一个让人震惊的数字。我很享受这种坚持，如同一个强迫症患者，不写就会全身不痛快。

因为我对工作的执念、每天坚持写文章，也因为我 20 多年如一日的工作态度和状态，很多朋友非常认可和佩服我。大家觉得我是一个传奇，也将我捧得很高，我自己也陷入了一种高处不胜寒的状态。似乎稍微懈怠一下，我就会觉得有人看着我说：你看，程英奇都不努力了。这种虚荣心和自律意识交杂在一起使得我如苦行僧般的行为也变得习惯和自然。

其实，我并没有什么外部和内部的压力。公司刚刚创业启动，投入了 2000 多万元，还只是花了点工资而已，没有现金流压力。

古总作为投资人，履行了他的承诺，从不管我，让我在我行我素中真的达到了天马行空。

对于内部公司的同事，虽然我不是很满意，但是在心里还是知道伙伴们是积极努力的，是有很强的事业心的。

战略规划其实基本已经确定了，公司发展的方向和路径已经明确，公司和品牌启动期的计划也都在正常推进。

我知道自己这种状态不行，却不知道如何打开紧张和焦虑的心结。我甚至觉得自己是不是病了，是不是应该去医院检查一下，是不是精神上出了问题。可是我又没有特别明显的狂躁，在该正常工作时还是能正常工作，在该正常参会时还是能正常参会。至少从表象上看，我依然士气高涨，斗志昂扬。

有人说，世界上没有什么事是一顿烧烤解决不了的。我遇到事情的时候总是通过一顿大酒来解决。这一次也是如此。

正好韩志公司搬家，邀请大家庆贺欢聚一下。韩志是我的老朋友，也是我以前在绿星负责营销时的部下。他创业十多年了，一直走在充满艰辛的道路上。这几年他新做了一个纸尿裤的品牌，刚刚有点起色。这次搬新办公室，也正好说明他的事业又上了一个新台阶。

参加搬家宴的基本上是我们原来绿星的老同事。其中有乐妈网的创始人杨毅，一个将公司做到上市的成功人士；有菲力电子公司南区总经理蓝青锋、绿星的程亮等，不多不少，正好一桌。韩志以前做过酒的代理，带了一整箱酒。他是包头人，很豪爽。大家也都好长时间不见，正好叙叙旧。

我是一个天生的社交狂人，在饭桌上也是如此。前半场，大家谈论的主题是韩志的事业，觥筹交错之间，简单轻松。后半场，就是谈论各自的事业和状态，都是苦命奋斗人，各自都有各自的难。这个酒就喝得漫长和艰难了。

杨毅平时不怎么喝酒，但是这一次非常主动。看我喝得有点闷，他开始主动挑起我的话题。

“程英奇，创业项目做得怎么样了啊？”

“还在做规划，八字没一撇呢，好多事情都感觉做不完，这一段时间焦虑得很，每天跟神经病一样。不像你们啊，每天都在成功中轻轻松松。”

“世界上哪有轻松的事情啊，我每天都忙得晕头转向的。你再看看韩志，这个项目也好几年了，前两年基本上都是亏损，今年才刚刚有点起色。别看他今天搬了新的办公室，后面还有更苦的呢。”

“我不知道为什么，最近变得有点神经质。其实项目思路还是很清晰的，也没有什么不顺，就是每天觉得心里堵得慌。”

我和杨毅面对面坐着，两个人隔着桌子，你一句，我一句，大声说话，热火朝天。

其他人本来都在聊各自的事情，后来被我们两个人的话吸引，渐渐安静了下来。

杨毅看着我，停顿了一下，又继续说："程英奇，我看你是还没有进入创业的状态。你肯定是想着以前做高管，拿高薪，虽然辛苦但是没有后顾之忧的压力。现在创业，你既特别想成功，又特别怕不成功。你这个人啊，我估计是对未来的恐惧和对过去的怀念夹杂在一起造成的焦虑。你就是一个过于追求完美的人，过于在意别人的看法。不要怪我说话直啊。来，咱们先喝一杯。不，大家一起喝一杯，为程英奇创业成功干一杯。"

大家都一起起哄，集体干杯。这一次我喝了满满一大杯，这一杯大家预祝我创业成功之酒我必须饮下。

杨毅继续说："你啊，就是要放下，放下你的面子，放下你的虚荣，放下你的得失，别老是放不下。我告诉你，如果这样创业，你是做不成的。我当时和刘盈做乐妈网的时候，就只想着向前走，从来没有回头看，更没有想过万一失败怎么办。程英奇，创业没有绝对成功的，只有通过努力成功的。"

杨毅继续喋喋不休地讲着，每一句我都听得很认真。因为，我感觉他真的说到了我的心坎里。虽然我表面上不承认，但是内心觉得很真实。我没有去插杨毅的话，也没有去过多解释，因为我听到了自己没有听过的最真实的声音。

放下，前进。其实就是四个字，但是却包含了极大的内涵。我是应该放下两全其美的杂念，应该用义无反顾的心态向前冲。

回到家，已经很晚了，我将这四个字深深地印在了脑海里。

与朋友畅谈之后，我美美地睡了一觉，也缓解了内心的焦虑。第二天，我变得神采奕奕。早上起床，我写了一篇文章——《做真实、自然、简单的创业者》。我想，我应该放下了，开始自己的另一种创业状态。

14. 确定具体方案

人的情绪有时候真的很奇怪，就像生病一样，昨天还病体虚弱，但是转变思想后，立马像治好了病，信心十足，生龙活虎。

心态平和后，我又看了一遍整体的战略规划，梳理了一下提纲和结构，进入具体方案和细节的制定阶段。

其一是产品要确定了。

通过五轮的试刷和评价，产品基本定型。无论是产品的包装颜值，还是产品使用后的温和清香清爽感，都达到了既定的想法和要求。我们马上要确定产品配方，其中有两个小细节：一是我们没有和四大国际香精香料公司的任何一家单独合作，而是通过试用团队的评价后确定谁的产品更合适就和谁合作，所以是采用单品合作的形式，而不是系列合作。二是我们同步启动了抑菌和抗敏两个层面的技术合作，和加东药科大学合作研究配方，和华耀医学院展开抗敏临床认证合作。做好现有的，准备明天的，这就是我们对技术的态度。

产品的文案开始审核，以合规为导向，以消费者一眼看到、一眼看懂、一眼喜欢为导向。产品的形象设计也基本出台，基本确定了品牌KV、单品KV，要既体现年轻、时尚和色彩，又体现新消费的潮流感。Slogan（标语）采用了叶国中老师的“清新口腔，越刷越香”，简单、明了、直接，传播清晰有效。

按照产品方案，我再次和杨卓宝团队明确了产品上市的倒计时计划。每一分每一秒，我们都要抓住。

其二是渠道政策要确定了。

按照既定的渠道战略，M电商集团和沃森氏造势，大卖场占位，连锁超市冲锋，CS渠道做特色，这就是我和刘奇的团队开会确定的最终渠道政策。

我的渠道管理理念就是度渠定做，同频共振。由于每一条渠道的主流消费者不同，消费喜好和转化方式不同，所以我们需要用不同的产品组合、不同的促销推广方式去实现渠道共赢。我们做渠道的前提是品牌和产品规划，核心是结合渠道自身的经营特点去响应，与渠道同频共振，在不同的渠道通过不同的打法和玩法实现百花齐放，百家争鸣。当然，虽然有相对不同的产品、促销推广，但是我们向消费者传递的是同一个口香糖牙膏的品牌理念，形成的是共同的品牌沉淀。

确定每条渠道的产品分销标准、价格体系、盈利模式和促销推广方案后，每一条渠道的上市支持政策也就清晰明确，就能轻松搞定渠道方案。

其三是推广方案要形成基本框架了。

产品上市后的半年内基本不考虑广告投入。品牌推广主要集中在行业媒体、平台种草和与消费者沟通上。6 月 20 日的上市发布会就是最好的渠道推广。

针对线下促销推广，我写了一个口诀：**看得到才卖得掉，有人卖才有人买，有方法才有活法，有促销才有畅销。**

看得到才卖得掉，因此要重视陈列，包括陈列物料道具、陈列位置、陈列面积等。陈列面积要大，和最贵的舒达陈列在一起，贵在一起有道理。

有人卖才有人买，因此要充分培训经销商促销员，激发促销员的销售潜力，让促销员成为销售主力军。

有方法才有活法，我自创了“闻香卖货法”的九字方针：**挤出来，闻一闻，卖掉它。**在确保包装有颜值的同时，挤出晶莹剔透的产品在手背上给顾客闻一闻，让顾客感受产品的清爽、清香，迅速卖掉它。

有促销才有畅销，在上市初期，要求所有客户抓住周末的促销机会，提升产品影响力，同时针对重点客户和重点卖场，迅速展开节点大促会战，形成轰轰烈烈的上市气势。

线上的促销推广，等我们在 M 电商集团开店完成后再定。但有一点是明确的，那就是我们要通过东音、蓝手、小紫书这些新媒体线上渠道去切入市场推广。找到电商负责人以后，我们再共同确定最终的具体方案。

推广有方法、有活力、有节奏，打造冰泉全面的产品销售力和展现新品牌青春绽放的生命力。

其四是供应体系要签合同了。

两难取其轻，两利取其重，最终我们确定了以苏州工厂合作生产牙膏、扬州工厂合作生产牙刷为核心的供应链布局。苏州清香是中国口腔领域生产制造的前三企业，有足够的能力支撑我们前期的产品要求，虽然价格高一点，但产品品质有保证。扬州诚洁是牙刷制造的老牌企业，能够满足我们对特色包装和抑菌效果的要求。我们的国际原料商和包材供应商也大都在上海、江苏有相应的配套服务。唯一美中不足的，是我们的物流快递在广州，无形当中增加了调拨费用。但是为了保证速度，我们只能先追求80分的供应链。管理没有绝对，将来在过程中我们再去逐步完善。

其五是分阶段的组织架构和薪酬体系要签署了。

在上市工作基本方案落实的同时，我和团队提出要形成团队管理的组织支撑，并相应提出了分别对应产品上市前、产品上市后、产品上市三个月以后的组织架构模型。

产品上市前，有基本的管理职能就可以，保证产品顺利上市和线下客户的招商工作。

产品上市后，要扩大团队，保证有更加完善的市场推广能力，有全面的客户开发和促销培训推广能力，有专业的KA管理能力。

产品上市三个月以后，团队要进一步扩大。线下完成产品的上架销售，线上注册M电商集团店，电商团队要组建起来。由美天兼职的人力资源、财务等职能也必须独立出来，团队又要进一步加大。

这就是多大的头戴多大的帽子，一步一步提升冰泉的团队管理能力。

同时，结合企业起步期的特色，我们做了四个组织体系建设：

第一是薪酬。用提成激励的方式推动外部销售团队的积极性，多劳多得，并且提成三年不变，谁种树，谁乘凉，要有长久销售的心态；用企业业绩共享的方式激励内部管理团队，让公司与团队形成利益共同体。

第二是绩效。规范的绩效管理非常重要，人人有目标，个个有指标，在推动业绩向前的同时，提升团队能力。

第三是流程。组织架构完善，工作规划确定，工作重点清晰，工作协同的流程也必须清楚。

第四是制度。没有规矩不成方圆，我们必须建立相应的内部管理制度，包括基本的人事行政制度、日常会议制度、差旅制度、业务申请和费用管理制度等，让工作有规矩、有秩序。

其六是年度财务预算要签批了。

战略规划确定，管理方案和政策确定，组织体系确定，冰泉就形成了完整的系统化的公司运作体系。在这个公司运作体系下，我们很快出台了财务预算。有了预算，工作就能心中有底，管理有度，心中有数。

这么多的具体管理工作，我们在 20 天之内完成了。在实际过程中，我们也有很多争论、分歧，甚至在政策和方案面前难以抉择。毕竟，这是我们创业的第一步，很多工作万一做错了，就会陷入损失和困境，冰泉经不起折腾。但无论如何，我们始终坚持三个原则：一是广泛调查，深入研究，充分讨论，由我最终决策拍板。二是讨论的时候可以有不同的意见和方法，但是确定了方案就必须只有一个声音，团队成员必须听话照做。三是在实际操作过程中，有些小细节，经过我批准后可以做小修正，先固化，再优化，最后落地。

因为战略规划的大方向明确、快速确定了各项工作的细节方案、团队融合成一条心，我们的工作方案也变得如行云流水。这就是所谓的思路决定出路，出路通向大路。

有时候，当我们总觉得工作量大时，就会觉得特别累。反之，如果每搞定一个工作都能获得成就感，就会觉得工作特别快乐。

当我们总是瞻前顾后、患得患失、拖延决策时，就会觉得压力特别大，心里特别乱。反之，如果我们坚定果敢，在确定中前进，就会觉得工作特别有上升感和成就感。

当我们觉得事情都压在自己头上，每天的工作都干不完时，就会特别烦躁，甚至不愿意工作。反之，如果我们的工作有重点、有分工、有协作、有跟进、有落实，形成整体工作的组织分工和共同推动，就能在工作中找到快乐，上下同欲，共同成功。

我再次开始享受快节奏的工作，每一天都充满了奋斗的欲望，充满了工作向前推动的兴奋。

15. 上市倒计时

每一项工作的推进都会关联另一项工作。项目工作在其他伙伴的带领下逐渐落实到位，我负责将各个项目关联协同起来。从6月开始，我们所有工作都围绕“6·20”会议倒计时展开。

开会也是一个5W2H的管理过程。

WHY，为什么开会——吹响冰泉企业产品上市的第一声号角。

WHO，谁开会——冰泉公司全体员工、供应商、经销商和媒体合作方。

WHAT，开什么会——品牌发布会、产品上市介绍会、经销商招商推广会。

WHEN，什么时间开会——2019年6月20日。

WHERE，在哪里开会——广州冰泉公司总部。

HOW，怎么开会——形成会议详细日程，从会场组织到会议日程，以及会中沟通任务的落实。

HOW MUCH，花多少钱开会——形成会议费用预算。

当我和大家明确了5W2H的框架后，大家的工作变得更加简单明了，推进更加有序。

我和公司全体员工召开了一个“6·20”会议倒计时动员大会，统一思想，明确5W2H的分工、责任、具体的工作要求。开会时，有几个年轻的小伙伴不太理解我们为什么要开会，甚至有人抱怨说，开会是老套营销方式，费钱又没效果。现在的新锐企业没几个开发布会的。

我想，他所说的老套营销指的是我这个“70后”采取的方式。我和团队解释，在营销管理中，势能大于动能。**势能是一个企业的势、一个品牌的势、一个产品的势。**从营销意义上来讲，企业的势需要上下游客户来造，包括供应商、渠道商和合作商；品牌的势需要通过品牌推广或者公关活动来实现；产品的势需要通过爆品促销和销售成果来说话。这三个势缺一不可。只有三个势联动起来，才可以快速实现短期内的营销爆发和成功。我们“6·20”会议主要是为企业造势、品牌养势和产品蓄势。当我们吹响了企业发展大势的号角，工作就能快速迈上快车道，形成企业与各个上下游合作伙伴的合力。

我和伙伴们强调，必须学习最新的营销管理模式，运用最符合时代的新打法，但也绝不能放弃过去的成功经验和做法，只有将过去专业规范的管理手法和当今新锐企业的冲劲结合起来，才能形成更加强大的发展能力。

统一思想后，我们还需要步调一致。

我认真和团队一一敲定了开会邀请名单，每人负责各自的客户。刘奇负责经销商，黄俊凯负责供应商，杨卓宝负责广告合作商以及美天伙伴。

开会既然是造势能，我们就必须保证人员的合理性和人数的规模性。人员合理，就是让来的人都能发挥作用，不是看热闹，明确邀请哪些人、为什么邀请、来了以后有什么成果，还要尽可能将所有的潜在客户都邀请过来，人多才势众。

对于在哪里开会，我这个“70后”还是有点迷信。我不喜欢会议酒店有“南”和“舒”字出现，因为谐音“难”和“输”；我再根据美天开会的常用酒店以及最近几个新锐企业开会常用的酒店，找到了凤凰酒店，因为有凤凰，寓意一飞冲天，还有规模，有气势，费用也合理，当年美天在那里开会的效果就特别好。

在去凤凰酒店时，黄俊凯看我如此细心，如此关注会议酒店的细节，还和我说：“程总，你是博士，怎么还如此纠结这些小环节啊？会议酒店是个小事情啊。”

我在车上眯着眼大笑：“迷信才能相信，相信就更有自信。内心的力量有时候比正规的力量还强大。”

我估计伙伴们也被我折腾得够呛，选个酒店都这么矫情。但我想的是，第一次创业，希望能做到尽善尽美。

我也非常重视会议的日程和内容。如何组织现场气氛，如何让团队和客户坐得住、听得进、听得懂、产生信任，最终对冰泉品牌心动并行动，这需要良好的会议内容。

每个会议内容我都审了一遍，包括企业介绍如何简单明了，品牌介绍如何气势磅礴，产品介绍如何美丽动人，用什么视频，用什么 PPT 模板，内容的页数和时间是否可控，板块内容之间怎样更连贯。我还有一个习惯，重要的会议亲自做主持人。我的形象可能不是最好的，但是我的内容和逻辑、思路和沟通方式一定是最贴近客户的。

我特别喜欢叶国中老师讲过的一句话：所有的成功往往取决于起点的一公里和终点的一公里。“6・20”会议的核心起点是战略规划和管理政策，而终点是如何开好会。这两项工作都是“一把手”工程，也是我的重点职责。

其实“6・20”会议的工作远不止这些。我和团队强调，一个会议分为会议和会务，其中会议是如何开好会，会务是会场的协调沟通、通知落实、接送接待。会务由黄俊凯负责，会议由我负责，卓宝和刘奇协同落地。

“6・20”会议的工作正紧锣密鼓地推进着，中间却因为我的疏忽差点造成团队工作混乱。起因是会场的搭建沟通。杨卓宝和黄俊凯争吵起来，因为卓宝认为会场搭建要做出特色和气势，而黄俊凯则认为要节省费用，布置得尽量简单一点。刚开始我没有关注，觉得内部争吵后达成共识也正常，体现百花齐放、百家争鸣的管理氛围。

在他们的争吵中，我突然被触动，临时通知刘奇一起加入了他们的会议。

“我想问一个问题，会场搭建的目的是什么？”坐下来后，我抛出一个话题。

杨卓宝作为品牌负责人，自然第一个回答，她很自信地说：“会场搭建就是要让大家看到我们冰泉品牌的气势，突出我们产品的特色和个性。”

我点头表示了肯定，又望向了黄俊凯。

他有点局促，也很快回答说：“会场搭建只要让客户知道我们品牌是什么，有什么产品就可以了。”

刘奇可能觉得有点奇怪，为什么叫他过来参加会议。他的回答非常简单：“程总，我觉得他们两个说的都有道理，我没什么意见。我负责搞好招商就行了。”

“我通知大家开会是有原因的，因为我突然意识到大家还有一个思想没有统一，那就是我们除了会议的势能，也不要忘了我们是做品牌管理的。品牌管理最重要的是品牌输出和推广的一致性。”我快速和大家说出了我的意见，并强调，“我们开会一定要有品牌的整体统一性。卓宝刚刚讲会场要做出品牌气势和产品个性是非常正确的，俊凯说的要让客户知道也没错。但是，我们的搭建要形成三个统一：第一个统一是卓宝在做的，品牌调性、形象色调、品牌属性定位、产品特点个性要统一，一切围绕着品牌规范来展开，包括会场所有物料、服装、座位安排等，都要遵循品牌素材的统一规范，形成品牌统一的认知。第二个统一是不要为了布置而布置，而要为了客户而布置，所以既要让客户看到气势，又要让客户看懂合作，也就是我们要统一客户未来的陈列方式、促销方式、终端物料展示方式等。只有让客户在现场看得懂未来合作的样板，才能更贴近客户，真正打动客户。所以刘奇你要参与搭建布置，真正反映客户的声音。第三个统一是我们当天所讲的会议内容必须和现场搭建紧密融合，也就是让客户有场景感，听到的要能看得到。内容与现场统一，才会让所有人产生共鸣。这三个统一不是绝对的，但是必须统一、统筹。搭建要有省钱的心态，也要实现统一，这样才能既有品牌推广的高度，又有销售落地的维度，才有会议实用实效的角度。以前，我没有意识到这一点。这一次，我提醒卓宝，你需要在这方面重新梳理，重新落实各项工作的细节。”

我一口气将三个统一的思路灌输给团队。开会最怕形式主义，最怕热闹喧嚣后没有记忆的平静，最怕设计了一个气势磅礴的会，花了很多钱却没有形成品牌和营销的沉淀，没有品牌价值包括品牌形象的输出和展现。

会议无小事，各做各的事，但是绝对不能忽略了高度、统一、整合、系统。

我们努力推进各项工作。眼看着“6·20”会议越来越近了，我心里既自信满满，又有点忐忑不安，既希望每天慢一点，又希望每天快一点，如同将要结婚的新郎，激动、兴奋、慌张地等待和期待着。

16. 上市发布会

6月19日，冰泉团队全体到达广州凤凰酒店，品牌部门开始进入会场准备状态，其他各部门的团队开始迎接客户。

我们前期的准备工作非常充分，客户们陆续到达，来了很多20多年的老朋友。我的房间热闹非凡，一方面是因为大家好久没见，另一方面是因为大家也想提前了解一下冰泉。毕竟，口腔行业很久没有举行大规模的品牌推广了。这次冰泉的声势非常大，客户们充满了好奇。

我的精力非常充沛，有客户来的时候，就一起在房间里喝茶交流。没有客户的时候，我就到前台去接待，跑上跑下，不亦乐乎，难掩内心的激动。

刘奇是销售负责人，我没让他在房间里等客户，而是和团队一起，逐一去拜访客户。我和他们强调，来的都是客，只有走到客户那里，才能体现我们的真诚态度。同时，必须做好客户会议期间的衣食住行安排。开会，开的就是用心和细心。

晚上10点多，刘奇急匆匆地跑到我房间，一边喘气一边说："程总，出问题了！云南、四川、陕西、江苏的几个重要大客户可能明天来不了了。"

我心头一惊，这可不是开玩笑。大客户不在，大事不好。我忙让他坐下，继续听他汇报具体情况。

"昆明的黄林和张智中、四川的刘嬴、陕西的陈秋欢，还有江苏几个大客户一行，刚下飞机，就被深圳的黄国华接走了。他们今晚在深圳聚会，喝太多了，现在都没结束，估计没办法赶过来了。我打电话也没人接。"

刘奇既着急又气急败坏，显然对这个突发情况不知所措。这几个客户是中国商超前十，深圳的黄国华更是行业老大级人物，在行业内非常有号召力。如果他们不来，这个会议无论是影响力还是效果，都会大打折扣。

这些客户都是我多年的好朋友，他们能够飞过来就证明了这一点。我给刘奇泡了杯茶，让他先冷静下来。

“没事，他们既然来了就会开会，只是去黄国华那里和老朋友一起聚聚。我和黄国华是老朋友，我打电话给他，让他安排车把人送过来。如果车不够，我叫深圳的朋友开车送他们来凤凰酒店。”

我一边安慰刘奇，一边打电话给黄国华。电话一接通，我就听见了那边的喧闹声，显然非常热闹。

“黄总，我明天开产品上市发布会，你们可不能不给面子让我冷场啊。今天一定要赶回来呀。”老朋友通电话，我直接开门见山。

“程总你放心，我们先玩一下。今天晚上一定赶过来。”老黄虽然舌头都在打卷了，但是回复还是显得很清醒。

“我在酒店等你们啊。快到的时候和我说一下，我去大堂接你们。”我必须给他们再上一个紧箍咒。

老黄按了免提，我听见电话那头儿大家你一言我一语地在喊：今天一定过去，老程放心吧。

挂掉电话，刘奇悬着的心也放了下来，开始拍我马屁：“还是程总的面子大，一句话就搞定了。”我却并不得意，让刘奇先不要急着走。

“他们都是好兄弟，一起喝酒喝着喝着就兴奋了，喝多了还真不一定能来。毕竟，现在已经这么晚了。我看这样，为了确保他们过来，你安排一个人，开一辆商务车去深圳，在他们聚会的酒店楼下等着，一结束就把他们接过来，这样才是上了双保险。”

我一边交代刘奇赶紧安排，一边给聚会的每个经销商发微信，让他们聚会结束直接下楼坐车过来。

这个安排很及时，也很有效。老黄他们的确准备赶过来，但他们那里只有一辆车，我们赶过去的商务车正好可以坐下他们所有人，这样确保了大家准时到达。只不过，他们到达的时候已经是凌晨 3 点多，我依然兑现了对朋友的承诺，一直等他们到达酒店。

这个小插曲，正好让我有时间去现场跟进布展，确保各项细节到位。到了 3 点多，睡觉是没法睡了，我在房间里仔细审阅会议课件，修正细节，在早上 6 点多发给了杨卓宝和刘奇，让他们进一步完善。

说句老实话，对于“6·20”会议，我还是有点紧张的，并不是害怕发言，而是总担心出什么问题。也许是因为冰泉发布会太重要，也许是自己经历的大事还不够多，所以患得患失，不够淡定。

6月20日一早，我洗澡、吃早餐、换上西装、系上领带，直奔会场。

在去会场的路上，很多同事和客户看到我，都夸我很帅气。我想，他们应该是真诚的，因为我平时基本不穿西服系领带，更不会穿皮鞋，总是自然随意的休闲风格。所以穿上正装，给人一种焕然一新的感觉。

我对会场特别满意。走廊的布置，非常时尚鲜明，完全做出了年轻的动感。签名区也非常独特，各种合影方式非常亮眼。我特别表扬了杨卓宝、黄俊凯和刘奇，因为品牌和产品布置区真的实现了三个统一，品牌色交叉，埃菲尔铁塔模型又衬托了冰泉的价值高度，产品的现场布置突出了终端的组合运用，能让经销商感受到惊艳的品牌和产品差异化。

会场采用T形舞台，这样既可以让所有人从每一个角度看到演讲者和产品，也显现了会议的高端大气上档次。9点会议正式开始，会场坐满了，有500多人，人气十足，闪亮开场！

会议人员结构中，经销商客户只有300多人，其他嘉宾等有100多人。这次开会，我史无前例地请来了一些其他日化品牌的创始人或者负责人，基本上比较出名的老大都来帮忙站台，包括中日美容交流协会会长杨忠博士、中华美容化妆品商会马悦会长、中国牙膏行业协会向国庆理事长、四大国际香精香料公司副总裁以上级别的负责人。四大国际香精香料公司负责人的到来，也给会议增添了国际化的色彩。当然，我也邀请了包括沃森氏在内的很多重点大卖场的采购负责人。

美天的古总和刘总还在澳洲工厂。因此，他们派出了小古总做代表。当然，美天各个事业中心负责人和销售板块总监、职能支持部门的总监也都到达了现场。冰泉有美天的天使投资，和美天算是一家人，共同的事业需要共同的鼓掌。

“6·20”会议作为冰泉最重要的大会，由我主持，也是客户感兴趣的一个亮点。我讲述了企业的梦想、创业创新的思路、冰泉未来发展的成功之路。小古总讲述了投资方对项目的信任和期待、对这个创业项目的重点支持和帮扶。杨卓宝讲了品牌价值理念、品牌定位、品牌推广和品牌规划思路、产品的特点和重点，其中还穿插了产品走秀。刘奇讲了销售渠道规划和政策支持、陈列形象和未来促销方案。

我将梦想、企业、品牌、产品、合作政策贯穿起来，中间穿插了视频和展示秀、品牌发布仪式，甚至大家共同举起叶国中老师的《冲突》一书，齐声呐喊“用冲突创意冰泉”。

会议结束前，我和伙伴们又创造了一个小高潮：我们请中国牙膏行业协会向国庆理事长在发言后现场给我们题字。向理事长是中国书法家协会的资深会员，他的字还上过中国邮政。由向理事长现场写下“冰泉口香糖牙膏”几个大字，既有艺术的美感，又一下提升了冰泉的文化价值。

我们的“6·20”发布会非常精彩，也非常成功。会后，刘奇迅速组织团队与各个客户点对点沟通，签订意向书。招商成果是检验会议热闹又实用的标准。

尽管昨天没有睡，今天又主持一天的会议，我依然神采奕奕，因为我的内心充满了对冰泉的热爱。爱是一切的原动力，甚至是永动力。

在晚宴上，我非常开心，40多桌，每一桌都去敬酒，不为其他，只为内心的感恩和大家的缘分，然后我彻底喝醉了。我喝的不是酒，而是内心的开心和快乐。

6月20日，冰泉终于上市了！一个中国年轻人会喜爱的口腔品牌，一个致力于让口腔生活更美好时尚的品牌，一个创业者共同奋斗事业的品牌，正式全面启航！

17. 经销商观望

6月21日，大部分客户返程，还有几个客户留了下来，说是再单独坐坐。

下午的办公室阳光非常强，而我还没有完全醒酒，甚至空气中还散发着酒味。客户们陆续过来，我们一边喝茶，一边聊天。

过来的客户虽然都不是特别大的经销商，但都是与我私交极好的朋友，有郑州的老何、老丁，北京的老罗，湖南的老陈，内蒙古的老邹，河北的老王。

广东的办公室必备茶具，大家一边喝茶，一边谈事。我不太会泡茶，就让刘奇代劳。在茶烟袅袅中，我们谈天说地。

“感谢大家的支持，还是老朋友给力，我们的会议很成功。昨天我真的喝多了。”我对老朋友依然非常客气。

“程总别这么说，这是你的大事，也是我们应该共同参与的大事。”老何是我十多年的好朋友，我做过的品牌他都代理过。他虽然是广东人，但不是那种纯生意人，既有南方人的细腻，也有北方人的豪爽。他的烟瘾较大，一圈接一圈地吞云吐雾。“不过我有一个建议，咱们冰泉除了牙膏，还要重视牙刷。现在牙刷的销量其实挺大的，无论是手动牙刷还是电动牙刷，增长都特别快。”

老何话音刚落，北京的老罗马上接过话茬儿，说道：“对，现在牙刷销量很大，但是价格低。现在口腔产品的价格竞争很激烈，北京各个卖场的牙膏促销装，只卖9.9元；六支装牙刷也是卖9.9元。大品牌将市场空间都限制死了，特别难搞。”老罗一边笑一边强调：“咱们冰泉牙膏卖39.9元一支，价格有点高啊。”

“价格贵一点我倒觉得不可怕，最可怕的是没有利润空间、没有足够的市场支持。我觉得只要有回报，生意自然能做起来了。”内蒙古的老邹做CS渠道，更加重视盈利模式、卖货方法、产品的利润空间。

“我现在做的几个牌子价格也不低，但是他们的促销力度很大，卖高买低，在大卖场表现也还不错。大品牌单价低，但是现在卖场里也有不少年轻人，大家也都开始重视新概念、新卖点，接受新鲜事物。”河北的老王马上附和老邹。

我很认真地听着大家的意见，并在手机上记录。客户就是上帝，上帝的意见就是我们最好的营销提升之道。我一边记录，一边追问湖南的老陈和郑州的老丁：“你们有什么建议啊？”老陈笑了笑，赶紧说：“我没什么意见，就是觉得公司前期的支持要多一点，政策力度要大一点，有政策‘吃’，我们就能迅速启动好。”

我望向老丁。

老丁是实在人，我和他认识、交往的时间比较长，有20多年。他想了想，说：“我觉得冰泉的产品颜值和卖点都非常好，政策也到位，关键是很多大卖场要支付大笔的进场费，公司要在这方面考虑如何支持我们经销商。”

我一边听着大家的意见，一边在手机上标记重点词：价格、卖货方法、政策、进场费。其实，这些在我们昨天的发布会上都说过。客户们提出这些意见，是想再强调一下。

我也不能回避，于是走到办公室的大白板前，用笔写下“价格、卖货方法、政策、进场费”这几个字，并补充说：“大家的这些建议，我和刘奇会在昨天发布会内容的基础上再做修正和完善。在具体方案确定前，我们会再征求大家的意见，确保冰泉的市场推广落地。”

下午的时间过得飞快，一转眼就到了晚上。我带大家到湘南印象继续欢聚。老丁走到我身边，举起酒杯对我说：“程总，你是我的老领导，我今天要单独敬你三杯，第一杯，庆祝你创业顺利启动；第二杯，祝贺发布会圆满成功；第三杯，向领导报告，我已经安排财务打款50万元，作为我和冰泉合作的意向金。”

我有点感动。老丁是我20年前的老部下，后来自己创业非常成功，现在也是河南头部经销商，年营业额在2亿元以上。他刚刚这一番话，特别真诚。我赶紧举杯，说：“老丁，咱们是多年兄弟。话不多说，一切尽在酒里。”

老丁是河南人，酒量不在话下。他赶紧回敬过来，同时把我拉到边上，悄悄和我说：“领导，喝这个酒，我还要和你说两句话：一是，你的政策不要一下子放到底。放多了，对市场也没太多的好处，将来就收不回来了。二是，现在很多经销商做生意都是观望，你要注意，尽快打开市场局面，招商不能僵持着。”

我听得脑门儿一热，心中更加激动。作为一个经销商，老丁能够和我说出这番话，很明显体现了我们的超友谊关系。吃完饭，我立马叫上刘奇回办公室，小结一下招商会的情况。

情况并没有想象中那般美好。到场客户366人，真正签订合同的却只有43人，而签了合同并完成首批打款的仅14人。大部分客户都说，回去商量一下再回复。这种状况让我倒吸一口冷气，脑子也瞬间清醒了。

刘奇和我解释说，这种情况很正常。客户这次过来主要是了解情况，回去商量后再定符合逻辑。但是我不这样认为，打款可以拖后一段时间，而签订合同并不是一件非常困难的事情，为什么会出现这么大的偏差呢？我认为，关键还是客户对冰泉项目不太肯定。

我在想，是品牌和产品的原因、产品定价的原因还是渠道政策方案的原因？抑或是对促销方案不满意？或者是像刘奇说的，因为市场大环境不好，客户比较慎重？

接下来，一方面，我让刘奇带领团队做一个全面的客户拓展总结，另一方面，我给他强调了四点：

第一，每个业务人员逐一写出客户招商拓展分析，并制定改进拓展方案。

第二，马上针对弱点或者盲点地区和客户，确定备用客户名单。

第三，做好已签合同客户的打款跟进。

第四，跟进各个客户打款和发货的排序。

我回到家，已经是凌晨2点。因为喝了太多的茶，我睡不着，脑子里一直在想，一次成功的会议却没有取得满意的结果，问题究竟出在哪里？

也许是我太急躁，也许是我太大意，也许是团队执行力不够，也许是我平时的想法太简单。我躺在床上，辗转反侧。

3

第三章 市场启动

（2019年6月—2019年10月）

1. 排兵布阵

没有睡好，我起得很早。趁着保姆做早餐的时间，我带着金毛狗去花园遛遛，边走边想拓展市场的事情，同时还看着公众号文章。

突然，我看到一篇文章：《只要思想不滑坡，方法总比问题多》。这个标题深深打动了我。是啊，这一点点小事就让我如此烦恼，怎么能创业成功呢？未来的问题一定还有很多，甚至会遇到各种各样的挫折，我必须具备相应的抗挫折能力，必须能够正确面对各种情况。我必须保持一个创业者应有的坚定和坚韧，淡定面对一切，逢山开道，遇水架桥。只有我勇于担当，冰泉才会有更加长远的发展未来。

想通后，我回到办公室就恢复了自信和笑容。

冰泉公司现在已有30多人了，麻雀虽小，五脏俱全。我马上召集核心团队开会，研究“6·20”后的相应工作部署，做好全新的排兵布阵。

其一，要总结“6·20”的会议和会务。

会议总结，就是每一个人针对会议做好相应的总结和计划。所有的总结必须根据目标来分析，尤其是销售部的客户拓展目标、回款目标，针对总结建立后续的客户补充、回款目标和跟进计划。

会务总结则是分析会议的布展、组织和费用情况，知道得失，形成更加规范和完整的会议管理模板。当然，也要做好会务费用的相应核销。

其二，市场部必须制订新产品上市倒计时计划，跟进后续的产品规划、终端形象规划。

市场部是新产品上市的直接驱动者。根据原定计划，我们在7月1日必须发货，跟进供应链确保首批生产发货的完成，同时，制定7~12月的后续产品规划并做好立项工作，包括和华耀口腔医院的临床合作计划和加东药科大学的专项配方研究合作计划，以及既定的新产品、新品类、赠品开发计划等。除了产品，市场部还要针对品牌形象规划进一步完善线下终端的陈列计划，确定市场所需要的道具和物料。这些工作，前期一直在推进，当前最重要的是确保道具物料和产品同步发货。

下一步，杨卓宝还要明确品牌和产品推广工作内容，尤其是新媒体运营。

其三，供应链部门必须跟进首批生产，跟进物流快递启动，建立相应的供应商管理体系。

会后，供应链的工作很紧张，黄俊凯必须保质保量地完成首批生产任务，并跟进复盘和完善，确保未来的生产管理有序运转。同时，还要有效启动物流和快递的试运营，建立对应的供应商和经销商综合管理体系，包括客户合同、客户政策、合作条款、客户档案管理、客户价格和结算管理。当然，供应链部门还要做好后续的供应和采购计划管理。

其四，销售部要制订全面的客户拓展目标和计划，制订市场进场计划和终端陈列计划。

销售部在“6・20”后的工作比较复杂，我和销售团队开了5个多小时的会议。

首先，我花了1个小时和销售团队强调品牌价值定位、价值差异化，强调增强品牌力才是维持企业持续发展的竞争力。我们必须明确自己年轻、时尚、潮流的创新理念，将价值差异化和创新理念传播给每一个合作和待合作的客户。客户只有关注价值，才不会纠结价格。

然后，我用3个小时和大家总结了“6・20”会议的客户拓展得失，与销售团队商讨此次会议中哪些客户签订了合同，哪些客户打款了，哪些客户暂时待定，哪些客户需要沟通突破，哪些客户暂时放弃。有了这个总结，我和销售团队也就确定了下一个季度的客户发展目标和计划。

针对每一个待开发和需要开发的客户，我给出了一些拓展建议，同时要求刘奇和团队针对市场拓展做到一客一策，也就是对每一个客户拓展都有不同的方法和方案。

接下来，我又用1个小时和销售团队明确了终端市场的推广方案、客户支持政策，包括有哪些物料、如何陈列、如何促销、如何做好促销会战等。

最后，我花了将近1个小时给团队打气，并和大家分享了《只要思想不滑坡，方法总比问题多》这篇文章，让团队拥有更大的前进动力。

我接下来要做的，是启动新的人员招聘，跟进重点供应商和经销商的合作管理，跟进线上销售工作规划。

在人员招聘方面，当前最重要的就是组建线上团队，其次是财务和人事团队。对于这个工作，我必须亲自抓。我通过多种途径，甚至与猎头公司合作，确保重点人员逐一到位。找到线上销售管理者之后，我要和他共同制定线上销售规划，形成促进线上快速发展的销售力。

对重点供应商和经销商的管理，我必须实地拜访，了解重点经销商的合作和销售情况，了解重点供应商的价格和品质管理情况。

明确新的工作思路后，我又和杨卓宝、刘奇、黄俊凯强调了工作管理的策略和效率。

我告诉杨卓宝，必须牢牢坚持品牌定位、价值沉淀做产品开发，做好产品试用团队的评价管理工作，做好线上线下品牌形象的落实，从新媒体入手创新实施传播计划。

我和刘奇强调两个核心：一是抓住重点客户、重点卖场，做出样板和典型，在全国形成10个重点市场，通过这10个点迅速推动整体客户面的拓展，因为只有大部分客户看到、信任才会合作、做到；二是做好产品的进场规划和管理，进场策略要有规矩、有原则，做好费用评估和预算，确保有效、高效、低成本进场。

我和黄俊凯强调6个字：成本、效率、服务。成本要多方面了解，争取在年底前有一个新的降低成本的思路，有降本率的考核；效率就是完善供应链管理流程，做到简单高效的快节奏管理；服务则是做好客户的支持和服务，做好公司内部业务团队的协同和服务。

只要有明确的工作事项、清晰的前进策略、具体的目标成果，成功就尽在掌握之中。

在有条不紊的工作部署中，我忘记了“6·20”会议成果的不尽如人意，忘记了莫名其妙的烦恼，重新找到了登高望远、登台点将的感觉，这种感觉就是强烈的前进欲望和强大的前进决心。

知之莫若学之，学之莫若好之，好之莫若乐之。知道、学习、喜欢和快乐，是管理和工作的四种层次。我想，我应该是快乐工作、快乐创业、快乐奋斗的人，因为快乐，所以快进、快干、快意人生！

2. 线下销售的思路

随着各项工作的推进，商品陆续发出，累计有 70 多名客户收到货，冰泉走出了线下销售的第一步，走出了生意的开始。

从 6 月到 7 月，通过“6・20”大会、实地客户拓展，刘奇带领团队逐步打开了全国的商超客户布局，基本上和重点商超客户达成了有效合作。虽然有的客户依然在观望，但是他们对冰泉的品牌价值定位、创新产品和销售推广思维是认可的。CS 渠道进展缓慢，一方面是因为客户觉得口腔产品在渠道内的体量不大，另一方面则是因为大部分重点 CS 经销商在自我调整优化，对新品牌持观望态度。

我把销售部的具体工作全权交给刘奇，因为我的管理风格是只抓“一头一尾”，也就是我负责方向、策略建议，负责生意目标的紧盯，跟进目标达标情况和改进思路。而中间的具体客户布局和拓展、合作细节，则由部门负责人自己搞定。在他遇到困难和问题时，我再出面。有时候，我开玩笑说，作为总经理，我有两个核心工作：一是负责导航，通过“一头一尾”管理方向和优化纠偏；二是负责专家门诊，处理重点客户问题和疑难杂症。

7 月初，我组织了销售部的线上工作会议。在这个销售起步期，我给大家提了四个方向。

第一，坚持对各地的重点经销商的拓展，第一步主抓商超客户，以有口腔产品销售经验的商超客户为主；第二步抓 CS 渠道客户。

第二，做好已经合作客户的市场规划工作，从进场到陈列、促销员培训、第一次大促、后续促销规划等，都必须清晰明确。

第三，制订各个省区的核心客户打造计划，也就是每一个地区要有样板客户、样板卖场和样板促销活动。

第四，要和美天、绿尚、香溪至选等美天集团的团队以及客户合作，借势兄弟品牌帮助冰泉拓展市场，通过老客户实现快速合作。

这四个方向相当于冰泉商超业务推进的指南针，也是冰泉销售团队管理的思路。

会后，我把刘奇叫到办公室沟通。我们必须从上至下统一思想，达成共识，这样才能形成强大的执行力。

我和他说："我知道，现在做牙膏的客户非常多，我们前期的客户资源也很多，但是人的精力有限。作为新品牌，我们一定要有聚焦、有重点、有方向、有方法地开发客户。"

刘奇赶紧点头表示认同。但我觉得他还没有完全理解我的意思，于是继续和他啰唆道："我今天讲的四个方向，第一点是为了围绕我们最核心的客户，用最快的速度实现客户拓展。我们在起步期必须和有欲望、有潜力、有思路的客户合作，也就是商超客户。而商超是我们当前渠道发展核心中的核心。第二点则是希望大部分客户能知道如何做冰泉，如何做开冰泉，如何做大冰泉。这就必须有规划。第三点就是要中心造势，周边取量。如果我们有几面全国性的旗帜，那么就能迅速搞定全国的客户拓展。如果我们每个省都有一面旗帜，那么我们在这个省开发其他客户就能顺风顺水。第四点则是发挥我们现有的资源优势，整合资源，实现更多的借势。把握了这四点，我们就抓住了重点，就能够快速前进。"

刘奇继续点头，不知道是表达认可，还是听得有点晕菜。

我拿出一张纸，边写边说："对于销售部，我现在最担心的是这几个点：一是担心没有客户开发标准，漫无目的地找客户，或者不清楚客户条件找到不合适的客户，所以我们强调找当地有口腔产品销售经验的商超大客户；二是担心开发了以后没有制订计划，客户也没有人管，让客户自由发展，结果上市后销量不理想，造成大部分客户泄气或者放弃；三是担心客户进场的渠道计划不清楚、分销品种不清楚、费用管理不清楚，这些不清楚会导致我们销售落地乱、费用乱；四是担心客户管理吃大锅饭，用同样的政策和方案，导致大客户不开心，小客户不感恩，眉毛胡子一把抓，销售没亮点、没激情；五是担心促销活动没方法、不灵活，没有冲击力，也没有销售力；六是担心客户赠品和物料管理不到位，造成公司费用流失和损失。对于这六点，你有应对方法吗？"

听到我说了这么多，刘奇想了想回复我说："程总，我很认同您前面说的四大方向，也会按照这些思路去落地。您说的这六个担心，我也想过，只是没有领导想得这么全面。您的第一个担心，客户开发标准和每一个地区的目标拓展客户，我们都下发给每一个省区了。大家会按照这个原则聚焦工作。第二个担心，对于客户，我们在签订合同时都已经有了后期操作的基本思路，包括价格体系、渠道界定和生意目标。第三个担心，对于进场计划以及进场的产品标准、费用，我已经制定了一个完整方案，等会儿再请您审阅。第四个担心，对于客户主次不清，我也制订了大客户专项支持计划、10个大客户的专项卖场打板计划，做出样板来，这也是您讲的中心造势方法。第五个担心，我会结合每一个大客户的想法去做一地一策的促销尝试。什么促销方法好，将来就去推广哪种方法。第六个担心，我已经制定了赠品和物料管理方案，会强化这一方面的控制。我是您的老部下，也非常熟悉操作的套路，您尽管放心。冰泉也是我自己事业的最后一站，我会尽全力搞好。”

刘奇毕竟是和我合作多年的老伙伴，对我的想法和思路非常了解。他的话都说到我心坎里去了。我非常高兴，这就是上下的同频共振。

每次和同事谈工作，我都感觉自己心中有一个宏伟的蓝图，而这个蓝图通过我的讲述和传达都能顺利地落地，让我特别兴奋。

我让刘奇将那些具体的方案都提交给我，我晚上再看看，提一些修改建议。我想，对于剩下的工作，他应该都可以按照我们的思路搞定。

万事开头难，但只要思路清晰就不难。创业就是这样，我们不追求完美，但必须力求完美，因为市场不会给我们太多恋战的机会，尤其是线下商超，3个月就见真章，6个月就知得失，因为卖场锁码就是3~6个月，我们绝对马虎不得。可以说，我既紧张，又兴奋，既想抓住每一个重点，又想把握每一个细节。我们必须全力以赴去干，才能干好干成。

3. 电商搭班子

冰泉的线下开始攻城略地，而我开始谋划另一项工作，那就是必须尽快启动电商。

从渠道现状看，口腔产品的线上线下占比是 3∶7，与整体日化行业线上线下 5∶5 的结构对比，线上口腔产品营销比较弱势。有人跟我说，口腔产品价格低，产品价值内容比较弱，线上的销售很难与线下抗衡。对于这一点，我有不同的看法。我认为，线上营销是大趋势，线上线下平分天下是整体渠道发展的未来趋势。口腔产品线上销售之所以处于弱势，一方面在于传统品牌对线上销售不够重视，另一方面则是因为传统的口腔产品的营销方式大多是看性价比，不重视品牌价值营销。正是这两个原因，决定了冰泉在线上将有极大的机会。

我甚至认为，冰泉应该先在线上取得势能优势，而后才有在线下与传统品牌抗衡的能力。

虽然我曾经在美天兼任线上总经理，比较熟悉线上营销的整体运营思路，但是在具体操作上，我还要找一位专业的管理者。

相对而言，广州的线上专业人才比华东一带少很多。我盘点了一下自己的朋友资源，感觉没有特别合适的人选。特别优秀的，要么自己创业，要么在传统的大企业做高薪操盘手，很难找到同心同德、愿意共同开创冰泉未来的人。

遇到具体事情时，我喜欢找一张白纸画出工作重点和思路，在找电商人才时同样如此。

在办公室，我画了一个四象限图，横轴是能力，纵轴是意愿，也就是看电商操作能力与冰泉创业意愿之间的平衡。高能力、高意愿的人可遇而不可求，甚至找不到；高能力、低意愿的人是我不愿意要的；低能力、高意愿的人则需要培养，还不能担当大任；低能力、低意愿的人更是要放弃的。所谓两难取其轻，两利取其重，我应该在中等能力、高意愿的人中去寻找人才，因为电商的大方向我可以自己把握，自己把关策略；对于具体的运营操盘，我想中等能力的人完全可以做好冰泉起步期的业务。如果这个人有高意愿的话，也会比较踏实和可持续。

明确人才的标准后，我开始通过猎头、朋友介绍广泛搜罗电商人才。可是事与愿违，前前后后我面试了 10 多个人，始终没有看到特别合适的。在这个关键时刻，找到电商人才，反倒成了我的心病。

其实，我一直想从美天调一个电商经理过来，但是这又与当初和古总的约定相悖，我不能出尔反尔。

还有一个我比较中意的人选——美天原来的电商总监安勇。安勇是我的老同事，从索新到美芳一直跟着我干，那时候他是线下的大区经理。但是十多年前，他自己转型做了电商管理。我开创美天项目后，他也过来担任美天电商总监。美天在他手里，由几百万做到了几个亿，应该说在美天的电商事业中，他立下了汗马功劳。离开美天后，他去了巧惠做电商操盘手，现在正干得风生水起。朋友归朋友，从工作角度讲，冰泉这个刚起步的项目估计很难激发他的兴趣。有时候，合作就像螺丝钉和螺丝帽的关系，不在于多大，而在于是否合适，而这个合适更要讲究时机。

我还是决定约安勇一起吃个饭，深入聊聊冰泉的事情。正好严军刚到一个新企业上班，荣升总经理了。于是我就找了庆贺严军升职这个由头，约上安勇一起聚聚。

饭店定在了汉正街一号，一家武汉的饭店。

严军、李剑安、李建分，还有安勇这些老朋友如约而至。老朋友见面，除了问候就是忆旧，每次见面都聊得热火朝天。这一次也不例外。

严军是这次饭局的主角，但我心中想的却是安勇和电商的事情。

“老安，有时间还是我们兄弟们一起干吧。冰泉是刚起步的项目，也是我创业的项目，大家正好一起干一番大事业。”我一边开玩笑，一边故意加重语气说，“巧惠再好，也不是长久之计啊。”

严军自然明白我的想法，赶紧在一边帮腔说：“老安，跟着程总干，你每次都顺风顺水。这次也是一个好机会。”

安勇被我们说得有点不自然。他不是一个矫情的人，比较实在，也不会说套话，他很诚恳地回复说：“我知道这是程总你自己的项目，也知道你是做大事的人，但是我现在到巧惠的时间也不太长，刚刚理顺，势头也不错。我如果这个时候离开，也对不起现在的老板啊。不是我不想和程总干，实在是目前的时机还不成熟。”

安勇一边主动给我倒茶，一边继续说：“不过，我也替程总想过其他人。以前我手下有一个负责运营的人，他的专业能力不错，人也比较踏实。离开我这里以后，他去了另外一个传统企业做电商负责人。我觉得这个人挺适合程总，准备介绍他过来聊一下。”

安勇的话说得我心里一动。所谓物以类聚，人以群分，安勇认可的人，我肯定也能认可。于是我赶紧催促安勇：“那你赶紧介绍给我。我现在着急用人呢。”

安勇一看我那个着急的样子，连忙笑着说：“我就知道程总你着急，所以今天也顺便约了他。过一会儿他应该就到了，正好让你看一看。”

这真是赶早不如赶巧，安勇做事这么高效率还真让我有点激动，赶紧以茶代酒，连说感谢。

不一会儿，安勇讲的那个小伙子就到了。第一印象我觉得他是个朴素的小伙子，比较实在。

安勇赶紧给我介绍：“这是李志飞，他以前是我这边的运营经理，现在在瓷肤做电商总监，是一个非常不错的人，专业能力强，为人也好，还是湖南人，和程总是老乡。”

“都是老乡，今天聚到一起就是缘分啊。”我对于老乡一直有一种独特的亲近感，所以从看到他的第一眼，就对他有几分好感。

因为只是朋友聚会，所以吃饭时我也没有过多地去问李志飞的情况。从我的观察来看，他是比较务实的人。再加上我对他的第一印象挺好，于是我私下和安勇说，让他帮我和李志飞聊一聊来冰泉的意愿和要求。如果他有意愿干一番大事业，我再去和他深入沟通。我觉得安勇站在另外一个角度与他沟通，反倒比我直截了当更加有效。

安勇不仅务实，效率也很高。第二天，他就告诉我，已经和李志飞聊了。李志飞也了解过冰泉，知道我在行业里的为人，所以愿意过来干。

这可是一件好事！我这个人有事情不能过夜，于是马上约李志飞来公司，哪怕晚上也可以谈。李志飞被我这个着急劲儿吓了一跳，但还是如约在晚上到了我的办公室。

我喜欢在闲聊中面试人，也喜欢在轻松的沟通中去评价人。我与李志飞的第一次单独见面，都是在喝茶，谈天说地。

也许是我的风格感染了他，也许是他适合在放松的环境下表达，在喝了几杯茶之后，他由刚开始的木讷和紧张，变得侃侃而谈，谈想法，谈思路，谈自己过去的成功案例。

通过这次沟通，我发现我们彼此还是比较合拍。从专业、务实和真实的角度看，李志飞非常符合我的要求；从开创性和创新性的角度看，他略有不足，但这也正好符合我中等能力、高意愿的要求。人才不一定要最优秀的，但一定要合适的。这一晚我们谈到很晚，也谈得很顺利。我们的电商负责人就此确定。

自此，冰泉的电商进入业务规划和班子搭建阶段，开始启动线上营销板块。

4. 电商规划启动

7月下旬，李志飞就到公司上班了。我交代给他的工作只有一个：一周内做出“2020年电商市场规划”。

可能是因为李志飞还不熟悉我的套路，不了解我的风格，所以他竟然问我市场规划应该怎么做，这把我吓了一跳。不过仔细一想，我开始自我反省：每一个公司都有自己规范的市场规划模式。李志飞刚来，还不了解公司情况，也不了解市场规划的重点和主次。我一上来就安排他拿出规划，是有点操之过急了。

于是，我专门抽出一天时间，和李志飞沟通公司情况和我对于市场规划的基本想法，包括冰泉的企业战略和品牌战略，有哪些系列产品，有哪些重点，未来开发的计划是什么，公司的组织架构和组织分工等。

对于电商的市场规划，我其实已经有了基本的思路，但我希望李志飞先拿出他的想法后，我再和他融合沟通，而不是让他直接按照我的要求去做。

对于怎么做市场规划，我也和李志飞娓娓道来。

了解公司战略和品牌战略，就知道了品牌价值营销和价值驱动的核心，也就知道了未来品牌和渠道经营的方向。

了解产品就是知道自己的武器装备有哪些。

了解公司组织体系则是知道自己的电商在组织中的位置和管理协同，

知道自己要服务谁、协助谁，谁又能协助自己。

电商部的市场规划需要根据以上的市场规划要点做出方案。

按照我的管理思维，所有销售部门的市场规划分为七个部分。

第一部分，做市场分析，通过数据、行业情况，做出 SWOT 分析，通过这个分析得出冰泉电商未来的发展方向和基本策略。

第二部分，做业务布局规划，这个业务布局规划是根据市场、公司、电商渠道现状、自己的能力，做出相应的渠道发展布局，也就是规划我们在哪里做，用什么产品做，如何形成渠道和产品的组合矩阵。

第三部分，在业务分渠道方面做局，根据业务布局做出各个电商渠道的经营策略和重点打法，也就是在不同的渠道，要有不同的人货场术，包括消费者是谁、产品是什么、场景营销推广如何做、流量战术如何搞等。

第四部分，明确 2019 年的渠道核心大局，知道最重要的渠道是什么，这个渠道有哪些重点工作，如何做，如何突破。

第五部分，是组织体系，根据我们的电商业务布局、做局和大局，建立怎样的组织架构，如何分阶段确保人员到位，如何做好团队的业务运营体系和薪酬计划。

第六部分，是费用预算，根据我们的业务和组织，确定大概的生意目标是多少，达成目标的费用预算是多少。预算实际上也反哺业务，最终形成业务和预算的合理平衡。

第七部分，知道年度工作的项目计划，也就是通常讲的甘特图，将年度工作重点和人一一对应，形成分阶段的行动路线图。

谈了一天，我讲得唾沫横飞，李志飞估计也听得昏天黑地。我觉得自己的逻辑表述很清楚，有着近十年电商管理经验的他，领会起来也很快。有了逻辑框架，他再去制定电商市场规划也就非常容易了。

不过，临出办公室，李志飞还是问了我一句："程总，你对于电商究竟有什么想法？能否告诉我，让我心里有个底。"

我很直接地回答他："你只管按照自己的想法做方案。我的管理原则是谁的地盘谁做主，谁的孩子谁抱走。你先别管我的想法，先做你想做的、该做的。你的方案出来后，我会根据你的想法提出意见，但最终还是以你的意见为准。”

他刚走到门口时，我想了想又补充了一句：“你在做规划的时候，有什么要求，需要什么支持，或者有哪些问题拿不准，都可以随时找我沟通，我会全力配合你。”李志飞回过头，使劲点头，领命进入规划状态。

为了配合他的规划，我又安排杨卓宝收集了大量有关电商的口腔类目数据和资讯、一些还不错的新锐电商的策略思路转交给他。电商市场规划，是个讲究数据和事实的细活儿。

李志飞在紧锣密鼓地做电商市场规划，我也没闲着，开始找行业内的电商朋友广泛沟通，一连约了三拨人。在和朋友们的交流中，我也获得了一些电商经营的新思路。

很庆幸，李志飞做工作非常细致。表面上看，他很朴实，还很粗犷，但对于电商运营的细节和数据非常清楚，心中也非常有底。一周后，我看到他方案的第一眼，就给出了一个肯定的评价。

冰泉的电商方案评审会，我叫来了美天的几个电商负责人、杨卓宝、黄俊凯一起参加。李志飞明显不是很适应在公开场合演讲，在讲述规划时显得有些紧张，但我并不看重这些。虽然讲话是一种能力，但是对于电商管理来说，也不是一种必要能力。电商更需要“心”和“新”，用心和创新。

他的方案足足做了将近60页PPT，可以说，这是我看过的最完整、细致的电商市场规划，基本上涵盖了我对规划的七大要求。但是另一方面，我又觉得他太过细致，在操作层面的内容非常到位，但对于策略重点不够明确。

每一个人，都有优缺点。作为管理者，尤其是创业管理者，绝不能吹毛求疵、过于苛刻，而是应该多一些理解和包容，多一点支持和鼓励。

本来，我找李志飞过来，就是我们两个各有分工，我做大方向、大策略，他做具体的运营和操盘。他的电商市场规划过于细节，也符合他的工作职责和要求。因此，在冰泉电商方案评审会上，我极大地肯定了他的方案，同时定下了当前冰泉电商经营的工作方向和重点策略。

布局就是先做M电商集团直营，再做M电商集团外分销，最后做社群电商选择性分销。

做局的关键在于平台定制化布局，结合平台特色先做好店铺管理基本面，同时，积累用户群体，找机会打造爆款产品，形成市场影响力，建立站内外流量生态。

大局就是集中力量做 M 电商集团店铺，在 M 电商集团形成品牌宣传和销售的双重重点，以“90 后”人群为目标，建立 M 电商集团站外流量创新打爆的能力，形成在 M 电商集团快速增长的爆破力，构建 M 电商集团的“三三三”产品矩阵能力。

至于具体的操作细节、组织体系、费用预算和年度行动路线图，都按照李志飞的规划去做。公司总部的市场部及其他职能部门，都要全力配合和协同他。

不知是我讲的内容信息量太大，还是大家觉得内容有点复杂，我讲完之后，居然没有获得热烈的掌声。大家都陷入思考之中，这让我有点尴尬。不过，我喜欢用决策推动效率，于是继续发出洪亮的声音：“M 电商集团是起步造势，京西电商集团、莎宁电商集团为协同起势，品夕夕、云合等电商平台辅助乘势，就是我们冰泉电商的核心。具体操作方面，我觉得李志飞规划得特别明白了。我只强调一点：10 月 1 日前，也就是两个月后，冰泉旗舰店必须上线。”

我的话音刚落，大家都兴奋起来。我再次被大家感染，对着会场上还有点脸红的李志飞说：“开店的事我负责落实。我和 M 电商集团熟悉，相信 M 电商集团总部的团队会支持我们这样的新锐品牌发展。你做好方案和人员落地就行了。”

李志飞听我这么一说，突然站起来，有点激动地说：“程总，只要你在 10 月 1 日前开好店，我就负责打好 10 月冰泉电商的第一枪。程总，你要相信，我有这个能力。”

“必须的！兄弟同心，其利断金，冰泉必须打响电商第一枪。”我就是这样的讲话风格，既有士气，又有点江湖气。

7 月 30 日，冰泉电商方案评审会结束，大家正式进入工作状态。我有点喜欢“7・30”这个日子，这也是我创业开始的又一个兴奋点。

5. 团队小聚

电商管理是创新程度要求最高的管理，也是变化快、节奏快的管理。电商团队由李志飞负责以后，我就可以放心回到全局管理了。

在销售工作中，复杂度最高、难度最大、耗费时间最长的是线下大卖场这样的终端市场的管理。从6月底上市并开始发货，到8月初，冰泉已经陆续有80多位客户进货，完成了全国主要城市的客户布局。这样的招商速度和效率还是很让人惊喜的。刘奇带着团队，每天在市场战斗，有时候甚至一天要跑两个地方，一方面是因为他足够敬业和专业，另一方面是因为他对市场熟悉，对终端管理轻车熟路。

我们在8月5日召开了8月的月会，刘奇也回到了公司。月会开完，已经是晚上7点多。我叫刘奇、杨卓宝、黄俊凯到我的办公室，顺便叫了几个菜，一起在办公室吃顿晚饭，顺便谈谈工作。因为是非正式的工作会议，我们开了一瓶好酒。

冰泉公司从立项到启动、产品上市、初步打开渠道局面，差不多已经有半年时间了，取得了一点小成绩，企业也基本上了轨道，算得上一切顺利。晚上的饭局也有点庆功的味道。

首先，我敬了卓宝一杯，她喝茶，我喝酒。在创业团队里面，她是唯一一位女性，也是最年轻的，她是“80后”。作为品牌负责人，她有着专业的品牌管理能力和熟练的产品开发能力，每天都加班到很晚，全身心投入工作中。我第一杯敬她，也是表达对她的肯定。在前期，她付出的是最多的。

卓宝有点害羞，不惯于被表扬。对她来说，认真工作是一种习惯，但她的性格有时候有点固执。我的管理风格是刚柔并济，柔的时候多听他人意见，博采众长；刚的时候杀伐果断，说一不二。卓宝和我这个急性子搭档，有时候有冲突，有时候有欢笑，但是她还是很快适应了我的节奏。我定大方向，她定具体做法，我们也越来越默契。

刘奇也来敬卓宝，还说了四个理由：第一，产品包装颜值高，经销商都反映冰泉的外观和膏体可以打 90 分；第二，产品很清爽，大部分经销商都试用了，并认可产品品质；第三，整体的品牌形象和推广形象辨识度高，在已进驻卖场的有非常强烈的视觉冲击力，零售商都感觉眼前一亮；第四，市场部配合度高，能快速响应销售部门的各项需求。

没错，刘奇的这番话总结得很到位，冰泉可以进展得这么顺利，卓宝是功不可没的。

我接着敬了俊凯一杯，说："俊凯是我们公司的'老黄牛'，最辛苦，也最任劳任怨。当然，他也是我们的大管家，事无巨细地牢牢把关。没有他的努力，我们后方早就乱了。"

我这番话是发自内心的。公司开业以来，俊凯几乎没有休息过，大事、小事、杂事、麻烦事都由他担着，由他摆平，功劳、苦劳他都占全了。

俊凯为人豪爽，举杯就干，一边干一边说："我是 1972 年的，马上都快 50 岁了。程总拉我过来，这里是我事业中最重要的也是最后一站，我必须努力干好。反正我只要认准一个理儿，就会全力以赴去干。"

情到正浓时，大家共同起身，卓宝还来了个口号："冰泉必胜！"在这种场合说这个口号，我还有点不适应。但是高兴，什么都可以。

办公室的饭吃得热烈，还没有饭店的喧嚣、油烟味。我们四个冰泉的合伙人，既放松，又有点小放纵，我们都为了冰泉的未来而奋斗着，再苦再累都觉得值得。

饭吃完了，我的随性又体现出来了，一边和大家继续喝茶聊天，一边强调月会之外的几项工作。

卓宝要跟进好后续的产品开发项目进度，尤其是要补充牙膏、漱口水以外的几个新品，同时要紧盯加东药科大学的配方合作和华耀口腔医院的临床认证。这些是冰泉品牌非常重要的背书和信任状。

黄俊凯要进一步完善供应链和采购的运转，确保其高效顺畅，同时要关注效率和成本，关注产品品质管理，确保零差错。

刘奇现在最关键的工作不是招商，而是全面的终端进场。**进场工作有三要素：一是和经销商做规划、进行谈判；二是费用把关和审批；三**

是跟进上架和陈列。

我给自己安排了四项工作：一是协助刘奇的全国性重点大卖场谈判进场；二是做好电商规划和 M 电商集团开店；三是协助电商做好京西、爱品会、莎宁的经销商开发；四是完善财务预算，做好资金计划。

围绕整体目标，我们四个人各司其职，各自把关，各自战斗。我的心里其实有一个小梦想，那就是能够在国庆节前，完成线上线下重点渠道的覆盖，让全国的经销商和消费者在主要的大卖场和电商平台都能看到冰泉、买到冰泉、爱上冰泉。

为了实现这个小梦想，我和团队的工作绝对不能放松，不能忘记公司还在起步期，不能忘记销售进场并实现持续卖货才是硬道理，更不能忘记市场竞争的激烈和残酷。现在，距离国庆节只有 50 多天了，我们真的只有把一天当成两天用，才能更快地成长，变得强大。

的确，我们必须明确 10 月 1 日前的工作倒计时计划。我晚上回到家已经快 12 点了，是被代驾叫醒下车的。我在车上睡了一个小时，睡得特别特别香。

6. 进　场

第二天，刘奇向我详细汇报了销售部的工作现状。

客户开发顺利，全国所有的省会城市和重点地级市大都有客户合作，但货物真正已经进场的卖场却不到 10 个。也就是说，大部分市场进了货，但还处在进场谈判阶段。已经进场的河南、河北、湖南、四川、云南和山东市场，对产品、终端形象有较好的反应，但动销一般。

其实，招商工作完成，进场并不难，难的是如何动销。一个新品牌在终端，往往 3~6 个月可见真章。如果半年之内，品牌的进场试销期不过关，往往会面临被清场的命运。而一旦被清场，除了损失费用，未来再进场也会变得比登天还难。

我和刘奇从昨天的欢喜，回到今天的现实，感觉压力巨大。

打大广告，我们目前还没有那个实力，况且早就过了消费者看广告冲动购买的时代，广告变得很难快速拉动市场。

新品牌终端动销又面临三座大山：一是传统品牌竞争激烈，长期促销甚至长期低价促销导致市场一边倒，传统品牌有大量的终端促销，有强大的销售基础沉淀，有大量的持续固定复购。基础销量巨大的品牌，才玩得起促销。二是终端陈列被挤压，新品牌的陈列位置往往非常靠后、靠边，很难突出销售。早期如果购买陈列权，也需要一笔巨大的费用，而且投入产出比极其不合理。三是卖场的投入要求。进入终端，除了第一笔巨大的进场费用，还面临着卖场对新品牌的销量和投入要求，新品牌需要承担比老品牌更多的费用，以及自己经销商的支持要求。

早些年，就有同行开玩笑说，中国的商超终端，不做等死，去做找死，讲的就是这个困局。在进入市场之前，冰泉就想过这个问题，也想过解决方案。但是，方案在实际的市场面前缺乏实效性，想法美好，现实骨感。

终端的第一步，我们通过重点策略、一地一策解决了招商观望难题，打开了局面。

终端的第二步，我们必须找到更加精准的落地方法，实现终端销售的启动、动销，直至热销。这是个课题，也是个难题。当年，我操盘的索新、美芳、美天、绿尚等品牌，其实都遇到过类似问题，但最后都迎刃而解了。只是过去的解决方案不能复制到今天，我们必须找到冰泉的有实效的落地方法。

我和刘奇在办公室又研究了半天，依然没有找到让自己满意的解决方案。

看样子，我们还必须去实地终端看看。市场调研是研究市场方法的最好阵地。我叫上刘奇、杨卓宝，开始在广州走访各个终端。

走访终端有时候也是一种痛苦，这种痛苦并不是体力上的，而是看到竞争对手碾压式领先的心理上的痛苦。在每一个终端，我们都看到，口腔市场比任何一个日用品市场的竞争都激烈，有最多的促销员、最多的堆头、最多的特价、最多的买赠、最多的套装。虽然在公司创立之初，我们就做过多次调研，但是在 8 月这个销售淡季，看到如此惨烈的市场状况，心情依然非常沉重。

在这样的竞争环境下，冰泉的差异化颜值和价值如果无法触动消费者，无法实现和消费者的广泛沟通和销售积累，那么冰泉很难杀出一条血路。

靠低价促销、买陈列权、上促销员，是没有出路的，这些我们根本比不过传统品牌，即使做了也是赔了夫人又折兵。

靠陈列自然销售，我们也没有活路，因为竞争品牌几乎垄断了顾客销售。酒香也怕巷子深，自然销售就等于自然死亡。

面对这种情况我们该怎么办？第二天，我们继续调研，去佛山看看周边市场。但是，调研的情况还是一样。主流城市和二线城市的口腔市场没有本质的区别。我们也去了批发市场，但是批发需要市场动销率才有覆盖率。终端大卖场是主流，批发是补充。没有主流，何来补充？

调研结束后，我没有马上召开会议，而是一个人在办公室待了半天。我必须理一理，理出一个让冰泉接地气、快速成长的方法。

我在本子上画来画去，虽然也理出了一些小思路，但并不满意。

在办公室想不出来，在广州想不出来，我就觉得是不是应该去各地经销商那里走一走，也许能打开新的视野。

于是，我拉上刘奇、杨卓宝一起去湖南、河南、河北出差。创业就是要能折腾、敢折腾。黄俊凯守家，大家也放心。

第一站，我们到了湖南长沙，也就是我的老家。这里的商业环境似乎被玩坏了，感觉大卖场都稀稀拉拉，非常传统，甚至有点落后。主要的卖场都没有烟火气，反倒是一些新消费模式的小店非常火热。

第二站，我们到了河南郑州。我们在世联超市看到了冰泉。在现场，冰泉的陈列很跳跃，也做了特殊形象设计，经销商老何还招了大量的促销员。虽然和其他新品牌比，冰泉每天500~1000元的单店销售额似乎成绩明显，但是和我们的投入比起来，根本不值得一提。

第三站，我们到了河北石家庄。冰泉进驻了河北最大的卖场系统——北边超市，当地经销商刘总也很给力，给冰泉在每一个卖场都做了一节专属的货架陈列，在大部分卖场设置了冰泉堆头，做了大型的新品推广促销，现场非常热闹。在这里，冰泉每天的单店销售额为2000多元。虽然经销商对这个销售数据尚觉满意，但我们一算账就知道，促销门店一天 2000 多元，没做促销的门店一天不到 100 元。这样的形势，让我们很焦虑。

在湖南，我们看到平淡无奇的终端非常郁闷；在河南和河北，我们看到轰轰烈烈的促销虽然心情激动，但是也感到未来的长期发展并不乐观。

经销商老何和老刘都觉得我给自己的压力太大，但我觉得不是，是我把未来的路看得很重。我们现在走的是羊肠小道，但是我们必须从小道走向阳关大道，那才是长远发展的正道。

不过，我始终相信，只要思想不滑坡，方法总比问题多。调研结束后，在石家庄的酒店里，我和刘奇、杨卓宝讨论了一天，虽然还没有特别好的思路，但我给团队明确了终端的五个策略，算是明确终端运作的一些方向。

第一个策略，马上攻下全国艾之玛和沃森氏。它们作为全国口腔市场的两面旗帜，一个是传统大卖场代表，另一个是现代零售店代表。这项工作，我亲自负责。有了这两面大旗，冰泉的终端就能建立势能和提升影响力。

第二个策略，有选择性、有节奏地进场。在我们的终端管理方法不明确、品牌影响力不够强大前，我们不要盲目地进太多卖场，避免管理和推广不到位导致无效进场，失去终端。盲目进场还会导致费用流失。我和刘奇确定了第三季度、第四季度分批进场的计划，每个城市先做主要的，再做次要的，绝不能贪大求全，绝不能摊大饼。

第三个策略，继续总结和升级冰泉终端建设的四句口诀：*看得到才卖得掉，有人卖才有人买，有方法才有活法，有促销才有畅销*。我们必须将这个口诀落实到冰泉的具体实际操作中。

看得到才卖得掉，是让大家将打造冰泉良好的陈列形象当成第一要务。冰泉的第一个卖点是颜值，所以必须在终端凸显陈列，陈列在舒达等高端品牌边上。

有人卖才有人买，是要刘奇安排推广培训队伍开展全国性的经销商 BA 培训。只有人员主动去卖，才能让新产品有人来买。

有方法才有活法。我总结了冰泉终端的九字卖货法：**挤出来，闻一闻，卖掉它**。也就是要让顾客看到冰泉牙膏的包装和膏体晶莹剔透的颜值，闻到清爽、清香的气味，才能够顺利地卖掉产品。这九个字的总结，是我在郑州世联超市一个促销员那里获得的灵感。

这个九字卖货法由杨卓宝做成视频，并由刘奇把视频落实到终端每项业务和促销活动中。

有促销才有畅销。我们必须尽量在上市初期多开展卖场的档期促销活动。在早期，促销活动带来的销量可能不会太大，但是这种投入的积累往往能提高曝光率，从而实现未来更大的促销爆破。

第四个策略，打样板，建立3~5个城市的重点终端系统，专项重点投入做样板销售。打造样板，公司会给出专项预算支持。实践是检验真理的唯一标准，我们想不出办法，就通过重点城市的样板销售去找办法。这项工作由刘奇负责，杨卓宝协助。

第五个策略，想尽办法与兄弟品牌联合促销，尽量多和美天、绿尚联合促销，多和经销商的主流品牌联合促销。

这五个策略虽然不能马上从根本上解决冰泉的终端动销问题，但针对终端的发展给出了明确的发展思路和前进路径。

我喜欢这种管理模式，**上要有方向，中要有策略，下要有方案。方向一般不变，策略因势而变，方案在前进中应变**。

我给刘奇鼓劲说：“前进就是硬道理，向前看，走着走着花就开了。”

7. 艾之玛和沃森氏

在郑州，我给自己定下了艾之玛和沃森氏进场的工作目标，回到公司立马行动。管理，就是要以身作则，敢于担当。作为公司的最高负责人，我必须将终端销售中最重要的工作承担起来。

谈到进场，很多朋友习惯性地认为要看有没有关系，或者有没有特殊通道。但我觉得，终端进场，看似复杂，其实也简单。

想要进驻终端大卖场，首先要懂终端的需求。大卖场引入的新品牌，不外乎有四类：一是影响力大或者发展迅速的新品牌，二是能提升卖场产品组合能力的新品牌，三是能给卖场带来销量和利润的新品牌，四是能给卖场带来费用补充的新品牌。冰泉不是第一类，也不是第四类，那么就只有从产品创新力和销售趋势入手，这样才能有长期发展价值。

回到公司，我做的第一件事，就是详细拟订与艾之玛和沃森氏沟通进场的生意计划书。这个生意计划书就是要说清楚这几点：我是谁，有什么特点和个性，能给卖场带来什么；我们为什么值得进场；我们会如何做；我们的目标和计划是什么。讲清楚了，冰泉就不是恳求卖场进场，而是实现卖场与冰泉的双赢。

当然，我们的生意计划书还要体现冰泉的四大核心：**品牌价值差异化定位、产品年轻时尚化创新、近中期销售投入发展计划、竞争优势和持续化促销能力**。生意计划书必须真实有效，才能打动卖场采购的心。

至于朋友们讲的关系，只是锦上添花。我在日化行业打拼20多年，和艾之玛和沃森氏的采购非常熟悉，很快就和他们预约了拜访时间。

沃森氏总部在广州，我们肯定优先拜访，而且冰泉召开“6·20”发布会的时候，沃森氏的采购总监Steven就带了团队到会场捧场。我做口香糖牙膏创意，Steven也是亲历者之一。他对冰泉早就有了认知和好感。

Steven是沃森氏10多年的采购负责人，曾负责过香港和台湾的采购业务，来华将近10年，非常专业正直。他的脸上永远蓄着笑容，既儒雅，又理性有度，还非常尊重合作伙伴。

我进入沃森氏办公室，Steven和我说的第一句话就是：“你的牙膏搞得挺花哨的，怎么样，市场发展还顺利吧？”

和真实的人在一起，就要用真实的沟通方式。我将冰泉的发展情况如实告诉Steven，并调侃道：“这是在我们共同创意下创造的产品啊。我的口香糖牙膏灵感，年轻、时尚、潮流的产品方向，都有你的指点呢。”

虽然这话有点拍马屁和讨好的成分，但也非常真实。在瑞士和法国，Steven不仅见证了冰泉的新起点，也给了我们很多有关产品新趋势的建议。

Steven 笑了笑，也不否认。他是一个干脆的人，示意我们闲话少说，抓紧做品牌和产品介绍。

本来我是准备让杨卓宝做现场讲解的，但在现场我临时改变了主意。在冰泉，最能把品牌和产品讲得清楚透彻的就是我了，我才是公司最大的品牌和产品负责人。于是，我娓娓道来，阐述了我们自信的思路、与沃森氏共赢的思路。

Steven 拆开一支冰泉的产品，打开闻了闻，然后问身边的口腔采购负责人阿玉怎么看。阿玉非常严谨，也非常小心地说："品牌创意挺好，产品也新颖，只是牙膏现在卖的都是功效，不知道消费者对口香这个卖点是否能真正接受。"

"冰泉不是没有功效，而是功效叠加。我们在原有的传统牙膏基础上做了升级，让产品更加好看、好闻、好用，做出时尚和潮流的元素。我想，这也正是沃森氏的发展方向。我记得去年沃森氏年度大赏时，你们总经理就提出'年轻、时尚走向潮流'是沃森氏未来的大方向，我们也是顺应了这个方向。"看到阿玉似乎不是很感兴趣，我赶紧插话解释。急性子的我，这样打断别人的话，显得不太礼貌。

"我不是不认可你们，只是觉得你们的产品包装和卖点还需要再加强突出一下。"对于我刚刚的失礼，阿玉并没有生气，而是不温不火地回道。

"我们沃森氏口腔一直没有特别大的规模，也许你们这个创新能给沃森氏带来一些新意。我觉得大方向可以，但是你们必须给沃森氏做专供品，做独家系列，产品和配方特供沃森氏。具体的产品思路和方向，我们的人员可以参与共创。"Steven 一边对着我说，一边望向阿玉，做出了他的决定，一个让我们一下子心跳加速的决定。

专供、共同研发、适应沃森氏潮流大方向，我听懂了 Steven 的要求，立马拍板同意，马上拉对接群组成筹备组，共同推进共创项目。

沃森氏大局已定，只是因为专供的原因，正式上架的时间估计最快要到年底了，因为沃森氏一年只有四次上陈列图的机会，我们最快也只能争取 11 月过沃森氏陈列图，然后在年底上市。

两难取其轻，两利取其重。冰泉在沃森氏的进驻工作，就这样推进着。好产品加好沟通就等于成功。

周三和沃森氏谈妥之后，周四下午，我和杨卓宝、产品负责人贺晓一起到了艾之玛深圳总部，沟通艾之玛的进驻事宜。

我一直认为，艾之玛的采购团队，有价值观、有规矩，还正直。这次拜访，我本来约了采购总监李总，结果她临时有别的会议，所以由Loria接待我们。Loria以前是艾之玛洗发水的高级采购，调到口腔部门时间不长。对于我来说，是老熟人，我们沟通起来非常自然。

卖场的管理文化，决定了我们沟通谈判的风格。

在艾之玛，我们尽量多谈生意，少谈其他。时间就是金钱。

在我介绍完品牌和产品后，Loria开门见山，表达了对我们品牌和产品的好感。同时，她提出了三个问题：第一，我们未来在艾之玛6~12个月的详细生意目标和生意计划是什么；第二，我们将来要在艾之玛配备多少人员；第三，我们能不能以套装的形式进驻艾之玛，套装也属于一种特供的形式，这个商品由艾之玛人员评估决定。

这三个问题从口头上讲没意义，我们必须回去做好相应的谋划和准备。艾之玛一年出陈列图的时间次数还算比较多，只要我们行动够快，就能快速进场上架。

Loria虽然没有明确同意冰泉进场销售，但是认可了我们的品牌和产品，我们也算迈出了和艾之玛合作的第一步，这也算是一种成功。

在回去的路上，杨卓宝和刘奇还有点兴奋，觉得冰泉进场比想象中容易，为冰泉的速度和效率而激动。

虽然我也很高兴，但在回去的路上我就开始冷静布置进场工作。我要求刘奇回去就按照我制订的沃森氏、艾之玛这两个生意计划书，制定出全国卖场进场谈判的生意计划书模板。未来，全国的销售人员和经销商都能以这个计划书为范本。

同时，我要求杨卓宝马上立项艾之玛、沃森氏的专供产品，与对应的卖场联合开发，共创共确认。

我和他们强调，我们必须突出与卖场共赢共进的合作理念，也就是除了品牌和产品价值差异化，我们更要凸显如何在卖场做好、做成的思路和计划。只有输出价值，输出回报，输出未来，卖场才会更加认可冰泉，我们才能实现快速进场。

回到公司，我连夜将这两次谈判的话术要点总结下来，然后针对采购的常见问题，做了一个“一问一答”的进场谈判话术总结。有时候，除了培训销售人员来推进进场管理，还有一个好方法就是给团队提供最简单易行的操作方案。方案越明确，操作起来就越容易；方案越简单，操作起来就越顺畅。

艾之玛和沃森氏正好囊括了传统大卖场和新兴年轻化渠道，只要我们搞定了这两大系统，就能推动线下更好地前进。

对于冰泉的全国性进场，我充满了期待，同时，也不能放松对动销的紧盯和关注。毕竟，动销才是生意持续进展的硬道理。我还要思考更多的有效促销方法，也交代刘奇一定要注意这一点。

8. 电商开店

线下从点入手，打开局面，以点带面，点是势能，面是动能。

线上也是同样的道理。李志飞的整体规划已经非常细致，也找到了策划、推广和设计人员，有了基本的电商班子。

李志飞的特点是数据分析很清晰，日常工作很细致，而且特别敬业，每天加班到很晚。我相信，专业的人加上敬业就能搞好事业。

忙完线下终端销售工作，我一方面跟进杨卓宝的产品开发和推广完善工作，跟进黄俊凯的供应链工作，另一方面紧盯电商的工作进度。

李志飞每次到我办公室，说话都是细声细气的，思路却很清晰。

我和他强调了针对电商的三个观点：**一是要吃着碗里的、看着锅里的、想着田里的**。也就是要全力“吃好”M电商集团这碗饭；在M电商集团发动冲锋的同时，顺势将京西、爱品会、莎宁和品夕夕拿下，这是锅里的，这样形成整体的量；田里的，就是未来的电商全域分销，形成电商的整体营运能力。

二是要做好店铺的基础工作和人货场的排兵布阵。也就是每一个店铺要有自己的特点和个性，有精细化的管理能力，同时做好人货场的全新组合，盘货、盘人，深化场景营销。

三是M电商集团的创新不能守正出奇，而是要出奇守正。脚踏实地工作只能吃饱饭，想吃好饭必须创新策略、打法、流量。唯有创新出奇，才能拥有销售冲锋的可能，才能在销售上了规模时夯实守正。

在电商思路方面，我和李志飞基本上达成了一致。他和我详细谈了未来店铺的基础工作、人货场布局的想法，以及近期的工作安排。他看我有点着急，又赶紧汇报了目前的工作进展。

规划完成了，我们都按照既定计划去落实。

电商招了3个人，主要负责前期的店铺设计和各项筹备工作。我们的开店申请已经报上去了。M电商集团对于冰泉这样的新消费品牌是持开放和欢迎态度的，预计能够按照我的计划在国庆前正式营业。电商内部还没有做好流程和制度，这项工作将会在8月底完成。

李志飞的工作汇报没什么豪言壮语，但很实际，也很实效地反馈日常工作。

我听完以后，就问了他一句："你说的都是吃着碗里的，是主战场M电商集团的工作。对于我们下一步锅里的，也就是对京西、爱品会这些渠道的开拓有什么计划吗？"

他谨慎又低声地回答："对于这方面，我目前还没有精力去做，我所有的工作重点都放到M电商集团了，必须先做好M电商集团。另外我自己对京西、爱品会这些淘外平台也不是特别熟悉，还需要学习。"

李志飞的确实在，懂就懂，不懂也不装懂，一切都实话实说。

我觉得他讲得有道理，这个时候不能太分心。我们必须集中所有精力做好M电商集团店铺的搭建和运营准备工作。

我在肯定他的工作安排的同时，也对他表态说："李志飞，你先全力做好M电商集团方面的工作，分销工作你先不用太操心。这个工作我们主要找经销商，我来打头，后续你再跟进，协助经销商运营管理。"

我从来不掩饰自己赤着胳膊上阵的习惯。对于管理手下，我一直认为就是要抓一头、一尾、一中：头是方向性的工作；尾代表一个阶段结束后的总结复盘，去形成更好的修正和精进；中则是重点管理，不仅要提供支持，还要给予鼓励，不仅是下达目标，还要做好过程管理。

头是决策，大家商量，我说了算。尾是成果，数据复盘，承前启后。中是过程，这个过程的具体工作由店铺负责人干，但是重点、难点和切入点，由我和团队共同担当，甚至重大的管理也由我亲自上。就像对于线下终端，我会协助线下团队做好沃森氏和艾之玛的开店，未来还会去重点促销卖场抓重点突破和复制。对于线上，我会在淘内和淘外的大店上，做好分销拓展的协助。

说干就干。对于电商分销拓展，我开始主动出击。方法很简单，做生不如做熟，我就从熟悉平台的老客户入手，因为他们比我们更懂如何做好平台精细化运营。马上我就给北京朝戈、长沙互美两个经销商打电话，邀请他们来广州聊一聊我们的电商淘外平台合作问题。

北京朝戈是北京最大的商贸公司之一，也是规模非常庞大的上市公司，无论是线下还是线上，都属于北京的顶级经销商阵营。他们在淘外的京西、爱品会、品夕夕等主流平台，代理了很多知名日化品牌，其中就包括美天的几大品牌，年营业额3亿多元。尤其是这几年，他们与时俱进，线上电商在杜总的带领下，业绩突飞猛进。这样的经销商非常优质，有规模、有实力、有能力、有创新。如果能够与朝戈合作，冰泉必定能在淘外走上快车道。只是朝戈代理了很多大品牌，会重视与冰泉这样的新品牌的合作吗？虽然我和杜总是好朋友，但朋友归朋友，这毕竟是一门生意。

长沙互美则是做莎宁渠道最有实力的经销商之一，同时非常重视中小渠道，善于做缝隙市场，抓住大公司、大品牌还不够重视的长尾渠道，形成多品牌精耕。互美在这些长尾渠道拥有一定的体量和实力，是小渠道的王者。

当然，互美和朝戈一样，也是我10多年的老朋友。我曾经操盘过的品牌，他们都代理了，包括绿星、索新、美芳以及美天的品牌。我和他们的关系都很好，他们在“6·20”的时候也都到了发布会现场，对冰泉已经有所了解。现在冰泉已经上市2个多月，不知道他们的意向怎么样。

和老朋友谈生意，我的原则是请他们到公司，把合作摊在桌面上，实话实说，先谈生意，再谈朋友。如果他们对冰泉这门生意有兴趣，那么细谈就有意义。如果他们对冰泉这门生意没有想法，那也没问题，我们继续开开心心做朋友。

朝戈的杜总和互美的虢总很给面子，如约飞到了广州。

一见面，他们就笑着要我报销飞机票。大家都是老熟人，喜欢开玩笑。因为是老朋友，所以我们的沟通没有在会议室，而是坐在办公室里，大家边喝茶边沟通。

我带着李志飞、杨卓宝，先和两位大佬谈了冰泉的想法：先在 M 电商集团打出一个声量，这项工作大概在 3~6 个月内完成，这将是冰泉电商的核心爆发焦点。冰泉做年轻、时尚、炫彩的有品位的口腔产品，做让生活更亲近、社交更自信的情感内容沟通，突出冰泉口香糖牙膏带来精致生活的品牌价值，好看、好闻、好用，用颜值和价值去凸显品牌差异化。冰泉在电商平台的做法依然是度渠定做，同频共振，在不同的电商平台有不同的产品组合，并建立不同的渠道优势和经营能力，给予对应的支持和帮扶。

我没有说太多，因为两方对冰泉都有基本的了解，也熟悉我的操作手法，因此不再赘述。“我没有问题，肯定做。我就认一点，程总做的每一个品牌都成功了，我们朝戈代理你做的品牌也都做大赚钱了。现在你做的冰泉，无论经营理念还是品牌规划，我们都认可，并相信冰泉能够做成。所以，你说要怎么搞，我们配合就行。”

杜总是北方人，说话非常爽快。有一说一，有二说二。

虢总在泡茶，虽然他是客人，但我茶艺不精，只好让他代劳了。他一边泡茶一边附和：“我是百分之百听从程总指挥，全力响应。对冰泉，我们必须全力以赴。”话锋一转，他又补了一句，“不过前期投入还是有点大，程总要多给一些支持啊。”

虢总这小子，一谈到费用就现实起来。不过，做生意，这是人之常情。

我大笑着说虢总小心眼，立马拍板合作：“至于怎么支持，你们放心，我不会让大家吃亏。大家既然表态了要合作，那我们就做三件事：

第一，今天我们把合同签了；第二，我们在M电商集团有了声量以后，其他平台要跟上，预计11月以后能够确保各个电商平台上架，按照这个时间倒计时做生意衔接准备；第三，你们也组建相应的团队与我们对接，大家一起做具体的人货场生意计划。”

在喝茶的过程中，我们敲定了电商分销布局。

这两个客户走后，李志飞问我，他们会不会放我们的鸽子，签了合同不做事，或者只是看看，不一定真做。李志飞建议我再多找几个客户谈谈以做备选。我告诉李志飞，真正有格局的生意人都不会这样做的。如果不想做，他可以直说，没必要绕圈子；既然决定做，他就一定会好好做，因为生意开不得玩笑，尤其是成熟的现代化公司。同理，既然我认可了这两家公司，也达成了合作意向，那么我就不会骑马找马，否则客户早晚会知道，会觉得我们不实在、没诚信，反倒失去合作的愉悦。况且，我非常相信朋友。

果然，他们回去一两天后，就打了首批货款，我们的电商分销基本敲定。

兵贵神速，冰泉神速。创业，除了自己努力，真的还需要好朋友和贵人相助。我很喜欢朋友间互相抬轿子的感觉。

9. 理顺供应链

这几天，黄俊凯对我发脾气了，说我太偏心，一直围着品牌和销售转，基本不管他的工作板块，认为我将他当成打杂的了。他是我多年的老部下，我平时对他说话就不怎么客气。他熟知我的风格，日常也都能顺着我的要求。

冰泉发展太快，他的团队成员并不多，导致他的各项工作响应、外部供应商衔接工作有点忙乱，这让他变得焦虑。我一边安慰他，一边对他说：“我没有管你，是因为相信你，知道你可以把好供应链和后台的关，所以我把精力都放到品牌和销售方面了。我们要先创造价值，才能让你的价值保障更有价值。”

我的话有点绕口，但黄俊凯也听懂了，没再多说。我心里也清楚，冰泉上市两个多月了，是应该和他一起梳理一下供应链板块的工作了。

在我们9月的工作重点中，我也特别强调了供应链的理顺。所有工作理顺的逻辑，就是“四看”，供应链管理也一样。

一看问题。

我们和销售团队、供应链团队一起，先详细了解了供应链管理中的问题。虽然问题很多，但都不大。线下反映比较多的是发货的速度问题，主要是团队与客户、加工厂、仓库之间的沟通和衔接没磨合好，还不熟练。我们的线下合作是客户自付运费，有固定合作物流的客户还好说，新合作客户会出现物流单价方面的争议。值得庆幸的是，我们选择的苏州清香是国内数一数二的口腔工厂；包材、原料供应商是国际顶尖企业，虽然他们的价格贵一点，但是品质有保证。

二看框架。

我找供应链团队了解当前工作的重点、流程、衔接是什么。当前供应链的主要工作是计划、生产和物流，而计划是当前的重中之重，因为线下的发货属于初始合作发货，高峰期已经过去，客户还在进场和销售起步期，暂时没有太多的货源压力。但是，我们马上要组织电商产品的生产，这个计划的精准性非常重要。从目前的工作框架看，也没什么问题。

三看矛盾。

我一直认为，只要矛盾不是不可调和的，我们就要在工作中重视并改进。供应链团队当前最大的矛盾是和线下销售团队的沟通、和客户的沟通存在争议。因为我们是新公司，对于新合作、新业务，客户、销售部门和供应链部门因为立场不同，会有很多争议，并出现矛盾和冲突。

四看布局。

了解供应链客户是怎么布局的，合理性如何。为了做出让自己满意、客户满意的产品，冰泉在供应链布局上做了牺牲，也就是说，我们的加工厂在苏州，物流却在广州，因此产生了大量的调拨费用。这是布局上存在的大问题，但这是为了确保产品品质和把控风险，也是经过我同意的。

通过这“四看”，我和黄俊凯的工作交流变得非常简单，知道哪些问题需要解决，哪些需要从机制上改变，哪些需要容忍。

需要解决的是物流的流程和制度问题。我们必须建立物流管理的快速反应体系，并且要简单、易行。这项工作，黄俊凯已经在着手处理。

需要建立的机制有两个：一是供应商评估机制，二是供应商定期沟通机制。无论是原料商、加工厂、道具和物料供应商还是行政采购供应商，我们都要广泛了解客户情况，通过评估机制建立更多的客户信息库，确保客户合作的稳定性、合理性和价格可控性。针对日常工作、已经合作的客户，我们要做好周会机制、月面谈沟通机制和日常特殊情况处理机制。

需要容忍的是苏州布局和广州发货，虽然现在要容忍，但是未来要考虑优化布局。

我和黄俊凯娓娓道来，将供应链管理的问题和对策，像扯绳子一样一根一根扯出来。我们把它们理顺了，心里也就顺畅了。

在供应链整体管理方面，我又提醒黄俊凯，一定要高屋建瓴，看长远，有更高、更远的管理思维。

未来，冰泉的供应链管理还要准备和建立四项工作，才能真正实现冰泉现代化的供应链体系。

一是人才建设。也就是找到更加专业的供应链体系人才。人才是我们快速发展和成长的最好捷径。我们绝不能“武大郎开店——容不得比自己高的”。

二是信息化建设。供应链管理绝不是靠人管，而是要靠数据、靠信息化工具，做出更加高效快速的反应和决策。信息化建设势在必行。

三是价格和费用管理。如何确保成本可控，如何优化成本和费用，是供应链管理的核心。价格和成本不仅是上游的，还包括下游的经销商、中间费用、库存费用、损耗费用等。这些都要细致研究，精细化管控。

四是长远布局。针对未来冰泉多产品、多品类甚至多品牌的发展，要有前瞻性，在建立现有的简单布局的同时，做好长期发展布局的思考、谋划和准备。

我和黄俊凯的沟通非常有效。他笑着说，就像泡了一次澡，将自己的烦恼和繁杂事项“洗”干净了，清爽很多。

从理论上来讲，我的供应链想法非常清晰，但从另外一个角度想，我是纸上谈兵。我在过去的职业生涯中管过供应链，但对供应链的现代化管理缺乏深度认知。因此，黄俊凯需要学习，同时，我们需要找到更加有管理能力的供应链人才。

不过，多大的头戴多大的帽子，现在冰泉还小，我们可以为未来想象和谋划，但还是要活在当下，做好现有的事。我也对黄俊凯表达了鼓励。

做完供应链管理梳理，我又找了一个时间与黄俊凯、杨卓宝、韩工一起，拜访了一圈供应链企业。供应链企业拜访一定要叫上杨卓宝和韩工，因为他们和产品直接相关，也是业务的深度关联者。

我们去了全球最大的复合软管生产商索尔的广州总部。他们的王总非常热情儒雅。我们和他们合作，可以对品质放心，让合作开心。

我们去了上海，拜访了四大国际香精香料公司的中国总部。我们和香馨的程总、芬美的王总、吉顿的马总、法国曼思的陈总都进行了深入沟通，内容包括现有的香料合作交流、未来的香料发展趋势，带给我们很多启发和借鉴。

我们去了苏州，了解了清香工厂的冰泉的生产情况。虽然毛国良是我朋友介绍的，但我和他还是第一次见面。毛总比我大一些，在日化工厂工作了 30 多年，经验非常丰富，市场敏锐度也非常高。我在这里待的时间最长。

毛总向我讲述了他对中国口腔市场的认知和看法。我真的没想到，毛总对中国口腔市场看得这么深、这么透，他对新技术、新趋势、新热点非常有前瞻性，思路新颖得让人惊叹。我和毛总的第一次见面，没有矫情，只有惺惺相惜。毛总非常豪爽，善谈也善饮。当晚，我们在他工厂附近的阳澄湖大快朵颐，开怀畅饮。所谓人与人之间的缘分就是如此简单，我和毛总第一次见面，就成了非常好的朋友，相处得非常融洽和顺心。所谓贵人，就是生活中不经意相遇的良师益友。毛总就是我的贵人。

这轮供应链企业的走访，不仅让我们与各个合作厂商建立了很好的合作沟通关系，也让我们从供应商那里知道了更多的新方向和新未来，对口腔产品的开发有了新的理解。

回到广州，我做的第一件事就是与杨卓宝共同确定产品规划的优化，重新理顺产品思路和工作重点。只有符合市场需求和技术发展的产品，才是真正的营销未来。

虽然我不是供应链专家，但是作为创业者，我必须成为什么都懂的杂家，要懂、要学、要研究、要实践，在前进中不断提升。我觉得，创业让自己更加成熟，不仅提升了能力和阅历，还越来越有胆识和魄力。

10. 郑州打板

我们每天都很忙，感觉时间过得飞快，一下子就到了9月中旬。

刘奇的铺市进场工作还算顺利，产品上架后的形象也非常亮眼，但终端动销不尽如人意，一促就销，不促不销。这是一个非常严重的问题，因为每一次促销都花费了大量的人力物力，每一次促销后的销售低迷让人痛苦。对此，刘奇非常着急，我也收集了全国的信息反馈，但还没找到特别好的解决办法。

冰泉的市场反馈和所有新产品一样：价格高，知名度低，传统大牌和国际品牌促销力度大，促销员多，我们难以抵挡等。这是所有新产品销售量增长缓慢的真实原因，也是每一个新品牌运营者辛苦的借口。

9月的广州依然非常闷热，我一方面告诉销售伙伴们，要坚持，好产品不愁卖，走着走着花就开了。只要能够顶住，我们就能等到春暖花开的那天。

可是另一方面，我的内心也像9月的天气一样，闷得慌。因为我知道，终端不会等待，不会给我们时间。终端试销期是3~6个月，如果品牌的排名靠后，就会面临被清场的命运，那对冰泉来说将是致命一击，会让我们的创业之路从此终止。

6~7月，线下经销商处于首批发货回款阶段，到了9月，他们开始进入静默期。而线上销售还处于筹备阶段，毫无进账。现实就是这么残酷，钱哗哗地流出去，而不见回流。我是一个直性子的人，着急就显现在脸上，渐渐有些情绪化了。

在办公室空想没有未来，去跑市场也很难一下找到良策。我和多个经销商进行电话沟通，他们更多的是要我们多给支持，多促销，多投入。其实这些都是精神麻醉，根本不能解决我们长期发展的问题。

思来想去，我给刘奇打电话，决定还是要找个地方集中打板找方法，集中我们的销售人员和市场部人员，找一个大卖场，全体参加促销会战，在会战中找到模式，找到方法，找到冰泉的持续销售发展之道。

这其实是很多公司的做法，也是没有办法的办法。摸着石头过河，也许就有了过河的方法。

最后，我们选择了在郑州老何的市场来打板，原因有两个：一是老何与郑州世联超市、中联超市的客情较好；二是冰泉进去以后的两次小型促销，反应都不错。当然还有一点，全国各地到郑州都很方便。

会战不是一拍脑袋就能做的，也要有规划。刘奇牵头制定冰泉大会战方案：促销卖场确定在世联超市和北京中联超市郑州店。促销形式是堆头促销，由市场部设计特色陈列堆头。促销方案继续采用买赠，两个卖场有不同的方案：一个是买一得三，也就是买一支冰泉牙膏获得额外两个赠品——一支40克中样牙膏，一支牙刷；另外一个是买冰泉牙膏送水杯，并有抽奖赠品。

刘奇还做好了人员分工计划以及促销培训方案。

促销会战活动，培训是一个技术活。松散的部队打不了大仗，培训后的铁军才有冲锋的士气。培训不是为了洗脑，而是为了让脑袋充满销售的方法和活力。

为了配合会战，黄俊凯提出带领后台管理团队参战，于是这也成了冰泉公司全体员工的一次集体练兵。

我有点兴奋，提前一天到了郑州，和刘奇商量活动细节。刘奇的干劲儿很足，心理素质有时候比我还好。我有时候表面风平浪静，内心却焦虑不安，要自己给自己鼓劲儿，自我调整，才能重新恢复斗志昂扬的状态。而刘奇始终都有冲锋陷阵的豪气，也有点匪气。我很欣赏他不怕苦难敢打硬仗的精神。

这一次会战培训的地点选在郑州郊区的泰山村。村子的名字很好，而且这里是一个非常出名的企业拓展基地，房间都是艰苦朴素风格，上下铁床。我们每天早操、军训、培训 PK，食物也非常简单。

刘奇自己住集体宿舍的上下铺，但给我安排了酒店入住。说是酒店，其实也是有无数蟑螂和蚊子的招待所，30 元一晚。这是我工作以来住的最便宜、最简陋的房间。

晚上，我躺在床上，怎么都睡不着，想着团队住在军训的大房间，而我还搞特殊住在酒店，这样太没有团队观念了，也失去了和团队一起战斗的荣誉感。这是一个真正的村子，我从酒店走出来，没有月亮，天黑得有点可怕，几乎见不到光。我点着一支烟，也不敢离开酒店太远。周围安静得可怕，我甚至想这个酒店是否就住了我一个人。整个晚上，我都无法入眠。也许是酒店条件太差了，也许是我心事重重。

6 点多，我赶紧洗脸刷牙，去公司的培训场地，先和大家一起吃早餐。早餐是大馒头加没有油的西红柿鸡蛋汤，馒头是北方的老面做的，很好吃，有嚼劲。伙伴们的士气很高，他们大部分人感到很新鲜，觉得忆苦思甜很有意义。

上午军训，下午培训。对于军训，我是旁观者；对于培训，我必须亲自参加，主讲企业管理心态，然后由杨卓宝讲品牌产品，刘奇讲销售要求、促销战术等。

我自认为我的培训还是有水平的，因为每次培训我都是发自内心地去讲，非常真实也非常贴近大家。用心去培训，就是以心交心地交流，而不是说教。

整个下午，我的培训就讲了一句话：人与人之间最大的区别是思维方式，正思维拥有成功的正向人生，而负思维会导致内心阴霾、作茧自缚。我的 PPT 只用了 10 分钟就写完了，但我却用 3 个小时分享了自己的事业观和奋斗感受。不愿意听的会觉得我自娱自乐，愿意听的应该和我的心走到了一起。培训完以后，团队小伙伴脸上的笑容显得非常真实。

为期三天的培训结束，团队浩浩荡荡回到市场，冰泉在郑州世联超市、北京中联超市郑州店的大会战正式打响。

会战的前一天晚上，我们全体去门店打堆头、摆陈列、放赠品，忙到半夜，照片拍出来分享，完美！

会战第一天一早，团队30多人各自到达卖场，共8个卖场，每个卖场4~5人。我和刘奇到每个卖场巡场，现场督战，调研促销效果和存在的问题。

功夫不负有心人，我们首战告捷，第一天的日均单店销售额都在3000元以上，最多的达到了6000多元。大家都很兴奋，我们用气势如虹的销售证明了冰泉是新锐王者。

第二天和第三天，我们继续战斗和冲锋。我和刘奇也下到卖场，亲自喊喇叭、打气球引流，介绍产品，组织促销活动的分工演练。我是营销的老革命，没什么心理障碍，搞促销活动非常自然。

但是，第四天是周一，从这天开始，销售额开始直线下滑，我们每天从早到晚发狠地干，销售额也只有1000~2000元。

不满意吗？从门店的数据看，我们是绝对的口腔品类冠军，碾压其他品牌的销售数据。

满意吗？如果不是我们自己上阵，而是促销员，人员工资、堆头费、赠品费的账根本算不过来。

到了周五，我们的销售额开始回升。一周之中，周五到周日的销售额一般是前四天的三倍，这是销售规律。我们把账一算，投入产出比依然不理想。销售热闹好看，但是成本居高。我一边投入会战，一边陷入思考。

会战结束后，大家的总结都慷慨激昂，信心满满，觉得可以复制到各个经销商的战场。马上要到的国庆促销是线下活动的一个大节点，伙伴们再一次冲向市场，我们各地的会战轰轰烈烈地行动起来了！

我心里明白，会战鼓舞了士气，但我们还没有真正找到冰泉的动销方案，没有找到突破市场的那把尖刀。在冰泉前进的大道上，我们不能等待这把尖刀，只能继续前行。

也许，市场和事业一样，走着走着花就开了。

11. 冰泉在M电商集团上线

工作的快乐首先来自自我的满足，而自我的满足需要阶段性的成就感。成就感就是不断实现自己的小目标。

9月底，我又兴奋了一把，因为我们的M电商集团店终于开了，29日正式上线，比原定的10月1日提前了两天。这就是心想事成，是团队努力奋斗的成果。冰泉的线上营销终于开启，这是我们的头炮，更是未来的主阵地。虽然我们每天的销售额只有3000~5000元，但这都是自然流量、自然销售。

李志飞招聘了6个人，组成了包括运营、推广、策划、设计和客服在内的7人团队运营的M电商集团旗舰店。看着这个“麻雀虽小，五脏俱全”的团队启动，我宛如自己又当了一次爸爸，有说不出的欣喜。第一天，我整天都在电商办公室陪着他们。虽然我做不了任何具体的工作，但是和我们M电商集团团队一起坐在那里，就觉得无比兴奋。

开店后两天就是国庆节，李志飞没有休假，继续战斗。正好这个国庆节我也没有其他安排，可以和他一起梳理一下冰泉在M电商集团的工作。

我习惯性地将工作按时间跨度分为近期工作、中期工作和长期工作三种，也就是我常说的“吃着碗里的，看着锅里的，想着田里的”。

近期工作就是M电商集团店铺的现有运营。对于这点，我喜欢听李志飞自己讲。

李志飞和我谈了他的五个工作思路：一是店铺页面和形象设计，要先有一个与品牌价值吻合的店铺定位。二是做好产品布局，排出产品重点主次、组合定价、促销方式，并明确先将口香糖牙膏打造成爆品。三是做好基础的店铺运营推广和店铺日常工作管理。四是做好店铺人群蓄水，尽快拉新，形成人群基础沉淀。五是做好M电商集团店铺销售团队与公司其他部门的衔接配合，落实市场部和供应链的高效协作。

专业的人做专业的事，对于“碗里的饭”怎么吃，我非常赞同他的工作思路，鼓励他进一步夯实基础。我唯一想提醒他的是强化与 M 电商集团店铺小二的沟通，多了解小二的工作重点和要求，多了解平台的扶持方案，多向平台争取更多的发展创新机会。

我立马打通了 M 电商集团店铺小二（客服）柯铭的电话，听取他对新锐店铺的意见。

柯铭对我们新店铺的基础工作给予了肯定，毕竟，新开店首先要打好基础。把店铺看成一个人，在这个人还是小孩子的时候，我们需要呵护他成长。柯铭给我们提了一个建议：把前期工作重点和核心放到拉新蓄水上来。想要把店铺做大，最重要的就是建立自己的人群消费阵地，所以应该将更多的费用投在拉新上，集中精力形成自己的蓄水池，放水才能够养鱼。柯铭的这个建议非常明确，我迅速和李志飞强化了人群运营的投入预算。

罗马不是一天建成的，对于新店铺，我们需要先做好眼前的以消费者蓄水为核心的工作，同时要放眼明天，也就是要有中期工作规划。

中期工作就是“看着锅里的”，那就是年底前的工作。

李志飞很早就做好了冰泉的年底前工作规划。但是目标刻在石板上，计划写在沙滩上，现在是 10 月，我们要重新设定和优化年底前甚至是春节前的工作。

我问他：“春节前的电商管理，你觉得有哪几项重点工作要落实？”

李志飞不紧不慢地回道：“继续强化基础管理，强化柯铭讲的人群蓄水，这是第一个重点工作。另外还有“双 11”、“双 12”、年货节三个重点工作。我们争取通过这三波大促，实现冰泉销售额的小突破。”

“你太保守了，不要光想着小突破，而是要有大突破的思维，这样即使做出的是小突破，也是小突破里的大突破。”我试图让李志飞明白高屋建瓴的道理，站在高处想，对事物把握全面，了解透彻，将来就算是在低处也能够有高阶的成功。

“是的，是的。我现在一边做店铺基础，一边了解 M 电商集团“双 11”的玩法。虽然我们的节奏晚了很多，但我也希望冰泉在第一个“双 11”有所表现，这是我们的第一次亮剑。”说着说着，李志飞开始兴奋起来。

“工作必须出奇守正，因为基础工作只能实现算术题。我们只有做乘法题，甚至是微积分，才能实现营销的爆破。这个爆破必须在“双 11”或者“双 12”、年货节去实现冲锋。出奇制造了大势能，再去持续守正就会有持续的大动能。我们一定要打破常规，有强烈的创新破局意识，想全新的玩法。”我必须将李志飞从脚踏实地中拉起来，也就是既要脚踏实地，又要展翅高飞。对于具体如何突破，我告诉李志飞：“这个没有定数，需要你眼观六路。你随时有想法，随时可以找我沟通；随时有新打法，随时可以向我汇报。我会结合整体情况给出决策。”

我们就是要快速决策，快速抓机会，甚至有时候也要投机。只要不违背品牌规划、产品价值定位、渠道价格体系、整体渠道平衡，都可以大胆去做。我并不是给李志飞画饼，更多的是鼓励他大胆一点，要勇于破局。

中期的管理，说白了，就是想尽办法、竭尽全力找到自己突破性、颠覆性的强竞争发展机会。只有这样才会有真正的品牌势能，否则这三大节点就只能是动能上的一阵风。

当然，我和李志飞也强调，必须“想着田里的”，也就是长期工作。人无远虑必有近忧，只有想得远，才有水到渠成的机会。所以，我们也要探讨冰泉电商的长期发展规划，也就是 2020 年应该怎么做。

我在纸上给李志飞画了三个圈。

在第一个圈里，我写下 M 电商集团是电商主阵地，同时写了“造势”两个字。对于这一点，他一看就明白了。

在第二个圈里，我写下京西、爱品会、莎宁、品夕夕、M 电商集团超市五大业务，同时写下“扩大品牌影响力和销售覆盖面”等字。这一块工作我很早就和李志飞强调过，实际的经销商合作已经明确，打款也有了，只是现在还处于和店铺沟通上架的阶段。冰泉 M 电商集团店已经正式运营，与其他几个规模较大的电商平台也将很快展开合作，我预计 2019 年年底或者 2020 年年初基本可以完成覆盖。2020 年，我们要想着多店铺、多平台运营管理的事情。这不仅涉及店铺的基本运营和经销商管理，还有人货场的布局、组织团队的配置和管理。

在第三个圈里，我写下社群电商、社交电商、小众电商等长尾电商，并写了四个字：长尾收割。

这项工作，我觉得将会在2020年第二季度展开，因为有了主流电商的高效覆盖，那么长尾电商的销售覆盖面和经营收割力就会很明显，我们就能够形成冰泉电商的强大营销网，形成多渠道特色管理能力，拥有长尾海量合作的销售补充和品牌收割能力。

做完这些规划，我给李志飞看。他看得连连点头，其思路也更加清晰。

我继续和他强调："希望你看完心中更加有数。管理就是要做到上下左右、前前后后都清楚明白，那样我们的工作就不会乱。对于确定的近期工作，不要犹豫，抓紧时间干。对于中期工作，则逢山开道，遇水架桥，把握一切可以把握的机会。对于长期工作，则顺风而进，顺势而为，合理兼顾，可行可控。当然，你还要思考三个问题。一是整体的产品矩阵，要有高效的产品组合能力，甚至可以要求市场部给你单独开发需要的产品。当然，产品必须符合品牌定位，最终由我拍板确定。二是思考站内外如何实现高效的流量推广，形成自己的精细化推广运营能力。三是研究竞争品牌、同品类对手。只有了解对手，才能知道如何进攻和防守。管理绝不能自娱自乐，而要有全域的视野和高度。"

李志飞很认真，把我讲的要点都记了下来。他是一个有想法的人，也有很强的执行力。对于我说的话，他只要理解了，就不会多说；但有不同的意见时，也会直接沟通；有新想法，也会快速与我交流。我们的管理就是要这样，统一思想，步调一致，同频共振。

这个国庆节，我过得很有意义。我和李志飞以及他的团队有了更多、更深入的沟通机会，还一起画了一张全新的冰泉线上电商发展蓝图。

虽然我们的电商还在起步期，但我却有一种迎风飘扬、乘风破浪的气势。这种幻想既让我兴奋，也让我无比自信，让我想清楚了战略规划，知道了精准的电商分平台策略。我感觉冰泉的电商已经开始走上阳关大道了。

4

第四章 市场破局

（2019年10月—2020年3月）

1. 第一个“双 11”

10 月的工作让人兴奋，冰泉的线上线下市场都已经启动，两个销售部的工作均有条不紊。我们每天的销售数据虽然不是很大，但每天都有卖货，每天都有成长。我们有进步的喜悦，有前进的动力。

这个 10 月，一方面，我强化了日常管理，包括目标管理、计划管理和会议管理，让大家的工作越来越有节奏和韵律；另一方面，我们也做好了全面的“双 11”大促部署。这是冰泉第一次亮剑。

首先，我明确了“双 11”线上线下共建、共冲锋的管理思维。在这个思维下，明确了以冰泉口香糖牙膏为重点的产品规划，明确了线上线下促销计划、产品组合和促销定价的统一性和平衡性，以确保线上线下各自精彩，又不会混乱，

针对线下市场，我提出了对于“双 11”的三个要求。

一是尽可能做特殊陈列促销，做出形象，做出气势。我和刘奇强调，看得到才卖得掉，所以在冰泉上市初期，我们要尽可能地提升曝光率，在日常要做小促销，在大节点要做全面促销。在初期，终端只有敲锣打鼓、锣鼓喧天，才能使消费者有更多的消费认知和消费认购。

冰泉的第一个线下“双 11”，不仅要有销量目标，形象建设目标也同样重要。因此，全国已经上架的卖场，要尽可能摆上冰泉的堆头，推出促销活动，让所有经销商的促销员动起来。

对于这次的堆头，我和杨卓宝强调，绝不能只做一个图案不同的四方形陈列展，而是要利用我们包装的颜值和个性，做出花式陈列，通过颜色的差异，做出冰泉的“香”字，这样既可以突出品牌卖点，又有绝对的视觉冲击力，从而产生最大的品牌宣传影响力。

为此，刘奇要在全国市场搞一个“双 11”冰泉千店大促工程。我给他加码到 1800 家门店，同时要求市场部确保各地陈列堆头制作发放到位。虽然部分门店可能并不产生量，有点形式主义，会增加费用，但我

坚持投入，因为冰泉在销售初期最需要势能，我们必须坚持品牌影响力和销售力并重的原则。

二是按照郑州打板模式做买一得三的买赠促销，打高卖低。

冰泉这次“双11”不能按照传统品牌的五折方案，因为我们是新产品、新销售，直接打五折会影响品牌价值认知，而销售额不见得会有很大提高。因此，我和刘奇沟通，继续采用郑州打板模式的买一得三促销方案来冲锋，也就是买一支冰泉牙膏，额外获得40克牙膏和牙刷各一支。这样既能体现我们的促销力度，也能够降低消费门槛，提升终端成交转化率。

我们按照既定的计划发放门店堆头的时候，也配套了相应赠品。打胜仗，必须确保武器弹药充足。

三是对刘奇确定的8个重点扶持市场做重点专项投入。

既然是重点市场，就要有重点研究分析、重点的促销计划。对这8个重点扶持市场，我们没有做传统的陈列和买赠促销，而是一地一策。比如：在郑州，继续执行原有的大促方案；在江苏，试点买一送一，买一支大牙膏送一支大牙膏；在广东和河北，同样做买赠，但是采用水杯、饭盒、保温杯等外购赠品，测试销售拉升能力。在重点市场，我们还额外支持了部分人员，派出三个小组的推广队去卖场展开大促赋能。

可以说，对于线下的“双11”，冰泉既要露脸，又要卖货，还要尽可能造势，让市场看得到、听得到。

线上的“双11”，对冰泉也至关重要，因为线上“双11”可以打出冰泉线上的声量，这些声量既是冰泉M电商集团销售的积累，又是冰泉入驻京西、爱品会、莎宁最好的锣鼓声。第一次参加线上“双11”，除了我们自己在看，还有经销商、线上平台在看。只有看到才会相信，相信才会合作。

为此，我和李志飞制定了一个顺应流量、把握机会的策略。

9月底，冰泉店铺才正式上线，还处于基础建设期。我们很幸运，能够赶上这个“双11”。但我们还不具备在“双11”战场大规模作战的能力，也缺乏前期的积累和准备。因此，这个“双11”，冰泉能做的就是顺应流量，说白了就是蹭热度、蹭流量、蹭促销，跟着平台转，哪里好就往哪里钻，哪里有机会就在哪里发力。

既然是顺应流量，以蹭为主，那么我们也就没什么投入计划。更何况在大促期间，我们即使投入也没有竞争力。一个刚起步的品牌没必要去与成熟品牌拼刺刀。

至于把握机会，我和李志飞强调，在最核心的促销期间，能够蹭到流量就是我们的机会。同时，我们也应该思考其他机会，也就是“双11”大促落下帷幕后，能否在大促的空隙期找到机会，能否在传统品牌放松、竞争不激烈的时候，找到自己的突破机会。这也是新品牌的一种游击战术。

因为把这次“双11”看得很重，所以我盯得特别紧。

线下的“双11”基本上从10月下旬就开始了，一般持续15~21天。我要求线下每天报堆头数量，发布照片，报销量。公司统计每天的总销量并公布出去。

刘奇对我说：“程总，这样搞，销售人员的工作量太大，希望能够稍微放宽一些。”

我告诉他：“线下销售人员在起点做细一点儿，我们将来的工作就能够顺利一点儿。”

同时，我还坚持要求大家做好微信宣传造势工作。光说不练是假把式，光练不说是傻把式，又说又练才是真把式。只有将冰泉的每一个战斗信息宣传出去，将冰泉的战斗士气鼓舞起来，让自己激动，让市场兴奋，让客户触动，才是营销管理的最好推动力。

我特别希望能够激活线下活动，将市场活跃起来。

线上营销讲究节奏和节点。

从10月21日开始，M电商集团“双11”正式开始预售了。我看着传统品牌的销售量噌噌向上冲，羡慕之心油然而生。我特意跑到电商办公室，和大家共同战斗，还安排黄俊凯采购了大量食品饮料，为大家做好后勤服务。冰泉电商部已经是有12个人的小团队了，有了电商的新起点。

“双11”的10多天，我都和他们在一起，也不知道他们会不会觉得被打扰，但是我乐此不疲，每天都抱有销售额爆增的激动和期待。

11月10日晚上，进入“双11”冲锋倒计时阶段，我下午5点多就坐到了电商办公室。团队的工作有条不紊，各自忙碌。我东走走西看看，像初恋的小男孩要见女朋友般既激动又彷徨。冰泉管理团队都过来了，后勤团队也全部上阵做兼职客服。

我笑着对杨卓宝说：“我们冰泉还是小孩子，没见过什么大世面，今天相当于第一次进大城市赶考，虽然有点土气和稚嫩，但毕竟进城了，坐到了考试桌前，这就是我们的进步。”

大家都被我逗乐了。我每次一举例子，他们就夸我说得特别形象。

零点一过，销售额1万元、5万元；凌晨两点，21万元；凌晨3点，26万元。跟其他品牌相比，这个业绩非常不好，还比不上传统大牌的一点零头，但这是冰泉从未有过的成绩。凌晨3点多，我安排大家轮番战斗，部分同事先回去。我留在办公室，泡了一碗方便面，算是小小的庆祝。面条很香，心情很爽。

最终，冰泉的第一个线上“双11”，全天销售额49万元。李志飞向我报告这个数据的时候，说有一点遗憾，差一点就50万元了。但是我很满意，因为这个成绩超出了我的预期。这是冰泉的第一个销售突破，也是冰泉电商的第一次冲锋，从中我们感受到了战斗的快乐和幸福。

线下的“双11”在11月底基本结束，历时一个多月，零售额近300万元，实际促销门店1000多家，有1800多个堆头，店月均销售额不到3000元。这个销售数据让人略微不爽。

刘奇和我复盘的时候，将门店分成了两类：一类是以促销为主的门店，有180多家，店月均销售额1万多元；另一类是以品宣为主的门店，有800多家，店月均销售额1000多元，两极分化明显。

这次的线下“双11”，势能明显大于动能，宣传面广，销售量情况一般，有点形式大于实际。但我还是安慰自己，起码我们造势的目的达到了，宣传效果特别好，大大提升了经销商的信心。门店对我们新品的销售表现也还算满意。因此，我还是对刘奇团队给予了赞扬和鼓励。

这个“双11”，我和团队规划清晰、计划清楚、战斗明白，线上线下的整体结果可以打到70分，算不上优秀，但有创业战斗和突破的激情，这让我们更加坚定和自信。

2. 士气大振

进入 11 月下旬，我们就要准备“双 12”大促了。相较“双 11”，“双 12”的促销规模相对就小很多，各个品牌也没有那么重视。

我喜欢出奇兵，对“双 11”的小兴奋还没有过去，于是赶紧找李志飞商讨“双 12”大战。

李志飞不是张扬的个性，到我办公室后有板有眼地讲述他的“双 12”计划和部署，但都是细节性的工作。我耐着性子听他讲了一个小时后，反问他：“你有什么特别的办法吗？有没有打爆品的机会？”

李志飞一愣。他觉得现在的冰泉还在爬坡阶段，所以还没想过要去做爆品，而是把爆品计划放在了 2020 年。“现在我们的店铺才刚刚有点起色，底盘还不稳，打爆品可能还需要积累一段时间再搞。”李志飞明显觉得我有点操之过急。

虽然我不是电商的具体操作者，但我是急性子，我太需要打一场大仗来激发团队的热情了，所以还是坚持自己打爆品的想法。

“我觉得打爆品应该提前。现在冰泉线下线上都太平淡，而平平淡淡的生意激不起任何波澜。我们太需要一个快速拉升的势能了！在“双 12”，各个品牌的投入都不会很大，这正好是我们发起进攻的机会。当别人不重视的时候，我们重视起来，也许就是我们极好的爆发点。你说说看，M 电商集团以前打爆品有什么方法？”我想让李志飞打开思路。

李志飞想了想，谨慎地说：“M 电商集团打爆品的方法很多。国际品牌在品牌力的推动下，打新品是整合营销大规模作战，这种肯定不适合我们。我们可以做大力度的淘客冲量，但是就怕损害价格体系。此外，我们是新品牌，淘客不一定会积极推广。”

我叫李志飞坐到沙发上。我担心在办公桌前谈事，他打不开思路。

我泡了一壶茶，然后问他：“我们可以有新的思路，不要只站在口腔行业的角度想口腔产品的推广方式。你以前做过彩妆，那彩妆品类现在有什么新玩法啊？”

“彩妆产品个性鲜明，玩法比较跳跃，推广方式多种多样。最近彩妆主要是做东音短视频（线上短视频平台），通过新奇特的内容爆量。有几个新品牌在这方面就做得比较好。”

李志飞一边说着，一边拿出手机，在东音上给我点开几个新兴彩妆品牌的短视频。

“这个好，这个好，”我连声说道，“这就是我想做得好看、好闻、好用、好卖的打法！我们能不能就这样搞，将彩妆的玩法做到口腔产品上？”

看到我这么兴奋，李志飞也被我感染了，马上回道：“这个打法在口腔类目还没有过，我们要做，肯定能行，但是投入会比较大，前期的测试成本也不低。如果我们打开思路放手去做，肯定会有机会，但不知道公司能否承受那么大的投入？”

“你觉得大概要投入多少？”我知道这是一个现实的问题。

“几千万元吧，最少也要1000万元才能打出个样子，否则就等于在大海里打水漂。”李志飞的回答很直接，也很形象。

我陷入了沉思，既激动，又彷徨。公司账上也就1000万元，如果一下子全部投进去，风险太大了。这个计划只能暂时搁置，但我和他强调，我们必须尽早打爆品，抓住“双12”的机会，也必须解放思想，找创新玩法。出奇兵才有打胜仗的可能。

晚上回到家，我怎么都睡不着，不断刷着东音上的各种产品短视频，翻来覆去想我们的新打法。

第二天，一到办公室，我就去找李志飞，抛出一个新想法：“你昨天说M电商集团可以通过淘客打爆品，东音短视频是新兴爆品的打法，那有没有可能，通过淘客在东音海量分发，与淘客分佣来做内容和爆品，这种方式可行吗？”

对此，李志飞并没有表露出惊奇。或许是因为他研究电商较多，也知道我迫切想要打爆品，所以快速回道：“东音淘客现在的确不少，而且很多都是淘贝（线上购物平台）过去的。一些年轻人也在研究和推广这个新玩法。这种方式，彩妆、化妆品用得比较多，因为他们可以通过成分党来凸显自己的卖点、特色和个性，转化率高。我马上研究一下这个思路，下午再向您汇报。”

对于李志飞的这个态度，我很满意。这就是同频共振的伙伴，我有想法，他有做法。

下午，他因为有其他的事，并没有如约找我。不过，我告诉他，我们现在是与时间在赛跑，无论多晚，我都会在办公室等他。

或许是因为我给的紧迫感，晚上8点多，他居然准备了一个小的分析资料向我汇报。他的意思很明确，我们可以做，但是要找到合适并且愿意做的客户，同时对接好佣金。

看到自己的想法被认可，我一下子兴奋起来。这是个新机会，或许也是我们打一个大仗的好机会。

做营销，就是要这样，跨品类找机会，跨类目找机会，跨渠道找机会。跨界思维和跨赛道嫁接，会带来更多突破的可能性。

我和李志飞强调，今天晚上我们就开始联系，谁做得好就找谁谈。通过一个个谈判，找到意愿强烈，并且对我们品牌和产品有信心的人。

我一直相信，做得好不如做得巧，做得巧不如做得早。我们必须做第一个吃螃蟹的人，这样才能实现颠覆性的成长。当我们沟通完，离开办公室时，我一边鼓励李志飞，一边继续和他强调解放思想。

这之后的三天，虽然我一直在等李志飞的回复，但是也没有催他。管理的事情，有时候一催，反倒让人病急乱投医。我不能打乱他的工作节奏，但我整个人既激动又焦虑，激动的是找到了战机，这个战机也许能让我们亮剑，焦虑的是也许这个战机是个伪命题，让我们空欢喜一场。

李志飞是个慢性子。周末他找我汇报时，我正在办公室的踏步机上锻炼。我一边踏得满头大汗，一边听他不紧不慢地汇报他和东音淘客的沟通情况，结论就是：有人愿意接，但是要独家，由他总分发，并且要高佣金，但这样公司可能就没有利润；同时可能要测试一周左右，才能知道是否有爆发的可能性。

李志飞很犹豫，我却直截了当决定要做。没有利润就当作创造势能，测试一周后看结果再投入，也符合我们不冒险的风格。我望着他，一边继续锻炼，一边挥手说："可以马上干，走特殊审批流程，我们今天就定下来，由你全权对接。具体的产品组合、定价、合作条款、结算方式等，你把握好之后向我汇报。我和卓宝沟通好后，以最快的速度回复你。我们一定要赶上"双12"这一波机会，时间就是金钱，我们要快。"

李志飞得令而去，虽然他的性格很淡定，但做事效率很高。当天晚上，他就拿出了具体方案。而我同样高效率，迅速批复了方案，同时要他一边做，一边走流程报合同，特事特办，一路开绿灯。

这是一个打破常规的时代，也是一个快鱼吃慢鱼的时代。我们的创新和效率，迎来了冰泉的第一个胜利。

测试期，我们每天的销售额都有1万元以上，最高达3万元。这对于成功品牌来说，只是毛毛雨，但是对于冰泉来说，就是历史性的突破，向前迈进了一大步。

12月11日，"双12"正式打响，我们的短视频推广也开始全面进攻。第一天，我们的销售数据是25万元；第二天，56万元；第三天，68万元。冰泉整个办公室都沸腾了，这是怎样的一个数据！"双12"的三天，我们做到了销售额接近150万元！这是冰泉以前做梦也没有想到的。这三天，我们全员加班，全员激动不已，每个人脸上都洋溢着成功的喜悦，每个人都在全力为冰泉电商做好后勤服务保障工作。

成功是挡不住的。

后续的惊喜依然精彩，最多的一天，冰泉突破了100万元销售额。整个12月，冰泉M电商集团旗舰店达到了1500万元销售额，做到了M电商集团口腔店铺月度排名第二、冰泉口香糖牙膏单品第一。在东音，冰泉更是当之无愧的王者，成为东音好物榜No. 1。

整个12月，我们都处于极度兴奋、甚至是亢奋的状态之中。胜利来得太不容易，也太容易了！冰泉就如同找到了一个营销的支点，撬动了整个市场的热点。

在全国市场，冰泉一炮打响，知名度得到了极大提高，影响力也得到了极大提升。十年寒窗无人问，一举成名天下知。冰泉第一次站到了行业的山巅之上，我也感受到了拥有一个新锐领导品牌的骄傲。

虽然没有利润，但是势能足够，中心造势，周边就能够取量，势能决定动能，我们的爆品战略目标达到了。

12 月底，我专门和冰泉中高层团队聚餐，好好庆祝了一番。成功就要痛饮杯中酒，我们要有快马扬鞭的豪迈和骄傲。

我的心情在激动中变得平静，又在平静中变得激动。冰泉终于迎来了第一次的鲜花盛开，香飘天下。

3. 顺势而为

12 月，我们在 M 电商集团突破的巨大惊喜，让冰泉站到了新锐品牌的一个制高点，形成了极大的品牌高势能。其他好消息也接踵而来。

12 月中旬，艾之玛接受了冰泉所有的进场条件。Loria 打电话和我说 12 月 25 日冰泉全面进场上架时，我还有点没反应过来。我们和艾之玛的谈判持续了几个月，一直在沟通专供品，最后选定了 14 个单品的分销标准。

距离上架，我们只有 10 多天的时间来备货和发货，真是十万火急。特殊情况必须有特殊的处理思路，我立马召开专项会议，和时间赛跑，确保各项工作到位。从包材到生产，再到发运，我都亲自跟进。我们几乎是用飞的速度来推进，恳请对应客户帮忙加班，所有的发运都用特快方式。虽然成本高了一点，但是结果有保障，最后我们如期完成上架。

12 月 25 日是圣诞节，我非常开心地带着刘奇跑遍了广州的艾之玛门店。每一家门店，我都拍照，然后和刘奇提出改进方案，细致得让刘奇咂舌。是啊，以前我从来没有管过如此细致的工作，但是，艾之玛是国内第一大卖场，对冰泉来说，进驻艾之玛是一个全新的开端和起点。

我兴致勃勃地发了朋友圈："冰泉艾之玛，全力向前进！"言简意赅地表达了我的激动和想要炫耀的心情。

晚上，我请刘奇吃饭，并针对艾之玛的后续工作提出了四点要求：一是必须全力做好陈列维护和道具物料的形象工程；二是必须确定艾之玛 3~6 个月的档期促销计划，前期投入大一点，后续再平衡；三是要与经销商共同制订艾之玛重点门店打造计划，针对重点门店投入做造势促销，开展有堆头、有赠品、有人员、有持续的推广活动；四是成立专门的KA部门，要有专项管理，有专业化的全国性大卖场管理。

刘奇和我意见一致。在KA管理方面，我建议可以找柳骏来管理。柳骏是我10多年的同事，从索新到美芳、美天，他都是KA负责人，现在在杭州发展。这个时候，冰泉需要他这样有经验的专业人员。刚好刘奇也是柳骏的老同事，由刘奇去沟通非常合适。

艾之玛进场了，光辉、多润发等全国性连锁大卖场也都陆续进入了，华天也谈好了。冰泉的大卖场布局顺风顺水挂高帆，冰泉品牌的势能有了极大的提高。

沃森氏的进场还在谈判中，虽然在产品和推广方面达成了共识，但是在一些贸易条款上还有争议。对此我一直坚持，合理的贸易条款才能够合作长久，凡事必须把握一个度，有时候要急，有时候要淡定。沃森氏的工作，我亲自跟，信心十足。

我们的线下进场一路高歌，线上也是好消息不断。

9月，我们就与北京朝戈、长沙互美签订了淘外分销协议，他们的预付款也已经到位。按照我们当初的计划，年底M电商集团起势以后，就要推进京西、爱品会、品夕夕和莎宁等线上平台的上架销售。

这两个经销商也一直非常给力，9月就开始和平台沟通具体的合作方式。

12月，冰泉的势能更是推动了新平台的快速合作。

京西电商集团的个护商品负责人换了，新的负责人张诺做事比较严谨。我同时和京西电商集团商城的负责人林总沟通过冰泉事项，但是具体的工作还是需要商品总监决定。我相信，我们只要有强有力、差异化的市场方案，这项合作就能够搞定。

12月底，我与朝戈的杜总一起拜访京西电商集团。数据就是硬道理，京西电商集团已经看到了冰泉的强劲发展势头。我们沟通了一个小时，敲定了1月在京西电商平台上架销售。

爱品会的美妆个护老大是张晶，也是我多年的好友。她也非常认可冰泉，但是她告诉我，现在新品牌入驻爱品会，必须由集团副总裁批准。

没有副总裁的认可，她也很难推进。

这可是一个难题，虽然我认识爱品会的老板沈耀，但是和沈总永远只是交朋友，不涉及生意的合作。

工作上，只要你想做，就没有做不到的。于是我开始想方设法争取和爱品会副总裁李总沟通的机会。巧的是，月底我去北京时，在飞机上遇到了老朋友罗峰。他原来是宝生的高管，现在是蜜蜂金服的零售负责人。我和他介绍自己的创业项目的同时，也谈到了爱品会的烦恼。没想到的是，罗总兴奋地告诉我，爱品会的李总是之前他在宝生的同事，他们关系一直很好，可以给我牵线。罗总还安慰我说，对于好品牌，每一个重要平台都会很愿意做的。

这真的是太让人激动了。有时候，人顺利时就一顺百顺。回到广州，我顺利联系到李总，做了品牌介绍和沟通，确定了 2020 年 2 月底正式入驻爱品会。

相对于爱品会的小插曲，我们进驻莎宁就容易很多。一方面是由于莎宁一直非常重视与新锐品牌的合作；另一方面也在于莎宁美妆个护负责人胡总和我特别熟悉，莎宁商城的老大王总也是我的老朋友。仅一通电话，我们就谈好了马上上架。

品夕夕的千秋一直催我上架。对此，我反倒放慢了速度。不是我矫情，更不是我不重视品夕夕，而是因为品夕夕是一个相对特殊的渠道。在这个渠道，我们一定要将商品组合、定价方式、推广促销方式等，与传统大平台形成相对区隔，形成共赢模式才能够持续发展。

完成各大电商平台的入驻后，我也与千秋确定了具体的合作方案。在上架前，我还和千秋开玩笑说：“当年创业前，我们大喝一场时，就有过约定，要全力扶持我们啊。”

做事业就是这样，中心造势，周边就能够成事。2019 年 12 月和 2020 年 1 月，我一直处于高速运转之中，不断出差，搞定不同的卖场和渠道，很累，却从来不觉得辛苦；很忙，却非常充实。

创业取得了第一个小突破，我尤其感受到了行业和朋友们锦上添花的重要性。好的品牌、好的产品、好的趋势和形势，往往就能够拥有更好的合作、更顺利的前进。好品牌、好产品、好平台、好推广就能够有好未来。有朋友的信任，真好；有贵人相助，特好。在大家的帮助下，我的内心越来越充满力量，团队也充满了昂扬的斗志。

冰泉的动能在势能的推动下完全解放了，思路决定出路，点爆破的面效应开始在冰泉势如破竹。

4. 年度战略会议

我是一个强烈的机会主义者，喜欢把握各种战机，同时是一个顽固的战略管理者，喜欢有完整的战略、策略和计划。我喜欢机会的刺激，也喜欢在规划中有条不紊地驾驭工作。

到了年底，工作开始向上，但我还有一个核心工作，就是召开 2020 年的战略规划会议。战略规划是朝着三年去看、朝着一年去干，寻找企业发展的导航图。

我召集了杨卓宝、刘奇、黄俊凯和李志飞开战略交流会。

其实，针对 2020 年的战略发展，我心中已经有了成熟的思路，但如果战略会变成我的独角戏，那么公司的工作就无法形成合力，就会变成我的自娱自乐。我必须启发团队，集思广益，听取团队的意见，让战略更加精准、年度工作更加清晰。集众人智慧解决众人问题的管理，也能够让大家拥有战略的共识，保证战略的落地。

我将战略会议分为三个层次：第一，和大家理顺大思路、大方向，确定战略框架；第二，分头制定战略规划；第三，和公司全体员工明确战略规划和年度行动计划。

我和大家开门见山地明确了 2020 年的整体工作思想：乘胜追击，拓宽渠道，打造重点，强化势能和动能。意思很简单，就是我们必须乘着 M 电商集团强势发展的胜利，扩大战果，进一步做大做强；同时，借着 M 电商集团的大好形势，在线上和线下广泛展开渠道开发，形成在整体渠道布局的情况下，打造 M 电商集团以外的多个重点营销阵地，确保年度整体的势能和动能能够延续和强化。

在这个思路下，市场部、销售部和供应链体系思考他们各自对应的战略。当然，我也明确了整体目标：2020 年必须营收过亿！我们首先成为亿元级企业，才能真正在激烈的市场竞争中站稳脚跟。

为了让大家有清晰的战略规划，我给大家制定了一个模板：先确定并分解对应目标；再做好各自的 SWOT 分析；根据公司的 16 字战略方针找到自己对应管理的战略方向和思路；针对战略思路做出对应的管理策略，市场部在于产品和推广，销售部在于渠道和价格政策，供应链在于布局和服务。各部门有各自的战略规划内容，这个内容要围绕着如何完成目标，如何紧扣公司和部门的战略思路去建立策略重点。下一步就是完成战略和策略的组织体系、所需支持和预算、年度工作行动路线图等。

模板就是逻辑，就是路线图，就是我们经营的支撑体系。因为对于这个框架和逻辑，我和大家在上一次企业项目创业的时候有过这方面的沟通，大家对于战略管理已经有了基本的认知，所以，这次的战略规划，大家也都轻车熟路。加上实操了大半年，战略规划并不复杂，大家很快就完成了。

我组织团队依次评审，大方向、大思路确定了就不会纠结，剩下的，策略一方面要精准，另一方面要在实践中不断修正。没有任何工作是通过一次性的规划就能够完成的，战略是一个动态管理的过程。

我们的战略会议最终确定在珠海长隆召开。这并不是我奢侈，也不是我虚荣铺张，而是因为美天集团今年的年会也在这里开，有上千名客户参会。背靠大树好乘凉，我们借着美天年会的时机，可以给自己争取最多的客户资源，最大化地为冰泉造势。

我的算盘打得很响，蹭热度，多借势。美天的古总和刘总也认可我这个做法，很支持我们，也希望我能成为美天投资品牌的一个成功案例。

快过年了，珠海还是像夏天一样热，幸好不闷。珠海长隆非常美丽、舒适，也非常有气势，非常适合开会。三天的会议行程，第一天报到，第二天开会，第三天简单沟通后返程。

对于组织开会，黄俊凯和杨卓宝都非常熟练，一个负责会务，另一个负责会议，各司其职。我的主要任务是会议发言，重点客户沟通，陪客户吃饭、喝酒、聊天。

这次会议，我还有一个意外惊喜。

第一天下午，我正在房间里和扬州诚洁的许总沟通牙刷生产事宜，突然有人敲门，我开门一看，居然是老爸来了。

我正纳闷，父亲大人怎么知道我在这里开会？这几天我也没有联系他啊。看到他后面的长沙经销商，我瞬间明白了，一定是客户拉着他过来的。

这可是太阳从西边出来了。我参加工作24年，他从来没有来过我的公司，也没参加过我的会议。这一次他居然来到了珠海长隆参加我创业后的第一个年会。

我赶紧让黄俊凯安排房间，也和经销商程总沟通，让他帮忙陪伴，因为我实在没办法照顾父亲大人，我的时间已经排满了。

上千人的美天年会，气势磅礴，冰泉分会场的气势也随之水涨船高。我们原来计划的参会人员是200人，结果来了400多人。当然，其中也有很多客户是来看热闹的。大家都有一个共同的话题：冰泉有什么绝招，能在半年内打响品牌？冰泉超前、超快发展的原因是什么？

我在会场给出了答案：**颠覆传统，重塑价值，追求年轻**。

冰泉颠覆了传统的口腔产品认知，颠覆了传统渠道主次，颠覆了传统口腔产品的营销推广和促销方法，颠覆了传统产品的功效和口味。

冰泉重塑了口腔产品的功效价值，在功效基础上提升了口香差异化价值和社交情感价值，让口腔拥有了精致生活的体验。

冰泉追求年轻，主要目标人群是年轻人和追求年轻化的人。冰泉好看、好闻、好用、好有趣，让颜值和价值结合成全新升级的口腔消费时尚。

会议很成功，借了美天的大势，也造了冰泉的气势。当晚，我和10多个好友客户，又来到了大排档聚会。我照样准备了好酒，菜有点简单，但是我们的内心很热烈。

客户对冰泉的认可，老友的相聚，让我们忘乎所以，开怀畅饮。有时候，朋友之间，酒就是一种情绪，畅饮也只是一种情谊的表达。

晚上12点多，香馨亚太区的姚总和团队也跟了过来。于是，我们又和姚总他们继续战斗至凌晨3点。我们放肆了，也放纵了。兴奋，就是我们年会成功的表达。

第二天早上醒来，我身上还有很重的酒味，但也没忘了安排工作。9 点，我和团队在房间临时开了一个会。虽然我们的会议结束了，但是工作没有结束。

针对会议，我们要做会议总结和费用结算；各个部门要针对客户的意见和建议作出后续问题的解决方案、工作的改进措施；落实新老客户的年度合同签订工作；做好客户的欢送和明确一季度工作计划、1 月份回款任务；和各个部门再次明确工作战略思路和工作目标，启动年度工作计划。

年会不是讲话会，也不是吹牛会，更多的是多方在方向、方法、方案上达成共识，形成年度工作的起点。这么多工作，我用半个小时布置完，剩下的就是团队各就各位，落实落地。

开完年度战略会，父亲坐我的车一起回家。在路上，父亲突然说了一句话："你的工作太辛苦了，不能这样干。身体是第一位的，要劳逸结合。"

我不以为然，轻描淡写甚至有点不耐烦地告诉父亲："这是我的工作，你不懂。你不用替我操心，我心中有数的。"

父亲没有再说什么，这是他第一次看到我工作的状态，也是第一次深刻感受到我工作的强度。他在路上说的那番话，我没有放在心上。

回去后，弟弟打电话给我说："老爸现在最担心你，他说从来没有见过像你这样工作的，从早忙到晚，休息又少。给他再多的钱，他也不会干这样的工作。他要我劝劝你，不能这么拼。"

挂了弟弟的电话，我也是一声叹息。我的工作一直是这样，的确也习惯了，但是父亲大人的牵挂和担心也让我深深自责。对父亲的关怀之语，我应对得太随意，也太自以为是了。

但是，创业起步，一切都不容易。我唯有付出更多更大的努力，才能获得未来的成功。有时候，人必须拼，拼得有成就、有价值，就会拼得快乐和愉悦，习惯和自然。

无论是做职业经理人，还是做创业者，我的生命中一直有拼搏和奋斗的基因。

5. 春节前的工作部署

2020年的1月，工作时间特别短，因为过年的时间早，放假也早，有效工作时间不到20天。可这是冰泉第一个年货节大促，非常关键，所以我总觉得时间不够用，恨不得一天当作两天用，甚至恨不得时间能够停止下来。在我的内心，总是想让冰泉发展快一点，再快一点。这种急功近利的想法，让我对所有事情的安排都是催促性的。按照杨卓宝的说法，我安排工作就像流水线，一个还没有做完，另外一个又来了。我总是和大家说，忙完这一段时间就可以休息调整一下了。可是真的忙完一个阶段，马上又有另外的工作、更大的挑战，源源不断。

每年的1月都要启动年度工作，开启年度第一场大促，用一句电影台词来说就是：抢人，抢钱，抢粮，抢地盘。我们要安排好这些工作：做好经销商的大力开发，借助年会造势的机会顺势扩大合作，抢人；做好1月回款的开门红，落实政策，抓紧发货回款，抢钱；做好年后的生产准备，为三八节大促提前备货，抢粮；做好所有渠道促销活动的落实和布置，做好形象，推动大促，抢地盘。

我感觉自己就像一个站在高台上指挥的将军，看着每一支部队，看着他们的指挥者调度，看着他们的行军路线，看着他们在前进中的战斗，看着他们的后勤粮草，看着部队与部队之间的衔接配合，有点运筹帷幄的感觉，也有点春风得意的快乐。

全力部署工作的同时，我还是觉得时间不够用，团队跟不上节奏，效率太低了。大家也对我有怨言，觉得我安排工作层层加码，要求太高，事情太多，追得太紧。大家甚至觉得我的脾气越来越大，没有刚刚创业时那么好说话，笑容少了，工作安排也越来越急躁。

我自己并不承认，我觉得是大家缺乏强烈的紧迫感，大家对创业没有坚持的心态。我们彼此的认知出现了差异，我感觉需要和团队好好沟通一下了。

有时候，在办公室沟通太过于形式，称兄道弟的沟通又太江湖。最终，我和大家约好年前搞一次烧烤团建，让大家放松一下。

所谓团建，其实也就是下班后拉着大家去喜欢的哈尔滨烧烤城一起吃烧烤。这个地方应该是广州做烧烤最正宗、最有特色的地方。2020 年 1 月的广州深夜，我、刘奇、杨卓宝、黄俊凯、李志飞，加上研发的韩工，吹着空调，穿着短袖，大快朵颐。

有时候，我也不知道团队是否愿意和我一起吃夜宵，或者他们会不会觉得我很爱说教，但是大家也都了解我的性格，知道我的性情，至少对我还是认同和信任的。也许，我的方式既教条又江湖，但是我一定是发自内心的真诚。

不在办公室，大家的话语自然变多了。

刚开始，大家一边撸串，一边喝着啤酒，既是庆祝冰泉 2019 年有一个好的收官，更是为 2020 年的愿景鼓劲儿。

还是刘奇这个湘西人直爽，他吃着吃着，就开始给我提意见了。

"程总，我们都认同你说的创业心态，但是，工作不是一天做完的，我觉得你有时候太着急，太急于求成了。你不是常跟我说，欲速则不达吗？我给领导提个建议，工作不要那么紧张，稍微张弛有度一点。"

这刘奇，居然用我经常说的话来告诫我，真的是以其人之道还治其人之身。他不愧是做销售管理的，越来越有语言的艺术和技巧了。不过，他把这个话题抛出来，并不是我和他商量好的，而是他自己有感而发。

我一边大口吃肉，一边大声迎合："我是有点着急，最近脾气有点大，大家要谅解啊。我们都是一家人，不要对我有成见，我坚决改。"虽然我说得轻巧，也似乎完全接受了他的建议，但大家明白，我只是客套。

杨卓宝讲话总是一根筋，直截了当地说："我觉得刘奇讲得对！程总你安排的工作量太大了，我们有时候都反应不过来。其实，这么多工作，你一下让我们落实下去，一方面我们人手有限；另一方面会导致我们的工作太多太散，反倒抓不住重点。你的工作安排都对，我们也会听，但是我们真的达不到你的要求。"

杨卓宝是一个单纯的人，讲的话虽然让人觉得是批评，但是最后一句话真的打动了我。是的，工作太多，反倒抓不住重点，不利于工作出实效。

随着刘奇和杨卓宝把话匣子打开，大家也都趁着高兴，你一句我一句说出了他们的心里话。可能是在酒桌上，大家更容易说话，连李志飞这个闷罐子，讲起来也是滔滔不绝。“程总，不是每一个人都像你这么聪明的。在我见过的老板里面，你不是实力最强的，却是最好学、最聪明的，反应速度也最快，但是我们没有你那么强大。我们只能跟着你干，工作太多了，就跟不上了。”

我又反思了一下，最近给李志飞安排的工作是有点多：M电商集团要继续打爆；坚持做好店铺基础工作；做好M电商集团年货节；准备好三八节大促；做好京西、莎宁、爱品会和品夕夕的整体工作规划等。他们十多个人要承担的工作量的确有点大。

李志飞讲这些话很有艺术，甚至有点拍马屁的嫌疑，但也同样很真实。

在一片欢声笑语中，我的确意识到自己有问题。但是，我们的工作依然要做，只是接下来是该如何做的问题，如何形成阶段性的重点和阶段性的节奏。

大家并没有喝醉，但都敞开了心扉沟通，讲出了想讲的话，而我也讲出了我的担心。真是烧烤解千愁啊！

第二天一早，我起床写了一篇文章分享给大家，主要表达了两个意思：一是检讨、反省自己急于求成的工作方法；二是如何去形成更合理的时间管理和工作重点管理方法。我总结了四象限时间管理法：重要紧迫的，马上做。重要不紧迫的，稍后做。不重要紧迫的，安排别人做。不重要不紧迫的，暂时不做，或者有时间再做。

通过这次沟通，我们的心打开了。对于年度工作，我们也分出了一二三：一是当下做什么，二是后面做什么，三是现在要为将来准备什么。我们的工作思路更加清晰，如十个手指弹钢琴，更有节奏和韵律。

管理，有时候不是领导者为所欲为，或者强行强制，而是要和团队融合、合作，和团队共识共进。在年初，我和冰泉的伙伴们都感受到了自己的进步。

6. 美国之行

春节假期很快就到了。我的伙伴们都有年假，因此，公司于1月18日就开始放假了。

假期前，国内已经隐隐约约有了武汉疫情的说法，但是舆论还不严重，大家也都没重视。

难得的假期，我也准备放松一下，带着家人一起去美国看看，既为家里小朋友将来的学业做准备，也顺便了解美国的口腔市场。

18日，我到了洛杉矶。在天气很好的美国西海岸，我的心情也非常好。

计划性强的人，到哪里都会制定详细的日程。在美国的日程，哪天带小朋友去学校看看，哪天带他们去迪士尼和环球影城玩，哪天调研市场，哪天与美国的朋友们聚会，我都安排得妥妥当当，每一天都很充实。

其实，小朋友很反感我这种性格。我儿子思涵和我说："爸爸，为什么你每一件事情都安排得那么清楚，那么具体？搞得我们和机器人一样，围绕着你转。"

我没想到，小朋友会这样认为。我总觉得，做好计划会让我们的工作、生活都更有规律和节奏。我觉得把每天的事情一件件完成会特别有成就感，特别轻松快乐。

拜访美国的学校非常容易，先邮件预约，再如期拜访，简单高效。老师很热情，这让我们感觉非常愉悦。小朋友读书是大事，把这个搞明白了比什么都强。平时，我对他们的关心和照顾太少，这个春节假期也算是弥补一下。

洛杉矶的迪士尼和环球影城，我之前带他们去过很多次。这两个地方就像吸铁石一样，吸引他们每次来了都要去玩。这可能也是美国娱乐行业的秘诀，或者说是品牌效应，让小朋友们乐此不疲。

加州天气很好，每天艳阳高照。我特别会见缝插针，每天都会去对应的超市、购物中心走访。唯有深入了解商业，才会有自我提高的机会。

艾之玛超市、大华超市、塔吉特超市、COSTCO超市、CVC和Walgreens两大药妆店以及美国大型购物中心的美妆单体店，都是我要去调研和学习的地方。

我事先就根据小朋友的活动时间安排，做好了附近的零售终端走访计划。美国是一个非常讲究商业布局的国家，以州为单位，下面是县，县下面是市，市下面根据居住距离和人口数量有对应的就业中心和商业社区，城市的商业社区有对应的超市和家居、饭店，而每一个县往往又会有一个大型商业购物中心广场。这种布局让美国的商业竞争很良性，客流量和店铺数量都比较合理，商业繁荣，且比较稳定。也正是这种布局，让人在游玩或者办事的过程中，随时都能找到商业场所，这让我的市场调研计划非常方便完成。

我的调研还是采用土办法，拍照、观察、简单访谈。我跑到口腔产品陈列区，看品牌、看产品、看价格、看包装、看卖点、看陈列、看促销。当然，我也会去化妆品区、洗化区找启发。在看店的过程中，我会产生很多想法和灵感，然后快速记下来。

每天的调研结束，我都会做一个小结，总结看到的、想到的，形成文章，分享给团队。

美国的商业真的很传统，老的大品牌市场基础特别雄厚，新品牌很难跳出来，也需要很长时间的积累，原因就是美国消费者大都是理性消费者、习惯性消费者，忠诚度比较高，不容易被兴趣激发而冲动消费。美国市场的促销也没有什么特色，基本上是老一套的特价、打折。很明显，美国的商业缺乏活力，其中也有美国法律非常规范，严格管控竞争环境和模式的因素。

针对美国的口腔市场，我总结了以下六个特点。

第一，高露、佳士、舒达稳居三强，市场占有率可能高达90%甚至更高。对于这一点，终端陈列的表现非常明显。

第二，牙膏主要卖点是美白、预防口腔疾病，创新卖点很少。

第三，牙膏以外的品类，漱口水是日常消费的大品类，但是集中在施林，其他品类非常少。

第四，电动牙刷作为小家电卖，价格不低，以电机技术卖点为主，包装比较厚重。

第五，新口腔品牌主打有机、环保和清新，其中有两三个新品牌已经形成了一定的积累，但是对传统市场的冲击有限。

第六，美国的华人超市有湖南红药、三面针、四七等口腔产品销售，但是包装、陈列和推广都非常落后，没什么特点，消费群体基本上是年纪较大的华人。

除了这六点，我还写了一万多字的调研笔记。得出的结论是：国际市场和中国市场的口腔产品机会巨大，技术突破、卖点创新、年轻时尚、消费者推广等方面都有非常大的潜力。现在缺乏的，必定就是将来有机会兴起、打破市场平静的。

我对冰泉的创新更加自信。我们走在了前面，从颠覆认知和颠覆传统做起。这不是红海市场和蓝海市场的区别，而是品牌差异化价值赢未来的机会。

我是一个闲不住的人，在美国放松的同时，也有兼顾工作的乐趣。

1 月 24 日，是我国传统的大年三十。我带着全家与洛杉矶一帮朋友在海底捞欢聚。过年，就是要图个热闹，但是这个年，大家谈论得最多的是国内的新冠疫情。

国内疫情比较严重，武汉封城了，还有各种各样的消息，弄得人心惶惶。我定的回国日期是 1 月 26 日，先回长沙一趟，再回广州上班。但是，朋友们觉得美国现在很安全，都劝我不要回去了，免得回去受疫情影响。

对于疫情，其实我还没有什么概念。上一次严重的，还是 2003 年的“非典”，但那时我也没有什么感觉，除了生意受到一定的影响，工作和生活照旧。这一次武汉封城虽然前所未有，但我觉得应该不会有什么大问题。特别是我现在是一个创业者，工作如同自己的生命，一刻都不可懈怠。在我的心里，只有待在公司，待在办公室，将工作安排到位，企业保持前进，我才会内心踏实起来。

没有任何犹豫，26 日，我带着全家直飞上海，从上海转长沙老家。回来以后，我才庆幸自己回来了，因为美国也暴发疫情了。而国内的疫情比我们想象的要严重。我开始担心生意会受到影响，担心冰泉的大好势头会受阻。

7. 清新防护的创意

回到长沙，老同学们都非常热情。这是湖南人的性格，固有的乡情和年少时的情谊让大家不管是初二还是初三都能聚在一起。人到中年，一场酣畅淋漓的同学聚会就是非常大的快乐。一天要吃四顿，吃成了“团堆”，身上堆起了一团团肉。一年难得放松，我也就放开了。同学嘛，没有任何利益关联，却有多年的情谊和缘分。

虽然每天吃喝玩乐，但我心中依然牵挂着冰泉的工作。随着武汉封城、各地严控，冰泉的营销肯定会受影响，我们刚刚推起的品牌势能如同被浇了一盆冷水。这让我非常烦恼和焦虑。

我很少看电视，也不玩麻将和游戏，空闲下来就喜欢思考工作。疫情要面对，工作也不能放下。过了初七，我们就要上班了，应该怎样应对呢？

武汉市场甚至整个湖北市场肯定停摆了，我们要考虑如何为这里的经销商减任务，帮助他们共渡难关。

随着疫情防控的加强，其他市场未来肯定也会出现物流问题，物流到货的时限和价格都有可能发生变化。

因为疫情防控，去卖场的人流量肯定会锐减，我们要想好如何做好卖场的销售应对和转型，如何和各地经销商、零售商共同适应。

反过来看，只要不封城，疫情防控可能会加速推动线上购物习惯，让电商生意进一步增长。我们要思考如何强化电商。

疫情也会提升社区团购、社群营销，消费模式会往社交购物方式倾斜。

我们的原材料供应、工厂生产、仓库管理也要思考如何预防和应对不可控情况。

我将问题一一列出，思考对策，做相应的安排和部署。我始终相信，问题不可怕，可怕的是手足无措，可贵的是逢山开道，遇水架桥。

很快，我就做出了公司疫情防控期间的工作部署。每解决一件事情，我就会觉得身上的担子小了一些。每当担子松一点，我就能很快快乐起来。

大年初三晚上，我的同桌杨博请客，相约在长沙饭店小聚。

正准备出发，我接到了京西电商集团以前的商品总监张总的电话。他首先道喜说，恭喜冰泉入驻京西。其次，他想找我帮忙。原来，他是湖南女婿，夫人老家在长沙浏阳乡下。疫情突然暴发，他们在乡下没有口罩，希望我能帮他找一些。口罩对我来说不是问题，因为我从美国回来的时候带了几百个。只是我在长沙善化区，离浏阳市还有两个小时的车程，况且当下各个地方都有地域管控，快递时间很难确定，一时半会儿无法送到。

不过，晚上杨博在，他应该可以想到办法。果然，杨博安排人专程开车送过去，紧急援助，把事办得妥妥的。杨博问我："这是你非常重要的合作客户吧。"

我连连摆手回答："这是我以前的客户，也是好朋友。一年前，他离开京西电商集团，现在自己创业。我纯属帮忙而已。"

杨博很是纳闷："你这就管得有点宽了，都不合作了，还这么尽心尽力。你也太操心了吧？"

我简单笑了笑，没有过多解释。在我的心里，无论合作与否，无论是否有利益关系，只要是朋友，能够帮的，就一定会帮一下。人与人之间，更多的是真心相处，而不是利益之交。可能我的这些处世观有点乌托邦，甚至脱离了社会现实，但这是我的人生准则和为人处世的态度。

每次聚会总会很晚，这一次也不例外。快出饭店大门的时候，我突然看到门口立着一个大大的牌子，上面写着："戴口罩、勤洗手、多消毒。"九个大字非常显眼，应该是疫情防控期间的标配。我一边念着这九个字，一边和同学们讲笑话："应该加一个'多漱口'，这样更押韵。我现在做口腔产品，知道口腔也很重要啊，病从口入嘛。"大家被我弄得哄堂大笑。

玩笑归玩笑，回到家以后，我思想的火花被点燃了。是啊，疫情防控期间，各种防护已经成为每一个人的习惯，我们如何顺应防护，做好口腔防护呢？

多漱口也没有错啊！而且口罩戴时间长了，口腔会很难受，口气也很难闻，这是需求，也是卖点啊！我们是口香糖牙膏，清新口腔，越刷越香。

这个想法一来，就好像打开了创意的闸门。酒意还在，但是我不睡觉了。我要想一个冰泉营销突破的主题。“病从口入，清新防护”，最终，我在电脑上敲下了这八个字。我们要运用疫情防控期间的口腔痛点和防护需求，重点推广冰泉的口香卖点，让疫情防护更轻松。

当然，这个思路不能过于牵强，要自然切入，真正触动消费者的内心，还不能过于功利，让人觉得是借疫情造势，引人反感。我们还要做出整体的主题推广规划和形象文案，制作活动主 KV。这样，营销创意才能落地和持续。

第二天，我和杨卓宝通了个电话。她也觉得这个思路非常好，有很大的品牌推广力。但是，公司在放假，策划人员和设计师估计很难进入工作状态。要做这件事情需要等到初七上班以后。

创意就是要做得快，我不会等待，开始想其他办法。我们有一个营销推广合作公司——望风传媒在长沙，也是湖南最大的品牌创意和推广媒介公司。我找他们帮忙，加班加点做出来。

我毫不犹豫地给望风传媒的潘总打电话。我和他不仅是合作关系，更有多年的老交情。我知道老潘是一个特别敬业的人。这些年我没少占他便宜，经常叫他免费服务和帮忙，这一次也不例外。

人与人之间就是这样，相同的性格就有相似的工作方式。我电话一打完，老潘就带着他们的策划总监开车一个小时，从长沙市区来到了善化。我特意借了间会议室，与老潘他们展开冰泉新创意的头脑风暴。

主题明确、推广渠道和内容明确、推广形象和页面明确、时间进度和工作分工明确。一个下午，我们就形成了全新的方案框架。

我的超人作风开始体现。左手安排老潘他们回去加班做出详细方案，右手安排杨卓宝、刘奇、李志飞做落地方案，等到初七上班全面启动。我都怀疑他们有点恼火，甚至讨厌我，过年也不消停。

但是我管不了那么多了。作为创业者，我很得意，也很满足。我常常和团队说，理想就在日常工作和生活中，就是一个个的小确幸，就是将自己的想法变成现实。心想事成，就是理想的实现。

8. 生病入院

因为冰泉的新创意，疫情带给我的焦虑消失了，我重新变得兴奋。到了正月初五，我又放下心参加了两个聚会，肆意放纵，毫无节制。

连续的大吃大喝，长期熬夜，让我在初五晚上倒下了，肚子特别胀，特别疼。刚开始，我以为是消化不良，就吃健胃消食片，发现没有作用，我又改用肠炎宁，结果还是没有缓解。实在疼痛难忍，我决定连夜去医院。正是这个明智的决定，让我躲过了一劫。

这个时间，基本上很少有人愿意去医院：一是因为疫情，大家对医院有恐惧感；二是因为大过年的，大家觉得去医院不吉利。但是疼痛难忍，我觉得应该请专业医生检查，不能自己胡乱吃药了。

长沙善化区人民医院的夜晚有点冷，我直接去了消化内科检查。医生简单问了一些情况，就马上安排我验血，并检查淀粉酶含量。以前，我从来没有检查过这个指标，在检验单上我看到一行小字：疑似急性胰腺炎。这让我吓了一大跳。这个病我了解，虽然不是大病，但是不注意的话会非常危险。我有两个高中同学就是因为这个病离世的。这让我非常紧张，检查过程一言没发。陪我来医院的弟弟说我的脸都白了。

我的身体虽然经常有小毛病，但从来没得过大病。我也很少去医院，有什么问题，都是自己去药店买药解决。

在医院的走廊上，我焦急又沉默地等待着。我非常不习惯医院的味道，上一次来这里，还是初中的时候，没想到这次来，心情如此沉重。

结果出来了：淀粉酶含量高达1800U/L。医生说，我超标了好几倍，基本可以判定是急性胰腺炎。为了确诊，我还要马上做一个CT检查。

于是，我又被带到CT室。这是我第一次做这种检查，在冰冷的环境中躺在一张床上让人有点恐惧，我更加紧张了。我不由得叹气，本来好好地过个年，怎么会摊上这样的事呢？而且现在又是疫情的危险期。

检查完CT，医生确定了是急性胰腺炎，马上给我开了住院单。我哭笑不得地想，长这么大，还从来没住过院，这是中了什么彩票大奖？

我轻轻问医生："今天太晚了，要不我今天先回去调整一下，明天早上再来办住院手续，可以吗？"

医生瞪了我一眼，说："你还想回去！我告诉你，这不是大病，但就是拖不得。你现在马上打点滴上药，插管排食，进入紧急治疗状态，绝对不能回去。如果你非要回去，小心休克和更大的危险。"

听到这句话，我的紧张和恐惧齐上心头，老老实实办理住院手续，被安排到了住院部9楼的消化内科病房。

弟弟让我放宽心，说："医生讲了，7~10天就可以治好，你安心养病就好。"说完，他就回家帮我拿生活用品去了。

我一个人在护士的带领下进入病房，一股难闻的空调味和闷闷的药味迎面而来，让我的呼吸瞬间不畅。房间里有四张床，一个卫生间，三个病人躺在各自的床上。此外还有几张钢丝床，几个陪护人员正挤在一起看电视。

我有点怯生生地挪到床边，感觉无比陌生。我摸了一下被子，硬硬的，带着一点潮湿。护士说是刚换的新的，但是被子上明显有非常多的污渍，还有一股臭袜子的味道。我不想要被子，但是护士要我马上躺上去，要给我安排吊瓶。

这真的是一次难忘的经历。

因为急性胰腺炎导致肠胃里的食物没有消化，所以必须通过上吐下泻来完成，同时要止住胰腺的分泌，避免内脏受影响。而治疗方案简单又可怕。我不能再吃东西了，必须禁食，并且通过鼻腔插管催吐胃里的食物。当那根塑料管从鼻腔中插入，我喘不过气来，甚至有点要死的感觉，难受得要命。同时，要吃泻药，将肠道里的积食排空，拉到自己都无法忍受；还要在手上同时打两个吊瓶，一种是阻止胰腺分泌的药物，另一种应该是消炎和补充营养的药物。

一系列操作完成，已经是后半夜了。弟弟从家里带来了生活用品，又按照我的要求带来了被子和枕头，同时给我请了一个陪护。

这个夜晚，我一分钟都没睡着，紧张、恐惧、痛苦、烦躁、无奈、愤怒夹杂在一起。我特别深刻地感受到，医院的病房真不是人待的。人千万别得病。

和其他病人、陪护人员一起挤在一间并不宽敞的房间里，我感觉呼吸都困难。呻吟声、呼噜声、梦话、磨牙声，声声入耳；药的味道、卫生间的味道、臭味道，道道俱全。我不是一个养尊处优的人，但从来没有受过这种苦。对我来说，这次住院简直就是身体和内心的双重折磨。

我还在想，我住院了，工作怎么办？还有好多事情需要我和大家共同推进，尤其是刚刚想好的新创意，如何去落实、去推动？

第二天白天，阳光照进病房，我的心情才稍微平静下来。

即便前一天晚上没有睡，但白天依然睡不着。家里人说要来看我，被我拒绝了。我担心医院有风险，并告诉他们，我在这里一切都有陪护照顾，况且不需要吃饭，基本没什么问题。其实，我的内心想哭。他们不会知道，人在生病的时候有多脆弱！可是没办法，病来如山倒，生病了就要面对。

上午，我打电话给同事，告诉他们，我要住院十天，一切工作事务各自安排好。一切工作情况，我们通过电话或者电话会议沟通。我也安慰自己，大家都是创业伙伴，都有强烈的责任感和专业的管理能力，短时间内，工作不会偏离到哪里去。

下午，我的陪护看我没什么事，主动提出和我解约。周边的病人看样子都是老革命，住着院都安逸得很。看起来就只有我一个人闷闷不乐，极不适应。

医生过来查床的时候，我迫不及待地问他："请问您这边有单人病房吗？"医生瞥了我一眼，有点嘲弄地说："我们善化人民医院是小医院，没有单人房间的。"

我又小心翼翼地问："那我可不可以提前出院啊？早点治疗早点回去，我家里和工作上的事情特别多。"

医生听到我这个话，马上变得很严肃："你这个病说大不大，说小不小，没有那么快的。按照我的经验，治疗一周是最短的时间了。我会观察和检查，根据实际情况才能告诉你什么时候可以出院。你有什么生活和工作上的事情那么重要啊？难道比你的身体还重要吗？”

面对医生的严厉话语，我赶紧止住了话，老实低头，在学校要听老师的话，在医院要听医生的话。我也不想那么多了，过一天是一天吧！也许，这也是一种经历，让我有更多的时间去思考工作。也许，这也是老天让我调整休息一段时间吧！

就这么想着，我的心情平和了下来。住院第二天，我居然可以断断续续地睡着了。住院，也是一种修炼啊！

9. 在医院工作

我在病房度日如年，外面的世界却变化很快。

因为疫情，陆续又有多个地方封城。正月初七，有很多人不能正常回到公司上班；很多电商平台开始居家办公。线上办公模式拉开序幕。

我们建立了线上办公的规范制度，也确定了诸如考勤打卡、布置工作、有效沟通、会议管理等的方法，但是，我内心深处还是很忐忑，因为线上办公对大家的自觉性要求很高。对冰泉来说，居家线上办公一方面缺乏系统性的软件体系支持；另一方面初创团队的自觉性和自律能力打了一定折扣。因此，管理的松散无法避免。

我在医院，每天在嘈杂和难闻的病房中重复打针、吃药，渐渐没那么排斥了。但是，在这种环境下，处理办公事务和召开电话会议极不方便，我自己别扭，别人也觉得讨厌。

在床上躺久了，人会头晕，腰酸背痛。好动的我一手举着输液瓶，一手拿着机器在房间和周边走动，医生和护士也没有制止。也许他们觉得简单运动有助于治疗。

我观察了一下，整个楼层的病房并没有住满。可能是因为过年和疫情，没有那么多人住院，病房床位也不紧张。但是，医院为了方便管理，就把住院的人集中起来了。这又让我动起了脑筋。我能否和医院申请多出床位费，包下一个空房间呢？

只要有想法，就会有活法。我一边找医生申请，一边找朋友和医院领导沟通，终于实现了自己的特殊待遇。

住院后的第三天下午，我如愿以偿搬进了一个没有其他病人的四人间。在这里，我感觉空气是新鲜的，躺在床上是自在的，打电话和开会都是自由的。一下子，我整个人都轻松了。

费用不是问题，除了治疗，我要让自己的身心都放松下来。换病房后，这些问题都解决了。

从本质上来讲，我不是能吃苦的人，就像这次住院，我很难待在自己不适应、不喜欢的环境里。但我又是一个非常能吃苦的人，住院的大部分时间都在处理工作。

首先，我制订了住院期间的工作计划时间表。

初七前，跟进“清新防护”的创意推进和启动，做好团队上班前的工作要求和跟进。我做出明确的项目计划和工作要求下发给团队落实。

初七后，每天什么时候上班、什么时候开会、什么时候处理文件、什么时候跟进和督促哪些工作，我都清清楚楚，并且明确每天的工作日志、工作重点和主次排序。上班后，对于如何有效做好线上办公和工作沟通，我也做出了详细的管理规划和要求。任何管理，绝不能一句话带过，有制度、有规矩、有细节、有管控、有督促才是真正实效的管理。

我和医生、护士慢慢熟悉起来，打成一片，既有利于高效治疗，也方便了住院办公。

当然，在医院再怎么顺利也不会顺心。我天天盼着出院，祈祷自己早日康复。医生和护士从来没见过我这么敬业的人，一天到晚在病床上打电话、开会、写文件，忙得不亦乐乎，都将我当成了一个奇葩。

我谢绝了所有亲人和朋友的看望，这样我也落得清静。

到了第七天，我算准了时间找医生沟通出院。医生马上安排我做 CT 检查。他要确认治疗结果，才能决定我是否可以出院。

结果很理想。出院前，医生给我提了三个要求：第一，不能再大吃大喝，尤其不能喝酒，否则容易复发；第二，不能再吃过于油腻和辛辣的食物，避免再次触发炎症；第三，注意生活的规律性，不能过于熬夜、过于劳累，这样才能保证日后的健康。

对于这三点，我是既高兴又愤怒。我一个喜欢大口喝酒、大口吃肉，自诩兄弟朋友满天下的豪爽之人，怎么过清静平淡的人生？我一个整天工作，尤其是晚上思想活跃、不愿意睡觉的夜猫子，怎么早睡早起？

一个人的习惯可以努力改变，但是性格很难改变。医生的警告言犹在耳，要身体健康还是作践自己，自己当然清楚。从此，我要做一个饮食清淡的人。

出院以后，因为要继续控制饮食20天，我每天只能喝清汤，吃少量蔬菜和玉米。所以我的体重迅速下降，从180多斤降到了140多斤，妥妥地换了一个形象。

无肉一身轻，我经过这次生病，降下了体重，改变了大吃大喝的不良生活习惯，很多身体指标正常了，找到了一个更加健康的自己。也许，这就是因祸得福吧！

可是也有一个不好的消息：广东对于从湖南回去的人要进行隔离，甚至劝阻大家不要回广东。这样一来，又有很多同事不能回到广州。我也被困在了长沙，继续居家办公。只是对于这样的管理，我内心还是不踏实，总有一种稀里糊涂前进的感觉。

上班后，公司的销售果然与自己预计的一样，处于半停顿状态，原有的大好形势陷入低谷。

伙伴们和我说："大家都一样，流量小，卖场没人，物流发不了货。我们不用着急，这是暂时的。"我却不这样认为，企业的管理会遇到无法预知的客观情况，但更应该找到主观上能突破的策略和方法，顺应各种环境，努力向前。

出院以后，我的饮食是注意了，但是睡眠依然没有规律，失眠成为常态。

10. 疫情变化中的营销策略

2 月中旬，我终于回到广州。

到公司的第一天，我特别兴奋，每个部门都去转转。好久不见大家，我甚是想念，尤其想念战斗中的工作。

这个疫情真的很耽误事儿。湖北的同事都还没有回来，还有部分偏远地区的同事也被封在家中，正常上班的人员只有 70% 左右。不过，这已经是万幸，不停工就是万岁。

美天的总经理老周和销售总监老张都是武汉人，他们已经做好了长期被隔离在武汉的准备。我给老周打电话，他笑着告诉我，他一次性买了 60 斤猪肉，装满了冰箱。

然后，就是集中精力打电话：给同行品牌打电话，听听他们对疫情变化的看法；给依然居家隔离的冰泉同事打电话，慰问勉励大家；给平台方和渠道商打电话，沟通如何更好地推进生意合作。

打电话特别辛苦，一个个拨过去，一个个单独交流，不能太细致，又不能太粗犷，需要耐心、真心和用心，更重要的是嗓子要好。一天下来，我的嗓子哑了。打电话的目的是对市场摸个底，对下一步经营做到心里有数。

第二天，我召集各个部门的负责人开会，工作真正拉开序幕。大家见到体重锐减到 140 多斤的我，都吓了一跳，还开玩笑说我变成精神的小伙子了。确实，我感觉自己精力更加充沛了。

会上，我谈公司整体怎么做，部门负责人聊各个部门的具体工作怎么做。以变治变是我的经营法则，我和伙伴们提出了疫情中的经营策略重塑。

由于疫情防控，出门的少了，上网的多了；购物犹豫的少了，门店成交的速度快了；线上办公和服务的多了，面对面交流的少了；安全防护意识强了，健康消费多了；囤货多了，客单价高了；新商业模式绽放了，社区团购、直播营销多了。

我和团队展开头脑风暴，将疫情后营销的变化一一列出，看变化，找变化，知变化，顺变化。

最终，我和团队提出了疫情后营销模式的七大策略。

第一，强化线上营销建设，全力拓展线上渠道全分销模式。

第二，针对线下营销提升多样化的新零售推广，提升线下渠道的线上生意。

第三，全力以赴打好三八节大促战役，继续保持冰泉M电商集团的大好形势，确保冰泉线上营销势能。

第四，尽快进入沃森氏和线下潮流买手店，提升品牌时尚潮流的年轻化价值。

第五，了解直播，寻找直播合作机会，全面介入淘贝、东音、蓝手。

第六，市场部必须围绕渠道管理和推广的变化做出有针对性的产品开发优化策略和媒介推广转型方案。

第七，展开各个部门的降本计划，确保疫情防控期间的费用可控和现金流管理。

这七大策略既是我在长沙的思考，也是我在和很多同行朋友沟通过程中的启发，更是冰泉团队集体智慧的结晶。我跟大家开玩笑说："这就是我们冰泉的'七剑下天山'！我们要继续用冰泉的新锐之剑奋勇向前，化疫情的消极为前进的正能量。"

当然，疫情防控期间，还涉及一些管理细节的转化和强化。这些属于管理提升层面，不是重点策略层面。

思维清晰了，行动就果断！工作部署完，每个部门各自领命，各自战斗。

当然，我也有任务：和李志飞细化三八节大促计划，帮助刘奇推动冰泉在沃森氏快速上架。

我一到李志飞的办公室，他就知道我是来询问三八节大促工作的。我们都知道，冰泉当前太需要继续在线上打一个漂亮仗，来吹响冰泉胜利的号角了。

李志飞内向内敛，我热情豪爽，他和我的性格截然不同。因此，有时候，我们开工作会议时，往往是我慷慨激昂，他和他的团队非常冷静和淡定，看不出任何兴奋和激动。

这一次也一样。我叫李志飞将所有的电商团队召集起来，想一起谈方向、谈思路、谈方法、谈重点。整个团队静默无声，只有李志飞一个人将早已准备好的规划向我慢悠悠道来。他的目标很保守，三八节大促计划做 300 万元销售额，完全是守城的管理思路。

这个思路让我有点不满意，我马上找李志飞沟通，并给他提出了三个强化要求：强化原有的东音淘客信息流；强化淘贝直播的机会，积极主动合作，扩大生意的增量；强化冰泉口香糖牙膏在 M 电商集团口腔单品 No. 1 的维护，坚持站在高位。

李志飞却很固执，他认为现在有很多情况不可预测，而且冰泉现在处于初创期，火不一定能烧得起来；直播拓展需要一个过程，不一定马上就有效果；如果要继续保持冰泉口香糖牙膏在 M 电商集团的单品冠军地位，可能需要投入很大的站内外推广成本，而且这个时候需要的投入成本是平时的数倍，有点划不来。

我管不了那么多。虽然我也赞成他的稳中求进思路，但是我感觉他稳得过多，进得太少。冰泉正处于起步期，需要激进一些。

于是，针对计划和投入，我和李志飞一个一个沟通，确认特殊的打法和支持，确认淘贝直播的专项负责人，确认短视频投放的计划。

说句老实话，投入确实有点大了。虽然自己嗷嗷向前冲，但内心却有一种粮草不济的担心，甚至想，万一目标达不成，可能就是李志飞说的得不偿失了。

但是，开弓没有回头箭，箭在弦上就不得不发，我还是以一种冲锋的姿态拉开了三八节大促的序幕。

M 电商集团的势能太重要了，线下需要，京西电商需要，爱品会、莎宁、品夕夕以及其他电商都需要。中心造势，周边取量，只有 M 电商集团中心的火把点亮，才能让冰泉渠道的大道有更多的光明。

3 月 1 日，大促正式开启。第一天销售额 20 多万元，我着急了。第二天销售额 30 多万元，我焦虑了。第三天，销售额还是 30 多万元，我有点上火了。投入已经落实了，目标达不成，难道是我的冒进出现问题了？但是，我还是安慰自己要沉住气，离三八节大促还有一周的时间。虽然我恼火得要命，但没有去给李志飞施压，而是鼓励他，让他把握细节，把握机会向前冲。

打仗的时候，军心必须稳，士气也要守住，我努力让自己淡定。后面的几天，我们的业绩依然平平无奇。

直至3月6日开始，我们连续三天的单日销售额突破200万元，一下子将整体销售额推到了800多万元！我们的三八节大促目标顺利完成，冰泉士气依旧，伙伴们激动万分。

这是冰泉的重要营销点，实现了在M电商集团的二次登顶，用闪耀的成绩证明了新锐品牌的荣光。关键时刻，营销还是要冲，尤其是在发展势头上，绝不能停滞和休息。

宜将剩勇追穷寇，不可沽名学霸王。这一把，我和团队还是赌对了。

11. 进场沃森氏

冰泉线上的营销继续牛气冲天，而线下也没有闲着。

我提出的多促销、大促销、铺天盖地、锣鼓喧天计划也在各个大卖场上演着。

疫情防控期间，因为人流量下降，加上大家都缩紧费用，所以很多品牌减小了三八节的促销投入，降低了促销的数量和频次。毕竟，从投入产出比来说，这个3月的销售有点划不来。

但我的想法正好相反。我和刘奇交代，当别人都不做的时候，正好是我们做的机会。因为别人不做，我们可以通过谈判把市场投入成本降下来，有更多露脸和促销的机会，更容易出风头，为将来的销售做积累。当然，我们三八节大投入也是造势的需要，是与线上M电商集团的大好势头互相呼应的需要。

因此，这次三八节大促活动，刘奇就以艾之玛为核心，以全国各大卖场为辅助，展开创新主题以“病从口入，清新防护”为核心的消费促销。这也是我春节期间新创意的重要推广内容。

无处不见冰泉的堆头，时时可见冰泉的促销。虽然这场大规模的三八节大促活动销售结果并不理想，流量稀少是现实，但是从渠道营销力和消费者影响力来讲，冰泉还是获得了火爆的声量。

冰泉在线下渠道客户中已经成为知名的有销售冲击力的新锐品牌领导者，在线下消费者心中也建立了更好的品牌印象。

刘奇做复盘的时候，我没有批评他销售结果不理想，而是送给他两个字“坚持”，为下一次促销蓄势，坚持打好下一次战斗。

刘奇的线下销售市场分为三块，北方市场、中间市场、南方市场。中间市场由刘奇自己兼管，北方市场由梁铁军负责，南方市场由赵天洪负责。我专门请他们三个人吃饭。

梁铁军是我原来在美芳和美天的老同事，做事认真负责，也非常细致有方法；赵天洪原来在湖南红药，非常了解口腔产品的操作手法，也是营销的老革命。他们两个老家都是河南的，喝酒就像喝饮料。放在以前，我肯定和他们喝个痛快，但是这一次，我只能以茶代酒，显得有点别扭，也显得我和团队有了距离感。

当然，喝酒只是工作的润滑剂，欢乐的源头还是工作目标的实现和工作的顺畅。

我和线下团队立过军令状，要在 3 月底前搞定沃森氏进场。这是我的工作职责，也是团队给我的任务。

其实，我和沃森氏的各级采购，包括大佬 Steven 都是老朋友，但是他们的采购管理非常严格规范，朋友归朋友，生意是生意。我们已经谈判了几个月，虽然意向很明确，但一直因为一些合作细节和条款僵持不下。

这时候，冰泉在 M 电商集团的三八节业绩成了神助攻。沃森氏看到了冰泉年轻化的品牌力量，也看到了口腔新品类的活力。对于好产品，他们毫不吝啬。前面的很多工作，我们其实都已经做到位了，我们共同研发的定制产品也基本明确。至此，问题都不再是问题，绿灯亮了。

3 月 16 日，我们在沃森氏顺利进场上架，4000 多家门店同步上市。人生得意须尽欢，这是我们历史性的突破！沃森氏是时尚潮流商品的风向标，进入沃森氏，也就意味着我们占据了线下年轻化的主赛道。

刘奇、梁铁军、赵天洪刚刚做完三八节大促活动的复盘回到各自的市场，又被我火速召回广州开会，研究沃森氏后续的具体营销方案。对线下来说，进场只是起点，有整体的营销计划才是成功的王道。

我和线下团队提出了冰泉的沃森氏推广“五步曲”。

第一步，抓陈列。通过好的陈列位置、专属陈列展架、助销物料，让产品跳出来，彰显出个性化特点。

第二步，抓BA。建立全国性的维护商体系，培训全国维护商BA：“挤出来，闻一闻，卖掉它”。以口香价值突出卖货方式的差异化。

第三步，抓档期。沃森氏一年的档期主题和促销方案非常清晰，我们必须顺应沃森氏的节奏去搞促销，融合顺应才会有量的突破。

第四步，树重点。在全国沃森氏重点门店上堆头，做体验和买赠活动，做户外展示促销，通过重点门店、重点推广培育重点门店，培育消费积累。

第五步，抓线上。沃森氏的线上销售已经占到整体销售的20%左右，我们必须通过沃森氏的M电商集团店、云店来提升沃森氏新零售业绩，线上门店和线下门店同步发展。

杨卓宝、黄俊凯也一起参加了沃森氏营销会议。我想得比较远，杨卓宝要做好沃森氏未来的产品拓展计划，要有二次产品进场的开发准备，同时要将陈列形象和道具配备到位；黄俊凯要专项落实沃森氏的物流方案，确保后勤管理顺畅。

沃森氏的所有工作都在我心中，三下五除二，我们就敲定了推广计划，没有过多的异议，团队的工作也非常明确。只要有思路和方法，一切尽在掌握之中。

时间紧，任务重，要求多，沃森氏的工作必须快，必须冲，必须亮剑。3月结束，冰泉在沃森氏半个月的销售额接近200万元，基本达标。冰泉在沃森氏自然销售的力量很快形成。对于冰泉这个年轻时尚的新口腔产品，年轻人的喜欢非常简单直白。

我们只要建立了沃森氏这个标杆，就拥有了潮流门店的入场券；只要拥有了在沃森氏的销售力，就形成了年轻人聚集的线下主战场。

同理，在艾之玛、光辉、多润发、华天、北京中联的操作也是一样，我们只要在这些全国性连锁大卖场建立标杆，就形成了大卖场的强大冲击力和销售影响力。线下终端，就是要有点，通过点打出一条线，通过几条线就能够形成整体面。

这是冰泉营销的战略和策略，也是冰泉线下营销的主导思想。也正是这个思想，形成了冰泉强大的营销推动力，让冰泉在线下真正扎根。

但是，我知道，线下进场是品牌万里长征的第一步，线下重点扎根是第二步，而真正推动线下营销的动销才是百年江山。如何推动产品动销，关于这个问题，我一直在思考，也一直在渴望获得突破，更是我在进场后激动和兴奋之余需要思考的。我们还需要更多的实践和积累，还需要太多的胜利来证明。

我的心情始终保持着两种状态：一种是狂热的、冲动的、自信的；另一种是担心的、焦虑的、多思的。这两种心情交织在一起，让我的情绪起起伏伏。这也许就是创业者的真实状态和必经的心路历程。

5

第五章

发展的瓶颈

（2020年3月—2020年6月）

1. 机会主义的痛苦

三八节的喧嚣伴随着沃森氏的热闹，我的3月是在激动中度过的。到了4月，生意很不理想，残酷的现实袭来，我这个创业者的心情如同打摆子一样，此起彼伏，时刻波动着。冰泉的销售陷入一个低谷，除了沃森氏比较平稳，电商和线下都比较低迷。伙伴们说，4月是淡季，出现销售低谷是正常的，不用那么着急，5月就会好的。

我并不认同。我不认为4月是淡季，更不认可这是生意的调整。我有一种感觉，现在的冰泉就像一架飞机，我们操纵它在天空飞了一阵后，飞机开始往下落。虽然我们努力想将它拉起来，但是操纵杆却非常无力。我们缺乏持续的动力让它持续起飞。

4月初，清明祭祖的时候到了，我专门回了一趟老家。我是一个特别传统的人，除了对曾祖父和祖父的敬爱，骨子里也流淌着对亲人深厚的依恋。

往常在公司，我都是在解决问题。离开公司，我在乡下老家有了更多独立思考的时间。可能我的性格和先辈的基因有着千丝万缕的关联。很多朋友都知道，我的曾祖父是黄埔军校18期毕业生，是抗日军人；祖父是乡村画家，专注艺术；我的父亲则是有着40多年经验的建筑承包商，老家长沙善化区的很多高楼大厦都是他承建完成的。他们的基因都在我身上延续着，曾祖父的军人风格让我杀伐决断，有时候还有点武断和自负，祖父的艺术风格让我比较细腻，对事物容易产生美感，父亲的建筑管理能力让我对项目管理有很深的认识，知道如何统筹运营。

在乡下老家，田园风光很好，我喜欢在门前鱼塘边的田埂上散步，既可以呼吸最原始的新鲜空气，又可以得到极大的放松。

思考是前进的能量。

这个清明节是阴天，我的心里总在想，冰泉的问题出在哪里？冰泉如何实现再一次起飞？

我们在 M 电商集团的崛起是典型的机会主义导向，如何从机会主义走向能力主义？

我们在沃森氏的顺畅验证了年轻化、时尚化产品是方向，但如何让年轻化战果迅速扩大？

我们线下的覆盖面铺开了，但线下是中老年顾客的主战场，怎样去激发他们的年轻化意识，推动产品动销？

我们的短视频营销来得快，去得也快，怎样使短视频营销保持热度，保持新鲜的势头？

我们团队人数越来越多，业务在增长，人力成本也在增加，如何保持合理管控？

随着生意规模的扩大，我们的库存在加大，费用在增加，现金流消耗越来越快，企业的发展将陷入两难的骑墙状态，如何应变？

随着企业的发展，我们的后台管理，包括供应链、人事、财务等管理的专业化要求越来越高，如何去有效提升？

市场竞争环境越来越激烈，老品牌和新品牌相互内卷，我们面临诸多压力和不可预测的陷阱，如何让自己更加强大？

……

似乎有无数个问题困扰着我，等着我去解决。而我却在田埂边张不开腾飞的翅膀，背上好像压了千斤重担，而又非常想要展翅翱翔。

也许，别人会认为，冰泉还是一个高速成长的新品牌，在发展过程中遇到一些小问题就思前想后，格局小了点。但我就是这样一个人，喜欢将一切问题都想到，将一切困难都看到，将一切烦恼都预备到，然后去找到整体的发展思路。在新思路下，我们就会一切顺畅。往坏的想，往好的谋，就能够往顺的做。

我觉得不是自己格局小，也不是自己眼光窄，而是想让自己大大的心找到真正的大舞台。这一次，我在老家没有和同学、朋友们喝酒，更多的是喝茶。我也没必要和老家的人谈管理上的事，那样会显得太矫情、太虚伪。我的中年烦恼就一直这样被压抑着。

回到广州，面对冰泉低迷的生意，我陷入了迷茫的思考。想让子弹飞一会儿吧，又觉得不知道子弹在何方；不让子弹飞吧，更不知道下一发子弹在哪里。虽然我也有一些解决问题的思路，或者创新的方法，但我觉得这些始终是见招拆招，不能解决根本问题。

4月中旬，我决定去一趟上海，找老朋友朱晓斌取取经。

老朱见到我非常热情，他一方面恭喜我这个老友取得的新成绩，另一方面也急于和我分享他的一些新思路。

老朱的觅醇创业已经有8年多。作为一个更早的创业者，估计他很能体会我的心情。他喝酒，我喝茶，我们这两个好友纵情交流。

这一次，老朱谈得最多的是他的新媒体思路。我非常认同他的一个观点：未来，媒体即平台，平台即媒体，如何将新媒体做成一个渠道，如何将新媒体做成一个品效合一的生意平台非常关键。近期，觅醇在这方面有很多探索，只是他的产品是以润唇膏为主，产品的季节性非常强，优势和劣势非常明显。

这是一次我恨不得彻夜长谈的交流，也是我获得新启发的开始。我必须从传统的渠道思维和管理中跳出来，建立思维的全新高度。作为企业创始人，我只有让团队站在更高的维度，才能有更好的发展道路。

第二天，我就待在上海的酒店，哪里也不去，专心写了一篇文章，即《冰泉的“五新”经营之路》。

我们要立足于新青年，围绕新青年去做新的高兴趣、高颜值、高体验的商品以激发新消费。

我们要专注于新媒体，通过新媒体的沟通，去触动和影响消费者，推动新媒体与销售品效合一的营销模式。

我们要发展新渠道，从传统渠道结构中跳出来，找到更多的新渠道，通过新渠道去建立自己的领导地位。

我们要热衷于新消费，跟随消费升级，无论是产品还是内容、整合营销，都要符合这个时代新消费变化的特征，适应短期红利的消费特点。

我们要拥抱和迎接各种新的商业模式，甚至去主动创造各种商业模式，比如直播、社区团购等。这些商业模式将重构未来的消费行为。

这“五新”经营方向就是我这次在上海的最大收获，也是我第一次站在了冰泉品牌和营销的新高度。虽然这“五新”会有强烈的流量依赖症，但是我觉得这必将是冰泉再次发展的原动力，我们必须建立这种管理认知和意识才能有冰泉的新未来。

其实，我还有一个更大的体会，那就是不能将个人的思想作为冰泉发展的方向，不能满足于自己曾经或者固守的圈子，而是要从传统中跳出来，去了解年轻化营销、潮流化营销的圈子，去和更多的新锐品牌创业者交朋友，去参与各种新兴商业交流。只有打开自己的视野，才能从井底之蛙的管理中跳出来，看到更大、更明亮的新世界。

方向是解决问题的关键，方法则是方向落地的核心。回到广州，我一方面和团队分享了自己的思考，和团队统一新的思路；另一方面也在想如何将这些方法转化为冰泉管理的行为重点，建立更强的冰泉持续发展力。

市场部必须聚焦新消费商品开发；市场部的推广必须深度研究新媒体、新平台；电商要发展直播新模式，建立直播新阵地；线下要推动潮流店、便利店的新合作，建立更有自我动销力的网点；所有的冰泉管理者都要创新消费热点，通过新热点去打造更多的热销模式。

我知道，这些工作虽然不能马上让冰泉促销活动再次轰轰烈烈，但至少能够成为冰泉发展的新起点、新台阶。

2. 直播试水

老王来了一趟公司，给我洗脑。老王名叫王庆，原来是日化洞察杂志的销售负责人，我们以往经常打交道。离开媒体以后，他创业做项目。这次过来，就是和我分享他的创业感想。

原来他现在在做达人直播推广。经过一番沟通，他和我大谈新媒体、新渠道，虽然有夸大和推销自己业务的成分在，但还是有一些借鉴意义的。至少，我们冰泉的“五新”营销规划和他的思路是契合的。

这次过来，他希望我给他在美天和冰泉介绍一些业务，而他可以安排两个头部主播来公司做专场直播。

听到“专场直播”这四个字，我眼睛一亮，这是一个好思路啊！美天的品牌众多，冰泉融在其中，背靠大树好乘凉，说不定能通过直播实现突破。这对美天来说也是一次试水，尝试一下专场直播。况且，我是一个愿意帮忙的人。老王刚刚创业，如果这次合作能达成，对他来说也是支持和助力。

说干就干！我立马找了美天的小古总，大致介绍了情况，也讲了三赢的合作思路，最终获得了他的支持。小古总安排了张雅专门负责这个项目。她是香溪至选电商负责人，年轻有活力，做事非常积极有冲劲儿。因此，这个项目推动得很快。我是急性子，一切都要求特事特办，既没有严格审合同，也没有讲太多条件。在我看来，能够合作就是成功。

老王先带了一个知名的服饰主播来公司参观。这个主播想往美妆方向发展，也看好美天的品牌矩阵，所以非常积极。他也希望能够通过美天专场合作取得全新突破。

一个星期过去了，没有任何动静。我问老王原因，他回复我说："这次这个服饰主播选中了姿岚彩妆，希望将美天放在第二步。"这让我有点失望，甚至觉得被放鸽子了。不过，老王又给我带来了另外一个好消息：有一个知名度更大的主播要从杭州过来，愿意与美天合作，而且下周就可以过来。

这一次，老王没有放我们鸽子。周二中午，杭州十多个人的主播团队浩浩荡荡过来了。接待客户，我是老手。小古总也委托我全权对接。

年轻的主播，年轻的团队，年轻得让人诧异，都是98年、99年出生的。这让我对这个年轻的消费时代更感神奇。

主播很傲气，到了就直接在VIP房间里休息。也许是主播工作很累，我们原定的签约仪式最终没有举行。但是，主播团队的员工却十分卖力。选品的选品，布置场地的布置场地，没有一个人休息，组织有序，工作娴熟。可见，他们都是直播行业年轻的老革命，年纪小，但工作敬业，让人不得不赞叹和佩服。

反倒是我们的团队有点无所适从。因为以前没有做过，虽然有很多人在现场，却不知道要干什么，能干什么，更不知道如何去和他们沟通和交流，在那里显得闲散和尴尬。

老王在现场却很轻松。他很自然地告诉我："具体的工作，主播团队都会搞定，我们只需要配合做好电商链接和场地网络就可以了。”

这样的现场，显得非常奇怪：主播团队忙得热火朝天，我们的人却在晃来晃去等直播，老王则在我办公室悠闲地喝茶。我们三方之间没有直接沟通，我们有什么事，都是找老王；主播有什么事，也是由老王来传达。这让我有点不适应，于是我向老王抱怨说：“这样太乱了，一点计划和统筹都没有，会出问题的。”

老王满不在乎，不停地安慰我说：“直播就是这样，主要是主播团队的事情。我们配合做好选品和助播就行了。选品就是谈好机制价格和排序，助播就是由各个品牌的人协助讲述产品、做好后台链接管控。”

听完他的话，我依然焦虑，因为不可控的管理不符合我的管理风格，毫无计划的管理也必定会导致问题发生。

果然，第一个问题就出在了选品会上。原定的产品方案到了主播这里全部被推翻，主播认为产品价格不够低，数量不够多，要求全部重新选品。

当张雅向我汇报的时候，我觉得这太不可思议了！马上就要开始直播了，对于原定的品，他们竟然都不认可。我马上质问老王，他给我解释：“这是主播的套路。你们结合实际情况咬住就可以了，不能一点支持不给，也不能什么支持都给。你们双方再谈一下条件就可以了。”

现场没有美天的其他领导，而我作为冰泉公司的负责人，还兼着美天的副总裁，自然站到了选品会的前方。主播对每一个品牌都提出新的要求，现场的品牌电商负责人又不能做主，我也不能做决策。这样相互推来推去，场面极其尴尬。但在冰泉的产品组合上，我直接拍板做了一些让步。我认为，凡事都要尝试，只要在我可控的底线下，合理迎合主播也可一试。

仓促而混乱的选品会最终结束了，我们形成了一个新的产品链接方案。老王反复跟我说，这是套路。而我总觉得，我们和主播的信息沟通是茫然和闭塞的。但是，箭在弦上，不得不发，我们只能向前走，走一步算一步。

晚上7点，美天多品牌专场直播终于开始了。主播虽然年轻，但是在镜头前的形象、语言表达和沟通技巧还是让人佩服的。说句老实话，如果我是顾客，也会对他介绍的产品心动，然后下单。

开局还不错，前三个品就卖了300多万元，香溪至选直播开门红。第四个品是冰泉，我赶紧跑到现场。这是一个定价69.9元的链接，配备了多个赠品。主播对冰泉产品的理解非常到位，把产品的颜值、晶莹剔透的膏体、香型、美白护龈认证等内容，都讲得头头是道。反倒是我们的助播小陈，在主播面前无所适从，也不知道如何插话，如何配合，木木地站在那里，只是在下单前的那一刻，急匆匆地强调冰泉年轻、时尚、炫彩的品牌调性，也算是一次补充助攻吧。

15000多单！冰泉第一次直播，5分钟就卖了15000多单，100多万元！就5分钟，这是冰泉自成立以来在这么短的时间内从未有过的成绩！这是一次新的尝试，更是新成功的起点。

我无比兴奋，也无比自豪。从直播现场回到办公室，我抑制不住激动的心情，又打电话给李志飞，要他盯紧点，我们后面还有4个链接，争取每个链接都飘红。我甚至得意地想，后面4个链接，哪怕是每个链接只卖50万元，今天也有300多万元业绩！真的是让人难以想象！这也是我在以前的渠道销售中从未感受过的刺激和激动。

我发微信给老王，特别表示感谢。成人达己，我们双方都有了收获。

在办公室，我开始安排夜宵，打算在12点直播结束后请团队聚一下，一起庆功。当我正计划去哪里吃夜宵的时候，主播团队来到了我的办公室。他们急匆匆走进来，看起来情绪似乎不是很好。他们的业务负责人刘总直接问我："程总，王庆是不是你们公司的人？"

这让我一惊："他是我们的合作公司，也是这一次直播推广的中介啊？"

"什么？他一直说他是你们公司的人，这次跟我们谈了很多强势条件，给我们的支持也不多。你们给他的条件都被他吃了，而我们的直播推广缺乏力度。"刘总义愤填膺地说。

这究竟是怎么回事？我一下子有点蒙，赶紧通知张雅叫上老王来我办公室。情况有点乱，我们需要现场捋一捋。

老王在过来的路上给我发了一条微信，解释说他一直是以美天和冰泉的直播负责人的身份与主播谈判的，都是为了谈判才这么做的。看样子，他大概是知道了情况。现在告诉我，是希望我能够替他圆一下谎。

我当时就愤怒了！这种不诚信的做法，无论是我个人还是公司，都是不允许的。这也会影响公司的声誉和形象，我们绝不能做这种自欺欺人的事情。

大家都挤在我办公室，张雅赶紧给我解释了一下情况。原来在播了10多个品以后，前5个品的流量还不错，从第6个品开始，流量掉得厉害，销量一直起不来，主播方面有点着急，希望我们追加200万元的流量投入。这样既可以提升流量，又可以进一步提升销量。

我被搞晕了。老王假借公司直播负责人的名义，忽悠了主播。主播发现流量不好，临时加码要费用，而且一要就是200万元，这真是狮子大开口啊。

老王说，假借身份是为了给我们谈出更好的条件。而主播说，他们是为了直播的效果和名声，才临时提出要求的。

这个时候，我怎么能做主？如果一定要我做主，我是不可能再出这笔费用的。前期没有研究，更没有可行性分析，没有目标和结果预测的情况下，做这么大的投入，谁能承受得了？

虽然我和老王是朋友，但我还是痛斥了他，不对就是不对。美天和冰泉都不可能再投入费用的，老王也无能为力，只能保持沉默。主播一看这种情况，居然带领团队直接停播、撤场，走人了。

这是我从来没遇到过的情况，也是我以前想都不敢想的情况。他们不说一句话就直接走了。一言不合就耍性子，一个不爽就拜拜。剩下公司一群人在停播现场议论纷纷，毫无头绪。

美天的刘总给我打了一个电话，她询问了情况以后，对我说："程英奇，你这个事情办得太鲁莽了！这不是你的办事风格，这样会给美天造成很不好的影响。这是一次营销管理事故，你应该好好反省一下，你是要承担责任的。"

刘总的话，语气不重，但是分量很重。这个结果谁都没想到，但也是因为意想不到的管理合作过程造成了这个结果。

这个晚上，我没有回去，一直待在办公室。虽然主播中途撤场，草草散了，但是冰泉还是卖了100多万元，也算找到了一点直播的味道。

但我觉得这个味道不应该这样开始。直播不是一个投机性的合作，而应该是系统的、规范的、全面的管理。我们必须更加了解直播，熟悉直播；熟悉主播合作的模式；建立冰泉的专业化直播运营团队。

这个晚上，我在办公室，抽了很多支烟，喝了很多茶，也想了很多。高兴和郁闷夹杂在一起，高兴的是冰泉在直播营销上一定会大有可为，郁闷的是因为自己的无知和冲动造成了一个不愉快、不顺利的开场，影响了多方的合作，甚至还给美天造成麻烦。这是我本来应该想好、做好而没有想到、做到的事。

3. 直播研究和规范

直播让我有了一次深刻的反省。以前，我太骄傲自大了，自以为什么都懂，自以为抓住了机会就应该快速前进，而忘记了管理的专业性和运营的规范性。这的确是一次营销事故，这个事故让我的狂妄停顿下来，我更加认真地审视自己，认真思考自己的工作如何踏实落地。

知错能改还是好的。对于老王，我也没有过多责怪。他也是想尽快创业成功，耍了一些小聪明，也有投入和付出。因此，我还是按照对应的合同和他处理了收尾工作，合情合理翻过这一页。

这次事件之后，我决定全面学习直播管理。我在行业内的朋友其实大部分都是在以传统渠道为主的企业，和新锐品牌的交往才刚刚开始。我不喜欢找那些所谓的培训专家去学习，觉得他们除喊口号、打鸡血和讲一些似是而非的道理以外，没有什么实用的内容。真正的学习，是从朋友们的实践中找答案。

直播已经兴起，传统大品牌和新锐品牌已经纷纷入局。美束就是非常有创新力和创造力的一个化妆品品牌。灵美集团（化妆品公司）的李雄李总是我的好朋友，我特别佩服他。他是一个敢想、敢作、敢为、敢冲的企业家。在行业的变革中，美束每一次都能抓住风口，在残酷的竞争中脱颖而出。虽然也有一些争议，但是老李真的如同行业的枭雄，总是迎难而战，也总是屡战屡胜。我决定去上海找老李取经，带着杨卓宝一起。

老李在他自己的茶馆接待了我。他很少喝酒，也不喜欢应酬，但是有好朋友过来聊天，他总是能畅所欲言。这一次，我们的沟通同样酣畅淋漓。

他谈自己的直播大战略，对于团队的组建、产品的布局、主播的策略、推广的方法、创新的做法都娓娓道来，知无不言，言无不尽。我和卓宝就像打开了一扇新的大门，豁然开朗。

来而不往非礼也，我也给老李提了一些建议。

他谈到企业管理的一些思考，尤其是对于用人和品牌布局的焦虑。我也是一个喜欢做品牌研究的人，更何况当局者迷，旁观者清。对此，我站在自己的角度和他分享，如何在企业内树立职业经理人当家做主的思维，如何实现多品牌战略布局，如何度渠定做、同频共振。虽然有点高谈阔论的味道，但是老李也感受到了我的真诚。

拜访完老李，我又走访了上海部分新锐企业。这是一些新朋友，沟通起来虽然还有点拘束，但是整体来说，我们发现直播管理有很多共性。这也从另一个角度证实，上海的直播管理远比广州超前。

“你以后要一周来一次上海。我们是大上海，你来了成长快。不过以后你要多请客，不要老来我这里吃吃喝喝。”朱晓斌在我离开上海前吃饭的时候说。老朋友就是这样，玩笑中充满自然真实的情谊。

回到广州，我开始描绘冰泉直播项目的全新蓝图。

首先，我安排杨卓宝马上做直播产品的组合方案，结合直播的特点做出有颜值、有兴趣、有话题、有销售冲击力的产品组合，同时这个产品组合还要有实惠的力度，有可控的价格体系，有场景消费的理由。产品组合由杨卓宝主导，李志飞配合，集合渠道落地。

同时，我安排李志飞展开直播现状的分析和研究，将东音、蓝手、淘贝的主播分类，按照头部主播、腰部主播和尾部主播做出粉丝画像和价格段研究。在此基础上，制订我们的主播拓展计划，当然这个计划也包括产品组合配套。

为了进一步强化直播管理，我又安排财务和供应链对直播管理的协同支持进行流程规范，以提升服务水平和快速反应能力。当然，直播团队必须有专人管理，由李志飞负责，全权推动直播业务的发展。我和他强调，直播既是电商营销的加速器，也是创新渠道流量的重要策略。

方法有了，方案有了，计划落实了，工作推进就会高效。我们不再是那个青涩的、稀里糊涂的直播管理者，而是解放了思想、大干特干、乘风破浪的直播管理者。

2020 年 5 月，我们在穆子琦直播间播了，冰泉卖了将近 200 万元。6 月，在杉哥直播间创下了冰泉销售的新纪录，单场卖了近 400 万元。头部主播一姐天亚直播冰泉也刷新了纪录。东音直播老大李浩与冰泉签订了直播年框合作协议。冰泉与其他头部主播也先后展开了合作，与腰、尾部主播也顺势合作了，一个不落。

明星主播直播带货兴起，冰泉更是积极参与。在王蓝直播间首秀，冰泉大放异彩，而后在陈铭直播间也播得风生水起。几乎入场直播的明星，都选择了冰泉。

从 5 月开始，在所有的直播平台，冰泉的月合作主播有 1500 个以上。只要是有知名度的主播直播，都能看到冰泉的闪耀。冰泉俨然成为直播品牌中的一颗新星。在东音，冰泉长期位居口腔行业第一。在蓝手，冰泉远超口腔第二品牌两倍以上。在淘贝直播，冰泉虽然没有成为口腔行业老大，但也名列前茅。冰泉每个月的直播营收，都做到了 2000 万元以上，收获了创新的业绩，收获了全新的骄傲，收获了迎面而来的鲜花、掌声和各种各样的赞誉。也正是通过在直播领域的创新发展，冰泉极大地扩大了品牌知名度和影响力，建立了更加广泛的粉丝沉淀基础。

我是一个喜欢分享，也愿意共享创新的人。从 5 月开始，我尝试接触更多直播行业的朋友，参加各种论坛，结识更多的朋友。我在各种峰会上演讲和分享，也在别人的支持下不断扩大直播渠道的版图。

每一周，我要么在直播推广的路上，要么就是正在直播分享。在得意中，我有点飘飘然了。我觉得冰泉既然做到了新渠道的第一，也要在传统渠道中快速建立同样的高度。我们的发展速度还可以更快，做到线上线下同样气势如虹。

于是，我在落实线上多渠道加大力度推广的同时，要求刘奇快速强化线下终端的促销规模，尤其提出了一个全国艾之玛大会战计划。

我要求刘奇在全国400多家艾之玛门店中，选择100家店面全面展开大规模促销，通过激发艾之玛来壮大全国其他渠道的气势。针对艾之玛会战，我重点投入，重点支持，人财物全部到位。我告诉刘奇，这是一场全新的决战。

短视频蓄势、直播造势、线上收割、线下顺势，做大做强，我和团队在6月的工作会议上修正了一下年度战略思路。我觉得，冰泉已经到了腾飞的时刻。

4. 线下终端会战

冰泉的第二次势能通过直播做得风生水起，我的骄傲伴随焦躁让我开始膨胀，觉得线下发展的速度太慢了。我们的线上势能一直在拉，而线下的动能却一直平淡，不差但也不好。

这个五一，我要求刘奇布置全国的艾之玛大会战，大规模招聘临时促销员，在各大艾之玛门店摇旗呐喊。但我觉得这样还不够，我批评刘奇说："你的步子太小，速度太慢，管理太粗了。"

因此，五一一过，我让刘奇立即召开全体销售人员工作会议，然后我亲自给大家打气动员。我们的线下终端必须雄起。

会议安排在我的老家长沙举行，既方便，也让我和刘奇在我们的家乡更有自信。伙伴们都很兴奋，毕竟这段时间大家的工作比较顺利，冰泉已经成为渠道的新锐品牌领导者。

不过，会议一开始，我先给大家泼了一些冷水，非常直接地给大家提了四个问题：

第一，客户拓展盲目。团队在实地开发客户时，对客户的评估选择有些天女散花，对客户的能力和合作的长久性考虑不够深入。因此，部分客户虽然意愿很高，回款发货也非常积极，但是在实际推动中明显驾驭不了渠道，导致促销推动力弱，生意持续能力弱。

第二，大家对终端陈列形象和培训的重视程度低。在生意快速发展的过程中，大家只讲究快速进场，对于进场后的基础陈列、形象物料落实不到位，导致陈列稀疏，同时对各地促销员的培训不够深入，导致促销员推广产品时抓不住9字核心。

第三，在各地大型促销推广活动中缺乏规范和规划，甩给客户自娱自乐，缺乏促销推广的方法和把控。有实力的客户做有实力的促销，有意愿的客户做有意愿的活动，部分超大型客户则是随波逐流，没有实现促销的有效落地，缺乏频次和投入。

第四，在市场促销中，没有重点建设意识，眉毛胡子一把抓。只重视数量，不重视质量，对促销目标没有管理概念，导致促销的投入产出比不合理，缺乏促销活动的持续性。

我告诉他们："我们现在就像在烧开水，火的温度上来了，猛烈地烧着水壶，但是水壶里的水不够，烧水的耐力和坚持力不够。水在99℃以前，我们往往看不到什么动静，但是一旦加大火力，就能很快突破99℃，达到沸点。"

紧接着，我给大家提出了冰泉终端会战的五大要求：

第一，建立客户合作规范标准，强化终端渠道布局。

第二，做好全国性终端"穿衣戴帽"工程，点亮终端形象。

第三，全面重复培训全国的促销员队伍，并制订培训产品奖励计划。

第四，在全国展开全面的促销会战，5月、6月大做促销，要有数量、有销量。

第五，在艾之玛、沃森氏、多润发、光辉、华天等全国性大卖场建立季度、年度促销框架方案，重点扶持和推广。

这五大要求是大规模终端管理的要求，也是推广决战的要求。我们要中心造势，周边取量。目前，冰泉在线上已经形成了燎原之势，轰轰烈烈，重点终端则要形成线下的大势，从而形成冰泉全国一片红的促销形势。

杨卓宝和刘奇都劝我，这样做有点太冒进，太着急了。我断然否定了他们的意见。在我看来，机不可失，时不再来，我们必须把握好现有的大好形势大干特干，要有勇气和魄力，快干猛干。

这次长沙会议，我也叫了黄俊凯团队一起参加，但目的是批评他。

在冰泉的线下终端管理中，我们的后勤工作明显低效，服务方面的问题多，缺乏主动服务的意识，缺乏灵活性管理、柔性管理，导致大家对物流发货服务的意见非常大，而且多次反映问题之后毫无改变。我把他叫来，是想让他听听市场部的意见，知道管理的形式主义和拖拉主义有多可怕和可恶。

黄俊凯的情绪不太好，抱怨我对他过于苛刻。我依然告诉他，创业就好比打仗，任何时候都马虎不得、随意不得，否则失败之势无法挽回。我对他的批评无比严厉，甚至警告他，后勤管理就是高效、服务、成本三要素，他必须提升专业管理能力，全力做好对市场的快速反应和保障。

长沙会议让我们的团队又一次挺起腰杆，全新出发战斗，再次吹响了冰泉终端冲锋的号角。

这时候，我膨胀的心又开始爆发了。

我要求市场部为全国各地配备5000个堆头、上万份终端物料、数十万的赠品。各地经销商在伙伴们的推动下，也不负众望，开始冰泉的促销冲刺。我的虚荣心得到了极大的满足。

进场的大卖场，冰泉都有大陈列，或者买了大陈列。只要有活动档期，全国的大卖场都可以看到冰泉的活动和特色促销。冰泉顺势进入了全国所有省会和重点地级市大卖场，极大地提高了渠道分销的速度。

为了进一步造势，我的微信朋友圈天天都在晒冰泉在各地轰轰烈烈搞促销的活动，甚至让很多朋友有点受不了。我认为这是冰泉的骄傲，自然要大张旗鼓地宣传。看得到、教得好、卖得掉、厂商笑，我自己总结了这个顺口溜，时时给大家强调。

5~6月，我和刘奇、梁铁军、赵天洪分工到全国终端巡视检查，四处督战。每到一个地方，我就总结当地的促销经验，让团队共同学习，共同进步，共同推动促销达到新高峰。

每天，我都期待听到冰泉各地促销的捷报，希望听到冰泉各地促销成功的掌声。我着急又卖力地在全国各地奔跑，反倒是对线上的电商和直播创新管理变成了电话指挥。

将近两个月的奋战，冰泉投入了大量的人力、物力和费用，就是想用这把火将线下终端的水一把烧开。

只要路对，就不怕路远，这是我特别喜欢的一句话。因此，我每天都期待实现梦想。

可是，现实狠狠打脸，数据并不理想，每一个档期的实际促销效果与既定目标差距很大。刘奇私下总和我说，现在冰泉终端促销的形式主义远大于实际效果，我有点担心我们做的是表面文章。

我非常严肃地打断了他，认为他这是怯战，是缺乏决战的勇气。我坚信“618”就会有一个好结果，我们前面都是在做市场促销培育，都是在蓄势积累，都是在为“618”的绽放而做出努力。“付出必有回报。”我一直勉励刘奇和所有线下团队坚持战斗。

5. 冰泉“618”大战

2020年，冰泉参加第一次“618”活动，迎来了全新的决战时刻。对这次“618”活动，我的期望值特别大，期待冰泉冲锋到一个新的销售高度。

对于M电商集团，我们在5月就制定了全面的“618”整合营销方案，目标3000万元。在京西、爱品会、莎宁和品夕夕，我们也排兵布阵，信心满满。我们线下的“618”，则顺着5月销售工作会议，拉开了“三全战役”：全面提升卖场陈列、全面展开人员培训、全面展开重点促销推广，轰轰烈烈，气势非凡。

6月1日，为了提升“618”战斗力，我们组织召开了“618”动员大会。这虽然有点形式主义，但是作为创新公司，鼓舞士气、营造氛围还是非常有必要的。

每一位销售负责人都上台迎接目标，每一个销售团队都上台宣誓立志，每一项工作都作出了全新的部署和分工。个个有任务，人人有责任，千斤重担大家挑，“618”一起冲冲冲！

“618”不只是6月18日这一天，而是一个时间段，线上是6月1～

18日，分为预售和冲锋两拨；线下是从6月初开始全面的档期堆头促销活动，基本上延续一整月。

我不停地和各个销售负责人强调：抓方向，抓方法，抓细节。线上的方向是提升站外流量冲击力，在东音、蓝手的直播和短视频上发力；方法是分阶段确定重点主播，直播进攻配合平台的销售节奏。

线下的方向是把“三全战役”落实到客户、渠道、门店；方法是买一得三的促销活动，买一支牙膏加送一支中样牙膏和一支牙刷，实惠买赠促销。

万事俱备，只欠东风。6月我只需坐镇公司，静等胜利。虽然“618”是一个阶段性活动，但线上最关键的还是16~18日这三天。这三天，是我们的不眠之夜。

冲锋战斗打响了，可是，结果却并不尽如人意。电商只完成了1600多万元的销售额，目标达成率50%多一点。线下则更让人不满意，截至19日，2000多家活动门店只做了800多万元的销售额，店均不到4000元，离我们的万元店目标差距非常大。我们的费用花出去了，但投入产出比极不合理；各项备货计划到位了，但是库存增加了上千万。我如同被浇了一盆冷水，心情跌到了谷底，郁闷无比。

“618”活动一结束，我一方面安排线上团队尽快复盘，要求线下继续推进促销；另一方面陷入自我反思。趁着“618”后的周末，我这个工作狂也给自己放了两天假。我要好好思考一下自己的工作进度和工作状态，当然，也要听听下面的声音。

线上的同事讲得最多的是三点：一是传统品牌在“618”拥有绝对的运营推广优势。他们的资源整合能力、消费者运营能力、投入转化效果都要远高于我们。相较而言，我们在大促竞争中的底子太薄弱了。二是我们的产品过于单一，只有口香糖牙膏一个爆品，其他的产品组合不稳定，缺乏多品作战能力，产品营销力欠缺。三是我们要求控价，稳定价格体系，在线上的价格力度比其他品牌小，缺乏促销转化力。

线下的同事则列了一大堆客观原因：客户不投入、不重视；卖场活动竞争太激烈，其他牙膏都卖9.9元；我们的产品价格太贵，销售冲击力弱；我们团队人员少，培训和实地活动带教组织力太弱；竞争对手促销活动太猛烈；赠品力度不够……

有时候，我很想听到下面的声音，因为他们才能说出最真实的市场情况；有时候，我又特别不想听到下面的声音，因为他们总是有各种各样的客观理由，似是而非的说法，让我们淹没在管理的假象当中，找不到问题的根本原因，找不到实质性的改进方案。

听，是为了集思广益；不听，是为了让自己站得更高，看得更清。自己的郁闷往往也是内心的死结，纠缠在一起，形成更大的纠结，让自己变得更加狭隘、片面、混乱。

放假的两天，我做了三件事：爬山，遛狗，陪家人。我家后面有一座山，虽然不高，但空气很好。山的名字也很好，叫南山。我爬了三次，大汗淋漓，特别累，又特别轻松。锻炼真的能让人放下很多。

我特别喜欢狗，家里养了一条金毛，一条贵宾。它们是我的好朋友，每天都会在院子门口等我。有时候我在花园里休息，它们都会乖乖坐在我脚边陪我，似乎想要跟我说话。这一次休息，我每天带着它们在花园遛两个小时以上。这一年多，因为工作的原因，我对它们的关心很少。在我的带领下，它们无比高兴，跳来跳去。它们的欢快也感染了我，让我放松了下来。

家里人当然最重要，不过也是因为我工作太忙，几乎没时间和家里的两个小朋友说话。他们都不知道自己的爸爸每天在忙什么，我也不知道他们的学业情况，甚至连一起吃饭的时间都没有，实在是愧疚。这个周末我也要争取弥补一些回来，带他们去不同的地方喝早茶，去各种特色饭店吃饭，还陪他们看了一场电影。这些都让他们很诧异，因为过年以后，我一直很忙，现在突然有时间陪他们，让他们有点受宠若惊。他们的惊讶更加重了我的愧疚，而我也在陪伴家人的过程中找到了心灵的放松。

停下来休息，什么都不想，让自己放下、放空、放松，并不是我的策略，而是的确想休息一下。我不想像以前一样，总是很快做出决定，总是很快找新的方向和决策。这一次，我想让子弹再飞一会儿，从自负的状态中跳出来，回归到正常心态。

以前，我喜欢通过找三五好友一起喝酒放松。现在，我不能喝酒了，不能醉笑人生，却沾染上了另外一个爱好——抽烟。“好像一个人总要有点不好的爱好才完美”，我给自己找了一个合理的借口。这个周末，我抽烟的次数明显增加了。

我告诉自己，顺利是训练，不顺利是磨炼。冰泉的第一个“618”虽然让我不快乐，让我自信心受挫，但我也没有丢掉自己，依然坚持战斗，保持正能量。

放下，放松，淡定，我平静地过完这两天，希望在下周再听听大家的“618”复盘，在复盘后修正定盘，重新找到更好的发展路径和节奏。

6. 经营焦虑

经过两天的休息，我的心情刚平静下来，就又因为随之而来的财务工作会议而陷入极度烦恼。

每月中下旬，冰泉的财务会做出上月的财务报表，把财务经营分析报告给我。我会通过这个分析报告全面了解公司的经营情况。

我还是有点粗糙，这两个月忙着跑销售，只关注财务销售数据，并没有细看经营数据。不看不知道，一看吓一跳。我们的财务现金流发出了警报！库存大幅增加，费用大幅增加，虽然销售额也增加了，但跑不过库存和费用！也就是说，冰泉现在处于三难境地。

一难在跑量的同时没有跑利，关注销量，却没有提升盈利。

二难在如果继续跑量就会面临资金链断裂的情况，如果不跑量前面的积累就会前功尽弃。

三难在即使跑量、跑利同步冲，原有的资金投入也无法支撑企业快速发展的需要。

这三难，招招致命，个个都是悬在头上的一把刀。如何解决经营问题，成了冰泉前进路上的拦路虎。这个时候，我原本休息了两天换来的淡定彻底变为极不淡定了。虽然我是营销老兵，但在企业经营核算上还是一个刚起步的菜鸟。没有见过大世面，没有经历过大场面，没有遇到过企业发展方面的危机情况，甚至都没有思考过财务应该怎么做，这些对我来说都是致命的问题。

说得难听一点，现在的冰泉不是要思考如何改进经营，而是要思考企业如何生存和再发展。我的心情再次变得无比沉重，而且是喘不过气来的那种沉重。我的脸一整天都阴沉着。我抽了一天烟，甚至还想喝点酒。

我电话联系了乐妈网的杨毅，约了去他办公室坐坐。呼吸一下成功企业的空气，可能会让我找到新的活力。我的心情不太好，情绪也不佳，杨毅看见我的时候，吓了一跳，赶紧问我："怎么了？你脸色这么差，不是生病了吧？"

我苦笑着，找他要了杯水，有气无力地说："我是生病了，而且公司也病了。麻烦啊，郁闷啊！"

"不要着急，又怎么啦？不是干得挺好的吗？有什么情况你说说看，居然还会难倒你这样的大咖。"在杨毅心中，我一直是一个冲锋陷阵、屡战屡胜的人，从没觉得我会有什么问题。

在好朋友面前，我特别坦诚，将冰泉创业突破的过程，创业冲锋的思路和想法，包括现在财务的现状，一股脑儿和盘托出。

杨毅一直听我讲了两个多小时，中间都没有插话。他特别有耐心，面对我的激动和焦躁，也没有指责和笑话我。听我讲完，他反倒给我竖起了大拇指。

"我就知道程英奇你是个干事的人！你知道吗，这么多年，我看到你的状态，特别佩服你！你若干不成事业，简直天理不容。"杨毅先给我戴了一顶高帽子，然后继续捧着我说："我很多方面都不如你，尤其是营销驾驭方面。我经常和别人说，你是中国前三位的人物，我在中国没见过几个人像你一样，既有理论高度，又有实战水平。当然，我的运气其实也不如你，你看看你操盘的每个企业都取得了成功。而我虽然在乐妈网上小有建树，但其实发展也是跌跌撞撞的，谈不上有多好。你的冰泉一年不到就做到全国闻名，这已经是奇迹了。"

"你就别安慰我了，谈谈你的建议吧。"反倒是我打断了杨毅的话，"今天我是来找你取经的，不是来吹牛的。"

杨毅笑了笑，说："我说的都是真话！当然，你既然问我了，我也讲讲我的建议。作为创业的过来人，我觉得像你这样当老板太苦了。每天都以身作则，起早贪黑，每天都在透支自己的生命。我个人认为，你应该从具体的策略里跳出来，多考虑一些战略层面的事情。对于战略层面，这方面你都懂，而且比我懂得多，但我觉得你应该从企业的长期发展、品牌发展、业务发展、产品发展、后勤发展、财务经营等层面多角度去考虑未来3~5年的规划。你只有长期规划清晰，才会有更加精准的节奏，才会知道自己要在哪些方面早做准备。你刚刚讲的这些事情，我可以很肯定地说，你是在战术中推进，没有从战略上未雨绸缪，而这些事情是你早就应该考虑到的。"

杨毅讲得兴起，一挥手继续说："做企业，首先就应该算财务的账，其次就应该做好预算管理，这样你的业务策略才有意义。我知道，这些工作你都做了，但是，你有没有实际考虑过？有没有真正去落地？我觉得你应该站得更高，看得更远，想得更深，做得更准一点。"

紧接着，杨毅又和我谈了他自己在创业过程中遇到的同类问题，他是如何解决的，如何站在战略的高度去看长远发展，如何站在资本的角度去融资，如何站在经营的角度去管理渠道。

杨毅虽然不能帮我解决实际问题，但他说的每一点都给我带来了启发。我听懂了，也悟到了，我找到了自己前进的钥匙。

回到家，我躲在书房里，开始让自己站到公司未来3~5年的规划角度去思考。我必须将现在遇到的具体问题列出来。

现金流怎么办？终端发力的节奏怎么搞？如何做好费用和预算控制管理？如何让冰泉有更好的盈利模式和经营结构？

针对现有的问题，我要想方法，找长期和近期的双重解决方案。

对于现金流的问题，我们要么继续投入，要么借贷，要么寻找融资途径，启动财务融资。

对于终端的节奏，我要从好大喜功中跳出来，做实效促销，确保投入产出比。

费用和预算责任必须落实到相关管理者身上，从我做起，担起责任。

我必须重新梳理产品推广支持政策，做好分渠道的经营效益分析，找到持续赚钱的途径和能力。

这些思考，让我再一次理顺了冰泉的经营思路，从维度走向高度，从眼前创新走向长期发展，从快速投机走向品牌沉淀，从一次性增长走向团队能力提升。

7月初，我召开了冰泉全体员工半年度工作会议。会上，我宣布了以下三项决定：

第一，马上启动融资，通过资本的力量为冰泉的加速发展赋能。

第二，招聘专职的财务总监，强化财务经营专业化管理和预算控制。

第三，对产品和渠道放下浮躁的求快心理，走回正常的有序经营、重点经营，不打消耗战，不做形式主义的表面文章。

这次会议，我们及时统一了团队的思想，也给了团队更大的信心。对我个人来讲，这也是一次全新的成长和蜕变，从此我站得更高了。

7. 美天再支持

做好营销管理才是营销总监，做好企业管理才是总经理，做好企业经营才是真正的创业者，才是一个合格的董事长。虽然我从心里不断勉励自己，但是我知道，要从喊打喊杀声中跳出来，站得更高，看得更远，想得更深，则还需要时间的积累。

虽然我们的思想提高了，但是眼前的现实还是要面对。理想很丰满，现实很骨感，我们目前迫在眉睫的就是解决现金流紧张的问题。同时，关于企业整体的经营思路、经营状态、经营转变的想法，我也需要和公司另外的股东沟通。我约了美天的古总见面，虽然我说过让他不要管我，但是我觉得需要和他沟通一下公司近期的工作，听取他对企业发展的一些意见。

其实，自2020年6月，我基本上就和美天脱钩了，办完了离职手续，工资也开始从冰泉发放，完全进入了自我管理状态。但是，在我的心中，古总依然是我的老板。在企业思路上和他沟通一下，我会觉得心里更有底。

前段时间，古总一直在澳洲忙工厂和设备的事情。澳洲的疫情比国内还严重，他最近也是刚从那里匆匆回国。他也很久没见到我了，所以约我周末在他家见面。

他是一个非常随性的人，随性中有着睿智，睿智中包含着豪迈和细致。我在他面前一直非常放得开，有什么就说什么，想做什么就直接讲。我始终觉得，人与人之间，敞开是最大的坦荡，放松是最大的真实。

坐在古总的客厅，我也不管三七二十一，和他一支接一支地抽烟，同时给他整体讲述了一下冰泉公司这一年的发展情况。其实，古总对我们的现状比较清楚，因为每个月我都会给各个股东发月报。对于我们的发展阶段，虽然他没有过问，但心里是明白的。

听我啰里啰唆讲了半天，古总一直温和地笑着，他说的第一句话有点开玩笑的味道："你不是早就告诉我，不要我管你吗？我一直没管过你的事情嘛，一直是你自己在干。你自己当老板，坚持干好了，你自己说要过瘾的啊。"

这句话，的确是我创业前在澳洲和他说的，也是我当时真实的想法。我想奋勇向前做一件完全由自己做主的事情，这也是我创业的初衷。古总说的是玩笑话，也是大实话。

我一点都不在意，赶紧接话说："我是说过不要管我，但在前进的道路上，在重大事项面前，古总您既是公司的重要股东，也是我的老东家，我还是很需要老大你来把把脉，给我指指路嘛。"顺着这个话，我将自己的三项决定说了出来。

全面融资，财务规范，稳步发展，每一点我都讲得非常清楚。我讲完后，古总没有马上回答我，只是针对我现在的策略提出了一些建议和想法，他在整体上肯定了我的做法，对我的评价也很高。他一直强调，也曾经在美天公司大会上说过几次，说我是美天历史上有特殊贡献的两个人之一，对企业的营销创造了突破性的价值。对于现在的冰泉，他其实也很高兴看到我们取得的成绩，也非常满意自己在这个项目上的投入。

面对古总的表扬，我并没有飘飘然。在我心里，他是大哥，表扬与否并不重要，重要的是他能给我指明更好、更精准的航向，能够让我的创业项目更快更好地成功。

看我这么执着，古总终于对我的决定说出了他的想法。这一次，他非常严肃，也非常认真。

“冰泉公司反正是你在搞，具体怎么做，我作为投资人，尊重你的意见，你自己定就可以了。你的这三项决定，我先说第三点，稳步发展，我举双手赞成。创业不能太着急，太急功近利反倒不利于企业长期发展，这一点我早就想提醒你。做品牌要有一个过程，需要扎根积累，不可能像吃快餐一样。你讲的第二点，我也很认同，找专职的财务总监非常必要。一个企业的管理，最终都体现在财务价值层面。你需要更加专业规范的财务管理和预算管理，才能让企业发展长久。”

讲完这两点，古总看了我一眼，继续说：“你讲的第一点融资，我反倒觉得要慎重。首先，你懂不懂融资？知不知道资本的规矩？知不知道如何去推进这件事情？其次，据我了解，很多资本需要对赌，你是否对赌得起？我个人建议你暂时不要考虑融资，先认认真真将自己的生意做好再说。”

“融资才能做大啊！况且现在企业的资金已经不能维持冰泉的高速发展，甚至都不能保障现有的经营状况了。”说到这里，我一下子着急起来，赶紧打断古总，匆匆表态说，“融资方面，我有很多朋友，可以找他们学习了解，自己来弄资本方面的事情。实在不行我可以找 FA① 协助，他们非常专业。至于对赌，不见得每个投资公司都有这项规定，我们可以谈。况且，公司对赌不涉及个人，只是企业对赌，我觉得自己有承受能力。”

古总看着我着急并且沉不住气的样子，一下子就笑了，连忙安慰我：“我只是建议你在融资方面要慎重。如果你实在要推进，我也没有意见，你全力搞就行。只是这对你来说是一个新的领域，是一个新的考验，融资绝对没有你想象的那么简单，你要三思，不能搞乱。你作为冰泉的老板，既然决定了，我也没什么意见，一切按照市场化的规则办就行。”

① FA：Financial Advisor，融资顾问。

听到古总这么说，我终于松了一口气，急躁的情绪也缓和下来。我知道古总不会怪我，我的性情在他面前是透明的。所以我和他说话，喜怒哀乐都自然显露。

中午在古总家吃饭，古总突然和我聊起一个话题，就是让我搬家。因为我已经从美天离职，也是单独创业，但是冰泉公司一直在美天总部内办公，借用美天的办公室，甚至我自己也还在使用当时副总裁的办公室。虽然我也付了费用，但其实这样很不规范，也不利于冰泉公司独立发展和市场化运作。因此，古总建议我搬出去独立办公，这样才更像一个独立发展的创业企业。当然，古总也希望我们搬迁时，找到一个有政府项目和政策支持的地方，这样不仅可以降低成本，还可以得到更多的社会资源支持。毕竟，现在政府对企业，尤其是新锐企业的支持还是挺多的。

搬家对我来说不是大问题，我可以安排黄俊凯去解决。反倒是古总说的寻求更多社会资源整合给了我新的启发。是啊，我们做企业，既要承担社会责任，也要融入社会活动、整合社会资源，这也是企业管理的另外一种境界。

和古总沟通后，我坚定了冰泉发展经营的方向和思路。在很多细节上，无论是产品还是渠道推广策略，古总给了我很多建议，让我进一步完善了自己的策略思路和细节。古总是我们冰泉的贵人。有贵人相助，我们自然收获满满。

一回到办公室，我就进一步推进融资项目，同时让黄俊凯落实办公室寻找和租赁一事。稳步发展的经营策略早已落实到刘奇和李志飞那里了，我又和他们简单沟通了一些古总提出的创新性要求。至于财务总监，我通过最直接的猎头招聘，很快找到了一个合适的人——徐琳。她有近 20 年的财务专业管理经验，有上市公司和科技公司、快消公司的财务总监经验，更重要的是，她为人特别真实、踏实，非常负责任。很快，我就确定下来，同时安排她尽快落实财务组织架构和管理体系。

速度就是效率，效率就是效益。我办事向来是想了就说，说了就做，做了就要做到、做好。

8. 融资的全面展开

融资说来容易，其实也是一项庞大的管理工程。

我在 20 多年的职业生涯当中，并没有接触过融资。虽然也有几个做融资的朋友，但我也是粗略接触，并不熟悉。真要去做融资，我的大脑其实是一片空白。但是，我是一个喜欢学习和勇于接受挑战的人，只要有好奇感和好胜心，任何新鲜的事物我都会积极面对。

不懂就学，就找做过融资的人咨询。我正好有两个好朋友都是融资的高手，一个是觅醇的朱晓斌，他在创业初期就融资数千万；另外一个更是融资大咖，潮迷的杨堃，他的企业是日化界融资非常成功的案例。找他们两个了解，是最直接和有效的方法。

我买了一张机票直接飞到上海。融资是我当前最重要的工作。朱晓斌知道我的来意，自然不吝赐教。从资本的沟通方式，到路演、估值、合同等，他都和我娓娓道来。我很认真，像小学生一样做了笔记，将融资的每一个细节都记得清清楚楚。做任何事，都要认真和用心。只有真正投入了，才会有自我的突破。

晓斌也约了我和杨堃一起吃饭。平时杨总太忙了，老朋友找他也要预约。

杨总的公司已经做得很大，年销售额早就超过 10 亿元了。当年他和我一样，是超级职业经理人，做过佳怡的营销负责人，后来创立贝科，之后将贝科卖给了强可，套现数亿元后再次创业，创立潮迷，可谓行业中的神奇人物，成功中的典范。

因为年龄相仿，经历相似，加上又是老朋友，我和杨总的交流也无拘无束。

一到饭店，杨总就和我打哈哈说："早就让你创业了！你创业一定会成功，我一直看好你的。这不，看到你做得风生水起，我也很高兴啊。"

"没办法啊，我志向太短，创业有点迟了。现在正处在创业的关键期，所以来找老朋友取取经啊。”我也和老杨开门见山。他是陕西人，说话做事爽快，我讲话也不打埋伏。

“听说你想融资，这是好事，我跟你说，你这样的项目，大家都会抢着要的，更何况你的职业经历和企业驾驭能力，都是行业里一等一的。这个你不用着急，我可以帮你牵牵线。”

老杨知道我的来意，也开始鼓励我：“融资的方法晓斌应该都给你讲了吧？他在这方面很熟悉，我就给你提两个建议：一是做好投资方的选择，选择一个好的投资者对现在和将来都很重要；二是要有持续的融资计划，要有长期打算。企业和资本都需要做大，这样才会有成功。”

“这些就是我要和老杨你好好请教的。说句老实话，在这方面我还是一张白纸。有你和晓斌的指点，我心里才踏实。我现在就是着急想知道冰泉下一步如何做大。没有资本助力，看样子很难。”我一边敬老杨，一边连连表示谢意。

老杨知道我现在不能喝酒了，连忙挡住，说：“老朋友聚会不是应酬，你不用这么客气。这样，你将冰泉的 BP① 发给我和晓斌，我们先在前面给你引引路，在几个熟悉的投资人那儿推荐一下你们。”

这可真是帮了大忙啊！我感觉自己一下子找到了组织和依靠。我很长时间没喝酒了，为了表达感谢，这次我足足喝了好几杯，既是因为兴奋，也是解馋。

这个晚上，老杨再次和我详细讲述了资本的规则、融资流程的注意事项，还给我介绍了资本市场，尤其是在快消品资本市场几个主要投资公司的情况和特点，并给了我融资方向的建议。这个晚上的聚会，真的是一次彻底的融资管理学习机会，让我对融资有了一个全面的了解和初步的理解。

在上海，我连夜写了一份冰泉的 BP。做商业计划书对我来说很容易，因为内容都在我心里，我只花了两个小时就完成了，从市场机会分析到生意发展方向、市场潜力目标、品牌发展规划、产品特点介绍、渠

---

① BP：Business Plan，商业计划书

道重点特色、优势能力讲述、市场未来前景、融资需求和计划，一气呵成。

我做事情都喜欢有计划。回到广州，我就列出了我们的融资工作计划，包括如何做融资信息发布，融资方向和主次在哪里，如何确定公司估值，如何做重点投资公司预约和沟通，如何寻求投资律师团队合作，如何培训团队做好融资工作协同，如何把握融资目标和时间进度等。这些计划的负责人只有一个，那就是我。

很快，我就通过72氪等媒体在行业内发布融资信息，同时，杨堃、朱晓斌等行业朋友也在投资界给我们做了一些推荐。我的电话开始忙碌起来，正如杨堃所料，冰泉还是特别受欢迎的，一方面是因为我在行业的职业经历；另一方面则是因为冰泉已经是口腔新锐品牌中的佼佼者，当前比较火热。

只是有一点，我还是有点搞混了。前期和我联系的大部分是FA，因为此前不知道FA是融资中介，还以为FA也是投资公司，因此，也和他们做了大量的接触和沟通，甚至前两周大部分时间都是在和各种FA交流。虽然有点悻悻然，但也长了知识，因为在和FA的接触过程中，我进一步了解了融资的细节和要求，更清楚资本的需求和要求，更明白应该如何去和资本沟通和融合。

不过，在起步期，我并不想通过FA来融资，因为中介费是一笔不小的费用，虽然通过FA融资可以省去很多事，但我还是希望通过自己的实战获得更多经历，通过自己的努力节省这一笔费用。

另外，我也很自信，并没有接受FA给我的一些建议。我不喜欢过于包装自己，觉得越真实的沟通越有效，越直接简单的沟通越能找到真正适合的投资方。只有真正理解和看好冰泉，并愿意全心全力支持冰泉的投资人才是我们需要的。而这一点，需要我在一线去真实推进。

一个月内，我就见了30多个投资人。只是，见面的都是投资公司的总监或者副总裁级别的管理者，且都是初步接触，建立初步印象。每天都有投资人过来找我，我每天都有半天时间在和投资人沟通。

我从来不做准备，也不做研究。冰泉所有的经营思路和想法都在我心中，所以，我在沟通中也没有任何压力，一切实话实说。我其实是在和所有投资人讲述冰泉的梦想和自己有关事业的理想，所以没有想象中的压力和辛苦，也没有感受到任何难点。我不焦躁，也不着急，因为我知道投资本身要经历这些过程。后续和投资公司合伙人沟通以及路演才是最关键的。

在沟通的过程中，我接触了各种各样的投资人，这也是一种成长和乐趣。其中有对快消行业什么都不懂的投资人，我也礼貌接待，客气送走；也有忽悠和教育我的投资人，以为我什么都不懂，套我的话甚至误导我，高高在上，自以为是，对于这些人我也看破不点破，笑脸相对；也有根本没有投资能力和实力的投资人过来探路，了解行情，对于他们我也不势利，认真交个朋友；还有目空一切、高高在上的投资人，将投资当作施舍，说话趾高气扬，我也没有愤怒，淡然相处交流。

与资本的沟通让我学到了很多，也让我对融资有了更加深入的认识，更加专业和自信。

中间，杨堃还打电话告诉我，不要什么投资人都见，免得浪费时间，而是要将主要的精力放在主要的目标投资人身上。我觉得他的意见很有道理，任何管理都必须高效。但是我又觉得来者都是客，不好意思拒绝，更何况，每次融资沟通对我来说都是一种学习和成长。我喜欢在这个过程中得到更多的积累和提升。

其实，我和各类投资人虽然是天女散花地谈，但我通过谈判找到了自己的主次和感觉，找到和明确了自己融资合作的重点和方向。

经历和实践才是最好的论证。

9. 贞荣和贝曼资本

我有一个观点，所谓的合作其实需要双方情投意合，在大客户里面选择和自己有共识、有共赢理念的才是最好的。

贞荣就是我在融资工作中接触到的第一个情投意合的客户。贞荣是国内排在前十的投资公司，成功的项目闪闪发光。和贞荣沟通合作，也是我最早的目标之一。

贞荣的投资总监黄宏是一个很认真和用心的人。他来到公司时，一直听我滔滔不绝地讲述冰泉的发展史，仅在一些具体的问题上简单询问。但看得出来，他的每个问题都有深度。这可能是他的专业能力。但是我的介绍从来没有任何修饰，只是将自己的想法和冰泉的做法真实展现。从黄总的话语中，我可以感受到他非常认同我的观点，也非常愿意在融资上推动和冰泉的合作。

贞荣的效率真的很快，黄总和我谈完两天，就约了贞荣的总经理李锐与我见面。李总同样非常年轻，1988 年出生，而且是剑桥毕业的海归精英。非常巧的是，他还是我们湖南长沙人。我有一种很深的老乡情结，每次见到老乡就有一种特别的亲切感。见到李锐，我同样地放松和兴奋。和黄总不同，李锐更多的是询问，问我为什么创业，对中国日化和口腔领域的看法，对品牌和渠道的认知，推广如何创新，怎么思考企业发展的路径。

针对李锐的问题，我同样侃侃而谈。我尽量表达出自己最真实的观点，不会为了融资而有意圆滑。

我和李总聊得很兴奋，足足讲了三个小时。我在回答他各种问题的同时，也更多地在向他讲述我的创业梦想。虽然我已人到中年，我的创业似乎有点晚，但我的信心和信念非常坚定。我有强烈的创新欲望，对创业的执着是无法伪装的。

李锐是一个斯文人，说话不紧不慢，声音低沉，有着清澈的眼神和睿智的思维。我的自我感觉良好，而他的问题和回应也让我特别舒心，让我觉得我们特别投缘，非常有事业上的共识。我不知不觉对他产生了强烈的信任和依赖，他对我也有很好的印象。我和贞荣的交流进度可以说是最快的。

李锐的效率很高，他说一周内就会安排我和合伙人程祥总面谈，程总确认后再过一周的时间，就能确定是否合作。我的自信心爆棚，觉得这次融资谈判非常顺利。因此，对其他的融资谈判，我就有点松懈，甚至想，赶紧与贞荣确定就好了，这样就可以尽快完成融资工作，尽快将时间花到做生意上去。我是企业经营的战斗者，需要通过更多的战斗让企业更快、更强地发展。

这种心态，有点急于求成。当然，我的实际工作并没有放松，还是保持着和多位投资人的沟通交流。

这周六，我接到一个电话，对方介绍自己叫李佳，来自贝曼资本。这是一家国际顶尖的投资公司。她的性格很温和，说话的声音很轻，当然问的问题也很多。虽然没有见到真人，但我很喜欢听她的声音。我们聊的时间很长，三个多小时。聊的过程中，她一直在对冰泉表示肯定。这种肯定，让我们创业者的内心非常满足。

这次沟通，我也只是当作一次例行的融资沟通。当人保持平常心的时候反而会收获意想不到的惊喜。

周一下午，李总和贝曼资本的王元新王总居然直接来公司拜访，这是我始料不及的。这次拜访，在我们沟通的同时，李总居然接通电话，让总部的团队也保持信息同步。看得出，她们非常重视和冰泉的交流。

这次我和贝曼资本的交流应该是所有融资沟通中时间最长的，从下午2点一直谈到晚上11点。除了一些基础沟通外，李总她们还特别喜欢问我对同行的看法，对其他品牌做法的认识，对行业优劣势的洞察，对趋势的了解，对行业经营管理的理解。她们的细致让我感觉是在打持久战，但我并不疲倦，一方面是因为我对一切胸有成竹，另一方面是我对真诚的人会更真诚地对待。

李佳和王元新都是海归精英，看过太多企业，做过太多项目。她们与冰泉的沟通非常细致，一点一滴，一丝不苟。我们沟通结束的时候，已经接近半夜，她们依然迅速叫车，前往深圳谈项目。佩服，我真的十分佩服。

以前，我认为自己是最敬业的，但是这一个多月和投资人沟通下来发现，他们才是专业和敬业的典范，而且越大的投资公司做事越投入。他们不分白天黑夜地工作，也没有周末，一切时间皆有计划，皆可沟通，充实有序。奋斗者，无论在哪个行业，都充满激情。与贞荣和贝曼资本交流后，这种感受更加强烈。

也许融资真的要看缘分，第一眼顺眼，第二眼就会在内心自然产生关联，谈起来顺畅如意。相反，如果彼此之间缺乏诚意和心意，则会有强烈的生疏感和客套之感。

后续我们也和其他几个头部投资公司进行了沟通，但除绿本资本以外，都没有找到共同的频道。绿本资本是目前国内非常大的投资公司，是杨堃和朱晓斌介绍的，也是他们两个的投资人。因为有好友的介绍加持，他们对我的情况也做了深入的调研。因此，我和绿本资本的沟通反倒非常简单干脆。站在认同的角度去谈合作，那么合作就是一个自然而然的过程。

开月度工作会议的时候，团队问我，融资谈判是否顺利。我的回答很干脆，一切都可搞定，大家静候佳音。

虽然，后续还有合伙人沟通、路演、公司访谈尽调、合同细节沟通谈判等内容，但是我越来越觉得融资除了能获得投资外，还能找到冰泉与投资公司的共同理念，找到双方共同认可的企业发展方向和未来。当然，A 轮融资还包含了投资人对我个人创业能力的极大信任。

在月底，我统计了一下，将近一个月的时间，我沟通的投资公司有 37 家，其中当面沟通的有 22 家，二次沟通的有 17 家，有强烈合作意向的有 9 家，而我内心倾向的是这 9 家中的绿本、贞荣和贝曼资本。我必须选择自己感觉最好的去合作，才能形成企业间最强的同频共振。

6

第六章 发展新篇章

（2020年6月—2020年9月）

1. 确定融资合作

果然，贞荣资本一周内就安排了合伙人程祥来公司。他上午从深圳过来，我早早地就到公司做好迎接准备。这是我们融资谈判中的第一个关键时刻，我虽然很自信，但是内心还是有点忐忑和紧张。

程总是一个投资界的老革命，年龄比我稍小，但非常沉稳实在，话不多，每一个问题都很犀利。

这一次，我花了很长时间讲述自己职业生涯当中打造品牌的案例，讲述每一个品牌成功的实战过程。看得出来，程总对我的过去很感兴趣。说到冰泉项目，我从自己的创业心路历程去讲述。作为一个中年创业者，我讲得非常真实。

程总反复问我对品牌的理解及打造一个品牌的过程。我没有夸大品牌成功的速度，但强调品牌的未来在于守正出奇，也就是必须以突破性的创新去出奇，只有形成品牌的势能，才有以消费者为核心的市场沉淀和规范化发展。势能决定动能，势能和动能结合就能够实现品牌的持续成长。

我坦诚地和程总说："我喜欢投机，因为创新就是投机，只有投机才能找到品牌发展的机会。但我又排斥执着投机，因为投机是阶段性和冲动性的，只有提升品牌经营的专业化和系统化能力才有品牌的阶梯式成长。"

程总听我说完，点了点头，笑着说："程总，你这个人讲话倒挺实在的。你是行业老炮儿，每一份工作，无论是思考还是行为，讲得都很到位。"

原本我想中午和程总一起吃饭，再和他详细介绍一下更多冰泉的想法和思路，但是很不巧，他中午还有其他会议。投资人的时间可能都按格子那样，一个个画好了。他像赶场子一样奔向了另外一个项目。

下午，贞荣的李总和黄总又给我来了电话，说他们很看好我们的项目，也给我带来了一个好消息：程总对上午的沟通很满意，也认可冰泉项目。所以他很快会安排我与贞荣投委会成员，也就是贞荣所有的高层团队做路演。李总一直鼓励我，一直高效、高速推进我们的项目。这让我对李总有一种找到知音的感觉，越发觉得贞荣很亲近。也许，这就是冰泉与贞荣的缘分。

贞荣这边在飞快推进，而绿本和贝曼资本的进度也不慢。

绿本资本直接安排了路演汇报。这是我第一次路演，没有任何经验，丝毫不了解路演的程序。但我喜欢挑战，喜欢和享受经历各种新事物的过程。

其实路演就是一次集体会议，由我讲述，由他们提问，大家互动。绿本安排了投委会合伙人、财务、律师团队人员。我和杨卓宝进入绿本办公室，看到一屋子人，一下子变得非常兴奋。这是我第一次做路演，非常有纪念意义。

绿本的艾迪总问我要不要放PPT，我拒绝了。我觉得对着PPT讲很教条，不利于发挥。我讲职业经历，讲冰泉的创业过程，讲项目发展的思路，讲自己对行业和新消费的看法等。我不会吹牛，但是会很清晰地把自己的认知表达出来。我对自己的演讲是满意的，甚至讲完后还有点扬扬自得。对于各种提问，我也侃侃而答，如行云流水般自然真实。

绿本的李总有点高傲，一直低着头看冰泉的BP文件，甚至都没有抬头和我交流。突然，他问了我一句："口腔市场整体有多大？"

"现在是300亿元，但是随着新品类的发展，随着口腔电子产品和消费医疗产品的发展，口腔会是一个新的千亿级市场。"我一边回答，一边通过数据来证明口腔市场的机会。

李总笑了笑，说："这个市场太小了，最大的品牌也才50个亿，天花板有点低啊。你说的未来还很遥远吧！"

我再次强调口腔市场现在的小，意味着未来的大，因为和国外相比，中国的人均口腔消费水平太低了，这是一个潜在的机会市场。

李总没有继续提问。我心中有一丝隐隐的不悦，因为不善于伪装自己的情绪，傲气也直接显露在脸上了。我想，绿本虽然是国内的头部投资公司，但如果不看好项目前景，我也不会强求。

绿本的会议一结束，杨卓宝就和我说，她的感觉很不好，好像我们一直在被质疑，而不是双方在交流合作的未来。我没有多说，只是告诉她，融资谈判本来就各有立场，我们不能事事如意，也不可能被每个人喜欢。

虽然路演结束后，绿本说会评估后再沟通，但我的内心已经平静下来。我和卓宝说，不寄希望，也不失望，顺其自然。

路演一旦开启，就如同开闸一般，纷纷涌来。

贝曼资本的路演因为新冠疫情的原因，安排在线上举行。

我没有见过贝曼资本的投资负责人罗宇，但早就听闻她的大名。罗总不仅是海归学霸，还曾经是电视台主持人。我看过她在多个卫视主持投资类的节目，既有气质，又有深度。通过电视节目，我就能感受到她是一个理性和感性相结合的人，理性在于她对事物的判断非常精准，感性在于她对项目的要求有很好的创新触动。

贝曼资本的路演时间在中午，非常不巧，这天刚好有上海的经销商来访。我只好安排刘奇和俊凯在饭店接待客户，我和杨卓宝则另外找了饭店的一间包房做路演。

罗宇总果然非常知性，我汇报结束，她提出了三个非常客观的问题。

第一，你在职场这么成功，为什么创业？

我的回答是基于梦想，去真实地实现事业新台阶的梦想。内心那种积极前进的梦想推动我走出舒适区，走向新挑战。

第二，为什么选择口腔这个竞争度很高的赛道？

我的回答是机会。一个项目的成功在于两点：一是是否有创新的机会；二是是否有成长的机会。竞争度越高的行业，创新越弱，新锐品牌创新的机会就会越多。同时，口腔的新品类和新消费的潜力很大，所以成长性的机会同样会很大。

第三，为什么选择牙膏作为切入点，而不是机会品类？

我的回答是，我们必须从高势能产品上建立认知，才会有低势能新品类的收割能力。如果先从新品类的低势能产品上获得成功，则不利于未来在牙膏这个最大品类的高势能市场上有所突破，比如建立了对牙膏的认知，就建立了对整个口腔的认知，而建立了对漱口水的认知，则不会形成对牙膏的销售力度。

罗总对我提出的高势能理念特别感兴趣，这也是我针对品牌渠道发展的总结。我觉得，只有在红海市场创新，才会有在蓝海市场的突破，也就是要在大市场出位，才会有在新市场发展的机会。

对于这次贝曼资本的路演，我们感觉非常愉快和融洽。她们特别尊重我这个创业老兵，也非常认可我关于品牌和营销的新观点。和罗总沟通，我感觉特别放松。她不介意我在饭店包房做路演，也不在意我言语随意，而是更多地传递了笑容和鼓励，甚至让我在路演中找到了更多对冰泉事业的骄傲和自豪。

贞荣的路演也在一个中午举行。贞荣的老大张志伟也是投资界的顶尖人物，原本他要来广州和我们面谈，后来因为一些原因，最终安排了我们在线上做路演。

贞荣的合伙人分别在北京、上海、深圳、广州，因此，我们连线这四个地方同时召开电话会议。

贝曼资本都是女投资人，贞荣的合伙人则都是男性。虽然没有太多的笑容，但是贞荣的投委会非常亲和。这些工科学霸都特别喜欢提问，在我的一番长篇大论之后，贞荣开始了问题战。我就像是在答记者问一样，互动节奏非常快。他们问了一些常规问题后，还问了两个具体操作问题。

首先问我怎么看线上和线下。

我的回答是：新品牌的成功绝不能靠做单一的线上或者线下，因为线上是做品牌创新力，线下是做品牌沉淀力，线上的创新推动了品牌的活力和新鲜度，而线下的沉淀则让品牌拥有更多的积累和信任，二者只有相辅相成，才能够成就品牌的长久未来。

其次问我怎么看淘贝和东音。

我依然对答如流：东音是新趋势和新机会渠道，淘贝则是品牌的基础战场和高度渠道。渠道的未来是流量的未来，流量在哪里，成功就在哪里。东音会有更多的新流量机会，有利于快速建立新品牌认知，而淘贝是基础流量的阵地，有利于形成品牌发展的根据地。二者会有交叉，也会有竞争，品牌需要在前进中去顺应和融合各种变化。

看得出，张总对我的这个回答很感兴趣。张总和我是同龄人，更加能理解我的创业欲望。

除了这些，后来我又陆续参加了13场融资投委会议，大部分都是在线上进行，所以效率很高，效果也很好。同事们在隔壁办公室，都经常能听到我的演讲声和爽朗的笑声。最多的一天，我连续做了三场路演，感觉自己已经成为融资路演专家了。

我不怕累，也不觉得辛苦，相反，还特别兴奋和有成就感。其实，每一次路演都是我对冰泉项目发展的新思考和谋划，也让我提高了认知，创新并升华了冰泉发展的新策略和新打法，并取得了新的进步。

2. 业务管理升级

融资工作在紧锣密鼓地进行时，我也没有忘记对日常工作的督促。

我喜欢做好公司内的分工，我自己负责企业大方向、大策略和大创新，抓大事，包括融资工作；然后选好各个业务板块和职能板块的负责人，他们各自做好具体工作的推动，谁的孩子谁抱走，谁的地盘谁做主。我希望每个板块的负责人都能够独立自主推动工作前进，有自主性、有担当、有责任，同时责权利对等。因此，我在忙大事的同时，团队的工作也在迅速推进中。

冰泉的线上工作初具规模。M电商集团旗舰店积累了百万粉丝，已经形成了冰泉的品牌阵地和销售粮仓。M电商集团平台是一个特别能给品牌赋能的合作伙伴，我们在发展的每一个阶段，都能和M电商集团的柯铭实现良好的沟通和融合。

初创期，我们主要是蓄水和打爆品。发展期，我们主要是强化新流量和产品组合矩阵。现阶段，冰泉进入高速成长期，我们在柯铭的安排下特别重视人群运营、站内外流量结构创新、平台大促整合、产品复购率提升。

柯铭原来是宝生公司的口腔负责人，到了M电商集团后一直两手抓，也就是一手抓传统大牌的增量，一手抓新锐品牌的成长。我们有幸进入了柯铭的重点新品牌发展框架，也正因如此，我们的发展也是一步一个台阶，不断实现销售额增长。

当然，当我们有些工作没有做到位的时候，柯铭和直接负责对接我们的顺儿也会非常不客气地直接指出我们的问题和不足。我非常喜欢这种批评，因为批评才是我们最好的成长机会。

7月，柯铭和顺儿在冰泉的复盘会议上给我们提出了以下三个问题：

第一个问题，我们在东音和蓝手的直播增量特别快，但是依赖性太强。

第二个问题，我们在淘贝站内推广种草和淘贝直播上不够重视，缺乏积累和沉淀。

第三个问题，我们在大促的整合营销爆发力太弱，缺乏“打大仗”的能力。

会后，柯铭又将我单独叫到一旁，说：“程总，我总觉得每次开会和你们说了很多，每次你们也都会做，但总是有点虎头蛇尾。我希望这次你们能够实际、实效一些。”

他的这番话，让我感到特别惭愧。柯铭和顺儿提出的三个问题，讲到了冰泉营销的关键，把握机会太多，品牌扎根不够。

针对这三个问题，我和李志飞迅速做出了改进。

冰泉的直播合作已经达到了每月2000多个主播，头部主播有20多个，头部主播强则直播更强，所以我要求李志飞主动和头部主播签订年框合作协议，将冰泉的直播合作固定下来，使其变得更强。

淘贝直播方面，我们和穆子琦、天亚的合作不具备连续性，因此我做出了新的部署和要求，安排了专门的团队负责淘贝达人推广。

为了进一步提升品牌影响力，我做了专项的费用预算给李志飞，要求他在淘贝、东音、蓝手、小紫书上做出品牌宣传的专项种草推广。种草既是做直播推广的声量，也是提升品牌知名度和影响力的广告力量。

而在大节点整合营销上，我安排杨卓宝寻找专业的广告公司合作。因为专业的广告公司能给我们带来更加系统和立体的大促爆发力。

排兵布阵，统筹运营，我们在冰泉M电商集团积极前进的同时，迅速开发了与 M 电商集团超市和专卖店的合作。这也是淘贝非常重要的营销阵地。

而在京西和莎宁，冰泉也成了平台的新锐重点发展品牌。我们建立了专项合作、专项支持，做了细致的营销规划。虽然还没有取得完全的爆发，但是我们已经开始扎根和精耕。

反倒是在品夕夕，冰泉一直没有特别大的突破。品夕夕上有太多无秩序、无授权的客户，也有太多的仿冒品。这让我们非常苦恼。我一直认为，市场秩序是企业和品牌发展的高压线，绝对不能忽视。对于品夕夕这个特大型平台，冰泉始终在探索，却始终没有找到较好的策略。对于这一点，品夕夕的傅总非常不满意，他多次和我通电话。虽然我信誓旦旦地说会全力以赴，但却总找不到前进的力量。

冰泉在线上一路高歌时，线下也没有闲着。

随着我们线上气势如虹，线下的客户布局也快速覆盖，冰泉几乎和所有重点城市的重点超市渠道实现了全面合作。可以说，现在的冰泉在各大超市处处看得到、买得到。

只是，在各大 CS 渠道，冰泉明显推动力不够。这也许是因为化妆品店忽视口腔产品，也许是因为新消费在化妆品店还是以美妆和洗护产品为核心，也许是因为冰泉本身在线下化妆品店的品牌力和爆破力还缺一把火。在这个渠道，冰泉如同挠痒痒一般，没有激起什么波澜。

不过，我始终看好化妆品店的发展机会。我认为，在这个渠道，新品类发展是必然的，而冰泉作为口腔新消费的亮点品牌，也将会成为这个渠道的新销售和利润增长点。机会就是未来，而未来我们必须持续重视推动。

冰泉在各个终端的促销也在各个经销商的推动下全面展开，大堆头、大端架、大活动齐上阵。冰泉以全国性、全省性的重点连锁卖场为主进行推广，虽然不像之前天女散花般那样广泛，但也是热闹非凡，轰轰烈烈。只是，线下超市的冰泉促销好比烧开水，总是只能烧到 70℃，柴火很多，火势也很旺，却总是缺一点火候，烧不开。这也让我非常焦虑。但是，我和团队，尤其是和刘奇更多的是强调坚持战斗，坚持促销，既要有精耕的思维，又要有持续投入的思维，不大鸣大放、无原则、无底线投入，但也绝不放过重点超市促销的任何一个机会。

线下让人振奋的是，我们在沃森氏和潮流店渠道的业绩很亮眼。

在沃森氏，冰泉已经进入口腔产品前三位，好看、好用、好玩的产品理念，完全符合沃森氏时尚发展的理念，也俘获了很多沃森氏的年轻消费者。对此，我不得不佩服沃森氏的口腔负责人阿玉。当初我们在沃森氏的专供产品就是在她的主导下确定方案的，正是因为她对沃森氏消费者的深度理解，才有了我们与沃森氏专供品的高度匹配。当消费者看到自己喜欢的商品又特别喜欢用的时候，就能形成不断加大的销售循环。沃森氏的采购总监 Steven 是冰泉年轻化口腔创意的建议者，也是冰泉的喜爱者。他对冰泉的业绩也非常满意。

潮流店是线下渠道发展的新力量，个性化、特色化的店铺调性吸引了年轻时尚的新消费者，而冰泉的产品和潮流店特别融合。潮流店讲究的不是促销力，而是产品的吸引力，冰泉在这个渠道同样完胜。

渠道营销力的增长让我们在 2020 年下半年有了一个全新的发展框架，有基础盘子、创新机会、爆破亮点、培育积累。冰泉的渠道发展力也契合了我当初守正出奇的经营思路，至少，我们在守正上已经具备了驾驭的能力。

营销在增长，职能支持体系也在全力服务和协同，冰泉各个板块的负责人也进入了完全的管理掌控状态，这让我发自内心地高兴，这种高兴让我在自信自豪的同时，也让我在融资项目推动上更加强大。

3. 第一次融资完成

投资公司的工作都特别严谨，从初次沟通到二次交流、合伙人面谈、参加路演、签订保密协议、看数据、高管访谈、估值谈判、形成 TS[①]、

① TS：Term Sheet of Equity Investment，投资意向书。

财务法务尽调、签订合同后正式投资，这是一个完整的专业化运作过程。

经过多次路演后，冰泉进入了多个投资公司看数据、高管访谈的阶段。

我是融资的初级学习者，冰泉高管团队对融资更加陌生。伙伴们听说要做高管访谈，都有点紧张，问我有哪些注意事项。

虽然我也没有这方面的经验，但依旧送给团队八个字：**实话实说，真实表达**。

在有投资意向和共识的前提下，我觉得我们对投资公司越真实越好。自己怎么想的就怎么说，怎么做的就怎么讲，真实才真诚，真诚才能赢得投资公司的尊重和认可。在前期的沟通谈判和路演中，我就是这么做的，因此我对团队也提出了同样的要求。

其实，冰泉的高管团队都是实实在在的创业者，既没有让人眼花缭乱的简历，也没有气宇轩昂的高层气质，更没有天花乱坠的虚无。大家有的是多年的经验，有的是对市场和渠道的把握，有的是对市场的敏感洞察和快速反应能力，以及对创业的执着和不懈的奋斗精神。我认为这就是冰泉高管团队最真实的一面，也是我们冰泉的特点和个性。相信认可冰泉经营价值观的投资者，会同样认可冰泉这个并不年轻但是却有冲劲儿的团队。

在访谈过程中，投资人对冰泉团队的评价和我一致。

在我的鼓励下，刘奇、杨卓宝、黄俊凯、李志飞、徐琳和韩工在访谈中开始变得自然，变得游刃有余。

自然的沟通往往容易形成共性认知。几乎所有的访谈结束后，投资人都会有这些认知：我是方向驾驭者，高管们是策略驱动者，我们团队整体是一个务实又创新的奋斗者。我觉得务实奋斗的团队很加分。

看数据，做访谈，加上路演评估，冰泉获得了多个投资公司的认可，他们认可冰泉是一个好项目，是一个潜力很大的机会项目，也是一个值得信任的有未来的创业团队项目。我们冰泉人用自己的真诚和真实打动了投资人。

第一个给我们 TS 的是贝曼资本，并给出了数亿美元的估值。他们愿意投入 15%来加持冰泉的项目，也就是投入资金数千万美元。这让我们很惊喜，也很兴奋。

贝曼资本是国际顶尖投资公司，团队特别认真用心，并且特别耐心和细心，而且贝曼资本的罗宇总自带明星光环，这对冰泉来说真的是一件大喜事。

好事往往成双，刚刚收到贝曼资本的TS，中午，贞荣的TS也到了。更重要的是，贞荣对我们的估值比贝曼资本还高了5000万元。虽然他们的速度慢了一拍，但是他们对冰泉的重视毫不吝惜，事先他们也不知道贝曼资本给冰泉的估值，所以也不是用抬高估值来抢合作机会。

两个机会摆在我们面前，让人难以抉择。

从我个人来讲，我对贝曼资本和贞荣都非常认可。我们在经营合作理念、公司资源共享、彼此的性情和价值观等方面，都非常接近。这两个团队也非常有特点，一个基本上都是女性，细腻、务实，用心、贴心；另一个基本上都是男性，积极、高效，包容、进取。

从契约精神看，贝曼资本提前半天给了我们TS，而且我还和罗总通了电话，彼此之间有了君子之约，这是一种信任，我们应该选择贝曼资本。

从实效角度看，贝曼资本虽然给了我们TS，但还不是非常严格的法律规范，我们还没有确认，而贞荣给出了更高的估值，我内心对贞荣非常亲近。选择贞荣，我们可以收获更多的回报。

面对抉择，我左右摇摆。下午，我径直去了美天古总的办公室。也许听听他这个投资人的意见，我的思路会更加清晰。

我花了十分钟向古总介绍了情况。古总并没有马上表态，只是问我："你自己怎么看，有什么想法？"

古总将问题抛回给我。我又将自己对选择这两家公司的利弊阐述了一遍，继续请古总给我提点建议。

古总依然没有表态，只是笑着问我："你对这两家公司都有情感，也都认可。但是在做事上，你是一个讲规矩的人，还是一个讲利益的人啊？你是冰泉的老板，你自己确定嘛。我作为投资人，你做任何决定，我都会支持你。"

古总没有给我答案，但他的一番话让我马上有了答案。那就选择贝曼资本吧，规矩和原则一直是我为人处世的信条。面对取舍，我不会也不应该为了趋利而辜负别人的信任。

古总真是一个高人，他用价值观给了我最终的决策依据。

虽然这样会让贞荣的团队很不愉快，但是我想，我们冰泉坚守的这种道义，还是能够得到他们谅解的。

虽然事后有其他投资公司的朋友和我说，TS 并不是绝对的，也没有 TS 先来后到之说，自主权完全掌握在自己手里。但是我个人认为，有时候，合作者之间的君子约定也是管理者的境界和格局。

我们选择了贝曼资本的 TS，签约发回文件，也就同步启动了贝曼资本的尽调。

对于贞荣，我纵有千万个不舍，但也只能表示遗憾。虽然李锐他们对于没有最终达成合作感到惋惜，但是我和他却成了非常好的朋友。后续在很多事情上，李锐都给了我很多建议和支持。这也是我的幸运，结识交往了很多非生意合作类的朋友和贵人。

因为是第三方的财务和法务尽调，所以贝曼资本的程序又走了一个月。不过，冰泉从启动之初就是完全按照系统性的规范操作的，所有的资料和手续都非常齐全，所以尽调也就非常顺利。

尽调后，贝曼资本再次过会确认最终的投资合同签署。

对于投资合同，我更是一片空白，必须请一名专业的融资律师来为我们做合同沟通和把关。

人缘好的我，运气也很好。几个投资人朋友纷纷给我介绍律所和律师。虽然这一次他们没有取得和冰泉的合作，但是我们彼此之间依然保持着交往的热情。很快，我就找到了北京天商律所的杨征律师。

杨律师是行业资深律师，典型的东北人。我一直没见过她，但是她的认真、用心、专业、效率都是我从业以来认识的律师中最好的。所有情况她一看就懂，一说就清，一讲就明，而且做事有理有据，清清楚楚，不强势又很讲道理，不弱势又很真诚，讲话干脆利索，办事高效快速，真的是一个让人非常信服的人。

融资合同都是有范本的，其实主要是掌握一些细节问题。我非常尊重金融投资行业的规矩和要求，对未来也没有过大的防范心理。我想的更多的是如何通过融资做大冰泉，如何确保事业的成功、利益的共享。

对于约束条件，只要是合理的、能推动公司继续前进的，我都可以接受。

有时候，我是一个粗糙的人，不喜欢纠缠于细枝末节。有杨律师把大关，让她和贝曼资本的律师沟通，一切就变得简单多了。

十天，杨律师真的只花了十天，就让我们签订了融资合同。这一次的合同，不仅让冰泉形成了合理的估值，而且进一步优化了冰泉的股权结构，成立了一个新的期权池，通过期权池也让我和团队的股权进一步加大、加强。这是投资人的要求，他们必须让我和团队能够从法人治理结构上实现对公司的控制，也是让我们锁紧冰泉公司。当然，这其实也是团队早期的想法，所以一切顺理成章。

我们马上将合同寄往贝曼资本德国总部，因为是以美元投资，德国方面确认合同之后就会办理汇款。

从访谈开始，我们前前后后又花了将近一个半月的时间，终于完成了融资交割。资金到位，冰泉成为贝曼资本投资体系的一员。我们同步完成了公司的工商变更，冰泉正式转型为中外合资企业，进入了一个新高度，同时迈入了资本赋能的全新时代。

4. 财务规范

融资完成后，账上多了几千万美元，我又有了更大的野心：做大，做更大。

想着做大的同时，我也意识到了财务规范的重要性。财务是企业价值的保障体系，一个优秀的企业必须具备优秀的财务管理能力。

因此，财务管理升级也成为我们融资后的第一项重要工作。在创业之初，冰泉就招聘了专职的财务总监徐琳。虽然有了财务管理，但是资本赋能以后，必须进行全面的财务管理升级，才能适应未来更多的资本化需求。

徐琳是广州人，从事财务工作近20年，有多家大型上市公司的财务管理经验，在专业能力方面极其优秀。冰泉毕竟还只是初创企业，如何在企业成长期建立更适应业务发展的财务管理体系，非常关键。

“谁的地盘谁做主，徐琳，你必须做一个更完善的财务管理体系框架啊。”我直截了当地和她说，让她加快工作进度。

“程总，你有什么想法吗？你需要我做哪些规划呢？”徐琳很小心地询问我的意见。

我这个人性子急，一听这话有点生气，很不客气地说：“你是财务负责人，怎么能够问我怎么做呢？你按照管理和规范要求制定框架就可以了。”

“我不是那个意思，我是怕程总你还有特殊的要求嘛。”看到我不高兴，徐琳赶紧不多说，匆匆回到办公室，开始财务整体规划工作。

财务组织架构和分工、人员管理职责和定岗定编、财务报表制度、财务管理制度和流程等相关方案，很快就做出来了。这些方案都是在冰泉前期财务管理体系上的升级。其实，从冰泉创立之初，财务管理制度就是沿用美天的财务管理模式，而美天是按照准上市公司模式建立的体系，在整个行业里面都非常先进。所以我们的财务管理也一直非常规范有序。这一次的升级，也是结合冰泉的实际，融合了美天的财务管理模式。

看完徐琳的基础规划，我才正式找她，和她沟通我的一些想法，也提出了以下六个管理要求：

第一，必须建立财务管理的信息化能力。

我们必须拥有信息化的财务快速管理体系，因此，我安排徐琳评估银蝶和用朋这两个财务管理软件公司，最终选择了银蝶财务和办公自动化系统。完成这项工作需要2~3个月的时间，虽然周期有点长，但是磨刀不误砍柴工，该做的工作一点都不能拖延。同时，我将公司信息系统管理的IT专员也放在财务部统筹管理。

第二，必须建立全面规范的财务内、外部软件对接。

无论是OEM工厂还是物流快递，我们都要做好全面的财务对接，同时，在内部各个部门的财务数据衔接上，尤其是供应链体系方面要做到精准把关，确保财务数据的真实有效、各项工作简单实效。

第三，培养内部财务数据自动化分析能力。

我和冰泉的各级管理人员必须具备财务管理和数据分析能力。如何让财务数据最快到达每一级管理者，如何让冰泉管理团队根据数据做好过程管理、目标跟进、各项评估，这都需要培养公司整体以及各个部门的数据清单对接和日、周、月的数据化驱动管理能力。

第四，建立财务预算费用管控和月度经营分析制度。

只有有效的财务预算，才会有财务费用管控。费用管控做好了，企业经营才会有价值。因此，费用管控非常关键，无论是行政费用、品牌费用、采购费用、供应链费用还是其他业务费用，除有制度和流程以外，还要做好费用预算的过程监控和改进，以确保预算有效执行。

在费用执行管控的同时，我们也要做好费用核销的把关，以确保各项费用的真实性。

我要求徐琳将月度经营分析会作为财务部门和其他各个部门之间财务沟通的主要机制，每月中旬针对月度费用的管控进行合理性评估和改进性推进。

第五，做好财税规范化统筹。

冰泉是按照准上市公司的财务管理模式构建的财务体系，所以除财务管理的严肃性、严谨性和严格性以外，我们还必须做到各项财税规范化，合规合法做好统筹，该交的交，该优化的优化，要有财务管理的智慧和技巧。

第六，做好现金流管理和盘活。

现金流是企业的命根子。在上半年冲锋当中，冰泉就差一点陷入现金流困境。因此，我要求财务做好现金流控制分析，做好财务现金流的资金运营，让业务有足够的能力去推进，也让企业的账上资金能够最大限度地盘活，并带来相应的回报。

看到我一下子安排这么多项工作，徐琳有点惊讶，连呼忙不过来。我没有着急，我知道，我一下子将自己的想法全都说出来，的确会让她有泰山压顶的感觉。但是，如果没有一开始就提出财务整体的管理要求，那么财务管理就只是一个做账管理，只是一个随意的财务基础管理。

我没有和徐琳过多解释为什么要做这么多项工作，而是和她一起制订财务管理项目的计划书。我和她强调，全方位的财务管理不可能三两周就完成，但是管理一定要有项目的意识。只有建立相应的财务工作推进路线图，按照项目管理的方式一步步推进和完善，我们的财务工作才能真正迈上一个新台阶。

当我们的项目管理方案明确以后，我们的财务管理工作就能够一步一个台阶，走上更好、更有利、更见效的高度。

做到从整体上有财务的管理框架，从实用上有财务管理的效率，从细节上有财务管理的效益，我们冰泉的财务管理就能够真正走向新的高度。

在实际的财务体系完善过程中，冰泉的财务管理并没有想象中那么顺畅。

业务部门开始给我提意见，认为财务流程太烦琐了，有些关键业务因为拖后，客户怨气较大，也丢失了很多机会。业务部门和财务部门的冲突频繁。

供应链部门也有想法，在业务的实际操作管理中，前期总是有账货的差异，彼此之间也有些“扯皮”，互相掐架。

我没有批评财务的徐琳，也没有绝对顺从业务的意见。面对问题，我认为最主要的是去解决问题，并找到能使问题不再出现的机制。

我专门召集公司所有部门负责人召开了专项会议。

我对业务部门说，你们不要听财务的。你们业务才是王者，是生意推动的核心力量，要想尽一切办法做生意。你们必须快速驱动业务和财务管理配套，这样才能让生意有更多的增长和突破。

我也对业务部门说，你们必须听财务的，因为财务科学规范是冰泉管理的基本要求。只有合规、合理、合拍的工作效率，才能让我们的生意得到持续保障。

也就是说，业务部门必须在财务的管理要求下才能更快更好地推进工作。每一个业务部门负责人要主动驱动财务协同工作。在财务沟通遇到问题的时候，要么按照财务的要求执行，要么请示我特事特办。总之，一切要以生意向前推进为前提。

和业务部门讲完制度、流程后，我又当着所有部门负责人的面，给徐琳讲了类似的话。

你不要听业务的，业务虽然想尽办法做生意，但是，有些想法不现实也不合理，财务部门要看好预算，算好账，控好钱。

当然，财务也要听业务的，当我们有新的商业模式、新的生意机会、新的财务管理灵活性要求时，在部门权限范围内，财务必须无条件配合；不在部门权限范围内，则必须第一时间向我请示。为了生意，财务要做好服务赋能。

也就是说，财务部门要守住自己的管理防火墙，符合预算和规矩的马上推进，不符合的马上请示。只要能让工作有序向前推进，财务就要充分灵活管理。

从内心深处讲，我们冰泉的财务管理也不是一下子就能绝对做好的，需要在管理中去优化、精进和升级。因此，我对财务管理的要求在于马上实现公司化运营，而冰泉的各项工作要在前进的过程中变得更加强大。

不经历风雨怎么见彩虹，冰泉的财务管理工作也是这个道理。

5. “双11”谋划

下半年最重要的营销战是“双11”，而“双11”在日化行业早已不是11月11日那一天，而是要持续10~11月两个月。因此，每年“双11”的规划在8月底就要明确和落实。

这一次的“双11”是冰泉营销突破以来的首个“双11”，也是冰泉下半年冲出销售新高峰的最佳机会。所以，我在8月初就和团队提出，必须建立“早谋划、早规划、早计划”意识，全面准备，全力以赴，做出冰泉的新气势。

对“双11”的谋划绝对不是自娱自乐。我和冰泉团队强调，一定要先听平台、听渠道、听客户的，再做出自己的谋划。因此，“双11”谋划的起点是与平台、渠道和客户广泛沟通，听取他们的意见。

我负责带领李志飞拜访M电商集团和京西电商集团，做出线上大平台“双11”样板。刘奇负责拜访线下经销商和大卖场，听取他们对“双

11”的意见。而杨卓宝则与外部广告公司沟通，了解“双 11”整合营销模式创新。

大家分工协作，做出了“打大仗”的姿态。

第一站，我和李志飞到了杭州，直奔 M 电商集团。

M 电商集团的柯铭一直非常重视冰泉的发展，他和顺儿再一次非常热情地接待了我们。

“上一次我们在你们的指导下进步很快，我这一次是来道谢的！”我也学会了拍柯铭的马屁，但这也是我的真心话。

柯铭也和我打趣说：“程总现在说话也这么虚了啊！”大家都大笑起来。他们是高效率的人，我们也就直接进入了沟通状态。

这一次，柯铭给我们提出了“双 11”推广的五个要求。

第一，冰泉必须从流量机会运营走向人群精耕推广。

第二，冰泉必须尽快建立“333”产品矩阵，要有爆品、趋势品和培育品的整体发展意识。

第三，冰泉必须做出站内内容种草特色，尤其是 M 电商集团“满天星”计划要做出亮点。

第四，冰泉在淘贝直播方面必须强化，实现新的销售冲锋突破。

第五，冰泉必须做出“双 11”的节奏，和平台整体营销安排充分融合互动。

柯铭真的是营销专家，毕竟他既有宝生的操盘经验，又有平台运营的深厚功底，提出的这五个要求非常明确和具体。我对此非常认同，也要求李志飞尽快落实到细节。

为了让我们更好地打开思路，有更清晰的操作提升，柯铭安排顺儿给我们分享了一些先进品牌案例，让我们了解同类新锐品牌是如何在 M 电商集团持续突破和稳健发展的。对于冰泉，柯铭最担心的是发展的节奏和持续性，这需要我们用实际行动来改变。

这一次，柯铭给了我们操作性的全新认知。

李志飞一直在认真听，做记录。会后，我又和他理了理思路，要求他在月底前制定出详细的“双 11”目标、操作方案和预算。

到了京西电商集团，我们拜访的是个护总监周言。周总是东北人，原来也是艾之玛的商品采购负责人，是行业的“老革命”。他不停地问我：“你认为M电商集团和京西电商集团的销售比重应该是多少？”这个问题让我很难回答。从内心讲，我知道合理的比例至少要做到六四开，但是冰泉目前在京西还只是百万级的销售量，和M电商集团的千万级销售量相差甚远。但是，周总的话也让我深度反省，我想他并不是要在我们的销量上较真，而是对我们在京西始终没有找到兴奋点而着急。

因此，在京西电商集团，我们讨论更多的是关于如何结合京西的营销组合拳做出冰泉的机会点。冰泉最重要的营销突破就是找到那把锋利的尖刀。

对于产品促销方式，营销借势方式，节点爆破办法，我们都有讨论。总之，冰泉在京西的“双11”就是要从方法中找方法，从机会中找机会。

方法和机会是试出来的。因此，针对京西的“双11”，我们和经销商北京朝戈一起共创了个性化的推广突破方案。

莎宁的胡总和爱品会的张总也都是我的老朋友，只是我们在这两个渠道始终没有崛起，销售不咸不淡。李志飞和我说是品牌还不够成熟的原因，我却觉得这是一个借口。对于莎宁和爱品会，我和京西电商集团周总的观点一致，那就是必须找到突破点，甚至是投机点，去形成独特的势能。虽然平台与平台之间有竞争，但是我们可以做出竞争平衡的盘活方案，让每一个平台都有冰泉的人货场营销特点和冲锋点。

M电商集团抓精耕，其他平台抓机会，大方向就这么定下来了。李志飞带领冰泉电商团队进入具体方案的规划阶段。

刘奇的出差频率非常高。对于线下终端工作，他是老手。把线下交给他干，我非常放心。线下的“双11”也是由他主导。前一段时间，我的工作重心基本在融资上。融资完成后，我也专门与他会合，拜访了几位冰泉的线下重点客户。

郑州、成都、合肥、南京、杭州和福州，我用一周时间去了这6个城市，几乎一天一个城市，一天一个客户，一天看一个市场终端，忙得很充实，收获也很大。

郑州的老何建议我们做出促销的花样，通过各种特色促销拉动销售，通过促销赠品或者促销形式的创新实现冰泉产品的销售竞争力。

成都的老刘，观点比较简单，就是多上堆头，多做特价，多上人员，多支持就是硬道理。他愿意对冰泉投入，但是更希望获取公司更多的支持。

合肥武总的推广建议，是希望我们能够线上线下联动，因为很多大卖场现在都在做线上推广，做新零售活动。如何通过新零售拉动冰泉整体的销售力非常重要。

南京的徐总则建议我们多给试用装，多送一些产品给消费者，因为他非常认可冰泉的产品质量，认为只要我们让消费者试用过，就能在促销的时候提高销售转化率。

杭州的张总特别看重赠品，希望我们除了用自己的产品做赠品，最好能够外采一些新奇的赠品送给消费者，让消费者更有购买兴趣，也更加认可冰泉的销售价值。

福州王总的想法很独特，他提出除了做好基础的陈列形象，还可以通过产品换购在重点大卖场打开局面，因为换购能在光辉等大卖场中起到非常好的销售示范作用，也是销售爆发的最好方式。

可以说，每一个客户都有自己的想法，也都有非常接地气的市场建议，只是缺乏共性。“双 11”的销售推广共性是要有力度，但是如何体现各地的力度却明显各有特色。

回到广州，我问刘奇这个“双 11”有什么打算。

刘奇和我很有默契。他认为，这个“双 11”不要做统一的促销模板，可以通过一地一策、一客一策的方式去落实，在政策支持可控的情况下，针对重点城市、重点客户做专项合作，什么方式好就做什么，用实际成果来证明促销方式的有效性。这其实就是我心中所想的，百花齐放，百家争鸣，冰泉线下现在不需要统一模板的大促方案，因为没有哪一个方案在实际推广中验证了效果。我们正好可以通过“双 11”，在各种方案中找到那些适合冰泉推广的共性模式。

杨卓宝和外部广告公司的沟通也在 8 月有了一个初步结论，那就是要做有特色、有话题、有 IP、有消费者内容触动的整合营销方案，实现冰泉在某一个产品点、营销点的单点爆破。

对此，我反倒觉得有点虚，感觉广告大于营销，这让我对冰泉的整合营销产生了困惑。

冰泉“打大仗”需要广告，但是冰泉还没有达到通过广告实现销售转化的品牌能力。我更希望冰泉通过特色产品做出特色内容，形成“双11”节点销售冲锋特色的推广模式。

后续，我也和广告公司开了几次会，但始终没有找到那个让自己激动的频道，推广整合营销方向一直确定不下来。

但是，市场不能等待。在对市场调研和摸底后，我安排大家各自分工做方案，8 月底做规划评审。

我提出这个要求后，李志飞和刘奇就对我提出了反对意见。他们认为我老是要求做规划、做完整的营销框架，太复杂，也太浪费时间了，希望我不要太教条化。

我并不认为做规划是教条化。做规划是为了让我们对目标有清晰的推广方向和方法，有清晰的路径和导航，知道工作重点和分工。只有规划到位，我们的营销成果才能可控。

也许是团队内心有抵触情绪，也许是这些方案的确有些复杂，也许是我的要求过高，刘奇和李志飞的方案直到 9 月初才提交评审。而且，经多次评审后，我非常不满意。

李志飞的方案没有真正结合 M 电商集团柯铭和京西电商集团周言的要求，也就是说没有具体体现 M 电商集团的流量创新，没有明确的京西突破性机会方案。整个“双 11”规划显得有点虚，太形式主义，太教条化。

刘奇的“双 11”方案没有体现出具体的营销操作要求，只有框架性的促销方案，缺目标，缺促销策划，缺那种快意大促、轰轰烈烈战斗的营销气势。方案都有了，但是没有整体的谋划。

杨卓宝对“双 11”的理解也有些困惑，她甚至觉得“双 11”主要是渠道的工作，她只需要做好赠品和形象物料的支持配合就行了。

面对大家的状态，我又有点担心自己与团队脱节了。

6. 寻找营销爆点

我对团队的“双 11”规划不满意，团队对“双 11”的操作也不理解；我感觉大家缺乏整体和立体思维，而团队则感觉我的要求过高，缺乏有力的突破性支持；我对“双 11”的期望值很高，而团队则陷入不断做规划的无效工作中。这种状态让我和团队非常疲倦。

究竟应该如何去推动“双 11”的爆破？我静下心来，想想团队的诉求其实也很真实。我希望他们爆破，但是公司品牌却缺乏爆破的武器。这才是根本原因。

做大规模的整合营销，又没有能够让人兴奋的创意方案。

投入大规模的广告和内容营销，转化率如何保障？

大力度的促销是一把双刃剑，会影响价格体系和长期经营，是饮鸩止渴。

争取平台给予超级品牌日的支持，这对冰泉来说非常困难。

我开始从对团队的不满意，转向如何让团队满意的思考当中来。我要寻找一个营销爆点给团队赋能，让团队看到一把充满势能的火炬。

9 月，因为直播的关系，我拜访了几个合作伙伴，其中也包括网络头条。网络头条是我的好朋友李浩和王威创办的。他们原本是想做一个网红直播媒体，但随着市场变化，他们逐渐将其转变成为了一个直播推广中介机构。

因为是好朋友的关系，李总和王总也非常支持冰泉，而冰泉也积极加入网络头条的各项业务推广活动中。当然，李总还给了我一个网络头条商友会副会长的身份。虽然是友情参与，但是在直播信息收集和直播业务管理升级方面，这层身份还是带给我们不少帮助。

虽然冰泉现在已经是东音和蓝手的口腔头部品牌，但是要了解市场的变化和趋势，实现更大的创新和突破，还是要和朋友多交流。

9 月初，我带着杨卓宝专程拜访了网络头条的老总。

李总是行业的老革命，有三十多年的日化经验，做过技术负责人、公关公司，也做过品牌，网络头条是他再次创业的新平台。凭借着深厚的人脉资源和对市场的深度认知，他总是有自己独特的见解。而王威是一个特别有冲劲儿的营销人，对传统营销、微商营销、直播营销都有涉猎，学习能力极强，也非常有想法。

老朋友见面，不仅是喝茶。一方面，我要求卓宝尽快落实与网络头条的直播合作；另一方面，我也想听听他们对直播未来发展趋势的介绍。

到了办公室，老李一边泡茶，一边批评我："程总，你现在创业做大了，也不过来和老朋友聚聚了。"

我赶紧解释说："最近实在是太忙了，加上做"双11"规划，搞得我晕头转向的。"

老李也是湖南人，听到我的解释，一边叫我喝茶，一边眯着眼继续和我说："我知道你忙，也知道你现在的直播做得风生水起，但是我觉得你们还是有一些问题。我看冰泉每个月的直播达人有一两千人，规模非常大。你们虽然在头部和中腰部主播方面做得不错，但是在超头部主播方面缺乏持续性，也就是你们和超头部主播的捆绑做得不够。这就说明你们的销售还有很大的机会。"

老李不愧是行业老兵，直接击中了我们当前工作的核心要害。他说的其实也是我目前比较重视的。虽然平时冰泉的直播工作让我有些骄傲，但是实际问题也非常明显。

"李总和王总有什么建议呢？你们要多帮我们在超头部主播方面实现更好的突破啊！"我赶紧请教他们，希望能获得一些锦囊妙计。

王威连忙插话："超头部主播其实就是天亚、穆子琦和星程这三个。我看了一下数据，你们的表现还不错，但是冰泉和他们的合作频率并不高，关键是没有进行深度捆绑。"

老李同样附和道："我觉得你们缺乏和超头部主播合作的整体策划方案，还是用达人直播合作谈判的老方式去做，这样其实没有未来。你看看，和超头部主播合作的那些品牌，基本上都有非常个性化的方案，有年框，但你们却是以点合作，每一次合作都要花费很大的精力。"

这句话再一次点醒了我。是啊，我们在和不同的主播合作时没有深度，总是要在机制和贸易条款上去谈判，缺乏品牌和主播战略合作的方案，缺乏整体合作的目标框架。

虽然他们最终也没有给出什么具体的方案，但他们让我明白了一点：冰泉必须在与达人直播合作上实现质的飞跃，也就是要给达人分类、分层，去建立不同层级的合作管理策略和方案。

回到公司，我第一时间找李志飞沟通，同时叫来了他手下的直播经理刘农一起来讨论。对于我的直播精细化管理要求，李志飞并没有带给我兴奋的感觉，倒是看到刘农充满了斗志和想法。

刘农是我一个好朋友的前属下，以前一直在线下工作。后来他自己创业失败，待业在家。我感觉这个小伙子挺有冲劲儿也有韧性，就叫他过来冰泉，让他一边学习直播，一边搭建直播团队。我始终觉得，一个人只要想学想干，就可以给他平台让他去冲去干。我觉得给人机会就是给自己机会。

李志飞认为天亚、穆子琦和星程已经与口腔行业的头部品牌建立了深度合作，很难动摇他们的关系。我们很难再与他们捆绑，只能找机会随机合作。况且他们的要求太高，我们在竞争方面还很薄弱。

刘农其实很敢干。他有强烈的冲锋意愿，也提出了很多想法和建议，但是因为入行不久，不是很切实际。

我对他们提了直播管理的两个要求：

第一，必须做主播分层、分类的精细化管理。这项工作是我们提升直播推广专业化能力的保障。

第二，和超头部主播的深度合作是我们当前的关键性突破工作，再难也要做，要想方设法去做。

同时，针对第二个要求，我也给出了建议。天亚和穆子琦的确是对品牌要求比较高，我们想要和他们进行深度合作，还需要从长计议。但是星程的机构创新欲望比较强烈，愿意给更多新品牌机会，所以我们可以从与星程的合作上找突破。如果我们集中精力实现与星程的深度合作，就能让冰泉建立一个新高度。

我们没有必要在全部超头部主播身上全力出击，可以先集中突破一个超头部主播，形成单点效应，从而形成超头部主播的品牌影响力。

星程的公司就在广州，我们拜访起来也比较容易。于是，我马上通过行业老朋友的介绍，找到了星程的商务负责人。

同时，我要求李志飞和刘农结合主播的分层、分类的管理要求，制定了星程直播机构的专项深度合作方案，包括全新的产品机制、合作条款、年框思路等。

星程的商务负责人张艳和李健，一个非常温柔，另一个非常傲气。我带着李志飞、刘农过去拜访的时候，张艳特别热情地对我们说："欢迎欢迎，欢迎程总带冰泉来指导工作。"

而李健则用冷冰冰又低沉的声音说道："你们冰泉在直播方面太不专业了，操作也很粗糙。"

这个时候，张艳赶紧补了一句："所以你们和星程合作时要加强改进啊。"

其实，张艳和李健都非常年轻，但他们已经是直播领域的行家里手。他们虽然嘴上这么说，但是对冰泉品牌还是非常认可的。我自认为冰泉的品牌创意非常符合年轻人的喜好，符合直播推广的形式，但是他们觉得，如果我们将现有的冰泉产品拿到星程直播间销售，那么会缺乏竞争力。也就是说，如果我们把其他主播的产品和机制提交给星程，就会让他们觉得过于同质化，无法实现销售爆破。

怎么办？

张艳建议我们给星程提供特供的直播产品，有独特的产品竞争力才能形成真正的销售力。张艳是一个非常知性的人，情商很高，有极强的沟通技巧。针对我们的改进方案，一方面，她站在我们品牌的角度告诉我们如何做出更好、更适合星程的产品，如何在与核心主播兆梦合作后推动与星程的整体合作；另一方面，她很贴心地替我们算账，让我们知道如何投入才更加合情合理、更加持续，如何与星程实现共赢。

李健的简单刚性和张艳的和风细雨让我感觉这不是谈判，而是告诉我们如何更好地适应直播赛道，如何更精准地找到直播的味道。

走出星程办公室，刘农和我说："他们也太强势，太傲气了！我们好歹也是新锐领导品牌，怎么能这么不给面子！"

我没和他多说，更没有和他产生共鸣。年轻人，把生意做得这么大，有点傲气是正常的。另外张总很知性、很善解人意。每一个企业都有不同管理风格的人，每一个人都有不同的为人处世的方法，只要我们都是为了工作，那么采用哪种方式都是自然的。我和李志飞、刘农强调：张艳和李健既然给我们开了“药方”，那就代表他们认可冰泉品牌，有和冰泉深度合作的意愿。现在我们要做的就是和他们共创一个直播专供品，建立机制和年框。

我并不认为这次的沟通和谈判是失败的，相反，我认为这是成功的开始。

回到公司，我马上安排卓宝做产品开发计划，安排刘农与张艳做产品共创的高效对接。

产品优化方案很快做了出来，对于包装设计和技术升级，我也要求特事特办，加班加点完成。想快就能快，结合双方的想法，我们在非常短的时间内拿出了共创的牙膏、漱口水和儿童牙膏三套产品方案。星程的工作效率也十分让人称道，我们基本确定了与星程机构核心主播兆梦进行深度捆绑合作的方案。

我们第一次和星程合作的直播安排在9月下旬。成人牙膏销售额412万元，儿童牙膏销售额196万元，漱口水销售额210万元……通过兆梦的一场直播，冰泉获得了超过800万元的销售额，这仅是一次直播的战绩。

冰泉的超头部直播第一次取得了历史性突破，这真的是超级业绩，也超级刺激。

李志飞和刘农都非常兴奋，也真正感受到了与超头部主播合作的快乐和快感。直播管理如同登山，当我们找到了登山中的捷径，登顶的速度就会很快。

当团队击掌相庆的时候，我又找到了柳暗花明又一村的思路。

“双11”不是需要营销爆破点吗？兆梦的直播就是我们的引爆点！我们完全可以将兆梦的直播融入“双11”电商方案之中，通过兆梦的流量和销量形成我们的势能，再通过这个势能引爆电商整体“双11”的推广突破。中心造势，周边取量，兆梦的直播就是我们中心的那个势能。

因为是年框，星程这边也愿意和知名的新锐品牌长期合作。在张艳总的支持下，兆梦这边的合作方案很快就由刘农去落实了。

因为找到了营销爆破点思路，我们的“双11”方案也立刻以这个营销爆破点为核心去优化，李志飞也终于兴奋起来了。

9月底，冰泉线上线下“双11”规划全部敲定。虽然时间有点晚，但是好饭不怕晚。思路有了，我对团队的“双11”目标就心中有底了，团队对“双11”的信心也建立起来了。我们从松散的游击队方案，优化到了整体、立体和个体的“双11”“三结合”方案。

线上方案敲定了，刘奇针对线下的一地一策创新方案也做出了具体的细节要求，线下“双11”方案也尘埃落定。

同时，针对“双11”，我要求采购部门赶紧下单备货，所有的后勤管理体系都要围绕着“双11”构建相应的保障计划。

7. 推广媒介战略升级

做“双11”的规划，让我发现了冰泉管理的两个问题：一是我们过于专注单点营销发力，而缺乏品牌整合运营；二是我们的确缺乏品牌推广的全局性思路和创新性思维。

我们的营销管理，不仅要抓好日常的细节，还要抓好各项业务策略的推动，更重要的是还必须有品牌整体的战略目标和整体营销驱动思路。日常工作推动策略实现，而策略则依靠品牌整体管理来实现各个部门工作的融合和放大。

品牌整体战略管理看似有点虚，似乎没有明确的目标管理和有效的衡量标准，但是，我始终认为，任何一家企业的品牌管理绝对不能随意为之，或者随波逐流，更不能依靠机会主义来推动发展和壮大，而是要具备品牌整体的价值驱动营销能力。

我和杨卓宝的市场部团队召开了专项会议。

会议中，我和团队强调，市场部是价值驱动部门，而不仅仅是产品开发部门和广告落实部门，必须有整体的品牌战略规划、年度品牌策略思路、明确的市场竞争制胜方法、整体详细的市场推广节奏、具体的市场服务协同机制。

品牌战略规划是品牌价值模型。冰泉的定位是口腔牙膏，要做时尚、炫彩、潮流的年轻化口腔产品，要做年轻人更喜爱的好看、好玩、好用的口腔产品。我们要经营有生活和社交属性的口腔精致生活方式。品牌规划是一个品牌的罗盘和价值模型，要建立品牌金字塔。

年度品牌策略思路，则需要我们有针对品牌市场地位的发展计划，有针对市场地位目标的产品开发计划，有针对品牌推广和媒介组合的传播计划。这是品牌年度的整体行为指南针。

明确的市场竞争制胜方法，则是要知道如何在整体口腔市场做好竞争超越、竞争突破和竞争应对，实现在竞争中的弯道超车。

整体详细的市场推广节奏，则需要我们针对品牌策略制定分季度、节点、主题的整体市场营销整合方案和预算，做出品牌价值发展力和渠道销售冲锋力。

具体的市场服务协同机制，则是根据分阶段的市场推广方案，做好各项市场行为的响应服务，如线上的种草蓄势，线下的终端形象物料，新品上市的各项帮扶措施等。

这不仅是一个思路和逻辑，也是冰泉品牌全面管理的要求。

我和杨卓宝要拥有这样的整体管理高度，每一个市场部的业务板块管理都需要按照这样的模式去设计和推动。

团队质疑我的想法，觉得我做的品牌管理框架太大了。这似乎是大集团公司才应该有的管理行为，或者这样去做有点太虚，华而不实。

我再一次强调，我们的管理并不是去做大而全，也不是做虚而空，大有大干，小有小为，但是必须有整体的品牌管理思维，必须用心做到。

我们虽然在年初制定了相应的品牌战略，但的确有点虚，或者我们的想法与实际有偏差，导致我们落地能力太差，市场部渐渐淡化为产品开发部门和媒介投放部门，而不是营销主导部门。我们必须扭转思想，做出更加务实的品牌驱动落地方案。

杨卓宝问我：“程总，你的想法是怎样的呢？”

我反问她：“我的想法是那么重要吗？关键还是你和团队在建立整体

的品牌管理模式以后有什么想法，如何修正年度品牌战略，如何有效推动品牌部门的管理能力和驱动力。我的想法是告诉你们逻辑，然后在你们确定想法后帮你们纠偏。”

的确，我心中已经有了具体操作的明确想法，但仅是我个人的想法，也只是我站在公司和自己的角度去考虑的想法。我希望团队能有更多自主性，有自我管理的策略性，这样，才可以让团队的想法和我的想法融合起来，而不是让大家按照我的想法去执行，或者因为我先说出了想法而阻碍了大家思考。更何况，我的想法也不一定正确。

虽然一年过了一大半，但对于策略优化来说，需要随时快速反应。

杨卓宝和团队的悟性非常高，在我的品牌管理框架确定以后，他们很快在原有的冰泉年度战略管理上做出了改进，拿出了新的思路，也就是9~12月的品牌管理具体方案。

品牌战略规划已定，没有太多改变，这是我们要坚持和沉淀的。

对于年度品牌策略，他们有三个改变：一是提出我们要进入中国牙膏品牌前十；二是重新调整了产品开发计划，增减调优；三是坚持以新媒体为核心的品效合一的推广。

竞争策略则是以国货品牌舒塔为重点，去研究我们的发展矩阵；围绕湖南红药、黑客和佳士去研究我们的防御矩阵；围绕线上的机会品牌去研究我们的创新矩阵。

具体的推广细节和主题，则是在星程直播这个爆发性势能上去建立各个渠道的销售突破力，根据“双11”“双12”和年货节这三个节点建立两大推广主题，围绕主题做好对应小节点和小阶段的推广和顺势计划。

具体的服务包括梳理线上页面，明确线下终端管理的要求，根据渠道需求做好赠品开发和物料配备方案等。

思想一打开，方案自然来，方案一明确，目标就拿下。

根据市场部的战略重新定位，我和团队在“双11”的渠道管理基础上进一步细化了后续规划和行动方案。

当杨卓宝向我汇报这些工作时，我很欣慰。我和团队经过前一段时间的磨合，又找到了从整体到局部，从局部到具体的工作节奏和规律。其实，当我们大家共同解放自己的思维边际和束缚的时候，我们的整体经营管理就会变得更加清晰准确。

计划往往没有变化快。虽然我们是以新媒体为核心去做主推广，但是，很快居然有一个卫视广告的机会摆在我们面前。

天星卫视的张台长和广告部的吴主任离开台里以后，成立了一个节目制作公司，最近准备上一个栏目，叫《签约吧》，将在海苏卫视播出。

张台和吴主任都是我的老朋友，一向非常支持我。他们希望节目有一个创新品牌加入，并且多一些直播实战的元素。据说这个节目会有天亚参与，将在海苏卫视黄金时间段播出，会有一定的影响力。

吴主任和我沟通这个信息的时候，我的第一反应是费用。毕竟，冰泉现在还是一个小企业，哪里敢谈卫视节目？但是吴主任告诉我，目前张台和她的招商工作基本顺利，只是希望冰泉能够作为赞助商参与进来。他们能够给冰泉的广告权益和节目内容会非常多，因为他们觉得冰泉很适合这个栏目，很多主播都知道冰泉。这个节目有较高的观众覆盖率，并且主播的受众群体也很大，可以让冰泉拓展更多主播。张台和她也愿意支持冰泉，费用可以按照成本价出，同时有 ROI① 保障。

这简直是真爱啊！我再次感受到了朋友的力量和温暖。

我最关注的就是费用。如果这点不成问题，那么这个节目将会很好地推动我们品牌影响力的提升和主播资源的拓展。

我赶紧打电话给张总："张台长，感谢支持啊！您就是我的贵人，我现在正处于创业初期，您这是帮了我大忙啊！"

张台其实现在已经不是台长了，现在应该称呼他为张总，但是我叫习惯了。他特别善解人意，也比较讲义气。

"程总，别客气。我和吴主任商量了，费用就按照成本价出，我们一起推动一下。这也算是给你们的一个助力吧。等到将来你们做大了，上节目可得多多考虑我们啊。"张台谦虚地回道。

既然确定了，就不再犹豫，我迅速让卓宝沟通落实，以极低的费用赞助海苏卫视《签约吧》。正好，我们可以将节目资源全面整合成冰泉

① ROI：Return on Investment，投资回报率。

“双 11”推广的一部分，天上有声音，加上新媒体发力、渠道冲锋，我们这个“双 11”就热闹了。

接下来，冰泉市场部完全进入了“双 11”备战状态和整合驱动状态。

品牌要求不容偏离，但是渠道与品牌之间的融合共进又是我们品牌价值驱动的核心。为了统一思想，我又将市场部和各个销售部负责人拉到一起，再次针对修正后的品牌推广思路与大家达成共识，再次针对“双 11”“大战”明确共同的节奏和分工。

为了让冰泉的整体管理更好地落地，我又和杨卓宝共同商定了品牌、产品、内容、媒介、推广、促销的一些细节，形成了更加具体的计划。

当然，针对海苏卫视的《签约吧》，我们除了广告，也落实了各项线上线下推广以及流量转化协同方案，以实现品效合一。针对星程直播爆量，我也安排了专项的产品生产和投入。

方向上自己确定，方法上共同商定，细节上团队跟进，后续工作上观察改进，我觉得这种管理方法是实效的，也很适合我们冰泉团队。

8. 公司搬迁

冰泉的各项工作再一次升级，而办公室的搬迁工作也在紧锣密鼓地进行。我们的老股东——美天古总向我们推荐了广州海湾区作为新办公地点，因为海湾区特别重视对新兴企业的扶持，古总还介绍了海湾区招商局负责人与我们对接。

海湾区是广州的老城区，也是广州最早的商业发源地，有着百年的商业发展史。老城区发展需要焕发新的生命力，因此，海湾区招商局的领导对我们冰泉这样快速发展的新锐企业也非常认可和欢迎。

6 月初，我和黄俊凯来到海湾区政府与招商局的领导商讨搬迁事宜。

我向他们介绍了冰泉企业的整体情况，也谈了企业未来发展的想法。他们非常热情，也省去了客套，直接对我们说：“我们现在特别希望一些新兴的消费品企业入驻海湾。海湾是广州最早、最有历史的商业区，一定能够让冰泉获得更大的商业成功。我们这边会尽快做出衔接安排，你们就放心搬过来吧，我们会全力扶持你们。”

这番话让我很开心。

接下来，招商局的领导马上做出了冰泉搬迁的专项协调。他选择了海湾区创新园区动感小西关作为冰泉新的办公场地，又安排专人负责我们的搬迁协调事宜，为我们专项协调办公室附近员工宿舍的租赁，确保冰泉员工有一个安全舒适的办公和生活环境。同时，对于冰泉在海湾区的各项扶持，也做出了一些框架性的思路。一切按照区里的政策和管理为我们提供便利，全力帮助冰泉实现更快、更好的发展。

政府部门的办事效率出乎我们的意料，他们一周内就确定了场地和价格，安排专人为我们落实了企业工商登记转移工作。

针对新办公室的设计和装修，黄俊凯很快落实了装修公司，选定了距离办公室十分钟路程的员工住宿公寓，确定了租赁数量、价格以及入住的时间。杨卓宝高效配合，安排团队迅速做好了办公室装修设计方案，让办公形象和品牌形象相契合。

装修启动前，我到新办公室现场，进一步落实了办公区域设计和装修细节。

在具体的工作推动方面，黄俊凯非常优秀，无论是装修价格还是装修项目管理进度，都能快速安排，有条不紊。我提出了办公室 9 月 30 日前必须入驻的要求，装修项目不仅要快、要好，还要省。

9 月的工作就像“三驾马车”：各销售渠道的“双 11”规划落实，市场部的管理升级，新办公室装修工作倒计时。既有工作节奏，又有激动兴奋，还有冰泉不断成长的快感。

9 月 26 日，冰泉 1000 多平方米的新办公室装修全面完工，并确定 9 月 29 日正式搬迁。任何工作都要有计划和有组织，公司搬迁也一样。

杨卓宝在搬迁庆典计划组织方面非常熟练、专业，很快根据我的要求制订了搬迁庆典的具体计划，包括搬迁庆典流程明确、办公室内部人员座次安排确定、搬迁工作人员分工和时间点安排落实、搬迁庆典办公室内部氛围布置落实、外部人员邀请和庆典宴会落实、搬迁庆典预算确定。

这些工作看似很简单，其实很繁杂，但是有计划的人做起来会很轻松，有组织的人做起来会很顺畅。黄俊凯和杨卓宝紧密协调，庆典工作有条不紊地推进。

对于搬迁工作，徐琳也有一个任务，那就是与美天做好财务工作对接。韩工也列出了搬迁后研发实验室所需要的设备采购清单，然后由黄俊凯负责采购。其他各个部门则按照计划，紧密协同，各就各位，共同搬迁。

9月29日是个好日子，艳阳高照，秋高气爽。我是一个藏不住心思的人，一大早就起来了，7点多到了新办公室，内心有些小激动。

一贯休闲的我换上了平时很少穿的白衬衣，穿上了西装，系上了领带。这是冰泉非常重要的大事，我必须隆重着装。

早上的新办公室喜气洋洋，彩色气球、花篮、水果、点心，氛围感十足。9点开始，冰泉的新办公室热闹了起来。我带着全体员工到位，集体迎宾。冰泉一下子高朋满座。

老股东美天古总带着各个事业中心的总经理老陈、老周、丽安，还有美天采购老总古姐一起过来了。广州市海湾区招商局的领导带着团队来了。广州市海湾区彩色街道办的龙书记、主任也带着团队来了。还有很多冰泉的供应商、合作商、广告商、经销商、同行好友们都到场祝贺。

本来贝曼资本的李总和王总也要过来，但她们临时要去北京参加重要会议，只好安排人送来了喜庆的花篮。

这个阵势，让我感觉冰泉像个大公司了。当然，成功就要从“像”开始。

搬迁庆典我们没有请专门的主持人，我亲自上阵主持。我的致辞很简洁：感谢、感动和感恩，发自内心的感受；努力、奋斗和成功，面向未来的信心。

古总作为投资人，代表美天表示祝贺。他觉得冰泉搬入新办公室是一个新的开始、新的征程，将会迎接一个又一个新的成功。他在现场再次表达了对我和冰泉未来发展的十足信心。

招商局的领导讲话非常温和，在祝贺和祝福冰泉的同时，更表示要全力为冰泉这样的新兴企业做好服务、支持和帮扶，话语之中，满满的真诚和鼓励。

龙书记也非常重视。他在讲话时强调，政府将为冰泉排忧解难，保驾护航，让冰泉在园区内的发展更加顺利、顺心。

这个庆典看起来似乎有点行政化和形式化，既有公司内的口号，又有投资人的支持，更有政府部门的助力。但我和冰泉的伙伴们非常享受这种形式化，因为我们再一次理解，一个企业的发展，不仅要有内功，还要和社会接轨，大练外功。内部有能力，外部有能量，内外多支持，我们才会有更大、更强的发展力量。

企业和品牌的发展其实和人一样，自身要强，但是如果人人都帮你，你就会变得更加强大。“众人拾柴火焰高”，当我们有了多元化的企业发展意识，也就有了更多的前进动力。

其实，冰泉的搬迁庆典也是我们由品牌走向公司的新高度、由公司自我发展走向真正市场化、由企业管理化走向社会资源整合化的新征程。

中午，冰泉举办了盛大的宴会。因为太高兴和激动，好久没喝酒的我又开戒了，连喝了三杯。

我要敬美天的古总，他是我创业的贵人，因为有他的信任和支持，冰泉才迈上了发展的快车道。

我要敬所有的冰泉人，这是大家共同的事业，也是大家共同的未来。

我要敬所有的到场嘉宾，合作伙伴们的支持和朋友们的掌声，是我们持续奋发的动力。

宴会结束后，我送古总上车。上车前，他又特意和我说了一句话：“程英奇，下一步就看你再上新台阶了！等着你这个老板有新的成功啦！”

我一边坚决表示会全力以赴，一边激动地将他送上车。此刻，我更加深刻地意识到，公司搬迁其实也意味着我们有了更大的责任和目标。“革命尚未成功，同志仍须努力”，我们必须奋斗，奋斗，再奋斗！

7

第七章 风生水起

（2020年10月—2021年1月）

1. 火热的冰泉直播

人有时候很奇怪，虽然我非常坚定地表示要更加努力，但我的内心却越来越膨胀和骄傲。

我的自信心开始爆棚，加上手里有了更多投资人的钱，就老想着做更大的事，让冰泉做出更大的规模，实现更高的高度。

我在想，冰泉要快点做大，但线下快不起来，线下是个慢积累的过程；M 电商集团、京西电商集团这些传统电商需要在多个大节点上寻求突破，也不可能一夜暴富；那就只有新营销、新模式，也就是直播电商的发展最有快的可能了。

在新电商领域，传统品牌还没有反应过来，而新锐品牌又缺乏整体专业性和系统的管理能力。冰泉如果能够抓住机会，抢先一步，就能快、准、好地实现又一次爆破登顶的机会。我认准了这一点，尤其是在和星程的合作中深刻感受到了这一点。

做什么事情光想没用，想一万遍不如做一遍。

国庆节一过，我就召集李志飞和刘农沟通做大直播电商的发展思路。

我首先抛出了关于冰泉直播电商领跑的思路，同时提出了直播电商一年两个亿的销售目标计划。

听我说完，李志飞吓了一跳。他是传统电商出身的，凡事比较谨慎，也喜欢稳步发展。他对我的跳跃性和突破性思维总要有一个消化的过程。

刘农则是一个明显的机会主义者。他的情绪迅速被我点燃，觉得这是一个特别好的发展机会，也特别想抓住这次大突破的机会。

李志飞的计划性思维很强，但缺乏自我突破和超越；刘农的机会性思维很强，但缺乏专业度和沉稳。这两个人，各有特点，各有优劣。

凡是我想要做的事情，都会勇往直前。在和他们沟通之前，其实我已经有了非常成熟和完整的想法。

我对他们提出了关于直播电商的六大发展思路。

第一，主播达人分类、分层、分策略、分目标。

对于主播达人分类、分层的工作要求，我已经说过很多遍。简单说来，就是我们要将主播分成超头部、头部、腰部和尾部四大类，每一类再细分，然后进行有针对性的管理和合作。但是，这只是主播达人管理的最基础工作，更重要的是建立每一类主播达人、每一层次主播达人的人、货、场策略。也就是说，我们必须认真分析每一个合作和待合作的主播达人，了解他们的粉丝群画像、产品结构特点、直播风格和特色、流量状况和推广、合作模式和需求，通过这些分析，细分出冰泉主播管理的人、货、场布局。这个布局必须细致和精准，实效和落地。

第二，针对达人建立有竞争力的产品组合策略。

以前，我们认为冰泉的产品有颜值、有价值，是非常具备直播特色和有兴趣吸引力的产品。但是，我们过于专注对冰泉口香糖牙膏的推广，而对产品的组合、产品的创新和产品的跨品类做得远远不够。我们需要主动分析，甚至要像和星程合作一样做出专项的产品组合，让每一个主播都有竞争力、有产品合作的新鲜度。冰泉必须建立和主播合作的主动策略和开发思维。

第三，建立更加细化和专业的主播达人管理团队。

主播达人分类、分层，进行全新的人、货、场再造，并且在建立专项的产品直播应对的同时，我们也要建立主播推广合作的专业化团队，从数据分析到主播管理分工、专业化协助、后勤协同管理方面，都必须建立整体的统筹运营团队，实现更大的营销发展力。

第四，快准狠抢机会，抢位、占位和霸位。

做得好不如做得巧，做得巧不如做得早。我要求冰泉直播团队在做好组织分工的同时，必须盘点主播，明确合作策略、合作细节、合作的整体框架；创新主播拓展方式，建立共赢的直播商业合作方式。只要是有利于业务拓展的，我们都可以尝试和推动，快速、精准、强势，抢到合作的机会，占住甚至霸住和主播合作口腔产品的机会。

第五，广泛联合，广泛合作，广泛扩大直播数量。

我和伙伴们提出，除和美天建立战略合作，共同拓展主播团队以外，我们还必须和第三方建立直播合作模式，并结合各个机构的特点和能力展开广泛合作。通过外部分销力量，增加冰泉的直播达人数量，多多益善，多就是量。

第六，分工、分权，提高效率，提升快速决策能力。

直播市场千变万化，有各种新情况需要跟进，各种直播合作需要在现场及时做出决策。针对这一点，我提出了快决策思维，建立专项的支持政策分权机制。比如哪些需要报告给我，哪些由李志飞决策，哪些由刘农确定，都一一明确。只有这样，直播团队才能在实战中更有自主权，更有推动力，更有市场发展力。

当我说完这六大思路，团队的劲头瞬间被点燃。大家不仅看到了冰泉直播的重大突破，更看到了冰泉更大规模的未来。尤其是我刚刚任命的直播经理刘农，经过半年多的实战，他已经基本掌握了直播管理的技巧和方法。他是一个特别聪明的人，在和各个主播的沟通合作中也表现出了很强的驾驭能力。当我将思想的闸门打开的时候，他瞬间被激活了。

我提的是思路，关键还得有具体的方案和做法。

随后，我要求李志飞和刘农做出具体的直播销售规划。我明确告诉他们，我们绝不能把直播当作一个流量和贸易型销售，而要把它当作一个渠道，一个长期发展并且要持续精耕的渠道。当我们将直播当作渠道的时候，就能够用更好的销售意识去武装自己。

李志飞只是笑了笑，但是刘农的反应速度很快。

“保证完成任务，请领导放心。”刘农做了一个敬礼的姿势。

“少来虚的，赶紧去落实具体工作。工作才是硬道理，结果才是真功夫。”我半开玩笑半批评他。这小子，真的很机灵，学习能力很强，现在基本进入正常操作状态了。我将直播工作交给他还是很放心的。

全新的直播发展和拓展计划明确了超头部、头部和腰部的具体主播名单，也明确了尾部主播的合作数量。

和杨卓宝沟通完产品方案后，我们迅速制定了冰淇淋牙膏、漱口水和儿童牙膏等多品类的直播专项产品开发方案。团队也细分到了数据、业务和后勤三个板块，人数精而少，激励方案明确，具备专业的战斗力。

针对主播合作，刘农也做出了年框方案、打包方案、保底方案等多种形式的方案。这样的策略极具进攻力，也极具直播合作吸引力。

多方合作的条款、机制、模式以及布局的方案也出来了。直播团队还细化了支持政策、合作要求和费用预算，做出了责权利对等的管控方案。

我定方向，团队定方案，冰泉的直播工作快速向前推进。

为了各项工作更加周全，我也让李志飞将更多的工作时间放在线上的电商管理，从而解放刘农的思想，让刘农能有更加独立自主的管理能力，放开手脚干。

我将直播管理放到了我最重要的工作选项上。超头部、头部主播的谈判和沟通工作，我会亲自上阵。只有直接面对核心管理，才取得真正的成功。

刚开始，刘农告诉我，很多品牌与超头部主播合作会有一些暗箱操作、利益交换。对此，我并不认同。暂且不论这些内容是否属实，就基于我和星程张艳总、遥远张明总、杉哥公司郭明总的合作与沟通，是没有听到他们提出任何私下要求的。我的工作风格是以工作利益为导向，而不以私下交易去维持。唯有正常的交往才有正常的持续。更何况，企业内部不规范，对企业也不是好事，容易让团队走偏。

我坚决否定这种做法，也不希望刘农再有这样的想法。唯有专业的思路、创新的做法、真实的努力，才是合作的真谛。

仅仅一个月，冰泉的直播工作就大变样，不仅在东音、蓝手平台牢牢占据 No. 1 的领导品牌地位，还被东音和蓝手列为 SKA① 合作品牌客户，而且10月的销售量翻了一番。

这让我更加得意，更加深信，在新渠道的销售力就是冰泉品牌最大的竞争力。

冰泉直播一路高歌，也是品牌传播和造势的强大能量。冰泉的影响力因此更大，成为直播行业成功的新品牌。

这个10月，无论是在办公室开会，还是出去与朋友们交流分享，我的脸上都洋溢着喜悦和得意。

---

① SKA：Super Key Account，高级重点商家。

2. 线下终端再发力

我始终坚持冰泉的渠道未来在于线上和线下共建，线上买得到，线下看得到。品牌在线上做出新鲜和时尚，在线下做出特色和持续，相辅相成，才能使品牌的基业长青。因此，我的渠道管理思维总是线上和线下同时运转，尤其当冰泉在线上做得风生水起的时候，在线下也敲锣打鼓，顺势而冲。

经过一年多的发展，冰泉线下已经覆盖了全国性的终端。全国的各大卖场和超市，部分重点省份的CS店、便利店，都实现了冰泉产品的高效分销。冰泉已经拥有了强大的终端影响力。但是我对这个强大的影响力并不满意，我更重视的是动销，卖货+进货=好货，动销才是硬道理。

8月，冰泉收到一个好消息，通过了沃森氏HWB美妆大赏评委会评选，荣获2020年“最佳闪耀新品奖”。这不仅是一个沉甸甸的奖杯，也是一份让人骄傲的荣誉。沃森氏的奖项从来都是用数据和事实说话，会根据产品在门店的销售量和动销率评出优秀品牌，没有人为干预，也没有感性评价。我们从3月进入沃森氏以来，销售量持续攀升。上半年结束时，冰泉已经进入沃森氏口腔日用品前三。

沃森氏的动销其实也给了我们一个终端成功的公式。

在年轻的渠道，打造年轻的产品，用年轻人喜爱的方式去沟通，做出有个性的推广，从而让年轻人一眼看到，一看就喜欢，一喜欢就能买到。

也就是说，品牌调性、产品特性和渠道人群、推广方式、大促销方式之间的配称和吻合非常关键。因此，冰泉应该建立多渠道、分产品的多系列终端经营管理模式。

我给刘奇列了一个终端管理四字口诀：“场人货促”，这是我个人总结的线下终端打法模型。

场：我们要研究总结终端有哪些不同类别的卖场，如大卖场、连锁

超市、CS化妆品店、潮流店、母婴店、便利店等。通过卖场分类，在起步时就形成不同的渠道主次和布局。

人：不同类别的卖场会有不同的主流购物人群、不同的消费者和消费特征、不同的消费者人群画像。

货：根据不同类别的卖场、不同类别的产品需要，我们要建立相应的卖场分销标准。分销标准能够让我们避免过多进场、拖延进场，让我们在渠道的产品结构和重点更加明确。这个分销标准不是绝对的不同，而是在不同的渠道有相对应的产品进行渠道间的区隔和渠道利益的平衡。

促：在不同类型的卖场，有不同的消费者，要分销消费者不同喜好的商品。这些不同的商品推广和促销必须依照卖场的属性去策划和规划。当卖场、货品、顾客和促销高度契合的时候，促销效果就会实现最大化。

针对“场人货促”，我要求刘奇做出全面的渠道分析评估，重构终端卖场的“场人货促”。

同时，线下销售团队也要牢记这一终端管理逻辑，建立更加实效的渠道管理。

思路理顺以后，我还专门召集杨卓宝与刘奇共同研究如何提升产品发展的跨度和维度。只有建立长线产品的渠道融合和适应能力，才有渠道长线发展的销售能力。

在新思路的推进过程中，方法如同利剑，又快，又准，又好！

国庆后，冰泉也碰到了一个终端难题，那就是在艾之玛始终无法起量，而且费用居高不下。我们在艾之玛的销售量处于骑墙的焦灼当中。

这一次，我没有去看市场，也没有给销售团队提要求，而是要求刘奇带领团队去研究艾之玛，并拿出改进的思路。

有时候，我们不能事事都自己做主，不能总是告诉团队怎么做，这样团队会很被动。适当的时候，我们必须让团队去驱动和承担一部分工作，推动问题的解决。

一周后，刘奇做了一份简单的分析报告。报告分为三个部分：分析、改进、目标和分工。

在分析中，他们提了以下五点：

第一，我们的产品知名度与传统品牌相比，比较欠缺。

第二，我们的产品与黑客等大牌相比，价格太高，影响销售。

第三，我们的赠品比较单一，缺乏特色。

第四，我们的促销员太少，生意经常被其他品牌的促销员拦截。

第五，我们的产品数量太少，缺乏销售规模。

在我个人看来，这五个原因比较牵强，很像是在给自己找借口。

分析原因后，他们列出了六大改进方案：

第一，全面展开买一得二的促销方案，在重要节点还可以用特色赠品强化促销。

第二，提出百店升级打造计划，打造明星店。

第三，在艾之玛的线上销售中加强投入和管理。

第四，制订艾之玛维护商特别激励计划，进一步提升维护商的积极性。

第五，争取漱口水和口喷尽快进场销售，提升产品分销数量。

第六，在全国艾之玛开展一轮大培训活动，从而提升团队战斗力。

同时，刘奇也制定了改进分销的目标和分工方案。

坦诚地说，这套方案都对，但是又没有找到核心的解决方案，没有找到营销的兴奋点和突破点。

“方案里面提到的都是表象，没有解决实际问题，我觉得太虚了。”我没有批评刘奇，更没有斥责团队，但是我必须告诉他们实际情况。

“程总，我也想了很久，也知道这些方案还不能解决问题。但是你说过，走着走着花就开了。我想在实际工作中再去改进，找到更好的方法。”他的这番解释也让我无话可说。但是，我还是和刘奇强调了我对方案的想法，希望他们能够抓住真正的核心去突破。当然，我也真的希望如他所说，在计划中实践，在实践中找到真正的改进之道，真的实现“走着走着花就开了”。

同时，我也和刘奇进一步细化和深化了“双 11”的规划。这个“双 11”，线下更加有爆点，我们必须绝对重视。

管理就是这样，要多方面想、多方面做、多方面等。当我们要同时面对和驾驭多个事物时，既要发挥自己的智慧，又要发挥团队的智慧；既要杀伐决断做主，又要保持团队的激情和动力。

管理需要我们有全局观和细节管理能力，需要我们保持缜密的思维和谦逊的态度，需要我们相信团队、启发团队和激活团队，需要我们与时俱进、与团队俱进、与未来共进！

3. 职能管理体系升级

冰泉营销能力不断提升，对各个职能部门的管理要求也越来越高。2020年下半年以来，我明显感到各个部门的协同工作出现了很多问题。生意越大，公司后台和后勤运营能力的专业度欠缺就越明显，各种问题层出不穷。

前面一年多的时间，我把80%的精力都放在了公司营销管理上，带着团队向前冲。后勤管理包括人事行政这一块，主要是黄俊凯在管理。财务管理也是在6月配置了专门的团队后，才走向规范化。因此，冰泉企业管理的整体性、协同性和效率性总是有点顾此失彼，总是出现各种问题、解决各种问题，又再次出现问题。随着生意越做越大，我们的职能管理体系也越来越手忙脚乱。

我总是和冰泉的伙伴们说，出现问题不可怕，可怕的是不敢面对问题，找不到解决问题的方法。

的确，职能体系的管理是冰泉企业发展的重要保障。按照我的管理逻辑，一个企业的战略是坚定的发展方向和能量，而这个发展方向和能量又需要强大的职能管理体系来保驾护航，只有二者相辅相成，才能够成为冰泉持续精进的强大动力。反之，则会让企业陷入发展的“瓶颈”甚至是泥潭。

问题需要解决，但职能管理是一个管理体系，绝不是单个问题的解决，需要我们从整体体系上与冰泉业务战略发展配称升级。只有体系与体系共进，才会有整体的共赢。

针对职能管理体系，我和黄俊凯找了一个周末，专门来研究分析。

我的管理喜欢讲逻辑，针对职能管理体系升级，我的管理逻辑有以下四个步骤：

第一个步骤，找出问题和原因。

第二个步骤，找到解决问题的方法。

第三个步骤，将所有的点总结归纳，找到体系管理的共性要求。

第四个步骤，针对未来的管理升级，去做好组织能力应对。

因此，我的第一步就是和黄俊凯收集团队反映的问题，搞清原因，分清主次，给问题排序，也理一理解决问题的方案和头绪。

大家反映最多的是物流和供应链问题。物流速度慢，供应链协同能力差，这是经销商反映最多的问题。从财务层面上看，供应链内外部成本过高，供应链整体管理布局有点乱，对应的管理效率比较低下。

供应链问题，还衍生出了采购管理和计划管理问题。采购和计划不断向前推进，而在推进过程中又不断循环过多的订单和库存；在与 OEM 工厂合作生产的过程中，也存在新老订单混杂，成本和半成品库存管理不清晰、不规范的问题。这其实是一个非常危险的管理漏洞。

大家对人力资源管理协同的要求也比较多。组织架构过于依赖我和业务部门的随意性，缺乏专业性思考；管理工作职责也过于粗糙，导致公司招的人越来越多，但缺乏工作的有效性和价值性。

组织中，团队激励过于简单、粗犷，绩效管理又基本流于形式，大家处于一种销量好一切都好、销量不好就暴露所有问题的状态。

同样，人员的招聘和流失也出现随意性问题，优秀的人员一直难招，而稍有成长的人员又容易受到外界的诱惑而离开。人力资源管理不是体系升级的问题，而是根本就没有体系的问题。

财务虽然有了专职、专业的团队，但是财务与业务的响应效率却同样出现了很多问题。财务和业务之间频繁出现两种思维的碰撞：财务管得过宽，则业务很被动，灵活性低，效率低；财务管得过松，则导致业务费管控过于随意，大量费用流失，经营效益低下，企业盈利能力缺乏。业务和财务之间缺乏磨合和融合。

当将这些问题一一列出来时，我们发现，这些问题其实我们每个月、每个星期都在重复出现和解决。我让黄俊凯、徐琳做出对应问题的分析和解决方案。他们也意识到，解决问题很容易，但是这些问题在重复出现，需要从根源彻底将其解决。

我觉得这是因为体系配称、配套不清晰。冰泉的职能管理体系，必须实现四个现代化。

第一，供应链运营管理现代化。

只有供应链的布局、统筹、计划、运作、推进和柔性管理整体一盘棋，整体适应冰泉业务的一盘棋，才能让我们的供应链管理从做事的方式中跳出来，有目标、有指标、有精进，真正走向运营的高度才有未来。

第二，采购成本管理现代化。

采购成本管理不是靠熟悉，更不是靠关系和运气，当然，也不是靠强行压低成本或者多方忽悠实现。采购成本管理必须拥有供应商信息管理能力、商品品质和成本驾驭能力、合作和快速反应合理兼顾的能力、科学评估和管理客户的能力。这些都需要我们有更加科学的管理模式。

第三，人力资源人才管理现代化。

我们要从简单的招聘和激励方式中走出来，激活人力资源管理的识、选、育、用、留和激励，整体提升人力资源人才管理的有效性。人力资源管理不是做事和发工资，而是要体现公司人力资源的人效贡献力。

第四，财务企业价值管理现代化。

财务管理的专业度在于财务总监，但是财务价值能力则在于如何做好财务和业务的工作分工，如何做好相互协同推进，如何做好彼此的灵活性和可控性，如何规范业务管理的财务流程，如何提升财务管理的业务响应力。我们要有具体的制度、流程、授权、责任等明细的管理融合力。

当我和黄俊凯沟通完职能管理体系的问题以及体系如何升级时，管理逻辑的第四个步骤就来了，那么如何通过组织能力实现职能管理体系升级呢？

其实就是一句话，全新的冰泉组织架构，更加优秀的管理人才，更加有效的团队责权利推动。

这句话就是要让黄俊凯从大管家的身份中脱离出来，从应付一大堆工作走向更加精细化的板块管理。

黄俊凯自己也认识到了这一点。以他个人的专业度和能力，他无法再承担如此艰巨的工作任务，也必须在企业发展过程中找到适合自己的新岗位。俊凯是公司的创业股东，境界和格局都没有问题，至少我没有看到他有任何不理解的想法。对于这一点，我很欣慰，也非常相信团队彼此之间的同理心。

从 9 月开始，我迅速完成了冰泉职能管理体系的全面升级。

我找了专职的供应链总监林小青，她有着 20 年的供应链管理经验。很快，冰泉的供应链管理就建立起了全新的管理布局和规范化的运营体系。

黄俊凯担任采购部总监，负责内、外部各项采购管理。这项工作虽然并非他的强项，但是他对企业有极强的责任心，并且有多年的管理经验，凭借这两点就能让他很快进入专业的采购管理状态。

我也找到了年轻的人力资源管理负责人伍美君，她曾经在美天从事人力资源工作，离开美天后去了其他公司负责人力资源管理，有着丰富的人力资源管理实战经验。虽然她在高度上略有欠缺，但管理是在实践中建立高度的。在她的带领下，冰泉的人力资源管理也开始呈现出积极向上的局面。

财务管理方面，我首先让徐琳先强化企业内部的财务管理专业性，在整体的财务管理业务流程和职能部门流程方面强化财务驱动力和服务力，尤其是强化财务分析能力，让大家更加清楚自己部门的财务状况。其次是强化经营分析，通过经营分析实现每个部门的管理效益精进。最后是强化预算和费用管理的有效性，确保财务指标可控。这些工作不是一朝一夕可以完成的，但是有了这些工作的推进，我们的财务管理工作就能渐渐成为企业管理前进的推进器。

通过一个月的梳理，冰泉的职能管理体系实现了全面升级。

从市场部和技术研发部的价值塑造，到各渠道销售部的价值传递和实现，再到职能部门的价值保障，冰泉的企业管理真正实现了价值驱动。冰泉打造了一个企业价值管理链，形成了强大、高效的运营能力。

在冰泉内部，要形成所有部门塑造价值、传递价值、实现价值和保障价值的管理循环。所有部门都应该围绕冰泉企业发展这个共同目标，既要有自己的管理精进，又要和其他部门高效协同。各个部门之间、各个部门与外部都要同频共振。这样，企业管理就像十个手指弹钢琴，能够有节奏、有韵律地弹奏出冰泉成功曲。

4. “双 11”再次冲锋

对于快消品企业来说，“双 11”就是一场豪赌，冰泉也不例外。

从 8 月底开始，冰泉团队就开始全面规划；进入 9 月，冰泉团队进行全面布局；10 月，正式开启“双 11”冲锋。

之所以说这是一场豪赌，是因为“双 11”要赌销售目标、赌大量备货、赌大量费用投入，机会和风险并存。“双 11”是消费品企业每年一次的迈上新台阶的试金石，成者为王，败者为寇。

虽然我和冰泉团队对“双 11”信心满满，但是“战斗”打起来时，依然会紧张、有压力。

这个“双 11”，冰泉的关键点在于以下四个方面：

第一，通过《签约吧》的卫视广告，通过直播，将品牌和产品的销售势能拉起来。

第二，通过电视广告和直播的势能提升冰泉在新媒体平台的推广投入转化率。

第三，把直播的势能和电商平台的节点相结合，实现爆破。

第四，通过线上的气势拉动线下促销大冲锋。

这四个方面的部署，每个环节都紧密相关，而且有很多细节需要我们去把握和持续推动。每一点都很重要，都需要我们有极大的相互营销推动力。

虽然我喜欢迎接挑战，但是在真正的“战斗”打响时，我每一天都异常小心和紧张。

刚刚过完国庆节，我就安排杨卓宝、黄俊凯、林小青、徐琳、刘奇、李志飞、刘农开会，再次落实“双 11”工作部署和分工。

杨卓宝负责海苏卫视《签约吧》广告的全面推动。我和李志飞、刘农负责直播目标推动。黄俊凯和林小青负责货品和物流保障。徐琳负责费用投入和财务支持。刘奇负责线下全面促销落实。李志飞同时负责电商全面顺应平台节奏的协同工作。

当然，工作前期的推广主题规划、整体思路、全渠道产品盘货以及促销方案都已明确，我们10月的工作就是落实具体执行的细节。

“双11”的竞争极其残酷。这是所有品牌的大节点，所有品牌的投入和促销都呈现出最大力度，内卷极其严重。

我命令伙伴们：只许成功，不许失败，我们必须拼刺刀。一方面是因为我们有了资金保障，另一方面是因为我太渴望冰泉取得一个全新的销售高度。

“全力以赴，全力加油，全力成功!”我在冰泉的“双11”动员大会上这样给大家鼓劲。

10月的冰泉“双11”大战，开局比较顺利。冰泉在海苏卫视《签约吧》的广告铺天盖地，每周日播出，收视率不错。这个节目延续三个月，贯穿了整个“双11”，可以非常持续地提升冰泉的品牌影响力。而且大部分主播都会看这个节目，也很好地推动了冰泉主播资源的拓展。

为了做好直播的开门红，我和李志飞、刘农落实了每一项直播合作的具体细节。

可以说，我们把每一名主播的合作机制、竞争应对、专项投入都落实到位，跟进到位了。

在直播方面，冰泉有着天然的优势。无论是产品的特色、直播的吸引力，还是直播头部品牌的信任度、直播的转化率，冰泉都取得了绝对的优势。除极个别的主播因为条件过于苛刻未能达成合作以外，冰泉绝大部分的直播合作都取得了碾压性的成功。

年轻人的工作优势在这个时候就体现出来了。李志飞过于实在，而刘农聪明、有悟性，我交代给刘农的工作他都能快速落实、落地、见效。

直播需要泡圈子，刘农晚上经常泡在各个圈子中，去争取更多的资源。我喜欢聪明的人，更喜欢聪明好学又肯干的人，因此，我也赋予了刘农更多的业务自主权。

10月底，冰泉的单月直播销售额突破了3000万元！这是一个全新的成绩，也是冰泉销售的一个新高峰，更是冰泉极大的营销势能。我暗自惊喜，这次“双11”大战，冰泉在直播渠道有了一个非常好的开局。

可是，冰泉直播胜利的快感转瞬即逝，因为冰泉在平台的销售过于依赖直播渠道，在平台的营销运营缺乏活力，明显没有跟上销售爆发频道。我们在平台的预售业绩并不理想，第一波冲锋的销售量也极其平淡。

李志飞每天看数据、想办法，但效果平平。他给我的理由是：传统品牌实力太雄厚，投入太大，我们拼不过他们。

10月底，他提出了一个方案：给所有的老用户发送“双11”促销信息，直接给予特惠活动，以此来唤醒冰泉的150万名老用户。

赠品成本和快递成本加起来，我们要投入数百万元。为了冲锋，我也全力支持。

事后想起来，我犯下了急功近利的错误。大力度促销方案其实是对老客户的一种伤害，我们此举非但没有取得预想的唤醒结果，反倒在价值和价格上冲击了老客户对冰泉的认知，让我们失去了很多老客户的信任。

当我们的老客户推广缺乏有效性、新客户的争取耗费高成本时，我们将更多的希望寄托在了直播转化上。在“双11”冲锋季，我们有多场星程机构的直播，尤其是头部主播兆梦的直播。这是千万级的销售项目，将是冰泉的绝对引爆点。

11月10日下午2点，星程直播开启。我们的产品在晚上7点上播。冰泉电商的所有团队成员从上午开始全力备战，紧张迎接着大促的高峰。为此，我还让刘农去星程直播现场紧盯各项工作。

看着其他品牌销售额上千万元，我们既羡慕又渴望。公司的大显示屏上实时播放着星程的直播画面。我们焦灼地等待着冰泉的最佳时刻。

晚上7点，冰泉的直播即将开启。M电商集团的柯铭甚至打来电话给我加油，和我一起期待着冰泉完美绽放的那一刻。

有时候，期望越大，失望就越大。不可预料的情况出现了！在直播过程中，因为其他品牌的力度过大，价格过低，星程的老板直接进了兆梦的直播间，对他提出疑问和批评，最后直接要求他终止了这场大促直播。对星程来说，这是对所有的粉丝负责。但是对于期待品牌爆发的我来说，这就是一场噩梦。

直到深夜 12 点，直播间关闭，我们依然没有等到上播的机会。众多品牌的大冲锋在这一天戛然而止，冰泉就是其一。为了这场直播，我们备了 2000 多万元的货，却输得一塌糊涂。

星程的张艳总在直播后专门和我沟通了这次直播，希望我理解这种临时性变化，并承诺后续会加强和我们的合作，确保我们的库存消化，这虽然带给我一些安慰，但我的心依然沉甸甸的。

虽然在很多主播的助力下，冰泉 11 月的成绩亮眼，但是在最核心的直播推广上却遭遇重大的滑铁卢，这让我们被现实狠狠地教训了一顿。

这又是一个不眠夜。我只和团队说了一句话："打铁必须自身硬，只能怪我们自己能力不够，不要怪合作方。"

当我们缺乏平台的基础品牌竞争力和消费者推广力的时候，当我们将胜利的希望寄托在一个超头部主播身上的时候，就注定了我们的豪赌有着高风险。

不敢喝酒的我，抽了一夜的烟，说是反省，其实是深陷在郁闷中。

刘奇的线下战场也展开了轰轰烈烈的"双 11"大促，全国 3000 多家卖场都在同步做促销活动。

促销的成果，同样喜忧参半。

在沃森氏、潮流店、精品超市，冰泉完胜，是绝对的销售王者。但是在大卖场、化妆品店渠道，冰泉同样受到传统品牌的阻击。这些大品牌的大力度、大规模促销能力远比我们想象中强大，我们的巨大投入经不起他们的消耗战。他们的消费基础沉淀也有着更高的销售转化率。冰泉在超市渠道的大促终究还是好看大于好卖。

总的来说，在这次"双 11"大战中，冰泉既收获了一个新的销售高峰，也让我看到了新的危机。我甚至觉得自己是在带着团队踩钢丝绳，在谨慎和不能犯任何错误的路上，紧张、焦虑地走着。

此前过高的自信和过高的期望，让我对这次"双 11"有了更多的反省和思考。

11 月下旬，我组织团队展开了对"双 11"的全面复盘。我们必须从钢丝绳上走下来，去构建冰泉的阳关大道。

5. 品牌和经营的思考

轰轰烈烈的“双 11”大促落下帷幕，冰泉有再次实现销售新高峰的喜悦，也有整体管理不专业和不规范的烦恼。

可是，团队对“双 11”的复盘，却让我很不满意。因为在复盘中，我看到的只有数据的表象和形式主义。而有时候，形式主义的工作方式会让管理陷入可怕的“瓶颈”。

复盘数据，我看到的是大家用一大堆数据来说明任务不达标不是自己的错，而是大盘的过失。

复盘工作，大家都在说各种竞争对手太强大，用竞争对手来说明自己受阻的客观性，表示自己已经尽力了。

谈之后的工作计划，也让人看不出策略，找不出方法，只是放了一个新的目标来应付管理的要求。复盘后的计划和复盘前的数据关联性很差，更加看不到业务的关联性。

当这些形式主义成为日常工作的习惯时，我们的团队就会失去管理的敏锐性、营销的激情、创新的视野。

我狠狠地批评了李志飞和刘奇，因为他们不用心，而且明显懈怠了。有时候，可能团队会认为我在吹毛求疵。我对他们做的“双 11”规划不满意，对现在的复盘会也不满意，但是我这样做，是想让团队明白，我们工作的目的就是精进，而精进的核心就是要有精准的问题分析、精确的经营策略、精细化的工作执行方案。如果规划不清、复盘随意，那么我们的工作就不再是精进的问题，而是混乱和随意的消遣。

李志飞虽然实在、踏实，但是也很固执。我每次和他反复说自己的想法，但他每次依然都没有变化。刘奇有冲劲儿，但非常自负，总是认为自己绝对正确，无法认真虚心听取别人的意见，更无法静下心来务实前进。

在复盘会上，我狠狠地批评了他们两人。我觉得管理者必须正面阳光，一是一、二是二，坦荡、坦诚才能实现有效的管理。

在复盘会上，我们要做的事情很多，要解决的问题也很明显。但是，这种头痛医头、脚痛医脚的管理模式，在冰泉的高速成长期，缺乏管理高度和管理价值。只有站在高处，立足整体，围绕关键性工作去思考，才能找到更好的方向，才能真正实现管理的升级和突破。

也就是说，公司整体的复盘大于渠道的复盘，渠道的复盘又大于产品的复盘。

首先要考虑的是公司的整体思考。

通过 SWOT 分析法，去寻找公司经营的优劣势，找到重点和机会。

通过分析，我找到了当前阻碍冰泉发展的四个细节：

第一，冰泉的机会性营销过强，这是生意不稳定的根源。

第二，冰泉的人群运营管理缺乏专业性，需要提升人群的复购率。

第三，冰泉过于依赖口香糖牙膏，产品太单一。

第四，冰泉过于集中在明星渠道，没有打开多渠道格局。

通过分析这些问题，我有了新的思考。

一是要守正出奇。我们必须提升电商销售管理的基本功，提升日常销售能力，而线下则是要提升陈列，加强促销员培训和激励。基础守正可以让我们实现更多、更好的品牌沉淀，形成日销和大促销售的相辅相成。

二是要以消费者为导向。在年底前形成有竞争力的产品组合，形成分渠道的产品营销模型。产品就是武器，我们必须通过多产品组合来提升竞争力。

三是要开始启动内容营销。我们需要更适合消费者、更能引起消费者共鸣的内容。内容营销是全新的推广方式，也是未来和消费者沟通的最佳途径。得内容者得渠道，得渠道者得市场。

四是要构建重点专项渠道建设的第二梯队，形成渠道的多元化平衡。多渠道才能实现渠道目标的可控，让冰泉在主流市场中形成多种竞争力。

12 月 1 日，针对以上新思路，我和团队再次沟通碰撞，达成共识，确定大方向，理顺策略。

其中，品效合一是投放的策略，我们要启动各个平台的数据运营和数据管理。针对冰淇淋牙膏做爆品策略，重点发展猫超和京西电商集团渠道。有了这些方向和策略基础，我们会更清楚如何通过复盘理顺生意规划。在此基础上的渠道复盘，也变得思路清晰。

一波刚平，一波又起。我和团队刚理顺渠道的复盘，就收到了财务的分析报告。报告显示，公司的整体盈利情况很不理想，亏损的现状让我陷入深刻的反思。

徐琳和我说的每一句话、每一个点都触动着我焦虑的心：产品成本偏高，毛利率过低；物流快递成本过高，费用极不合理；各个渠道的推广费用居高不下，ROI 不达标；人力资源成本明显偏高。

她说："程总，财务数据非常不好啊。这样下去，我们有再多的钱也会花完。非常危险啊！"

我认真看了好几遍徐琳给我的报表和报告，让她先回自己的办公室。我要静下来想一想。

是的，在前期，冰泉过于专注营销冲量，而忘记了企业经营的本质是盈利。虽然我也有借口：做企业、做品牌，前期都需要投入和培育，盈利需要一个过程。但是，我也深知，只冲销量，不做企业经营，会让企业陷入无法持续发展的恶性循环。因此，降本增效才是企业现阶段的核心。我必须让冰泉从野蛮的生长模式中跳出来，走向健康发展的正循环。

怎样降低成本和费用？这成为我在企业管理上要学习的一门新功课，也是实现冰泉企业基业长青而必须解决的实际问题。

我必须面对，也必须迎接这个新的挑战。

6. 降本增效

当公司出现问题的时候，人往往会控制不住自己的情绪，尤其是我这样急性子的人，更是容易冲动。

有段时间我天天发火，将黄俊凯、刘奇、李志飞都大骂了一顿，供应链的林小青和人力资源的伍美君刚到公司，也陪着他们挨骂。

虽然理智告诉我要冷静、要淡定，但是各种事实却让我愤怒不已。我将太多的工作放到了营销上面，对整体的企业管理和费用成本管理缺乏深入细致的跟进。难看的财务报表，冲淡了我内心原有的胜利感和成就感，甚至让我觉得自己是个失败者。

冲动是魔鬼，但也是近期的冲动，让我从狂妄和自大中醒悟过来，就像是在寒冬中被泼了一盆冷水。

因为发脾气成为常态，所以大家都不敢来我办公室了。只有刘奇，在一个中午找我喝茶。

“程总，你最近火气大，要多喝点茶。我给你带了这个苦丁茶，有用。”刘奇比较了解我，也知道我当前的情绪，所以他用喝茶开头。

“我火气能不重吗？出了这么多问题，管理稀里糊涂，问大家如何处理和应对，却没有一个人拿出解决方案！一个字，‘乱’！三个字，‘太乱了’！”我说话的时候，声音不自觉地提高了八度。

“的确，我们都是搞营销出身的，在供应链、采购、后台管理上缺乏专业性，经验也不足。而且当前的营销费用居高不下，市场竞争残酷，大家又缺乏创新的办法。”刘奇附和我之后，又开始调侃道，“程总，你不是经常跟我们说，只要思想不滑坡，方法总比问题多吗？现在大家的思想都很紧张，有点乱了。”

“思想不滑坡是重要，但如果找不到方法，还要什么思想呢？”我继续起高腔，“每次遇到问题，大家总是等我拿思路，难道我们团队就没有一点管理高度吗？”

“管理是要有高度，但这不是还在思考嘛。况且，如果咱们想快一点达到高度，还是需要程总你直接把思路告诉我们。这样我们执行起来才会更有效率。对于问题，大家都有一些想法，但又不一定符合程总你的全局运营方向。你不说，我们反复想，反复沟通，也会非常低效，浪费很多时间。”刘奇开始给我戴高帽。

我却一点都不领情，继续和刘奇抬杠：“如果公司都由我一个人想，一个人冲，大家都随波逐流，那冰泉公司还有什么事业生命力？”

刘奇又泡了一壶苦丁茶，继续给我戴高帽说：“程总，你是站在全局管理，我们都是单点思维，你要我们去做全局的管理，我们都做不来，因为我们都是战术和执行层的人。真正的企业运营统筹，还得需要程总你的智慧带领我们前进。”

喝完一杯茶，刘奇继续说道：“程总，你干脆直接告诉我们对降本增效的具体要求，这样我们直接干，工作效率会更高。程总，你知道吗？现在大家都有点怕你了，不敢跟你说真话了。”

听到刘奇这番话，我的心情逐渐平复了下来，也开始反省自己的鲁莽和粗暴。是的，我真的不应该将自己的情绪带到工作中来，这样非但不能解决问题，还会让大家都陷入对工作的恐慌当中，让大家的工作思路更加混乱。

晚上回到家，我一个人在书房里冷静思考，梳理降本增效的思路。

降本，就是要降低成本；增效，就是要减少费用，增加效益，两手都要抓，两手都要硬。冰泉必须从管理中要利润，要有持续发展的经营能力。

如何在保证品质的情况下降低产品成本？我们必须成立一个专项小组，由杨卓宝负责，包括市场部、技术研发部和采购部，一起拿出解决方案。

如何在确保消费者体验和服务不降低的情况下，降低物流快递成本？这也需要成立一个专项小组，由黄俊凯负责，由采购部、供应链部和销售部共同参与。

如何实现人力资源管理的高效？如何实现组织优化？如何让公司团队拥有更加实效的价值运营能力？这需要伍美君作出相关的改进方案。

如何做好财务管控？如何做好预算执行和改进？如何实现费用管理的可控性和有效性？这需要财务的徐琳给出整体思路。

如何在保障业务继续高增长的情况下，去提升营销的ROI，实现整体营销的效率和效益？如何确保合理的业务结构和盈利能力？这需要各个销售部门成立各自的专项小组制定规划，由市场部、供应链部、财务部、人力资源部协同参加。

这些工作都是系统的工作，不能头痛医头、自娱自乐，要在公司整体目标管理下，做出各自的管理升级。

其实，这些工作也不是一两天就可以实现的，也不是一两个工作日就可以马上改进的，而是一个整体、系统、专业和细节的管理过程，也是一个循序渐进的统筹改进过程。

当我自己理顺了思路，就开始在各个管理改进方面画鱼骨图。鱼骨图是最好的管理问题精进法，也是我们高杠杆管理的绝佳工具。

我在书房忙了一个晚上，把工作思路和方向列了出来，把鱼骨图的建议方案也写了出来。

第二天，在去公司的路上我又想，马上到12月了，我们可以把降本增效这个大主题作为2021年的战略规划去推动，围绕降本增效去做2021年的核心重点工作管理升级，这才是团队更加融合的保障。

一到公司，我就组织大家开会。会上，落实了2021年的年度战略规划主题为“降本增效”，落实了各个专项工作小组分工，落实了我对当前工作的方向、思路的想法。我也抛砖引玉，将自己画的鱼骨图分享给大家，为大家提供降本增效的建议。

这次会议，让大家对公司整体目标、改进目标、年度工作等都有了非常清晰的认识，也打开了大家的思路，让大家知道怎么去研究，怎么去思考，怎么去形成具体的工作方案。

上午四个小时的时间，我和团队都集中在会议室。下午，我将年度规划的模板发给大家，还为大家深入解读了“降本增效”这个战略主题。

我担心冰泉的伙伴们会过度陷入繁杂的文字和表格处理中，担心大家对整体逻辑框架不清楚，担心大家的战略规划没有整体的团队思维、没有部门间的衔接和融合，于是又写了一篇如何做战略规划的文章，点对点发给各个战略板块的负责人。

除了强调战略的市场分析、数据和趋势洞察、达成目标的营销策略和组织策略，我还和大家讲述了我自创的“三局”营销法：布局、做局和大局。

布局就是排兵布阵，好的业务布局是管理成功的基础。

做局则是渠道的打法和玩法，是如何加强日常管理工作。

大局则是要有整体的大局观，同时要精耕核心重点业务。只有抓大

养小，才会形成生意的势能，形成全渠道的收割能力。

通过写出来的文章，团队会有更好的感悟和理解，能在规划中提高自我认知，提高综合管理能力。在执行规划时，大家能收获更好的管理经验，获得更多的成长。

7. 战略规划完善

马上到2021年了，在2021年的规划中，我们要谋划的是如何实现大的突破。2021年，除确定一个年度目标以外，我给自己列了五大策略和十一个工作重点。

其中，五大策略是2021年工作的核心思想。

第一个策略是产品全面升级策略。这是冰泉企业发展的原动力。好产品才能成就好品牌，而好的产品组合则是渠道发展的最大助力。形成更好的产品规划，是2021年发展的起点。

在产品方面，我提出了一个重点、“三驾马车”、一个培育的策略。

一个重点是指牙膏继续创新打爆，起量，起规模。“三驾马车”则是指在漱口水、口腔喷雾和牙刷上形成三大品类发展能力。一个培育则是指在电动牙刷上做出高客单产品的基础。

第二个策略是新媒体内容推广策略。所有营销的核心，其实就是与消费者的沟通，得消费者得天下。只有触动消费者内心，让消费者与品牌和产品产生共鸣，才是最好的品牌推广。因此，建立内容的专业化管理、创新管理和爆破性管理，是冰泉2021年与消费者沟通的重点。内容既是一种广告，也是品牌价值的张力。

第三个策略是重点渠道建设策略。渠道管理好比田忌赛马，只有形成渠道的重点突破力，才会有冰泉在口腔市场发展的强大竞争力。我提出了新渠道领导、年轻化渠道领头、潮流渠道领先、传统渠道占位的思路。

新渠道是指以东音、蓝手、社区团购为代表的渠道。随着东音、蓝手从传统渠道电商切割出来，未来这些以产品和内容创新为主导的新渠道将是我们成为领导品牌的全新机会。2020 年，冰泉在这两个渠道上领先。2021 年，我们必须在此基础上继续升级创新，要将这两个渠道作为冰泉的强势发展渠道。而社区团购发展方兴未艾，正处于快速成长期，同样值得冰泉冲锋。

年轻化渠道则是指 M 电商集团、京西电商集团、爱品会、莎宁、品夕夕等以年轻人为主战场的渠道。在这一类渠道中，冰泉作为新锐品牌的领导者，作为年轻化口腔产品的先行者，有着全新的机会优势，而且冰泉在这些渠道都是排名前十的 TOP 品牌，所以需要把在这些渠道的局部优势扩大为局部强势。

潮流渠道是指沃森氏、潮流化妆品店和精品便利店渠道。这类渠道越来越重视单品能力，好看、好玩、好用的产品力决定了销售力和持续复购力。冰泉品牌和产品在这类渠道有着天然优势和绝对契合的渠道销售力。2021 年，我们必须进一步强化多品、多店、多量建设。

传统渠道则是指所有的商超渠道，这类渠道是传统品牌的主战场。传统品牌在这些渠道有多年的沉淀和积累，有强大的销售根基。冰泉已经进入了全国大部分商超渠道，2021 年，我们必须形成局部优势，形成占位和积累的基础能力。

第四个策略是自播推广专业化策略。冰泉直播的主战场在东音、蓝手、淘贝。在这三大平台，直播不仅是一种推广手段，而且是一个销售渠道。针对直播管理，冰泉在做好达人直播推广的同时，也要重点发展自播，让品牌自播成为品牌宣传和销售的主阵地。形成自播的能力，也是冰泉营销竞争力的保障。

第五个策略是降本增效策略。这也是冰泉练内功、强发展的一个策略，是企业盈利和长期发展的保证。在前一阶段，我们已经全面落实了这项工作。前期，我在这个方面有些疏忽，2021 年，冰泉将会重点实行降本增效策略。

当我把这些策略形成公司整体的经营思路时，公司各个部门就有了 2021 年战略规划的大方向和主心骨，就知道如何在大框架内制定各自部门的战略规划了。

为了让冰泉团队知道如何将策略转化为具体工作，有更加清楚的工作主次，我又给大家提出了2021年的十一个工作重点。

第一是产品研发科技升级。

第二是组建专业的内容营销团队。

第三是打造东音电商和蓝手电商运营团队。

第四是组建品牌自播运营团队。

第五是专项发展电动牙刷团队。

第六是外部合作发展社区团购。

第七是全力打好各个渠道的三八节、“618”、“双11”这三大节点战役。

第八是供应链体系降本增效。

第九是财务预算管理全面执行。

第十是全面提高人力资源管理效率，提升企业人效。

第十一是继续推动融资工作，争取更多的资本助力。

这些工作重点是我根据五大策略形成的公司整体的年度工作思路，也是2021年我个人要重点推进的工作。我将这些内容灌输给团队，也是为了让团队更了解公司的整体战略，更加精准地制定具体的部门年度规划。

“大家都听明白了吗？我把讲的这些内容都写了出来，希望大家每个人都看三遍，认真理解和领会。”开完会后，我再次强调。

“程总，我们都理解了，只是你讲得太多，我们还需要进一步消化一下。”杨卓宝回答得挺实在。其他同事也纷纷附和。最起码，这次大家从思想上和我保持一致了，那就是我们必须有更加系统规范的作战能力。

有时候，我也感到庆幸。正是冰泉11月后的财务报告让我看到了公司的问题，也正是问题让我清醒，让我从奔跑中停下来，调整自己。调整的时候，我才发现，自己之前只顾营销的冲锋，而忘了公司的整体经营，甚至忘记了一贯坚持的年度战略和季度策略的经营模式。当我从野蛮增长和狂奔中清醒过来，才再次站到高点，思考企业，思考品牌，思考营销，思考战略管理的全局。

第二次召开公司的战略工作会议时，我再次深刻地检讨了自己。检讨自己急功近利的思想；检讨自己的单点销售思维；检讨自己的重销售、轻利润思想；检讨自己过于轻率和快速的决策方式；检讨自己在管理问题上缺乏担当和承担；检讨自己情绪化和粗暴的沟通方式。

通过检讨，我和团队进一步认识自己，并实现自我改进和提高，从而在创业的路上变得更加成熟和稳健。

在战略会上，通过我抛出的五大策略和十一个工作重点，大家的思想和思路都形成了统一。冰泉的伙伴们看到了新的希望和未来，也都有了新动力。我的五大策略、十一个工作重点不是自己拍脑袋想的，而是结合了理性的数据和感性的思考得出的冰泉在 2021 年的发展之路。

公司整体战略落实以后，各个部门也迅速形成了自己的战略规划。接下来，我只需要看方向、看方法、看衔接、看整体是否保证了一致性和融合性，看各个部门的战略是否形成了合力。

沟通、评审、确定、落实，我要求大家在 12 月 20 日之前完成评审后的最终方案。12 月 25 日，公司召开 2021 年度战略会议，这既是 2020 年的总结大会，也是 2021 年工作的启动大会。

8. 又一次年会

冰泉的第二次年会，我选在了 12 月 25 日，西方的圣诞节。虽然我们不过这个洋节日，但是节日的气氛有利于我们开展年度工作。

会议的地点是黄俊凯挑的，经济实惠的蓝天宾馆，离公司很近，而且这个酒店是湖南省人民政府驻广州办事处所在地。我是湖南人，自然对这个地方有些亲近之情。

9 点召开会议，我于 7 点到达酒店，西装革履。每次开重要会议时，我都会穿正装，这一次也不例外。

进入会议室，已经有工作人员在会场准备。我是一个习惯于管大方向的人，在具体的事务性工作上，参与不多。但是，每到重要时刻，我又特别关注细节。也不知道是天气太闷热影响了我的情绪，还是我过于吹毛求疵，我对会场的诸多工作感到非常不满。

这是一个狭长形的会议室，会场的座位摆放都是狭长形的，虽然大气美观，但是会场的投影布非常小。经过一年多的发展，冰泉的生意规模已经上亿，团队人数也发展到了100多人。这么小的投影布，坐在后排的人根本无法看清PPT，这会让会议效果大打折扣。

当机立断，我和现场的工作人员一起调整现场座位布置，让团队靠前坐。年度大会是讲工作的，要宣布战略规划，实用比好看更重要，必须保证每个人都听得到、看得到。

刚调整完座位，又发现音响调试出了问题，而酒店的工作人员还没有上班，大家束手无策。更严重的是，投影仪和电脑的兼容有问题，无法将文件投放到屏幕上，测试数次都失败了。大家变得异常焦虑。

8点，酒店的工作人员和技术人员到场，总算调试好了音响和投影设备。当我准备试文件的时候，拿着文件的杨卓宝却还在路上。

9点的会议，到了8点半，我们的大部分高层人员竟然还在路上。这一刻，我非常愤怒！如此重要的会议，事先没有做好现场准备，没有做好会场和会议协调，高层管理人员也没有提前到达，拖拖拉拉。

我立马就发飙了："作为公司的高管，我是第一个到的，你们却一个个姗姗来迟，究竟在想什么？你们是来开会的，还是来当嘉宾的？个个都当官，谁来做事情？简直太荒唐了。"

我严厉批评了所有后到的高层管理人员。一个优秀的管理者，不仅要有计划和细致管理，还要有高度的责任感和担当精神。我们的年会，开了一个非常不好的头，公司的一些高层管理人员，居然已经有了官僚主义的作风。

对于我的批评，大家都不说话，但是我看得出来，他们并没有理解管理担当的重要性。我的心情不是很好，但必须用很好的心情来组织大会。我告诉自己，要尽快调整情绪。

我习惯做大会主持人，因为我一直认为会议主持需要将所有的内容贯穿到一起，让大家有整体感和连贯感，让大家都能理解和领会会议的精神，真正融入战略工作的规划当中。会议就是要让人人都会，让大家的思想和行为高度整合统一。

年度工作，其实就是要让团队知道三点。一是知道公司整体的经营方向、思路和目标，知道自己现在在哪里，要往哪里去。二是知道各个部门针对经营目标的策略和重点是什么，知道怎么去，和谁去。三是知道部门与部门之间的协同共进，知道谁能帮我，我能帮谁，如何保持同样的节奏和进度。当每一个员工都找到了清晰的工作要求和路径时，年会的目的就达到了。

因此，在年会中，我详细介绍了冰泉在2021年的升级之路，统一了大家的工作战略目标和大方向；每一个部门从战术层面讲解了各自的具体策略和工作。我在主持过程中将公司和各个部门以及各个部门之间的工作贯穿起来。因此，我们的年会从上午9点半开到了晚上8点。我一个很少喝咖啡的人，这次会议我喝掉了至少十杯咖啡。

有时候，我开会时会有点小聪明。每个部门讲完策略以后，我除了强调一遍工作框架，还会随机提问部门内和关联部门的员工。这让团队有点小紧张，当然也能让大家全身心投入对会议内容的理解中。否则，答不出来，会显得被提问的人没能力、没水平，给大家留下开会不认真的印象。

总体来说，这次会议很成功，大家和我都集中精力开会，清楚了公司战略的五大策略、十一个工作重点，更了解了各自部门、各自科室的工作重点。虽然会议开始前有些小插曲和小疲倦，但会议的效果让人振奋和愉悦。我不喜欢所谓的形式主义的会议，更享受有成果和收获的年会。

会议晚宴推迟到了8点半，10多桌，吃粤菜。我觉得这也是一个奇怪的安排，在湖南宾馆吃粤菜。不过公司员工来自五湖四海，众口难调，粤菜可能是最佳安排。

为了节约，黄俊凯居然只准备了很少的酒水，这让晚宴的气氛平淡，既没有兴高采烈，也没有觥筹交错。也许是开会时间太长，大家太累了，不到一个小时，大家就吃完散场了，丝毫没有兴奋点。

这又让我有点不满。一个团队，士气很重要，闹起来才能战斗起来。默默地开始，默默地开会，沉默的晚宴，都不是我喜欢的风格，也不是我习惯的状态。

晚宴后，我又拉着部分中高层员工继续吃夜宵庆祝。因为我觉得不够尽兴。

杨卓宝没有来，估计是因为早上被我批评了，心里还在生闷气。在动感小西关的大排档，我首先向大家道歉，自己不该用情绪化的批评作为会议的开始。同时，我又和大家强调了管理者的责任。做领导的，就必须多付出，必须起早贪黑，必须更辛苦、更劳累。若要人前显贵，必定背后受罪。

也许是私下的聚会比较轻松，大家反倒被我激活了。

大家高兴，我也高兴。我有激情，大家更有激情。直到凌晨3点，大家才在意犹未尽中散去。

我没有回家，就在公司附近的酒店住下了。躺在床上，我在想，一个优秀的企业，一定要有清晰的战略思路和策略重点，同时绝对不能没有激情，没有斗志，否则就没有战斗的热情、创新的冲动。我和团队的距离不能太远，但是又容易发脾气，以后我还是要多改变，和大家站在一起，共同战斗，多理解和包容大家，多一点豪迈和大气。一个接地气的老板才能带领一个有活力、有生命力的企业走向成功。

这一晚，我睡得很香。看样子，好心情才能有好睡眠。

第二天我睡过头了，早上8点多才醒来。我匆匆写完日志发微信，跑到公司，居然迟到了。办公室的阳光非常明媚，我的心里也是美美的。

9. 品牌自播全面启动

工作时，我经常会说一句话："大家加油，忙完这一段时间就好了，忙完再好好休息一下。"其实这是一句谎言。在我们的工作中，似乎根本没有休息二字，忙完这一段又开始另一段。没有最忙，只有更忙。

年会后，我立马启动了品牌自播管理。我特别看好品牌自播，因为我认为，自己构建的能力，才是最大的发展力。

所谓品牌自播，就是我们在东音、蓝手和淘贝自建直播间，通过品牌的公信力和推广力实现更好的线上销售。

我们的达人直播已经做得风生水起了，要跟我们合作的主播源源不断，创造着各种热点。新的主播涌现，也有旧的主播逐渐没落。2021 年年初，达人直播依然处于高峰期，简单、直接、快速，有销量、有效果，也有品牌效应。几乎所有的品牌都在重兵押注达人直播。

冰泉也不例外，2020 年一整年，冰泉在东音和蓝手用口腔 No. 1 的优秀，演绎着新锐品牌的精彩。达人直播成为冰泉营销的一张亮丽名片。

人无远虑，必有近忧。“形势很严峻啊！竞争越来越激烈，后续的工作会越来越复杂。我们必须做好提前应对。”我把李志飞和刘农叫到办公室，开门见山地说出了我的担心。

“程总，你想得太多了。没有那么严重，我们现在的达人直播绝对是口腔领域的老大。”面对我的忧虑，刘农很不以为然。

“你们不能这么想，更不能骄傲。市场是残酷的，我们的管理必须未雨绸缪，想得长远。我们就像是一座高楼大厦，绝不能受侵蚀而不自知。”他们的这种想法，让我更加担心。

紧接着，我和他们谈了自己对达人直播的四个担忧。

一是流量的变化，导致达人结构不稳定，让销售不可控。

二是长时间的达人直播已经消耗了大量的消费兴趣，直播销售逐渐显露出疲软的状态，缺乏可持续的销售未来。

三是众多品牌一拥而上，品牌与品牌之间的竞争开始白热化。很多品牌不计成本、不计费用地入场冲杀，内卷越来越严重。我们也陷入了费用不断增加的内卷消耗中。

四是达人直播投入大，有销量但确实是亏损的，不能支撑企业持续经营。

这四个担忧已经非常残酷地摆在我们面前了。

“当然，我们也不能杞人忧天。我认为达人直播在短期内不会一下子掉落神坛，更不可能消亡。在一段时间内，它依然会是有流量的营销渠道。作为品牌，我们要建立更好的直播组合能力去顺应未来的发展。”我叫刘农泡茶，然后继续说，“未来，东音和蓝手绝不会是简单的直播，而是电商运营。东音直播和蓝手直播都是一种推广销售的手段，最终，平台需要通过电商销售模式实现可持续性发展。东音和蓝手都提出了对应的电商管理模式，也建立了相应的电商团队。虽然他们目前还没有特别的突破，对直播的依赖性也很大，但是，我认为趋势决定形势，电商才是直播的归属，才是商业经营的本质，才是我们需要培育和发展的新消费渠道。”

我讲完之后，李志飞和刘农都没有反应。他们给我的感觉是，他们并没有理解我说的这番话，可能也不认可。但是，既然我提出了东音和蓝手的全新电商管理模式，那么就要让冰泉快速迈出这一步。

东音和蓝手电商的未来就在于如何构建达人直播、品牌自播、平台互动、营销推广和私域运营，需要我们在新媒体渠道实现人货场的重构。这不仅是全新的营销，也是全新的机会，更是我们创新制胜的关键。

我认为，未来线上营销一定是四大板块分天下：淘贝，淘外传统电商如京西电商、爱品会、莎宁、品夕夕，东音、蓝手电商，社区和社群电商。这四块是市场的新趋势，我希望冰泉能够快速迈出为适应新模式而奋力前进的一步。

做得好不如做得巧，做得巧不如做得早。我们必须先在达人直播基础上，形成东音、蓝手的平台运营能力，培养品牌自播的能力。这两块是重要又紧急的工作，我们必须快速落地。

听我喋喋不休地说完，李志飞终于说出了他的真实想法：“程总，对此，我有不同的看法。我认为短期内东音电商和蓝手电商不会兴起，因为这两个平台的电商还没有找到闭环，是纯产品和内容力的销售模式，是纯兴趣驱动式销售。如果我们现在贸然进入，只会费力不讨好，还不如集中精力继续做好M电商集团等传统电商。这样至少稳定一些。”

听他说到“稳定”这两个字，我立马火了：“你怎么老是想着稳定，老是防守思维呢？**真正的管理是打破，是重构，是创新**。李志飞，你的思想跟不上可不行。”

看到我发火，李志飞马上不说话了。刘农张了张嘴，想说什么，但最终什么都没说。

我确实恼火。每次我看到远方，李志飞却只看到脚下。我和他沟通了四五次，还是没能让他与我形成共鸣。他比较固执，对于不认可的工作，一般不和人争吵，不会有过激的举动，但是也不会去落实，以拖待决。

我很不喜欢这种软抵抗。他在达人直播上的这种态度，让我不能接受。我始终认为，如果无法创新，我们就不能走得更高，跑得更远。我们必须高屋建瓴，拥有发展新势能的前瞻性。

李志飞不干，我就自己干。

一方面，我把达人直播的工作抓了过来，直接指挥，让刘农直接向我汇报，简单干脆。1 月初，我就落实了两个月的直播规划，将目标落实到具体的人和时间段。刘农非常聪明，能很快领会我的思路，也善于和各种达人直播团队沟通。这正好与李志飞的木讷形成鲜明对比。我直接指挥刘农，工作的效率更高。虽然这让李志飞很不高兴，但是我们要以业务优先，以业绩优先。

另一方面，我开始找人组建品牌自播团队，建立多个冰泉直播间，轰轰烈烈地搞起了品牌自播。

老实说，做品牌自播前，我并不知道如何做自播，也没有深入研究过自播的商业模式。但我明白，找到懂的人，在操作中去找到冰泉的商业推广模式，就是最高的效率。我和团队可以一起学习，一起进步，一起创新。实践才是硬道理。

很快，我找到了严锐。小严是美天彩妆品牌的前电商总监，之前也做过 MCN①。他离开美天大半年了，目前正好处于空窗状态。他有思路，有经验，最重要的是肯干。有他作为帮手，冰泉的品牌自播就能全面启动了。

小严对我和冰泉都比较认可。见面没多久，我们就一拍即合，没费什么周折就达成了共识，开干。

找主播，找运营，找投流，找合作公司，小严迅速进入了工作状态。

我安排黄俊凯将隔壁的另一间大办公室租了下来，设计、装修，快速组建品牌自播团队办公室。光是直播间，我们就设立了 7 个。

① MCN：Multi-Channel Network，多频道网络。

“程总，你这样的投入和支持，让我的压力很大啊！”看到我这么大刀阔斧地干，不知道是真的有压力，还是有点怕做不好，小严进入新办公室，赶紧和我先交个底。

“你不用担心，放手去做，我全力做你的后盾。成功了是你的功劳，失败了算我的，我不会怪你。”我顺着小严的话，给他吃了颗定心丸。做创新，就必须有勇往直前、绝不回头的勇气。

其实，每次面对新工作，我都会很兴奋。面对新的机会和未来，我都会激情满满。因此，在冰泉品牌自播体系组建的过程中，我一直处于亢奋状态。主播开播时，我更是兴奋地整场跟进。

理想很丰满，现实很骨感，冰泉的品牌自播启动后，每天的观看人数并不多，而且销售量非常少，甚至有时候一天不到1000元。

我是一个顽固的人，即使这样也没有打退堂鼓，依然给予严锐十足的支持。我告诉他，想办法，找机会，快突破。只要路对，就不怕路远。我希望团队不断前进，不怕挫折，要越挫越勇。我们做着自己的，学习着同行甚至跨品类的，谁做得好就向谁学习，一边摸索着改进，一边找机会突破。我对品牌自播的未来依然信心满满。

我们的自播团队也被我鼓舞起来，自播业绩开始一路攀升，日销终于突破1万元、2万元，有时候突破5万元。虽然和冰泉整体业绩比起来，这个自播成绩微不足道，但是自播的每一次进步都让我看到了更多的希望。我喜欢这样的挑战，尤其是拥抱未来的挑战。

10. 组织体系全面升级

我带着达人直播和品牌自播团队一路向前冲。随着各项业务的发展，公司内部各种问题也出现了。

首先是李志飞的情绪非常大，态度非常消极。我在前面带着团队跑，而他这个线上营销负责人却依然和传统电商团队自娱自乐。他和我脱节，和达人直播、品牌自播脱节。这两个脱节让他找不到自我，也感到很郁闷。虽然他的职务是负责整体电商，但是他的工作却完全不在整体运营状态上。

这其实和我有很大的关系，是我忽视了组织体系管理的重要性。同时，因为达人直播和品牌自播有很大的机动性，导致我们的产品组合、物流快递、客服服务等方面也出现脱节，出现断货、发错货等情况。林小青手忙脚乱，每天都在处理各种问题。她虽然很用心，但是依然跟不上我频繁指挥、机动作战的变化。

财务也被我折腾得够呛，因为我直接指挥这两大业务，导致很多合同、费用的审批都由我直接批准，出现了很多管理漏洞，使得付款和费用管理失控。

这些问题，让我非常恼火，我认为这是因为团队内部跟不上发展，是战略会议后，大家没有提高管理效率。

到了 2 月初的春节，我一边安排好休假和值班事宜，一边开始思考企业内部管理的效率问题。

这个春节，全国的疫情加重，各地都在建议大家就地过年。家里人也主动要我别回长沙，在广州好好过年。为了安全，我只好和家人一起在广州过了一个冷冷清清不像年的年。

冷清的春节正好让我静下心来思考。人一旦冷静下来，从感性中跳出来，就会变得更加清醒。面对出现的各种问题，我终于找到了核心原因，都是因为我。

我过于关注战略规划、关注创新业务的发展，而忘记了战略需要组织来支撑。组织能力是战略发展落地的保障。不是团队无能，也不是大家低效，而是我们原有的组织体系失效了。我不能用过去的组织体系去推动新一年的企业发展。

组织体系，包括组织架构、定岗定编、绩效管理、薪酬激励、流程制度。这个工作，必须由我和人力资源部的伍美君共同去完成，这是年度战略的配套优化。组织架构不能太粗犷，岗位职责要更加明晰，定岗定编要有计划。

李志飞一个人不能管理快速发展的所有电商，我们必须将电商业务细分。刘奇的业务分工必须进一步细化，要具有新渠道管理的能力。供应链必须建立全新的达人直播和品牌自播的管理布局，以适应新业务的发展。市场部必须围绕新业务的支持，构建全新的配套能力，挖掘产品卖点，提升内容营销。财务必须建立对应的业务管理细化方案。采购必须尽快完成降本增效的工作，以保障新业务的成功可控。

于是，我很快推进公司的组织架构重组，围绕价值塑造、价值传递、价值保障这三个核心，设立新的管理框架。

市场部继续由杨卓宝负责，她是价值塑造和维护的管理者。线下销售部继续由刘奇负责，进一步细分业务板块的实地管理和支持管理。线上销售部分拆成三个部门：电商销售部、达人直播销售部、品牌自播销售部，分别由李志飞、刘农和严锐负责，都直接向我汇报。供应链管理部继续由林小青负责，建立全新的物流快递布局，实现费用管理的合理性和有效性。采购部继续由黄俊凯负责，尽快完成以成本为导向的外部采购合作布局，包括 OEM 工厂和原料包材供应。技术研发部继续由韩六九负责，启动成分党研究，以及和加东药科大学的合作。财务部由徐琳负责，确保日常的财务管理和费用管理，做好企业的现金流和库存管理。

这个组织架构明确后，我觉得自己还要站在各个部门之上，把好方向，研究策略，做好整体统筹运营和体系运转的协调。我要当好领导，不能去当将军。

紧接着，我又让伍美君落实好定岗定编的工作，要求她在春节上班后一周内，与各个新团队确定全新预算内的定岗定编，明确每一个岗位的工作职责和分工。

各个部门负责人根据业务要求确定绩效管理模式和绩效指标，要什么就做什么，做什么就考核什么。我经常讲，薪酬管理就是要让那些有价值贡献的人获得更多的回报，让那些有创新力、增长力、突破力的人拿得更多。我们要通过机制驱动团队更好地前进和跨越，激活团队的战斗力。我也安排伍美君与各个部门负责人一一落实后上报给我。

当然，流程和制度也要在原有的基础上升级，无论是行政管理还是业务管理、费用管理，都必须进一步优化，以匹配新的业务发展体系。

春节后，我要求组织体系尽快落实、重组、启动，并马上召开了公司中高层工作会议。“战略决定组织，组织支持战略，这是德鲁克先生的管理思想，我觉得这正好适应我们管理的需求，所以我做了这样一个管理变革，希望大家尽快落实。这也不是难事，团队都在这里，我们只是变换队形，重组结构。大家必须在一周内完成。”这次会议，我给大家下了死命令。

会上，大家都没有表态。在实际操作上，这件事也没有预想的那么顺利。

各个部门对组织体系没有清晰的认知，这导致他们做出来的绩效考核指标和薪酬激励方案特别笼统，没有体现出业务重点主次。我和伍美君亲自研究改进，最终到 2 月底才完全确定。流程和制度则很快就完成了。

最先出问题的是李志飞。他不同意，因为他认为整个电商一直归他管，现在分出去，他内心接受不了。我要做通他的思想工作。

我找李志飞沟通了三次，告诉他：公司的发展必须有组织裂变。每一个人只有做好自己最擅长的工作，才能发挥最大的价值。公司整体好了，他才能更好，现在没有必要去在乎一个虚职。

而李志飞根本听不进去。他认为，他在电商管理上付出了很多，做了很多前期工作。现在要分拆，他面子上过不去，他的提成收入也会受影响。

其实，我有一句话没有告诉他，就是以他现有的思路和能力已经无法承担整个冰泉的电商管理了。他只有在合适的岗位上做出更加有能力的贡献，才是企业发展的需要。

李志飞听不进去。他很固执，他表示如果我不接受他的意见，那么他就辞职。虽然我多次挽留，但是他去意已决。

天下没有不散的筵席，我对李志飞还是非常认可的。他的勤奋、认真、用心、务实和坚持是职业经理人中少有的，我也特别欣赏他的人品。

李志飞离开后，我没有马上找新的电商负责人，而是让严锐在管理品牌自播的同时，兼管电商销售部，同时给他找了一个店长负责 M 电商集团的具体运营，找了一个电商分销负责人负责淘外。

在欢送李志飞的晚宴上，我举起酒杯说：“李志飞，我特别感谢你，你是我们冰泉电商的启动者，也为冰泉立下了汗马功劳。你做事很认真，很用心，我非常认可你。但是现在，你不能顺应公司的变革，我真的觉得很遗憾。无论如何，你永远都是我们冰泉的家人。我也特别希望你将来能越来越好。”

我说的都是肺腑之言。对于李志飞的离职，我的内心有一百个不愿意，因为我本来就是一个恋旧、讲感情的人。但从另外一个角度来讲，冰泉始终是一列快速前进的列车。车辆高速向前，总会有人下车，也会有人上车。人才的相对变化也能促进企业更快地成长。

在组织优化的过程中，人才也在渐渐优化。我必须建立这个认知，也必须接受各种人员变化的现实。

8

第八章 再次融资

（2021年2月—2021年6月）

1. 再见投资人

自从冰泉第一次融资成功后，公司几乎每个星期都有投资人到访。冰泉在营销领域的火热，带动了投资界的热捧。我积极接待各个领域的投资人，一方面是因为我本身非常好客，不善于拒绝；另一方面是因为我觉得在冰泉的发展过程中，资本也是非常重要的助力。只有企业与资本融合，才是冰泉做大做强的最快捷径。

其实，投资人也是形形色色的，既有行业的菜鸟，也有专业的高手、老油条，更有深谙行业的资深专家。对我来说，经常和投资人接触，既推介了企业，也引发了一次次提升企业发展的思考。因此，这些接待虽然占用了一些时间，但我并不厌倦。

有投资界的朋友告诉我，在融资沟通方面不能太实在，不能太呈现事实，而是要包装和放大，讲好美丽的故事。对此，我并不认可。和上次融资一样，我始终坚持实话实说，真实自然，甚至有一说一。我习惯了怎么想就怎么做，怎么做就怎么说。怎么说是我怎么想得更高、更好的开始。

有时候我也会遇到资本界的同行，比如星城资本的吴总。

星城资本是与京西电商集团有关联的投资公司。他们的团队非常积极主动。在我的社交通讯录中，竟然有 10 多个星城资本伙伴的微信，我估计星城资本的业务发展模式就是不断添加各种新锐品牌创始人的微信，通过与创始人沟通交流，实现广泛且高收益的投资机会。

星城资本的吴总约了我在广州喝早茶，见面一聊，发现吴总不仅是星城资本的投资负责人，而且是湖南老乡，还曾经是宝生的品牌经理。

有老乡和同行这层关系，我们的沟通非常轻松和热烈。我讲述了自己在日化行业 20 多年的管理经验和心得，以及冰泉的发展思路。我是中国民营日化企业“野战军”出身，特别讲究实战和实际的营销创新，而吴总有宝生“正规军”的经历，非常了解专业化的品牌操作。在多年的日化市场奋斗中，我早就总结出了一套专业化和游击化结合的营销模式，那就是在品牌的顶层设计上尽量规范、专业，按照品牌整体的理论思想去构建品牌价值；在品牌的产品开发上，既要有国际公司操作的逻辑性，又要有民营企业操作的灵活性；在品牌渠道操作和推广上，则要百花齐放、百家争鸣，因地制宜、因势利导，尽量讲究灵活性和机动性。我的这个思路让吴总觉得非常新奇。吴总也和我分享了他在宝生积累的关于品牌经营的看法，让我对品牌本身积累的专注和坚持有了新的理解。可以说，这次我与吴总的沟通不太像投资沟通，更像是同行之间的分享。我也乐在其中。

福星资本的两位刘总来的次数最多。两位刘总，一个是来自青岛的大美女，另一个是来自济南的小帅哥。作为福星的投资负责人，他们身上有着非常明显的山东人的性格。

我很惊讶，他们虽然没有做过日化营销，但是对日化行业非常熟悉，对快消行业也有非常深刻的理解。这或许是因为两位刘总特别好学，因为他们看得多，谈得多，所以知道得多，理解得也多。我对山东人天生有好感，他们聪明又真实，非常愿意与人交朋友。我与福星的两位刘总自然也成了非常好的朋友。福星资本倾向于早期投资，所以实际上我们融资合作的可能性不是很大。他们经常过来，我们一起见面聊聊天。如果有什么好的营销创新机会，他们也会介绍给我。对于他们投资项目中的一些问题或者困惑，我也可以站在旁观者的角度提一些建议。有时候，人与人之间不一定是因为合作而成为朋友，朋友之间也不一定非要合作。

埃辛资本的张总则带着大部队集体来访。埃辛资本的背书是著名的张复先生，他们特别重视有创新力的企业，尤其是像冰泉这样的潜力股。让我意外的是，埃辛资本的张总居然和我年纪相仿。他带着副总、广州负责人以及投资经理一行人到公司的时候，我被这个大阵仗吓了一跳，还以为又要路演。

年纪相仿的人总会有很多共同话题。在所有的投资人中，张总和我聊得最投机，也让我最放松。

其实，对于公司的整体思路和状况，我们聊得不多，反倒聊了很多关于近20年的品牌发展变化、渠道经营特点以及创新发展方式。我们彼此有着同样的经历，所以对事物的看法也相同。我们大声说话，大声欢笑，完全没有投资人与创业者之间的严肃氛围。这也是两个拥有同样价值观和事业观的“70后”老男人的坦诚交流。晚上，我和张总团队一起吃饭。张总是山西人，喝酒是海量。我虽然因为要控制喝酒，没有放开喝，但依然酣畅淋漓。志趣相投的人在一起不管投不投资，都讲究缘分，缘分有时候不一定是因为利益。

在和张总团队聊天的时候，我更多的感受是痛快、放肆和共鸣，投资合作反倒不是主题。也许，我的这种性情让氛围跑偏了，但是我喜欢自己的随性，喜欢这种自然简单。

龙城资本的人则喜欢交朋友。龙城资本是中国投资界非常优秀的企业，和我一直有所交流的绿本、贞荣等多个资本的老大都是从龙城资本出来的。龙城资本的老大可是我们湖南人的骄傲，也是神一般存在的人物。和多个龙城资本的负责人沟通，让我体会到神也会变成人。龙城资本的人都非常沉稳，或者说是沉闷。他们似乎对小项目没有太大的兴趣，对新生事物也没有太大的热情。也许，他们早已经过了投资小规模快消品牌的阶段。他们过于成熟稳健的方式无法激起我的沟通热情，更无法让我有合作的激情。有时候我在想，难道投资界也和我们行业一样，各领风骚就十年，精彩十年一个坎吗？又或者是，所有企业都在市场演变中，不断变化着引领格局，而缺乏创新的终将老去？我不知道答案，但我却知道，双方的感觉，对于投资合作是非常重要的。只有情感共鸣，事业共进，才会有投资人与企业的共赢。虽然龙城资本的投资人非常和善，也非常友好，但不善于伪装的我，也不善于在缺乏激情的状态下深入沟通合作。

我和贞荣资本的李总始终保持着紧密的电话联系。

我是一个很认朋友的人。对贞荣资本，我始终抱着很亲近的态度，尤其重视李总对投资的那种专注与专业。虽然在第一次融资中，我们没能合作，但是在后续工作中，李总对我们的融资方案给出了很多建议，也给了我很多帮助。我喜欢这种真诚，也喜欢李总性格中的那种单纯。也正是这种纯粹的相处，让我们彼此很有情谊。面对各种投资疑问，我会直接询问李总。而李总面对一些投资项目，也会征求我的意见。我们之间的关系，已经超出了投资人与创业者的关系。李总更像是冰泉的一个助力者，一个助力我们企业发展的贵人。他很忙，我们虽然没有再直接见面，但是沟通依然热烈。他对冰泉非常认可，我甚至还期待下一轮融资时我们还有合作的机会。但是，我又不愿意把合作掺杂在朋友间的交流中。在为人处世上，我不是一个特别功利和现实的人，更愿意顺其自然地相处。

就这样，我在三个月内，前前后后又见了数十家投资公司，认识了很多投资人朋友。我是一个时间观念非常强的人，但是在投资人见面计划上，几乎花费了30%的时间。这对我来说，也是冰泉企业管理的一部分，更是自我学习和提高的一种工作方式。我在忙碌中丝毫没有感到厌倦和疲惫。

2. 启动第二次融资

冰泉的工作继续向前。三八节大促，冰泉又冲到了一个新高峰。这一次，冰泉在新兴渠道的东音电商、蓝手电商平台都斩获了第一，M电商集团旗舰店也获得了第五的好成绩。线下同样风生水起，销售量一路攀升。

业绩好，投入自然加大，冰泉的再次融资也刻不容缓。

对于融资管理，全公司其实就我一个人在做，杨卓宝主要是陪同和协助，黄俊凯则是做好后勤和财务对接。虽然我很自信，但是对融资管理还处于“乱拳打死老师傅”的阶段，完全靠着自己的感性理解和自以为是的方式去推进。

我是被动的融资管理，没有基本的融资策略和具体的措施，更谈不上方法，基本上都是别人联系我，然后我等米下锅。我每个星期频繁接触各种投资人，频繁做着自娱自乐的沟通。幸亏后续有杨律师给我们做融资合同的衔接和把关，让我们少走很多弯路。不过，在整体的融资推进过程中，我们还是无序和混乱的。

正因为意识到这一点，我觉得我们还是应该找一个融资方面的顾问来帮助我们。虽然我们会因此多付费用，但至少能让我们前进的效率更高。

当我有了这个想法以后，我首先想到的是现有的投资人——贝曼资本的李总和王总，让她们给我们推介。我相信她们，也知道她们愿意帮助冰泉更好地迈出融资的第二步。

很快，李总她们就给我们介绍了多个融资的 FA 公司。我初步从中挑出三家备选。找合作的 FA 公司虽然也是凭感觉走，但既然要付出大的成本，我们就需要更加慎重和认真。

第一个是北京安兴资本的齐总。齐总是北京人，一看就是一个实在人，有着多年的投资和融资管理经验。我们先在电话里进行了简单沟通，让他了解冰泉的基本情况和我的融资想法。他的回复也很直接，非常期待和冰泉合作。他会先对冰泉做一个前期的了解和调研，形成一个初步的合作方案，然后再来广州和我们面谈。他的回答很简单干脆，也非常实在，让我感觉非常靠谱。我喜欢和实在的人打交道，喜欢有计划和有条理的人。

第二个是杭州蓝月资本的陈总和戴总。她们都非常年轻，了解到冰泉的情况后，马上就从杭州赶到冰泉。两位美女虽然年轻，却是投资界的老革命了。对于我们的一些思路和想法，她们现场就提出了融资合作的方向和建议，给我们提出了一个适合冰泉的框架。她们非常率性，甚至有些单纯，虽然对日化快消行业不太了解，但对品牌价值有自己独特的看法，尤其是对建立投资合作的信任管理以及路演推广有非常丰富的经验。我和她们的沟通充满了笑声。

第三个是星阳资本的黄总。黄总非常率性，直接来了公司拜访。我虽然有些惊讶，但是并不排斥。黄总曾经在华夏资本做过快消负责人，是一个风风火火、非常泼辣的上海人。在和我的沟通中，她特别善于提问题，能快速把我的回答融入她的建议和想法中。黄总在融资行业的经验极其丰富，也有很多投资人资源，对资本和企业的融合也有极强的驾驭能力。她的性格虽然有点张扬，但是办事干脆利索。我觉得她应该是一个很有主见的经验型投资人。

见过这三家FA公司负责人后，我作为甲方，当然需要他们提供具体的方案思路。我希望看到更多的实操思路和具体的建议。同时，我还提了一个要求，就是必须老板亲自负责，亲自跟进和服务。虽然我们冰泉公司的融资规模不大，但是我更希望有合作的高度和专注度。

冰泉将需要融资的消息放出去后，也有非常多的其他FA公司前来拜访。因此，我在公司又迎来了一次融资FA公司的接待高潮。贝曼资本的李总让我想办法推掉，怕影响我的日常管理工作。但来者都是客，人家既然到了公司，我就要有最基本的礼节和尊重，该接待的必须接待。在我的心目中，每一个重视冰泉的人都是朋友。

其中，有规模非常大的FA公司，也有非常小的刚起步的公司，当然也有个别忽悠大王。我都一一交流。我也有自己的小心思，说不定能够在其中找到特别适合冰泉的客户。

事实证明，李总是正确的。我花了大量的时间却收获极小。大的FA公司沟通起来都非常笼统和随意，他们拜访冰泉属于非正式的拜访，像是天女散花一样在众多品牌中寻找偶然的合作机会，沟通非常粗浅，找不到合作的感受。而小公司或者个别江湖公司，就更是天马行空，大夸海口，基本上都不在一个频道，更谈不上产生合作的共鸣。虽然我都热情接待了，但也都礼貌拒绝了。我终于明白，在融资中介合作上，还是应该听李总这些专家的。她们见多识广，理解深刻，而我只是感性地理解。

我决定不再浪费时间，马上跟进筛选出来的三个客户的融资推广方案。他们的效率也非常高，不到一周，就都拿出了方案。

安兴资本的方案四平八稳，有思路、有想法、有计划、有进度。蓝月资本的方案有针对性，有具体的融资规划和建议，策略性很强。星阳资本的方案实操性很强，思路和策略方案比较清晰，还列出了一个详细的计划客户名单。

我第一时间打电话给贝曼资本的李总，对她说：“我看了他们三家的方案，各有特点，也将自己的想法发给你了，你有什么建议啊？”

“这个我们也不太好建议。你知道，大家彼此都很熟，我们也是认为他们优秀才推荐给你的。你是创始人，和谁合作最合适，还是你自己做主好一点。”很明显，李总不想得罪人，也不想做出明确的判断。

其实这也没什么好纠结的，两难取其轻，两利取其重。我只想了一个晚上，就做出了决定，选星阳资本。

原因就一个：我希望找到一个能帮我驾驭融资管理的人，我更在乎黄总她们的经验、客户资源。我希望能又快又好地推进融资合作。

定下了黄总，我对安兴资本的齐总和蓝月资本的陈总、戴总有一点歉疚。他们付出了那么多，做了那么详细的方案，我却拒绝了他们。我重视别人的付出，也不愿意亏欠别人。

于是，在和齐总、陈总电话沟通暂时不合作后，我还一直想着如何去帮他们一下，如何在其他合作上尽量给他们一些助力。我觉得朋友应该互相抬轿子，更何况是相互认可的朋友。

在后续的工作中，一有机会，我就给他们推荐，也尽量为他们争取一些合作的机会。这样我才觉得心安。

这就是我奇怪的性格，有时候杀伐决断，有时候又瞻前顾后。面对事情，我有坚决的判断力，而在相处上又容易被个人情感左右。也许，这是我的优点，也是缺点。曾经有一个过去合作过的企业老板对我说：“程英奇，心软是成不了大事的。”我笑着回答，我宁肯成不了大事，也不会狠心和黑心，违背自己的情感认知。我认为，始终保持着自己为人处世的价值观，始终保持着自己内心的快乐和愉悦，始终抱着成人达己的心态快乐发展，才是自己最想要的，也是自己认为最成功的。

3. 品牌自播大爆发

有了星阳资本的融资助力，我就可以将大部分精力投入企业生意的发展精进中。

我特别重视对新兴渠道的建设，尤其是东音和蓝手电商的发展。在M电商集团基本盘稳定的情况下，我们要想实现弯道超车，提升销售竞争力，最有效的办法就是做好新兴渠道。

品牌自播是冰泉工作的重中之重。我几乎每天都会去品牌直播间，看着伙伴们辛苦直播，我既感到欣慰，又觉得必须从苦劳走向功劳。

我经常用理论指挥实践，用创新实现实践的突破。我拜访了一些优秀品牌，也和多个行业资深人士沟通交流。针对品牌自播，我和严锐也有了一些独特见解和心得。

冰泉必须建立品牌自播战略的高度，建立有竞争力的专业化运营策略。我认为，所有的营销，无论是传统模式，还是新兴创新，其实都是人货场的重构。当我有了新想法的时候，我会先和严锐通通气。

他一到我办公室，我就笑着说："我有了一些针对品牌自播的新想法，并且写出来了。内容有点多，你先看一看。你看我讲，然后我们一起研究怎么将品牌自播搞得更好。"我递给他一份打印出来的文件，继续说，"我对品牌自播的六大工作改进想法，都写在里面了。"

小严坐下来认认真真地看文件。我也开始了自己的长篇大论，我认为这六个冰泉自播管理的思路已经非常全面和清晰了。

第一个思路是必须建立全新的店铺布局和人货场布局。管理就是布局、做局和大局。布局是起点，做局是关键，大局是势能，我们首先必须抓好两大布局：第一大布局是店铺布局，自建自播的旗舰店，同时和外部公司合作建立多个特色店铺自播，形成1+N的店铺矩阵。我多次讲过，现在的新兴电商就好比当年的淘贝，旗舰店是火炬，像M电商集团；特色店是火把，像淘贝。只有形成火炬店铺的强大影响力，才能形成火把店铺的强大收割力。第二大布局是针对店铺做好人货场规划，不同的店铺有不同的人设和人群标签，针对不同人群做好货品组合和定价，同时有针对性地配备主播和营销推广方案。店铺精准的布局配套能让我们的工作更加精准和清晰，能确保品牌和销售的持续共赢。

第二个思路就是内容创新是流量的基础。你我都知道，目前线上电商和新兴电商营销的关键是与消费者沟通，让消费者有心动的感觉才是销售转化的关键。如何让顾客来、让顾客买，核心就在于我们要打造大量的短视频内容素材，打造符合品牌价值，符合消费痛点、热点，符合当前流行话题的内容，通过内容形成品牌张力和销售推广力。因此，我要求你们大力打造内容创造团队，这个团队现在分成三个小组，即每天

创新，每天测试，每天总结评估和优化，力争用最好的内容建立最好的品牌流量体系。

第三个思路是必须做好投流的精细化运营。这是你的难点。投流是技术活，更是我们营销效果的重要保障，一方面我们要建立外部投流合作伙伴，借外部之力提升流量的有效性；另一方面要建立自己的投流团队，通过日常的投流运作提升自己的掌控能力。投流需要经验，需要把握技巧，也需要高度的责任心。这个工作我要求你亲自跟进和落实。

我看小严听得有点乏了，赶紧给他泡了杯茶。我站起来，对着会议板开始比画和强调。

第四个思路是主播话术和场控的细节管理要加强。消费者之所以来是因为内容推广，消费者之所以买是因为产品本身，因此，如何让主播用最简单、最直接的话术打动消费者，如何将品牌价值利益点用最接地气的话术讲出来非常关键。你们在使用标准化话术的同时，真的要每天总结，每天优化，形成不断改进的话术管理体系。同时，你必须强化场控管理上的生动灵活，让他们结合节奏管理，与主播形成高效的配合协同力，实现直播现场的高效转化力和销售力。

第五个思路是建立头部优势，占据制高点。营销不是平面的，而是立体的，所谓立体就是要有头部造势、腰部顺势和尾部借势。因此，如何形成头部的势能很关键。这个势能第一是销量，第二是销量，第三还是销量。你的团队必须集中力量在东音和蓝手的旗舰店尽快实现销售突破，制定阶段性目标。我们必须成为头部的口腔店铺，这样才会形成品牌影响力，才能站在制高点，形成品牌营销的绝对优势和强势。当冰泉的头部势能足够的时候，腰部和尾部的店铺就能够借势顺风顺水。

“头部费用高啊，程总。现在头部合作条件越来越高了。”讲到这里，小严打断了我一下，看得出来他有点压力。

我没有回答他这个问题，而是继续讲思路。

第六个思路是做好私域运营和复购提升。品牌自播绝不是一次性的流动销售，我们必须建立消费者的沉淀，提升促使消费者多次复购的经营能力。这既是制造流量，也是品牌经营能力的彰显。因此，我要求你的部门展开专门的私域管理，做好粉丝精耕和维护，提升品牌的销售循环能力，提高消费者的复购力，从而实现新兴电商的持续精进。

讲到这里，我停了一下。我想让小严听完以后，再看一遍文字，这样他能尽快和我达成思想上的共识。等他再次看完，我又从提纲到细节，足足讲了一个多小时。这些思路虽然很理论化，也有点烦琐，但是我觉得是专业的和可执行的。

我们两个喝了三泡茶，小严也终于回过味来："程总，你讲了很多，我都理解和明白，没有任何意见，咱们就这么干。至于具体的细节管控，我会沿着这个整体思路细化下去，请领导放心。"我周而复始地讲了好几遍，小严也是老革命，熟悉实操，很快就领悟了我的思路，也知道了下一步大致的工作方向。

当我和团队针对六大自播思路达成共识后，剩下的工作就是严锐去落地了。严锐的管理比较高效，也特别用心，几乎每个晚上都在办公室和团队战斗到半夜。他坚持每天和团队用战斗的心情去冲锋，这让我很放心，也很欣慰。

只要路对，就不怕路远；走着走着花就开了；付出必有回报。这三句话是我最喜欢也最经常说的，也是最相信的。这六大思路就是我们的路，路对了，冰泉自播的花在二季度开局的4月就能全面绽放了，我们的努力也将获得令人骄傲的成绩。

第一周，日销10万元，小突破。第二周，日销30万元，有惊喜。第三周的第二天，自播团队的主播负责人陈睿给我发了一条微信：程总，我们今天做到70万元了。下一步，我们每天的日销就能稳定在50万～100万元了。这的确让人兴奋，小严好样的，陈睿也真的很优秀。

陈睿是我们2019年从大学校园里招聘的管培生，是一位小帅哥，工作特别投入努力，也特别聪明好学。我一直非常欣赏他，也特别看好他。

在团队的努力下，4月，我们占到了新兴电商口腔市场份额的22%，5月，到了巅峰性的28%，日销稳定在100万元左右。我特别高兴，我们不仅取得了历史性的成绩，也建立了冰泉销售的高峰。虽然付出了很多，但是我们已经站在了竞争对手无法企及的高度。冰泉自播销售量远超第二名数倍，真正实现了头部的势能，也实现了全渠道领域的顺势。

为了庆祝收获，除了给团队丰厚奖励，我还专门安排冰泉自播团队到公司楼下的木屋烧烤庆功，喝几杯，乐一乐。自播团队都是年轻人，基本都是“95后”。虽然和大家在一起我也很嗨，但是和他们相比，我显得过于中年油腻。当我在场时，年轻人是拘束的。

没办法，我只好提前离场。在离场的时候，我又特意交代严锐，一定要让大家尽兴，烧烤完以后再安排大家去K歌。严锐也是“90后”，他和团队充分融合。我希望大家都能放松一下。

也许我的激情只能保留在心底，与年轻人有着年龄的差距，虽然心有不甘，但我还是知趣地离开。当我不在现场时，他们也就彻底放开了，彻底兴奋地欢聚。

我是一个特别善于自我陶醉的人。当自己的思路和策略落地，实现一个个小成功的时候，我就特别兴奋，也特有成就感。这种成就感让我把疲惫忘得一干二净。我和冰泉小伙伴们经常说，理想就是在不同阶段将自己的想法变成现实，拥有自己的小成功或者牛气的成功，这就是心想事成。我们的人生就是要不断为理想而奋斗，为理想而战。实现理想的愉悦才是自己最大的成功。

我是这么想的，也是这么做的，而且这么做了很多年。所以，我不会厌倦奋斗，也不会停止各种挑战和冲刺。我喜欢自己为理想而战斗的样子，也享受实现理想时的幸福。

4. 融资继续前进

冰泉的生意风生水起，团队工作也越来越有干劲儿。我们的融资工作也在迅速向前推进。星阳资本的黄总陆续安排各种投资人和我见面，初步沟通也都还算顺利。

工作顺利，人也顺心。好朋友易励正好从深圳来到广州。他是我在老家的朋友，也是高中晚我几届的师弟，还是当年我们学校的高考状元，清华的高才生。最主要的是，他也是做投资的。在冰泉早期融资过程中，他给了我很多建议，尤其在具体的合作上，给了我很多细节上的帮助。

我们约了一起喝早茶。易励虽然是投资公司的大老板，但是着装很朴素。他是一个智商极高又非常务实的人，和我一样，一口湖南善化普通话。

“怎么样？听说最近你的生意做得挺好的，而且又开始融资了。”易励一见面就和我打趣。

我假装谦虚，但还是带着点得意的神情说：“马马虎虎吧，新兴渠道已经做起来了，在局部领域冰泉已经建立了优势。但是在传统渠道，我们和头部品牌的差距还是很大。”

“见了多少投资人，聊的情况怎么样？”

“前前后后见了十多个投资人了。为了专业一点，我找了个FA，帮我谋划和张罗。我的任务就是接待和沟通。她介绍的全部都是头部投资人，腾飞、高超、龙玉、明晨等资本都见过，但我们都是初步交流，意向还算明显。前期我自己也谈过一些，和第一轮的绿本、贞荣也都在保持联系，后续再跟进新的进度吧。”

“头部投资人当然好，但是在具体的合作条件上你还是要把好关。”

“这些都是FA在做，我只负责谈和后期路演。现在八字还没有一撇，我也不着急。”

“这可不是小事，估值是多少？融资目的是什么？你自己想和哪些投资人合作？都必须清清楚楚。你是企业创始人，在大方向上马虎不得。”

你一句我一句，我们聊得热火朝天。

因为是老朋友，加上彼此熟悉，我对易励毫不隐瞒，自己怎么想的，怎么做的，都一五一十道出。

“你想要千度（互联网公司）的投资吗？我和千度合作过一些项目，彼此关系不错。如果你想要的话，我也可以介绍给你。其实，我和千度可以一起投你啊，我一直是很看好你的，而且我现在正好有些钱可以投。”

易励突然向我抛出了橄榄枝，这让我始料不及。从心里讲，老朋友投资我，当然是锦上添花。其实我很早就期待易励能够给我投一些钱，但我特别注重别人的感受。朋友之间，如果对方没有提，我从来不会去要求对方。现在，既然易励主动提出来了，我自然非常兴奋，尤其是还有千度一起助力，那简直太完美了。

我毫不掩饰自己的兴奋，连连向易励表示感谢，表示自己一万个愿意。易励也是高效率的人，当场就给千度资本的吴总打电话。真巧，他正好在广州，正好有时间。说干就干，易励马上约了千度资本的吴总前来沟通。

在吴总来之前，易励和我简单介绍了一下吴总。吴总是年轻的博士，湖北人，非常理性又非常感性，曾经在多米资本操盘，为多米的投资实业做出了开创性的贡献，也有非常多的成功案例。现在他刚刚加入千度资本当操盘手，也需要一些好的项目为他的新事业加分。

吴总的速度很快，不到半个小时，我们就见面了。我特别高兴，也特别放松。既是因为易励让我心中有底，也是因为我知道，和千度资本合作是冰泉建立新高度的开始。所以我必须全力推介自己。

除了泡茶，我基本没有吃东西，因为我必须用尽量短的时间向吴总介绍冰泉的项目。从个人经历，到曾经操盘品牌的想法，再到冰泉事业的整体规划，项目发展过程中的创新和实践，我一一道来。吴总听得很认真。他是一个非常知性的人，对于我讲解的内容，他非常仔细地聆听和思考。对于我描述的未来，他也非常熟悉，因为在多米的时候，他就投资过一些口腔品牌，经验非常丰富。

有意思的是，吴总并没有问我冰泉项目，反倒问起我对一些竞争品牌的看法。我也如实讲述，传统品牌的优劣势，新锐品牌的形势，行业的变化和趋势，冰泉的应对和发展策略。对于市场，一切都在我的心中，我能随口就来，胸有成竹。

吴总转而又问我对企业管理的看法和思路。我又从战略要求组织管理，组织管理支持战略发展的角度，讲了我对企业管理中价值塑造、价值传递和实现、价值保障的整体管理体系的看法。当然，进行日常的战略管理、目标管理、计划管理和过程管理也都是我长期坚持的习惯。

原以为只会简单聊一聊，没想到我和吴总、易励足足聊了一个上午，仍然意犹未尽。

中午他们就匆匆赶飞机走了，都要去北京。我在回公司的路上，又有点患得患失，觉得自己讲得太多，好像一个人在演讲，会让人觉得不够稳重和慎重。

我心里既有点忐忑，又有点纠结。等易励下了飞机，我赶紧给他打电话，说：“我觉得今天自己表现得有点过于张扬了。我看吴总也没有讲什么话，是不是对我今天的表现不太满意啊？”

易励还在机场拿行李，有点吵，但是他却用很肯定的语气说：“我觉得没问题。你谈项目就应该谈透，讲深入点。我们投资人愿意听你多说，因为只有你讲得明白，我们才能够评估得清楚。这个事情你不用急，吴总和我会商量一下，最终也需要看你的数据，需要做内部评估。我觉得你今天的表述还是挺真实坦诚的。”

易励这么一说，我也就放下心来。我不是一个特别有城府的人，也不是一个沉得住气的深沉男人，有什么事，放不到心里。说出来，我也就痛快了很多。

晚上，易励又给我打了一个电话，他提醒我说：“今天白天我有一个事情忘了提醒你。在融资中介方面，你也不要太相信他们说的话。中介往往刚开始会将话说得很漂亮，但在实际操作过程中，只注重结果，不注重质量。”

我觉得易励有点夸大了，赶紧又向他介绍了一下星阳资本，告诉他，他们的客户拓展能力比较强。易励没有在这一点上和我多说。他没有见过星阳资本，不了解情况，只是站在朋友的角度给我提个醒。

接着，他又和我讲了一些融资需要注意的事项，尤其是路演的一些细节。他建议我在整体市场容量分析、冰泉发展前景分析、经营数据分析方面再精确和细化些。另外他希望我不要只顾自己一个人演讲，要给投资人留更多的时间提问，因为很多投资人希望通过提问的方式更加深入地了解项目。虽然今天我和吴总的沟通还算比较顺利，但是由于我过于唱独角戏，所以还是不太完美。

又过了一周，星阳资本的黄总给我打电话，说要展开下一步工作了。下一步，我就要去各个投资公司见他们的老板或者直接路演。她给我排了一个时间表，要我做好各项准备。

我问她，有什么注意事项和规范？她说：“你自己讲就行了，我觉得你讲得挺好的。”本来我想把和千度、华丰资本见面的事情和她沟通一下，但后来想想，这只是我和朋友的交往和沟通，黄总也不认识，我没有必要多此一举。

虽然我对黄总的回答不是很满意，但是我对路演很自信，觉得自己没什么好准备的，逢山开道，遇水架桥，按照自己的风格和思路直接面对就行。

我要去北京、上海、深圳路演，大概需要一周的时间，进入融资关键性的谈判阶段。这也是一次规模性的路演，数量多，频率高，任务重。但我的内心很强大，甚至非常期待，我相信自己能够全力以赴搞定这场冰泉项目的融资大考。

5. 全面路演

对于我们的第一次路演，星阳资本的黄总还是比较重视的，北京、上海、深圳三地全程陪同。当然，这一次路演太重要了，我也叫上了杨卓宝陪同。让她参与其中，有时候可以让她在路演时做一些品牌补充，同时可以让她在实际中学习和提高。

第一站，我们去的是腾飞资本。非常巧，腾飞资本的办公室与贝曼资本在同一栋楼内。我的计划是先去腾飞路演，然后顺便拜访贝曼资本的罗宇总。虽然我们已经合作了，但是我还没见过罗宇本人，这个传说中的投资女王。

腾飞资本的路演在他们的会议室举行。还是老规矩，韩总和他的团队集体审阅冰泉项目。我先介绍了冰泉创业的思路，然后开始接受各种提问。

常规的问题都很简单，对于我这个营销“老司机”来说，讲营销创新是我的拿手戏。我也相信自己的创新思维能够说服投资公司。你来我往间，我们路演的前半段进行得非常顺利。

我的话也多，得意之余，特别谈到冰泉营销除了占据销售制高点，也特别注重品牌传播和消费认知积累。在 2021 年 1 月，我们抢先在合众、乙达、天地三个电影媒体的四千多家影院投入广告，并且起用张琪作为品牌代言人，强势推动品牌知名度的传播。当然，因为疫情的原因，我们谈下来的费用非常低。2021年春节的影院非常火爆，我们取得了极好的品牌宣传效果。

听到我这么说，韩总猛然间问了一句：“你觉得影院投放有效果吗？”

我依然自信心爆棚地回道：“事实证明是有效果的，今年的影院非常火爆，广告覆盖的人群，都是我们的目标消费者。我认为这就是营销机会主义的突破。”

“现在哪还有什么人看电影啊？就算看电影，也没有人会看广告的。”韩总给我泼了一盆冷水。很显然，他对影院广告比较反感。

我却没看出他的想法，依然强调说：“一个新品牌，在公众媒体投放方面要有规划。在投入能力有限的情况下，要去寻找特别的战机，实现机会性的突破。我们既要加深消费者的印象，又要促进销售的动态发展。”

“我认为影院广告没什么效果。况且现在是疫情防控期间，看电影的人很少。这些数据不一定准确。”韩总比较较真，也许他觉得我过于张扬。看得出来，他对我们的这次路演不太满意。

从腾飞办公室出来，我突然有一种挫败感。来北京的第一仗应该是失败了，我真的有点太自以为是了。但是我并不后悔，我有自己的观点和认知，有自己的经营思想和理念。彼此频道不同，结果也就顺其自然了。

我们前往贝曼资本的办公室，终于见到了投资女王，一位非常有气质的投资人——罗宇总。罗总非常热情，也非常谦虚，将我带到大会议室，简单问了我一些经营的情况，也了解了一下我们二次融资的工作进度。

她的话不多，但是特别重视我说的经营思路，也特别认可我的创新想法。我一边吃着盒饭，一边和罗总交流，我感到无比轻松和惬意。

“程总，你的思路我都认同。我们作为投资人，主要是给你一些建议。在经营上，你可以完全自己去把握。在融资的思路上，我建议你不要贪大求全，专门找规模性的大投资人。大投资公司虽然有钱，但是不一定完全了解快消品。你们应该集中精力去选那些在快消品方面有深度投资经验的公司去沟通。当然，投资公司的规模也要足够大，这样才能给你的融资带来影响力。你只有抓住重点关键的客户，才能沟通顺畅，在交流中找到更多的共识，也能触发更多的金融投资共鸣。”

“这的确是个问题。方向不对，一切白费。我现在就感觉在融资的事情上花的时间太多了，有点费精力，这的确和我们沟通的客户不够精准有关。”罗总的一针见血，让我瞬间找到了自己的关键问题。

“是啊，你要把主要的时间和精力放在做生意上。精准的沟通合作才有效率、有效益。”罗总继续和我强调。她说话很随和，很知性和大度。这次到贝曼资本，我感触很多。我和罗总真的非常有缘。第一是通过电话，她就敲定了我们的合作，非常快速高效；第二是我的邻居老宋，和她是大学同学。老宋甚至告诉我，罗宇是他们学校的校花。世界真小，缘分就是这么奇妙。

罗总关于集中快消类企业沟通合作的观点，让我在接下来的路演过程中感受深刻。

当我来到群益资本的办公室时，我发现这波投资人团队都是年纪偏大的老革命。我心中暗自窃喜，老革命一定对整个行业有非常深刻的认识，我们应该会有很多共同语言。但是在他们办公室的品牌墙上，我看到他们合作投资的几十个公司大部分是供应链型的，居然没有一个快消类的。这又让我想起了罗总的话，不由得有点忐忑。

果然，在我的长篇大论之后，群益资本的唐总的第一句话就让我始料不及。“牙膏市场有多大？牙膏这么一个小东西能做大，能做成品牌吗？”

这是一个非常基础的问题，我讲了牙膏的人均消费量、牙膏的新品类机会、牙膏的电子类产品未来，谈了牙膏市场是一个千亿级市场。唐总为人很亲和，但是他问的问题却很尖锐：“你认为牙膏除了功效，还有其他价值可以超过它吗？牙膏的香味有用吗？我感觉牙膏就是用来刷个牙，预防个牙病，品牌差异化不强啊。”

唐总一边说，一边还笑了起来：“当然，可能我是老年人了，和年轻人的消费观念不同。但是这么多年，我自己就没有买过牙膏。”

唐总的观点是站在自己的角度而言的，但是我们产品的目标消费者并不是他。于是我又从年轻人消费升级的观点讲起，比如如何从产品好看、好用、好玩的新消费理念去培育品牌，功效是基础价值，价值叠加和升级才是创新的未来。

唐总非常健谈，我们一问一答，足足谈了3个半小时。从交谈中，我发现他所有的观点和质疑，都来自他对新消费的不理解和不认可。他更加重视传统的基础型品牌的发展未来。他甚至认为电动牙刷没有什么发展前景，因为他自己不用电动牙刷，认为电动牙刷用着不顺手，未来也不见得会有多大机会。看来，我还是没有改变他对快消品的固有认知。

走之前，唐总突然问我：“你是哪里人呢？”“我来自雷锋的故乡，湖南善化。”我想，他应该不知道善化这个地方，所以又特意强调了一下，善化是长沙下面的一个县，现在改成了区。

“善化啊，我知道。我在清华的时候睡在我下铺的同学，也是我最好的朋友，就是善化的，他叫朱文。我还去过他老家呢。”

听唐总这么一说，我马上又有了他乡遇故知的感觉，赶紧说道：“朱师兄是我们中学的骄傲，是当年的高考状元，也是我们的大哥。现在他在长沙的企业做得很大、很好，是我们非常敬仰的人啊。”

有时候，事情就是那么巧，唐总竟然是我朱师兄的好友。这让我在离开之前充满感慨。

离开之后，我和朱师兄通了一个电话，告诉他今天的巧遇。朱师兄也大说巧合，哈哈大笑起来。

从投资公司出来，我将贝曼资本罗宇总的意见告诉了黄总，并说道：“我觉得我们当前的工作太粗了，就是为了找客户而找客户，希望能改进一下。”

黄总笑了笑，说：“投资人都是这样的，总觉得自己是对的。现在融资，只有大客户才有钱，不找大客户找谁啊？”

看到黄总并不接受这个意见，我有点不太高兴，赶紧和她强调：“黄总，你可能理解错了。罗总的意思是要我们去找精准的大客户，而不是广泛的大客户。我觉得我们是应该改进一下。”

黄总不再和我争辩，唯唯诺诺地说：“那我们就改吧。”

杨卓宝一路陪我参加路演，讲述的机会并不多。她和黄总主要是旁观者，她感觉非常有收获。或许这就是所谓的旁观者清吧。她非常认真地告诉我：“这两次和投资人沟通的时候，程总你都是强势地去教投资人怎么做，去反驳投资人的观点。这就让双方的沟通不是很和谐。另外，我觉得程总你也不要和投资人谈什么缘分，以及有哪些相识的交情。因为如果投资人去问对方，对方也不可能为你加分。毕竟对方只了解你的人，而不了解你的公司。你热衷于谈交情，可能有时候还会起反作用。”

杨卓宝能有这个见地，让我非常惊讶。她的观点非常正确，这说明她非常用心地投入了路演工作。我虚心接受了她的意见，事后也证明了杨卓宝的观点很正确。我的狂妄和强势不但没有让投资人信任品牌，反倒让他们认为我不沉稳、不淡定。

后续我们一口气在北京、上海、深圳将近 20 家投资公司做了路演。不知道为什么，我虽然都能驾驭这些路演，但是没有找到那种轻松自如、满意而归的感觉。如果给自己找个借口，那就是这些投资公司没有什么快消品的经验，所以我们的沟通隔了一堵墙。当然，如果不找借口，那就是路演如同相亲，彼此之间没有找到触电的感觉。

路演之后，虽然有四家投资公司表达了合作的意向，需要进一步谈条件，但是我却兴奋不起来。因为这四家公司都只能在资金上支持我们，没有什么投资外的资源整合优势，不能很好地为我们的品牌赋能。

总的来说，这一轮路演，让我有一点挫败感。这也让我从狂妄甚至有点嚣张的状态中找到了低调一些的理由。有时候，我发现自己的性格还是脆弱的，好的时候过度张扬，出点问题时又情绪低落，需要不断自我调整。当然，我也庆幸自己的调整能力还不错，总是能够调整并找到一个适合自己的真实状态。

6. 东音和蓝手

融资工作不尽如人意，对于我们能拿到的TS，无论是投资公司的影响力，还是融资条件，我都不是很满意。而后，星阳资本的黄总也给我们做出了改进方案。我们要再接再厉，继续战斗。

外出路演将近十天后，我回到公司，得知东音的电商负责人木林要来拜访。这是一次让人快乐、期待的会面。对于冰泉如何在东音方面实现突破，我也正好想听听他的意见。

木林是一个非常实在的人，也是行业的老革命，曾经在线下大卖场担任采购负责人十多年，后来又到了M电商集团。2020年，在东音电商启动后，他跳槽到了东音，负责我们个护品类的电商整体管理。

我非常喜欢和电商平台的人沟通。我始终认为，要想做好渠道管理，既要有自己的思考和创新能力，也要积极了解平台的动态，通过顺应平台的变革创新去实现更多的品牌发展势能，从而获得更多营销红利。

这一点，我和很多同行的观点略有不同。很多同行对于平台战略和策略的同步非常慎重，他们会结合自己的认知评估平台做法的可行性或者长远性。也就是说，大部分成熟品牌习惯于先观望，后落地。而我则是先落地再改进。面对平台的玩法和做法，我往往会抢先跟进，用最快的速度跟着平台跑。我认为，新兴品牌赢的就是反应速度，抓的就是与平台融合所获得的机会生意。冰泉在这一点上非常积极。

传统电商和新兴电商的管理逻辑基本一样，那就是深度融合，同频共振。

每次M电商集团、京西电商集团、爱品会、莎宁和品夕夕的电商营销大会我都会参加。我觉得这非常重要，这是了解平台新思路的最好方式，也是我们和平台沟通交流的最好机会。

同样地，东音和蓝手的电商会议我也一场不落。每次开会，我都认真记录、拍照，回来与团队分享，直至工作落地。

今年1月，东音电商的全国招商大会计划在广州召开。木林和我联系以后，我就积极帮东音电商找各个品牌，共同筹备会议，我几乎发动所有的行业朋友加入东音电商建设，甚至包括黑客牙膏等同行。我不认为市场是品牌独有的，也不认为竞争是你有我无的。在市场大趋势中，大家一起做，一起做大，一起分享更大的机会和成功，是于人于己都有利的事情。后来因为新冠疫情，招商大会改到线上召开，最终是在冰泉的东音旗舰店做的直播招商大会，非常成功。冰泉为此付出了很多努力，也愿意去推动行业的发展。在我心里，为行业做贡献就是为自己做贡献。

这一次木林过来，我必须将他的经营思路和绝招都挖掘出来。木林计划在广州拜访十多个大型企业，冰泉是其中唯一的新锐品牌。我主动和木林沟通，希望他最后一站再来冰泉。我打了一个小算盘，最后一站没有时间压力，可以让沟通非常充分。

木林一行十多人浩浩荡荡地来到冰泉，包括个护各个类目的小二。令我特别高兴的是，负责东音洗护品类的余风也来了。她有着非常丰富的运营经验，为人特别无私，经常和我们分享很多干货，在行业的人缘极好。

这次的沟通会议，除了我和木林是“70后”，大部分都是“90后”的年轻人。大家在欢快的嘻嘻哈哈中开启了工作沟通。

“老程，这里就咱俩是大叔，他们都是年轻人，讲的是年轻人的打法，我们要好好学习啊。”木林叫我老程，开场说话也比较随意。

“我们虽然年龄不年轻，但我们的心很年轻，热爱年轻。”我也和木林开玩笑。

“你们两个的想法比我们年轻多了。我每天都看程总的文章，好多思路值得我们学习呢。”余风也是快言快语。

“不闲聊了，老程的时间很宝贵，咱们就按照会议日程直接开始吧。”木林叫大家打开电脑，开始安排口腔品类的小二大洋做介绍。

东音团队和我们分享了多个成功的品牌案例，每一个案例都有各自的个性和特点。当然，他们也将冰泉作为一个重点案例来推介。

从案例中，我们发现了很多值得学习和借鉴的地方。木林要求我们在继续创新的同时，还要夯实整体管理基础，要求我们强化以下六个方面。

一是要和头部主播签年框协议，做大做强，继续冲势能。

二是要加大尾部主播开发的数量规模，建立更大的覆盖面。

三是要提升短视频内容的质量，有更多的拉新和吸粉。

四是必须设立专项的东音产品开发机制，只有产品的生动化才能进一步推动兴趣电商。

五是单品打爆是有逻辑的，必须建立不同阶段的爆品打造项目管理。

六是品牌自播是新机会，必须坚持投入，坚持做出营销推广的融合和创新。

木林的这六点可以说是“六脉神剑”。我将这些记录下来，现场落实到每一个负责人。听到就要做到，只有做到才能做好。

在口腔品类小二和我们介绍管理要求的时候，洗护品类的余风私下告诉我，最近东音电商在平台方面的资源很多，我们可以和小二深入交流，在精选联盟的主播推介、平台的IP营销活动上，尽量多参与一些。余风果真是冰泉的贵人，总是给我们一些小惊喜。

其实，木林针对冰泉开出的“六脉神剑”是从另一个角度提醒我们，不要机会主义色彩太浓，不要过于在机会方面冲量，而缺乏规范管理的持续性经营。会后，木林到我的办公室聊天，还特别强调了这一点。

作为新锐品牌，要把握各种新机会，但绝对不能过于依赖新机会。

新兴电商好像是联动的，东音刚走，蓝手电商的负责人张杰就来了。张杰特别专业，曾是京西电商集团的个护负责人。她不仅会给我们提专业的要求，也会给我们专业的赋能和支持。冰泉虽然现在在蓝手的量很大，但是90%集中在直播，在平台运营和品牌自播方面偏弱。

张杰非常细心，和我谈方向、谈目标和发展要求。对于具体的业务改进，则会有相关的负责人点对点地和我们沟通。这是一个很好的方法，也减少了我居中沟通的环节，避免了管理偏离，更加直接有效。

这一次，张杰给我带来了一份大礼。蓝手准备专门出一本书介绍冰泉的创新成果，希望能通过榜样的力量推动更多新品牌创新发展。虽然我自己出过书，但是蓝手为冰泉出书，这可是天大的喜事，既能让冰泉站到一个新高点，也能给冰泉做大的宣传。

于是，我直接进入《蓝手参考》的采访状态。原本他们还要我准备一下，我回复他们说真实沟通就可以。

蓝手的效率很高，半个月，书就出来了，给我寄了 50 本。我很得意，将书放到书柜最显眼的位置。有客户过来，我就主动送他。

通过和东音、蓝手的沟通，我和新兴电商团队建立了管理新思维，一手抓机会，一手抓规范，两手抓冲锋。营销就是这样，需要“变态”，在不断变动的市场中找到更新、更好、更有成长的新状态。

7. 沃森氏获大奖

冰泉线上气势如虹，线下的新喜报也传来了。冰泉再次获得了沃森氏 HWB 大奖。沃森氏 HWB 号称营销界线下的“奥斯卡金奖”，含金量非常高，和线上的 M 电商集团千妆奖有“双奥斯卡奖”之称。沃森氏每年都会根据销售数据、4000 万+粉丝的反馈来评选年度大奖。这个奖项既是沃森氏的品牌盘点，也是品牌年度成绩的阅兵式。冰泉进入沃森氏一年多，于 2020 年就获得了 HWB 新品牌大奖，开始崭露头角。2021 年，冰泉荣获时尚品牌大奖，足以证明冰泉品牌在沃森氏的骄人业绩。

这让我和团队既兴奋又忐忑，兴奋的是成绩，忐忑的是压力。每年 7 月，HWB 都有超豪华的盛典。在盛典开始之前，我必须带领团队拜访沃森氏，一方面是感谢沃森氏团队对我们的支持和认可，另一方面则是与沃森氏确认下半年的工作规划。

我们约了 Steven 和阿玉，完善好既定方案，就直奔沃森氏广州总部。Steven 的气色不错，一见面就打趣我，说：“你现在很牛啊！生意越做越好了。”

我虽然内心得意，但还是很谦虚地说：“我们还要努力，还有太多的地方需要改进。我觉得冰泉在沃森氏一年几千万的量太少了，至少要做到一个亿才行啊。”

“我没有说你在沃森氏做得牛，你这一点生意规模的确不够。我是说你的直播做得很厉害，看排名，你们一直是东音和蓝手的超头部口腔品牌。这个我要向你请教呢。”

“在东音和蓝手虽然做得好，但是投入大，不赚钱，赔本赚吆喝的。”在Steven这个老朋友面前，我实话实说。

“好了，不和你扯了。直接进入正题，讲讲你们的规划吧。”Steven也是个直性子，虽然说话慢条斯理，但做事干脆利索。

我先是盘点了数据，分析了我们在沃森氏的优劣势；然后是讲产品升级，讲我们下半年在沃森氏的新产品计划；接着是讲我们对于线下店铺、线上销售的发展思路，以及品牌推广计划、促销推广计划。我讲的是有目标、有方法的详细路线。

然而这些内容都没有打动Steven，他明确表态说：“你们的方案很普通，仅是这样，最多只能实现微增长，无法实现质的飞跃。”

“Steven的意思是说，你们如果没有足够的创新能力，后续在沃森氏会陷入发展‘瓶颈’。”我还没有介绍完，阿玉就打断我说道。她说话很认真，也很严肃，甚至显得有点冷漠。

如果是刚认识阿玉，我可能会觉得她不够重视冰泉，甚至不客气地说，她根本看不上冰泉。

其实不然，阿玉非常理性，她的性格决定了她的沟通习惯。她表面很冷漠，内心却很有智慧。冰泉在沃森氏的专供产品，从产品包装、内容物和香型，都是阿玉把关和我们团队共创的。她对产品和营销有着独特的眼光和超强的辨别力。可以说，她非常了解沃森氏的消费者喜欢什么，想要什么。也正是因为她给予的这些帮助和指点，才有了我们的快马前进。

阿玉一番犀利的话语，让我意识到冰泉必须有更加创新的方案。我的大脑一边飞速地运转，一边将皮球踢给了阿玉和Steven：“你们有什么建议呢？”

“我们希望你能把冰泉的直播优势，带一部分到沃森氏来。也就是说，你们能不能在直播时直接挂沃森氏店铺的链接？”阿玉换成一种商量的语气，说出了她的想法。

这虽然是一个好思路，但是有着极大的难度，比如主播的要求、费用佣金、沃森氏的模式等，都很难操作。我的管理思维是先接受，再去想如何解决。我们研究如何实现主播、品牌、沃森氏三方打通的管理问题。只要思想不滑坡，方法总比问题多，创新突破本来就不是一件容易的事情。

从沃森氏回来，我和团队开始深入研究和推进。最终，我们找到了两个方法：一是全面借势沃森氏自己的专场直播，比如天亚、宝兔等。二是和精选的卖时尚精品的高端美妆主播沟通合作，这类主播往往非常重视沃森氏，也愿意通过沃森氏的店铺提升消费者的信任度。当然，这两个方法都需要沃森氏针对直播品降低我们对应的合同费用。

我给团队的要求是先就位，再定位。工作的起点是先不想究竟能卖多少钱，而是先去做，在做的过程中不断完善和升级。沃森氏有了全新的直播推动力，虽然才起步，但这是新突破的开始。

7月初，沃森氏 HWB 颁奖盛典如期举行。在疫情防控期间，这么多人聚在一起非常不容易。Steven 将我安排在主桌，坐在他边上，同桌的都是国际顶尖品牌。我一点都不怯场。冰泉虽然是起步阶段的国货品牌，但我们也有自己的骄傲。只要保持不断创新，坚持向前超越，我们同样也能创造像国际品牌一样的强大未来。

晚宴非常嗨，加上还有众多老朋友到场，比如强可中国区的王旭总、欧亚中国区的张扬总、诗化的陈阳总，我们聚在一起非常难得，非常开心。不喝酒的我也小酌了几杯。自从2020年病了一场后，我很少喝这么多的酒。这不仅是一种情绪释放，更是创业过程的放松。

8. 确定第二次融资

营销的利好消息不断，冰泉的生意一路攀升，但是星阳资本在拓展新客户融资方面却不是很顺利。星阳资本给我们介绍的投资人大大小小，各种类型都有，但是正如贝曼资本罗总所说，这些投资人大部分都不擅长快消品。虽然他们也非常看好冰泉，但是有两个障碍摆在我们面前：

一是他们不熟悉快消品，需要多次沟通才能达成共识；二是他们以前投资的体量很大，觉得口腔行业整体容量不大，天花板不够高。

针对和投资人的沟通，星阳资本也基本没有指导我什么谈判策略和沟通重点，只担当一个介绍陪同的角色。这让我开始对她们产生抱怨，甚至对她们的工作产生怀疑，沟通也就明显带着强烈的情绪。在这种情况下，我们的融资就陷入“我想要的别人犹豫、别人想要的我又不看好”的骑墙状态。这让我更加焦虑。

有时候，幸运会在苦恼的时候迎面而来。华丰资本的易励又来了广州。他投资了广州的一个社群电商平台，目前发展不错。在跟进投后管理时，他正好来我办公室看看。

因为我们特别熟悉，所以见面沟通非常直接，主要的话题就是融资。我和他坦诚：“最近我见了很多投资人，可以说不顺利，也可以说顺利。不顺利的是规模性的投资人大都不以快消品为主，导致彼此的沟通不是很到位；顺利的是确定了几个合作项目，但是我对这几个投资主体不是特别满意。”

紧接着，我向易励介绍了我们近期融资的具体细节，也将当前的现状和分析告诉他。在这个阶段，我特别需要听听他的意见。

听着我讲，易励一直没有插嘴。等我说完，他说了一句很尖锐的话：“我觉得你们对融资拓展非常缺乏专业性和深度，太随意。你这是撒胡椒面，摊大饼，这样做对你、对投资人都是一种折磨。”

他看了我一眼，继续说：“很明显，你和星阳资本在投资人选择方向上有问题，没有找到核心重点投资人。程总你要知道，投资也是有羊群效应的。选择并找到一个优秀的投资人能够给后续投资带来更好的推动力，而不仅仅是一次性的合作。”

我听得很认真。他说的这些问题，我都知道。他的强调，让我更加自责。

“另外，我认为你在融资路演中过于随意，只沉浸在自己的表演中，却没有做好整体的准备。你自己的优势、不足、机会以及完整思路，都是从你的想法和做法中随口而出。虽然我也认为你对品牌管理非常熟练，你的能力也是顶尖的，但是这样的沟通过于个人主义，完全凭着自己所谓的真实去和投资人产生共鸣。”易励一股脑儿地将他的不满说了出来。

对此，我一点都不反感，因为只有好朋友才会用批评的方式和我交流。对于他的说法，我深以为然，也为自己在融资管理中的草率和想当然感到十分愧疚。对于这么重要和核心的工作，我有点过于狂妄自大了，缺乏专业精神。

其实，针对现有的意向客户，易励的观点和我一致，宁缺毋滥，不要轻易释放自己的条件。站在投资人的角度，易励和我是甲乙双方。但是站在朋友的角度，易励又是我融资管理中的贵人。每次和他交流，我总能有很多收获和提高。

中午我们一起吃饭，其间，易励出去打了一个电话，回来后，突然跟我说：“程总，我和千度也沟通过了，我们真的非常看好你的项目，于情于理都看好，要不这一轮我和千度一起投算了，你也不要瞎折腾了，只是估值你需要斟酌一下，太高就不合适。”

这其实是我一直盼望的，但之前一直没好意思说出来。有千度和华丰两家资本助力，对于我来讲是求之不得的事情。资本实力够强，彼此同声共气，最重要的是，我认为易励是我的贵人，人生的事业需要贵人相助。

“好啊好啊，如果你们投资，那我一万分赞同和感谢，估值方面我也不会狮子大开口，大家结合实际来商量就可以。”我的回答没有丝毫犹豫，完全接受千度和华丰这两家资本合作，甚至非常不成熟地想，只要他们愿意合作，什么条件我都可以接受。在朋友面前，我不喜欢过于生意化。我也相信朋友会在生意场上真正替我考虑，而我就无须去纠结和计算。

当然，易励和我强调，投资毕竟是一个集体决策的精细化过程。他只是和千度的吴总表达了一个意向，具体的合作还需要看数据，做尽调，经投委会批准，不是老板拍脑袋就能直接决定的。毕竟，这是涉及几千万的项目。

对于投资推进的后续工作，我非常自信，也从内心感谢易励和千度的吴总。我必须开创好业绩，才对得起朋友的帮助和认可。

不用在其他融资沟通上再浪费时间，我马上拉群，推动与华丰资本、千度资本的合作。我想了想，还是将星阳资本也拉进来，让她们协同这次的融资工作。

坦诚地说，这次投资合作是我自己推动的，与星阳资本无关，我可以不让她们参与，也不给她们佣金，但是从我个人的价值观来讲，既然我和星阳合作，就要尊重她们前期的努力。我必须考虑她们的付出，考虑与她们站在同一战线长期共赢。

财务徐琳跟我说："领导，这是一笔不小的佣金啊。你平时那么省，怎么在这笔费用上又不会算账了。"

我认真告诉她："不该付出的，我一分钱都会省。应该付出的，我也不会让别人吃亏。我们选择和星阳合作，就要尊重她们前期的付出和努力。况且，后续我们也需要和她们一起做好相应的工作跟进和合同落实。我们冰泉是一个讲诚信、讲长远的企业，这样做，也符合我们冰泉利他的企业文化。"徐琳没有说话，但是我看得出来她依然不太理解。

我们的融资工作继续推进，由星阳黄总推动协议和合同落实，我则向贝曼资本、美天这些老投资人做了一个简单汇报。因为我的理由很充分，老投资人也充分信任我，加上他们对千度和华丰的组合也非常满意，所以我们的各项工作推进都非常顺利。

只用了一个月，各项工作基本完成，我们进入投资协议沟通阶段。协议是我们融资律所杨征律师的专长。这一次的协议也没有太大的变化，主要是估值和对应的权益，另外就是董事会的增选等。杨律师非常干脆利索，只用一周时间就完成了。对于融资合同来说，这属于坐火箭的速度，毕竟要和多方律师沟通，要与新老投资人、我的团队达成共识。我不得不夸杨律师，该争取的她会替我说服对方，该让步的她也会说服我接受。在她的眼里，她作为律师，一方面要考虑我的权益，另一方面则要考虑融资的专业和多方共赢。

基本敲定融资合同的时候，雍州投资突然联系我，强烈要求加入这一次投资。雍州投资是星阳资本介绍的客户之一，我和他们的沟通也非常愉快，他们团队非常实干且有效率。

我和雍州投资的路演其实是一个月前在网上进行的。当我介绍项目的时候，我开玩笑说，我全家都是雍州的。我长期住在雍州，我的孩子在雍州读书，甚至我同学当年还推荐我去马来西亚的雍州森林城市投资了一套度假公寓。雍州是我生活的一部分。虽然是开玩笑，但我与雍州的缘分确实非常深厚。

雍州投资的团队非常年轻，也非常敬业，负责融资的邹总和许总非常儒雅，而投资负责人林时特别上进和用心，看问题特别敏锐。虽然他们也不是特别熟悉快消品，但他们非常认可冰泉的营销手法。最重要的是，他们用过冰泉以后，特别喜欢这个年轻化的潮品。只是后来，我们决定全力与千度、华丰合作，就中止了与雍州投资的沟通。这次雍州投资要求跟投，让我有些意外，也有些惊喜。从内心讲，我是相信雍州投资的。

于是，我们将雍州投资跟投加入进来，所有的合同重新修正和确认。冰泉融资再次锦上添花。这是冰泉的 A+轮融资，获得了大几千万的投入，冰泉的发展实力再一次大大增强。这次融资，我们虽然有前期的不顺，但是又有后期的幸运。过程虽然曲折，但是结果还是很美好的。

在融资合同完全签订并交割的时候，我和冰泉高管团队一起聚餐庆祝。开场时我说："我希望大家记住，冰泉获得了投资人的认可，我们现在最大的压力就是如何对得起投资人，如何真正把生意做大，把企业和品牌做强，让投资人获得回报。无论如何，我们都绝不能辜负他们的信任。"

这是我内心所想，也是我继续奋力向前、不断战斗的动力和压力。

9. 同行的交流

完成了融资，我心里更加有底了。第二个月，冰泉的销售达到了历史新高，零售额达到了 8000 多万元！这是一个让人惊喜的成绩，也是资本助力的最佳表现。

冰泉营销一路狂奔，引起了大家更多的关注，各种新消费媒体纷纷报道，同时，我也参加了众多的新消费峰会。各种论坛和演讲，让我应接不暇。对于我来说，这不是什么难事。每次采访，我都不用提纲，娓娓道来。每次大会，我只要15分钟就写出了提纲。大会现场，我直接上台，毫不隐瞒。既然是分享，我就要讲干货。

我觉得任何快消企业都是没有商业秘密的。我们虽然有科技创新，但绝不是科技尖端技术企业，没有必要遮遮掩掩。我曾经做过的，别人跟着做，不一定做得好，因为时空背景和市场环境不同了。我的分享最多只能带给别人启发和引导，共同推动口腔产业的升级和跨越。

冰泉不仅是新锐企业的领导品牌，也是众多口腔新锐企业中，唯一的线上线下共建的新锐品牌，既有线上的创新力，也有线下的掌控力。这也是冰泉独特的竞争力，这不仅和我的职业经历有关，也和我的营销理念有关。

我一直认为，一个优秀的品牌，绝不是单一的线上或者线下渠道能够做成的。线上线下代表着品牌的不同人群和不同的消费模式，只有二者相辅相成，才能形成品牌的稳定性和持续性，才能实现品牌势能和动能的结合。一个成功的品牌，一定是线上买得到，线下看得到，线上营销靠的是新鲜度和创新力，线下营销靠的是扎根力和消费信任力；线上要冲锋，线下要精耕，二者缺一不可，共同推动品牌实现消费渗透和永续经营。

我的观点得到了很多同行的认同。很多新锐同行企业都来冰泉取经。他们知道我是一个敞开的人，彼此之间也不避讳。

华丰资本的易励就评价我说："你叫程英奇，也真的是一个奇怪的人。无论是跨行业，还是跨品类，甚至是同品类，你都有那么多朋友，都愿意真实分享，愿意相互借鉴和推动。在整个日化行业，敢于这样做的，可能只有你一个人。"

很多同行到了我的办公室，总是会问我一个问题：线下究竟应该怎么做？这是一个大家都关心的话题，也是众多新锐品牌渴望突破的课题。但是，线下怎么做绝不是三言两语就可以说清楚的，因为它涉及品牌整体规划、产品设计、渠道整体策略、推广细化、团队组建等。就算搞明白了利润，但没有经验，没有线下渠道的掌控力，也会陷入线下营销的泥潭。

因此，同行问我应该怎么做线下渠道的时候，我总会反问一句：你是怎么想的呢？因为我觉得作为一个企业的管理者，具有长期战略思维才是线下经营的起点。

有的人会说，我就是想增加一点生意，增加一点利润，那么我会建议他暂时不要进去，因为这个想法注定会失败。做线下，往往前期的投入巨大，是一个慢热和长期管理的过程。

有的人会说，我希望形成品牌的深度和广度，那么我会建议他先看看自己是否有耐心和恒心，是否有完整的策略和团队，是否有相应的投入和培育计划。如果有，那么我觉得可以逐步渗透和进入了；如果没有，我同样建议他们要慎重。

当然，我并不是让所有的新锐品牌都不去做线下终端。对于那些有清晰经营思路的同行，我会建议他们找到一个机会点和突破点，形成局部重点的点效应能力，从而以点带面，形成线下管理的规模和能力，实现经营的持续性。

有朋友询问一些具体的渠道经营办法，我也会不遗余力给出建议。我认为，优秀的新锐品牌一起做线下终端，共同改变线下终端过于传统的经营环境，有利于冰泉与大家共同突破。

同行不相轻，成人更达己，这是我自己的同行相处之道。但是也有个别同行会诋毁我，反感我的分享和建议。曾经有一家企业来公司和我聊了半天，我建议他先明确方向，再找到方法，最后形成落地的计划，甚至给了他一些具体的渠道经营思路。在办公室的时候，看起来其乐融融，可一离开办公室，他就和其他投资人说我们不讲真话，将实际思路藏着掖着，只会卖关子，也没有给他什么实际的帮助。在得知他这样理解的一瞬间，我非常不开心，但是我也不在意。每个人有自己的理解和认知，有自己的相处之道，道不同不相为谋吧。对于道不同的人，我往往会敬而远之。

也正是这位同行，在后续的经营中，会时不时地攻击我们。我不再理睬，继续远观淡看之。后续他又和另外一个新锐口腔品牌在投资人面前相互攻击，相互拆台，闹得很厉害。这也让我大跌眼镜，唏嘘不已。

华丰资本的易励和我说，以前的互联网企业就是这样的，喜欢攻击别人。在这些人心目中，把别人搞垮了，自己就会成功。易励说我是做传统企业出身的，对这种做法十分震惊，还真是少见多怪了。

我非常讨厌攻击同行、恶意黑对手的行为。我曾经开玩笑说，新锐消费企业只有各自创新，各自升级，共同将新消费这个蛋糕做大，打破旧世界，做大新世界的蛋糕，才能共享大蛋糕的红利。蛋糕大，大家分享的就都大了。我不认为别人的失败会成为我们的阶梯；其他人做得不好，我们就能够独享利好。我甚至开玩笑说，邻居英年早逝，难道你就可以活到100岁吗？同行的成败与我们的成功并没有特别强的关联性，虽然有影响，但却不是完全和充分的理由。

中国牙膏行业协会的向国庆理事长就特别认同我的观点。在2021年的中国口腔行业协会年会上，向理事长特别表扬了冰泉，也特别赞许冰泉的创新力和分享精神，觉得冰泉既是行业的先锋，也是行业的典范。

向国庆理事长是国内著名的书法家。在我们的“6·20”会议上，他给冰泉写了很多字。这次协会开会，我作为理事，又厚着脸皮找理事长求字。我认为，一幅好的字挂在办公室，字的内容就代表了我们的价值观和理念，既是一种文化精神，又是一种相信的力量。

其实，我喜欢在行业中分享和成长，并不是为了出风头，也不是为了显示自己有多大的能力，而是因为我特别喜欢交朋友。我始终认为，朋友之间就该相互抬轿子，一起学习和提高。我们做企业其实就是做人，真实、自然、简单才能获得众人相助，才能收获未来的快乐和成功。

10. 兄弟们聚会

在上海参加中国口腔行业协会年会，我们一帮老朋友必然是要聚一场的。这次的会场，离潮迷杨堃总和觅醇朱晓斌的办公室很近。会后，我正好可以向他们学习一下最新的营销打法。

潮迷是日化行业增长超快的品牌，通过新媒体的打法，很快实现了数倍的增长。杨总再次创造了一个行业的奇迹。所以，不管他多忙，我都要去骚扰一下。

他们的确是工作狂，我们在晚上 10 点才见上面。我去到他们办公室，看到还有很多人在加班。这让我既羡慕，又愧疚。越成功的企业往往越努力。

我和晓斌在杨总的办公室，天马行空地闲聊。杨总讲了一个达播和信息流结合的新思路，也就是通过头部达人直播内容的二次分发，实现直播的价值升级。

这是一个整合资源和永续经营的好办法。以前，我总是想着省费用，所以不愿意在达人的信息流方面投入费用。就算投了费用，也不愿意花更多的钱做投放和推广，总是感觉品销之间关联度不大，直接投入产出比不高。老杨和我讲了一个观点，投放的积累和规模决定了品牌多渠道的转化率。当然，内容的剪辑也很重要，是投放 ROI 的保障。老杨认为，我现在有了资本助力，完全可以将品牌推广放大，实现更快的突破。

晓斌也和我分享了多个新兴公众号的玩法。品牌与新兴公众号相结合，将公众号做成一个销售渠道，既可以提升品牌影响力，又可以实现更多的销售量。只要找准了，内容做对了，生意的机会就会非常大。

他们两个人的观点其实都和内容营销有关。我也意识到了内容营销的重要性。好内容就是和消费者之间的好沟通，好沟通就会有好转化和好复购。内容营销更重要的是要有剪辑和投放的能力，而在这方面，我们一直是通过第三方打造的。冰泉要想实现更大、更好的发展，就必须强化内容营销了。和高人交流就是美妙，总是能带给我更多创新突破的能量。

除了工作聚会，我也没忘记和老友的私人聚会。我特意在上海多待了一天，白天看看市场，了解冰泉在终端的销售情况，晚上和兄弟们一起嗨一嗨。

从事日化行业 20 多年，我待过多家公司，而这些曾经的同事也大都越做越好，有的做到了营销负责人。这一次到上海，我必须与大家碰一下面。

我先打电话给美芳的华东大区经理章壹。他的张罗能力特别强，可以快速联络到上海的兄弟们。我来请客，他来找人，这样我也省心省事。

我们约在晚上7点，在“上海一号”。章壹很给力，兄弟来得特别齐。嘉然集团的营销负责人张文顾是第一个到的，他是我的老战友、好兄弟，他离这里很近。本草的营销负责人李放则是最后一个到的，他是我以前在美天的兄弟。艾贝的曹总是和觅醇的朱晓斌一起来的，他们在同一栋楼办公，一起打车过来。最巧的是王立，他正好在上海出差。他是我的兄弟加徒弟，刚刚从美芳营销负责人岗位上离职，现在创业做新媒体服务，也在谋划做一个新品牌。

每次来上海，我都会叫上好乐巧克力的营销总经理老方，他不是我的前同事，但是是我相交多年的老友。还有我的好大哥王总，他是我在上海的贵人，在当地人脉很广。我有任何疑难问题找他帮忙，他都能快速帮我解决。王总为人特别真实，也特别豪爽，是一个特别愿意帮忙的人。我特意叫美天的KA总监小王帮忙专程接他过来。

我们满满一大桌，就像兄弟聚义大会。大家彼此都非常熟悉，因为我来了，大家有了一个欢聚的理由。晚上一开场，气氛就非常热烈。

每次第一个举杯的都是张文顾，他是内蒙古人，喝酒就是一种习惯，每次都是他最豪迈。他走到我身边，将我的矿泉水换成了酒，说：“老领导，今天你必须喝一点。我这杯酒是发自内心地佩服，我为老领导再次融资成功干一杯。”

这让我无法拒绝，其实我内心深处也想喝一点，毕竟大家都这么开心。我一个人喝水反倒有点不合群，气氛也起不来。换了酒，我赶忙说：“兄弟之间不要客气。冰泉还是一个发展中的小企业，还需要大家多支持呢。”虽然讲得有点客套，但这是我的真心话。

这个酒，一旦开了闸，就挡不住了。大家纷纷敬酒，我又回敬，氛围感满满。

每个人都很珍惜彼此的情谊，珍惜在一起多年的缘分。

我们也会谈起认识的人，知道的事，讲着过去和现在的趣事，无比放松，也无比放纵。我们之间，没有领导，没有老板，没有富翁，只有清脆的碰杯声和爽朗的大笑声；也没有客套，没有虚伪，没有矫情，没有攀比，只有发自内心的兄弟之情。我很享受这种朋友相聚的快乐。

其实，无论是工作还是生活，我们都需要有一帮朋友，一帮可以敞开说话、大声说话、无所顾忌地说话的朋友。朋友不仅是内心的力量之源，也是我们繁忙中的休憩港湾，更是我们互相抬轿子、互相成就的缘分。

吃完饭章壹和王立送我回酒店，送到地方后我们继续在房间里喝茶聊天。尤其是王立，他刚刚创业，走出了万里长征的第一步，遇到许多困惑和担忧，今天正好想与我畅聊一番。

我送给他六个字：选择、坚持、应变。我告诉他，选择比努力更重要，所以创业项目要选择自己有自信、有优势的去做。坚持是创业的毅力，逢山开道，遇水架桥，没有谁的创业会一帆风顺，坚持战斗才会有未来。应变是能力，多学习、多思考、多谋划、多创新，将老模式和新模式结合起来，应对各种新的发展要求。

这些都是我的真实想法，也是我要送给王立的话。因为他与我一样，渴望创业成功的未来。

这一晚，我们一直没睡，但并不觉得疲倦。老朋友就是这样，相聚嗨起来，聊天吹起来。

9

第九章 产品和渠道升级

（2021年6月—2021年9月）

1. 启动社区团购

疫情推动了一个全新渠道的发展，那就是社区团购。在冰泉的 2021 年发展战略中，社区团购是我们的重点创新项目，也是我们 2021 年的全新增长点。社区团购最大的优势就是贴近顾客，方便顾客，价格便宜。如果给它定义的话，应该可以把它叫作超市便利店，也就是超市的多元化商品+便利店的方便快捷。

对于社区团购这个新领域，我总结了四个发展思路：**一是明确发展方向；二是由专业的人做专业的事；三是要有明确的经营策略和布局；四是要建立专项的预算投入和培育**。任何新项目管理，搞清楚这四点，就能让我们的工作走得稳，做得好。

对于社区团购，我们不能自娱自乐，雾里看花，而是要找到方向，也就是要找到专业的人，找到行业的高人，找到有实操经验的人。对此，我马上想到了两个人：一是陈超老师，他对社区团购的研究非常深，也是多家社区团购企业的顾问。找他取经，我们一定能搞定大方向。二是丁德，他是我的老朋友，冰泉刚启动的时候，他最早打款，最支持我们。现在他正好全面启动了社区团购，做得也不错，正好可以找他聊聊具体的操作。非常巧，这两个人都在郑州，让我省了很多事。

飞到郑州，丁德来接我。在路上，我就问个不停，品牌组合如何，产品结构如何，销售合作如何，推广模式如何，物流配送如何，结算条件如何等。我像一个小学生，事无巨细地请教老丁。他也不嫌烦，一一回答。

晚上吃完饭，我继续要老丁给我介绍他在社区团购上的思路。我是一个急性子，有什么问题都想快点了解。老丁的总结能力让我赞叹，他慢条斯理地和我说："程总你看得很准，社区团购的确是一个好机会。我自己总结了 20 个字的要点，那就是**产品要选准、物流要到位、价格要到底、利润在管理**。也就是说，这是一个对产品能力要求特别高、利润能力并不高的渠道。和老领导说句老实话，社区团购的操作也是一肚子苦水，很难，我一直在坚持投入。你知道，这也是我的性格，要么不做，要做就只有前进，绝不能半途而废。”

老丁是个实战派，他的话让我感触很深。的确，机会有，问题多，但是未来一定大。

第二天，我又去找理论派的陈超老师取经。他见多识广，对社区团购理解得很透彻，也是我的老朋友，辅导了很多社区团购平台和品牌企业，是我一直非常佩服的实战营销大咖。在社区团购管理这个领域，他说第二，没有人敢说第一。

他将社区团购总结为16个字：**线上预售，次日自提，以销定采，落地即配**。这16个字非常精准。线上预售说明社区团购是期货生意，要先拿到订单。次日自提则是把货品配送到社区团长手里，顾客到社区团长的门店自提。以销定采则是按照预售的量精准采购商品，统一干线送货，不会造成物流损失。落地即配则是顾客昨天下单，物流凌晨开始配送，一般中午前就可以把货品送到社区团长那里，顾客下午就可以提货。

陈超老师精准道出了社区团购的操作模式。在这个操作模式下，他告诉我社区团购要讲究产品的广度、团长的温度、推广的热度和配送的精度等。我醍醐灌顶，恍然大悟。

从两位好朋友那里我知道了社区团购的基本方向，我就开始找专业的人才。但是在实际招聘过程中，我始终没有找到特别合适的人，要么眼高手低，要么只有基层执行经验，不太能胜任冰泉社区团购操盘手的岗位。

正好，以前的同事陈景到公司喝茶，我碰巧和他聊到社区团购。他是我以前在索新时的同事，虽然我是他领导，但他是我师兄。我们同一所大学毕业，他比我高七届。他离开索新以后，又去了温泉、佳乐等多个公司担任全国营销操盘手。这两年他在创业，做新媒体直播推广工作。

老朋友过来了，他和我聊创业的痛苦，我和他聊社区团购的欲望，不是一个频道，话题有点尴尬。突然，我脑海里蹦出一个思路，能否以合作的模式，做一个社区团购的公司呢？这样我们既能吸引有能力的人，也能让操盘手有独立经营管理空间。通过成立冰泉控股的子公司来做社区团购。

我马上和陈景说："你的新媒体直播做得不是太好，要不你来我这里负责社区团购算了，我们可以合作成立一个公司。我知道湖南的张正是全国社区团购中数一数二的经销商，我们可以拉他一起合作，共同将这个项目做起来。三全其美，多好。"

陈景也一下子被我的话激起来了。他是一个想创业的人，也是一个渴望成功的人，而我就喜欢有这种特质的合作者。

他夸张地大笑说："程总，你这个人真的是想到什么就说什么。我也是个直性子，觉得什么能干就干什么，那我就过来跟着你干了。"

我们一拍即合。我立马联系张正，陈景则退出原来的创业公司，然后我们一起组建新渠道销售公司，一起做社区团购。为了做好这个项目，我重新租了一个新办公室。我将它当作一个大项目来做，也期望拥有大未来。

公司成立后，由陈景来操盘。他来确定社区团购的经营策略和布局，做出年度规划和预算。这些工作对陈景来说，并不是难事，毕竟他做过多个全国性知名日化品牌的营销负责人，还创过业。作为老革命，排兵布阵、运筹帷幄是他的基本能力。

他只用了一个星期，就拿出了整体思路：茂盛好选和好好超市做直营，五大社区团购先做区域性突破再做整体性合作，发展多个社区团购经销商渗透各地的区域性社区团购。

短短几句话，非常清晰，就形成了我们社区团购的年度发展基本思路。同时，陈景开始搭班子，找人、招人，团队轰轰烈烈地干了起来。他和市场部的杨卓宝研究社区团购的产品组合、定价模式和促销方式；和供应链体系的林小青研究物流配送布局。

确定这些工作思路后，他制定了年度战略和重点工作规划、年度预算。冰泉的社区团购公司——广州冰泉新零售科技有限公司成立了，冰泉社区团购的拓展创新也从此全面开启。

新机会就是新未来，我对社区团购充满了憧憬，也急切渴望它成为冰泉全新的增长引擎。有了陈景、张正的加入，我认为社区团购可以乘风破浪了。

2. 产品和品类突破

冰泉的渠道张力越来越大，销售一路上扬。随着生意向前，另一个问题开始呈现出来：我们的产品过于单一。冰泉口香糖牙膏作为核心产品，已经销售了将近两年。虽然口香糖牙膏依然处于销售的黄金期，但是如何打造第二个明星产品，形成多个重点产品矩阵，已经成为冰泉当前最重要的工作了。

我和杨卓宝团队召开了会议，想先听听他们的想法和建议。他们本身有自己的年度战略规划和既定的产品规划方案。杨卓宝带着产品团队，加上研发部的韩工，一起汇报了冰泉的产品开发计划。

杨卓宝打开PPT，非常自信地讲述冰泉的产品战略规划。老产品矩阵是口香糖牙膏系列、奶茶香牙膏系列、冰淇淋牙膏系列、牙刷系列、漱口水以及其他口腔辅助护理产品。口香糖牙膏系列的销售占比是85%，头重脚轻，一枝独大。

奶茶香牙膏是在2020年年底推出的，冰淇淋牙膏以及口喷刚刚上市，还在销售推进期。准备开发的有沃森氏袋装异型漱口水、商超袋装漱口水、抗敏牙膏系列，同时准备开发电动牙刷、冲牙器。

在技术支持方面，除了原有的专利和美白护龈配方认证，还取得了华耀口腔医院的抗敏临床认证。同时，我们还在申报缓解口臭的专利技术。

冰泉市场部的产品思路比较清晰，我给具体做这项工作的产品经理贺晓点赞。她是个湖南小姑娘，有丰富的产品开发经验，做事也比较认真细致，有湖南人吃得苦、耐得烦、霸得蛮的特点。

他们足足讲了两个多小时，我也肯定了他们的思路。但是，我要求他们做大的改进。因为我觉得冰泉的产品开发必须有立体和系统思维，建立新的高度，不能只为了开发产品而开发产品，不能单向推进产品。更何况，现在的形势相较2020年年底也大不相同，我们的产品开发必须拥有以下五大管理思路。

一是坚定品牌价值驱动。

冰泉以品牌价值为经营核心，而产品是品牌价值的表达，我们必须围绕三层价值做产品开发的起点，其中第一层是基础价值，解决口腔问题，确保基础功效；第二层是差异化价值，也就是花式口香；第三层是情感价值，也就是要有社交场景和精致生活的品位。这三层价值要求冰泉的产品开发，必须以好看、好玩、好用为指导方针。这一点，从冰泉目前的产品管理上来看，还是基本靠谱的。

二是技术研发的科技保障。

好产品才能成就好品牌，好产品的前提是好技术。在产品上，我们除了用最好的原料，依托科技创新，在公司聘请 200 个人组成刷牙队盲刷确定配方外，还要有技术研究和引领，也就是要知道原料发展的最新趋势、技术创新的最新趋势。无论是国际还是国内，我们都要以技术趋势来研究冰泉的技术创领。当然，我们还可以通过和外部国际公司合作研发配方，与加东药科大学、加州医科大学等多个科研团队合作进行技术突破，与华耀口腔医院临床合作等方式，实现技术的领先。在这一方面，我觉得我们还是只顾埋头走路，不够开阔。我要求韩工要了解各种新技术和新变化。

三是市场趋势和渠道反向需求的洞察、应变。

市场大数据、平台大数据、消费大数据都蕴藏着各种产品的趋势变化。我们要从产品和品类上找到应该跟随的趋势，用趋势去打造我们的优势。同时，我们也要结合渠道的各种信息反馈、消费者的体验感受、新产品的机会动向等反向研究产品。这一点，我觉得市场部做得还不够好。当然，渠道销售部门的敏感度也远远不够。

四是产品品质和成本的双控制。

好产品绝不仅是做质量管理，质量是基本要求，品质是品牌要求。无论是包材还是原料、生产、成品品控，都要整体围绕消费者体验认知去推动。品质也是一种产品的品位。同时，要有强烈的成本控制意识，通过把控产品成本强化市场营销中的竞争力。这个工作需要产品部门和采购部门紧密合作。对于这个方面，我在 2020 年年底就提出过。目前，各项工作已经启动并改进，但还远远达不到我的要求。

五是渠道上市后的产品跟进和改进。

我告诉市场部，我们不能只做产品开发这一步，还要在开发前与渠道达成产品开发共识。度渠定做，与渠道明确产品未来销售的责任。同时，做好从产品开发到产品上市、产品销售反馈、产品改进、产品升级等全链路管理。我们做产品如养孩子，不能只生不养，还要有后续的管理意识。

只有拥有这五个管理思路，才会提升产品管理的高度和境界。对此，我和他们讲了两个小时。

“你们能够理解我的这些思路吗?”当大家听到我说过很多次的这句话，都哈哈大笑起来。我有点不好意思，但真的希望他们能理解和领会我的想法，重新优化我们的产品规划。

每一次沟通工作前，我心里其实都已经有一些想法了，但是我更希望团队提出想法，我来把关。等他们讲完自己的想法，再加上我这五点思路，可能会让大家突破自己的思考界限。

“市场部10天内改好方案，再向我汇报。”我直接提出了要求，因为我们要快。团队就这样被我催着干，赶着做。

10天之后，新方案出来了。这次是贺晓主讲。她说：“程总，我们优化了一下思路，你看一下，老产品重点打造冰淇淋牙膏作为第二个爆品，奶茶香牙膏作为M电商集团和CS渠道的备选爆品。我们会开发抗敏药香牙膏，为中老年顾客的年轻化需求提供全新产品。后续会专项开发儿童益生菌果香牙膏，为妈妈群体提供更放心的产品。程总要求的重点创新漱口水、口喷这两个品类，我们会从包装、技术和使用感上全面升级。我们将牙刷分为赠品和产品两类，分别做好设计和升级，形成两个系列。我们也会专项研究和准备电动牙刷、冲牙器产品的开发。”

贺晓汇报很会把握节奏，对照PPT，说得言简意赅。她讲完，韩工马上针对各个产品的技术支撑和配方升级做了具体阐述，非常配套，也非常清晰。

杨卓宝、贺晓和韩工的工作规划，基本上实现了我的想法。我觉得他们终于建立了思路的新高度，建立了市场趋势的研究和渠道销售的响应力，做到了产品和品类的双重突破。

在肯定他们的产品规划的同时，我也再次向杨卓宝强调，产品是她的核心工作。她和团队必须有驱动意识和与时俱进意识，要主动站在产品管理的制高点，主动驱动产品创新和应变。我希望未来的产品管理完全由杨卓宝主动推动，而不是要我过来指点。

“你的工作，必须从理论、实践、落地上，都有整体的产品驾驭力。”我叮嘱杨卓宝，其实也带着半批评的味道。

有时候，我像一个老太婆一样啰唆。团队也感受到了这点。当然，我也特别渴望团队能够让我少操心。虽然他们已经非常努力和用心了，但我希望他们能够更加全面，更加系统，更加高效。

3. 电动牙刷的梦想

冰泉产品团队优化了产品规划，后续我就安排杨卓宝和每一个渠道去落地，达成共识。在企业管理中，落地真的非常重要。所有工作只有落到实处，才会有真正的价值意义。电动牙刷的发展也一样要落地。

我其实一直有一个冲刺电动牙刷的梦想，我非常看好口腔电子类产品的未来。我认为只有口腔日化和电子类产品同步发展，才会有更大的市场容量。冰泉要想做成百亿级企业，必须形成口腔日化和电子类产品的双向驱动。消费形势也决定了口腔电子类产品大有可为。

我从事日化行业 20 多年，从来没有做过电子类产品。但是我敢于挑战，喜欢迎接新挑战。同时，作为一个传统品牌管理者，在口腔电子类产品的发展上，我还是坚持建立系统整体的思考。

在技术能力、差异化价值、包装设计、渠道配称、推广策略这五个方面，我们都要有清晰的规划和专业的人才，必须谋定而后动。甚至，我认为技术能力应该在口腔电子类的顶端，必须用技术驱动，用技术来实现差异化，用包装来表达技术和差异化，这样渠道和推广就能水到渠成。

找人，我必须找到这个行业的优秀人才，才能迈开口腔电子类产品营销的第一步。毕竟，这是一个大的跨越，也是一个投入门槛比较高的项目。

我的圈子里都是做日化的人，对电子类产品比较陌生。因此，靠我原有的人脉，或者靠猎头公司，我都很难找到合适的人，尤其是技术方面的人。但是，我有我的办法。我有这么多合作的投资人，也认识很多投资人，他们接触电子类的产品和营销比较多。我可以请他们帮忙介绍。

于是，我用微信发了一个“英雄帖”，请投资界的朋友们帮忙。千度投资的吴总以前做了很多电子类的投资，华丰资本的易总也是这方面的投资专家，很快，我就通过他们的推荐找到了几个备选的技术人员和设计人员。

我把他们约到公司进行面谈。技术人才都是闷骚型的，我们没谈出什么感觉。我又陷入了焦虑和抓狂当中，一天到晚都在想怎么找人。

于是，我开始研究各种口腔电子类的新兴品牌。我突然有一个大胆的想法，是否可以去挖一个技术型的管理者过来？

功夫不负有心人，我终于找到了一个技术专家。他是深圳一个电动牙刷厂的总工，而家在广州，名字叫龙平，是个实实在在的东北人，中国科大毕业的技术男，与我同岁，有着丰富的电子类产品研发经验。一个家在广州的人或许更想回广州上班，何况到了我们这个年龄，家庭和事业并重才是最好的选择。

我和龙工的见面约在一个周末。他家离冰泉公司很近，开车只需十多分钟。“龙工，我们都是74年的，都属虎。我的想法你也知道了，就是想干一番大事业，所以特别希望你能来冰泉帮我。”我也不客套，直接和龙工表明了态度。

“我现在在深圳工作挺好的，待遇也不错，老板还给了我一些期权，只是我每周从广州到深圳往返有点不方便而已。”龙工也没有绕圈子，直接说道。他和我说话的时候一直望着窗外，可能技术人员都不善言辞。

“那就正好啊，来广州，我们一起干。从无到有，做一个全新的项目，成就感会更强。况且，我们公司到你家才十多分钟，这样你就可以生活、事业两不误了啊。”我想，既然龙工有着强烈的回广州上班的想法，那么我就抓着这一点说服他。

当然，项目发展的思路也很重要。于是我又开始和他讲述电动牙刷的行业现状和未来的渠道机会，将自己的快消操盘思路简单道出。

“程总，我很早就听说过你，知道你是一个干大事的人。我的很多投资人朋友都特别关注冰泉。你的思路我大概明白了，但是我觉得这些工作企业都会做，如何做出自己的突破很重要。我对程总的这个项目还是很感兴趣的，也会考虑的。”

龙工虽然说要考虑一下，但是我感觉他已经心动了，应该十有八九会过来。我对自己的说服力还是很有自信的。况且在简单的交流中，我们能很快谈到一块儿。大家都想干大事，这一点很重要。

令我惊喜的是，在和龙工的交谈中，我了解到他有一项特别独特的技术，那就是口腔电子类产品的静音控制可以做到国内顶尖水平，也就是产品防噪做得极其牛。这是一个全新的点，一下子让我找到了价值差异化。有了静音这个价值差异化，技术又到位，这个产品就成了。我一下子兴奋不已。

可是龙工又告诉我，他在原有的企业有一些小股份，所以不希望是单纯地打工，而是想做一份创业型的工作。我几乎不假思索地告诉龙工：“我们可以合伙做项目，单独开一个公司做口腔电子类产品，由冰泉控股，团队共同持股，一起做大做强，一起分享成功。”因为有了社区团购公司的先例，所以我对新项目、新合作很有信心。对于我这么快做出这个决定，龙工很诧异。我觉得，我们之间的心结应该都打开了。

不出我所料，月底，龙工如约来到公司，正式加入冰泉。冰泉口腔电子类产品的技术负责人确定为龙工，技术和价值差异化方向就定在静音方面。大方向基本确定了。既然是合伙做项目，在品牌、设计、营销方面，我也开始扯大旗找人。

品牌方面，我有一个老朋友叫李春，是我在索新负责营销时的同事，后来做过药王洗发水、舒塔牙膏的品牌负责人。现在他在做咨询顾问。

设计方面，冰泉早期合作的牙刷工厂的设计负责人郭广就不错。他专门做手动牙刷和电动牙刷的设计，早期是高露的设计负责人。我可以找他聊聊。

营销方面，我有一个好朋友叫罗军，是欧亚的华南大区经理，在欧亚做了10多年，是资深又专业的营销负责人。如果他能过来，那么冰泉的口腔电子类产品的大事必成。

我将这几个人重新梳理了一遍，用共同创业的思维找他们深入沟通。也许是我运气好，也许是朋友们都信任我，和他们三个人的沟通非常顺利。大家一拍即合，准备一起干一番轰轰烈烈的大事。

我是一个说干就干的人，马上安排租办公室，做电动牙刷，并注册了广州静享电子科技有限公司，由冰泉控股，团队持股。为什么把它叫作静享？这和品牌理念有关。既然我们准备做静音科技，就必须购买一个和静音相关的商标，注册一个和静音相关的公司。正好我找到了静享商标，并将它买了下来。静享配合静音科技，名字绝佳，感觉天助我也。

龙工，技术顶尖。李总，品牌顶尖。郭总，设计顶尖。罗总，营销顶尖。我们的静享公司简直是超豪华阵容，是干大事的节奏。我也做了1000万元的启动预算，冰泉的口腔电子类产品业务正式拉开序幕。

静享公司第一天开会就安排在我的办公室。大家坐在一起，都很兴奋，谈方向，谈思路，谈想法，谈做法，一谈就是一上午，我也布置了相应的工作任务。

静享的整体方向是静音科技，在这个技术和价值差异化的前提下，我要求大家务必在两周内完成各自板块的工作规划。规划是我们一切工作的起点。

大家觉得时间太紧，毕竟还要做数据分析和调研，需要更深入研究一下。然后我将时间改成了一个月，磨刀不误砍柴工，既然是新的大项目，我们就要深入和精准。

在冰泉同一栋楼的三楼，我又安排俊凯租了一个新办公室，作为静享的专项办公室。在静享公司完全单独启动之前，采购、供应链、人事、财务都由冰泉兼着做。该整合资源就要整合，该节约费用就要节约。

对于冰泉的口腔电子类产品项目，我感觉出奇顺利，也觉得出奇兴奋。也许，这是冰泉又一个新的里程碑。

4. 当了个主任

渠道和产品齐头并进，冰泉公司的各项工作进入平稳发展期。我每天都很忙。进入下半年，我本想就此调整一下，但有一天，我在办公室喝茶时，突然接到了王辉的电话。

她是我的行业朋友，非常热心，现在是中星质量管理协会化妆品工作委员会的秘书长。她说话非常直接，她希望我加入化妆品质量管理工作委员会。

对于这个协会，我也非常了解。它的成员基本上是国内的头部化妆品企业。美天集团的古总就当过该协会主任。我非常乐意加入该协会，因为可以了解行业监管政策，了解行业的发展趋势。这无论是对我个人还是对冰泉公司来说，都是锦上添花的好事。

于是我马上填表，入会。王辉通知我 8 月去连云港召开化妆品质量管理工作委员会的年度工作会议。我有 20 多年没去过连云港了，这一次再去连云港，还是有点期待的。连云港还有我的一个大客户徐明，不过他的公司虽然在连云港，但是人基本上在杭州，线上生意做得很强。说不定他正好在连云港老家，我们可以碰个面，沟通一下如何将生意做得更大。

我给徐总打了个电话。他很热情，说马上赶回连云港，到时候我们在会场相聚。这让我有一种一举两得的喜悦，去连云港，开会加搞业务，不浪费时间。

这其实是中星质量管理协会的年会，化妆品质量管理工作委员会只是协会的一个分会。会议规模宏大，参会的基本上是国内的大规模医药公司、保健品公司以及化妆品公司等。中星质量管理协会的林会长 80 多岁了，身体很好，发言声音洪亮。他主要讲述了行业的发展现状，提出了一些未来监管的要求。此外，还有很多专家和企业家做了分享。

下午，是各个委员会的分会会议。有 30 多个核心成员参加化妆品质量管理工作委员会的年度工作会议。我第一次参加这样的会议，并不太了解情况。开会之前，我知道美天古总的五年主任任期就要到了，这一次需要改选新的主任。

行业会议的流程都是常规性的。首先是中国药监局、中星质量管理协会的领导讲话。

接着是各个企业代表发言。这让我紧张了一下，因为会议前不知道还要发言，所以没有任何准备。我对行业的监管政策虽然有所了解，但并不熟悉。如果要发言，我也只能硬着头皮上了。

在行业多年，我对化妆品的监管还是有一些独到的见解和看法的。多年的职业生涯也锻炼了我的口才。

我对化妆品质量管理工作委员会的工作提出了十点建议：一是建立委员会的公众号和官网，要有宣传的窗口；二是推动质量升级，实现以质量强品牌、强企业；三是做好法规解读；四是做好标准推动；五是推动原料的质量管理，从上游提升行业质量掌控力；六是做好企业的互动和学习，通过榜样的力量推动质量管理发展；七是要向海外学习，了解海外先进的质量管理；八是要培训分享，开展更多的质量管理培训，到质量管理优秀的企业现场学习和分享；九是上传下达，有效传达国家监管部门的各项质量管理要求，快速汇报企业的需求；十是组织推动，强化化妆品质量管理工作委员会的组织建设，建立多个分地区的质量小组，实现质量管理的齐抓共管。

也许是我在学生时代曾经担任过省学联主席，积累了丰富的大会发言经验，所以在现场列出提纲后，我能非常清晰地分享自己对行业质量管理的看法和想法。虽然有点喧宾夺主，但是我的发言还是取得了众多同行的一致认可。

我讲话的时候，中星质量管理协会的徐会长一直在做记录。等我讲完，他马上表态说："我觉得程总这个发言很全面，非常清晰，也非常实用。在中星质量管理协会里面，虽然化妆品质量管理工作委员会还是一个小分会，但是化妆品无论是在国内还是国际都是非常大的行业，我们要么就不做，要做就必须做大，做好，做全。如果大家能够在程总这个思路的基础上完善具体的做法，那么我相信分会的工作会越来越好做。"

“程英奇一直非常务实，是一个做事的企业家。我在广州和他沟通得挺多，他的责任心很强。当然，我们大家都希望他能挑起更大的担子。”中星质量管理协会的监事长刘函坐在林会长边上，也为我点赞。刘函原来是广州经济开发区药监局的老领导，一直为我们广州的化妆品行业保驾护航。

紧接着，会议进入化妆品质量管理工作委员会新一届领导的选举阶段。首先，要选举理事和专家委员，我代表冰泉顺利当选理事。其次，要选举 7 个副主任委员，很惊喜，我也被大家选举为副主任。最后，大家投票选举主任，结果让我意想不到，我被选为主任。也许是我在行业的工作时间长，大家都认识我，都当我是朋友；也许是领导认可我的思路和想法，觉得我有能力带领新一届质量管理班子；也许是我比较热情和热心，参与度和意愿性很强；也许是我运气好，总之，对于当选为主任，我非常惊喜。

当选发言时，我表达了这个主任责任重大，感觉要做的工作太多，必须和所有人一起推动，才能真正让化妆品质量管理工作走向一个新的阶段的思想。

对于担任这个新职务，我还是有点兴奋的，毕竟能够代表冰泉站在行业质量管理的前列，做一个质量管理的先锋和排头兵，还是非常荣耀的。

晚上，经销商徐明来接我到连云港市区吃饭时，我依然抑制不住内心的激动。我一边和老徐吃饭聊天，谈行业，谈发展，谈趋势，一边从老徐口中了解他们对质量管理的看法。看样子，我真的立马进入状态了。老徐还笑我，我现在不仅是做企业，还当官了。

其实，对于当不当官，我并不在意。我的兴趣依然是商业，希望行业能够共进共赢，所以我愿意投入行业发展工作中。这既是我们共同发展的需要，也是一种奉献和责任。我觉得为大家付出，也是一种价值贡献。

我的社会职务其实不少，有中华美容化妆品商会副秘书长、加拿大皇家学院广州同学会副会长、哈尔滨商业大学广东校友会副会长等。不过，在化妆品质量管理工作委员会，我是正主任，更加需要担当和付出，需要投入更多的时间和精力，需要用心谋划，努力做好。我必须对得起行业朋友们对我的这份信任。

当了个主任，我觉得冰泉又增添了一份光芒，也激发了我更大的前进动力。

5. 内容团队搭建

开完协会会议，我回到广州，又和市场部的杨卓宝沟通内容营销的创新工作。

冰泉营销的爆发其实就是要以内容为王。我们要抓住年轻消费者的兴趣，通过好看、好用、好玩的产品新场景内容表达，不断触达消费者，不断形成新的产品爆发力和营销影响力。可以说，冰泉营销的生命力就来自内容的创新力。

但是，冰泉内容营销的大部分工作一直都是通过第三方机构来做的，这也是很多新锐企业的通用做法。和第三方公司合作的好处就是他们整体合作企业较多，经验丰富，团队强大，对内容的洞察也比较精准，能够很快找到内容突破点，形成快速的营销爆发。但是这样做也有一个问题，那就是他们都是以利益为导向的，对费用的回报要求较高，谁给的钱多，就专心为谁服务。这就导致我们在内容推动上缺乏稳定性和持续性。何况，自己的内容主导能力缺乏，品牌自身的驱动力也会受限。

因此，我决定自建内容团队，形成内容主导能力。对此，我和杨卓宝沟通了很多次，希望她能担起这项工作。但是，杨卓宝缺乏这方面的经验，研究也不够深入。她有想法，但缺乏坚定的做法。

这一次，我和杨卓宝沟通，主要是和她理顺了内容营销的逻辑。我认为，在一个企业，品牌价值是驱动者，是我们所有管理的最前端和最顶端。品牌是整体营销战略的核心和关键，是我们所有营销推动的参照和标准。内容营销是品牌价值的放大。我们要通过内容营销来实现价值认知和价值爆发。

市场部门是品牌价值的创造者和塑造者；渠道销售部门是品牌价值的传递者和实现者，负责将品牌价值落地，实现业绩创造；职能部门是品牌价值的支持者和保障者，为品牌价值做配套服务。

顺着这个企业管理和品牌发展的逻辑，内容营销是非常关键的中坚力量，必须站在高起点，赢在爆发点。

从常规操作上来讲，内容营销就是实现流量聚集和爆发。很多企业都是通过内容测试找到精准的内容方向，然后通过头部达人建立内容热点，再通过垂直类达人实现深度挖掘爆破，最后通过全域达人整体爆发。这既是内容的方法论，也是内容推广的基本逻辑。但是说起来容易做起来难，我们现有市场部的十几个人远远完不成对应工作。因此，我和杨卓宝商量，必须找到一个专业的内容营销的负责人搭班子，做整体管理。

杨卓宝理解了我的想法，她并没有因为我将这块内容从她这里分出去而有情绪。作为公司股东之一，她也清楚地认识到，公司只有引进更多更优秀的人才，才能有进一步发展壮大的未来。

要找人，尤其是高端人才，我发现通过人力资源部或者猎头很难实现。自己通过人脉关系介绍，主动出击，效果更好。内容负责人的招聘也是如此。

这一次，我找到广告公司、内容公司和东音、蓝手平台的人给我们介绍。我在朋友面前的脸皮比较厚，找人帮忙会跟到底，不停地催他们，直到找到真正有价值的人。

朋友们也很给力，帮我介绍了很多人。找人这件事也是萝卜白菜各有所爱，要么我不满意别人，要么别人不满意我们。折腾了一个星期，直到蓝手的刘总给我介绍了一个原来在化妆品企业做内容营销的负责人任盈。任盈是“90 后”，很年轻。内容需要年轻人来做，也需要年轻人的思维，这正合我意。

她对内容营销的工作思路很清晰，也有相当丰富的经验。至少，我们的沟通非常合拍，我也感觉她比较实在，是一个认真做事的人。

一切条件谈好后，我对任盈提出了一个要求：尽快制定规划。我喜欢从工作思路走向规划，从规划走向执行落地。正好我给社区团购部门找了一个大办公室，内容团队可以和他们联合办公。

任盈的工作效率很高，她也非常努力，几乎每天都加班到很晚。这种工作态度更加让我认可。做事业，就是必须加倍付出，才有加倍的回报。一个星期，她就拿了一套整体方案出来。

内容整体分为品宣和品销两大块。内容细分到当前的核心工作平台，依然是东音、蓝手、小紫书、V站和知道。针对冰泉当前的产品，建立分平台的推广计划，建立未来的产品推广需求。针对当前的业务，建立内容制作、媒介推广和数据分析部门，形成内容营销管理的基本班子。

虽然又要增加20多个人，让冰泉的队伍壮大到了近200人，但是我不畏惧，磨刀不误砍柴工，前期，必须有人、有事、有投入，才会有冰泉的未来。在全新的规划下，内容团队的工作全面启动。

但是刚刚启动，内容团队就出现了不和谐的声音。杨卓宝虽然是品牌负责人，但是她对内容团队的工作参与太少，造成品牌和内容两张皮。内容团队不断创新和投入，但在具体销售需求和销售转化管理上，又经常与电商销售部门断层，内容和销售互相扯皮。

任盈是一个工作很有韧性的人。针对这些问题，她会一个一个去沟通去解决，主动改进和完善。但是这种头痛医头、脚痛医脚的管理，让她的工作效率很低。她必须将很多时间放到处理各种事务上来，结果是她非常努力，但是非常难受，工作进度缓慢。

我有点生气，也有点恼火各个部门之间的各自为政。虽然每一家企业都有复杂的人际关系，但是冰泉作为一个创业企业，绝不能出现这种情况。每当出现问题时，我便开始发火。当然，我的立场是全力支持任盈，所以我也是以她的工作需求去硬推各项内容工作落地。

这样的内容营销违背了我想要提升企业经营力和推广力的初衷。这让我陷入思考，究竟是我建立内容团队的思维错了，还是我们的团队管理出现了问题？

我不会放弃内容的创新，出现问题可能还是我们的管理职责划分不清晰。因此，我又和内容团队逐一梳理了各个部门的组织架构、组织职责，重新落实了各项流程和规范。结果虽然有所好转，但仍然没有实质性转变。

过了一段时间，我又想了一招，干脆将M电商集团旗舰店从严锐的团队中分拆出来，和内容团队合并成一个部门进行管理，实现从内容到落地一条龙，这样应该没有问题了吧？结果M电商集团旗舰店的店铺负责人和任盈之间的工作也始终不和谐，任盈想强势，但是M电商集团有自己的想法，经常和她起冲突。她的整个工作跌跌撞撞，很不如意。

我不放弃创新前进，但也第一次感受到了冰泉公司内部逐渐滋生的复杂人际关系，体会到了打破常规的管理其实是一个痛苦的过程。

我想，内容营销的创新一定可以通过成果来验证。至少，任盈来了以后，我们在知道上的推广有了新的突破，ROI也很理想。虽然不是核心突破点，但也是一个新的亮点。我坚决支持任盈的工作。

6. 直播团队的调整

内容团队在我的支持下继续前进。到了9月，我发现直播团队虽然销售业绩一直上升，但也逐渐暴露了很多让我非常恼火的问题。我们的销售额节节攀升，但是亏损却越来越多，严重偏离了预算。

我一连和刘农的直播团队召开了三次会议。第一次，我让他们做四象限业务结构分析，明确哪些是销量高、利润高的客户，哪些是销量高、利润低的客户，哪些是销量低、利润高的客户，哪些是销量低、利润低的客户。通过四象限分析，可以非常清楚地知道达人直播管理的现状和问题。通过分析，我看到的是我们没有销量高、利润高的客户，销量高、利润低的客户实际做下来是亏损的。我们持续亏损，正是因为没有改进客户结构，缺乏利润控制，过于依赖销量，过于放大产品机制，变得有量却严重亏损。对此，我对他们提出了改进客户结构和直播产品合作机制的新要求。

刘农很快领会到我的思维模式，也很快制定了新的管理改进方案。10多天后，我又召集直播团队，分析主播和产品的布局优化。我和达人直播团队强调，直播营销同样是人货场的管理。我们需要重构，建立精准的达人管理配称，也就是我们要根据达人的粉丝结构和人设去确定合作的产品组合、合作机制、价格段、直播话术内容输出，实现精准的销售转化。这是营销策略层面的管理，也是精细化管理的要求，需要我们有对应的数据分析、达人研究以及产品组合、竞争应对能力。

刘农和团队花了一周时间做出的方案，虽然有点粗糙，但起码迈出了营销精细化的第一步。

直播营销经过一年多的发展，已经由简单的产品价格暴力冲击，转向了产品和内容的精耕，进入了营销专业化和精细化的深水区。我们必须有精准管理的工作能力。

9月底，为了迎接即将到来的“双11”直播大战，我又和直播团队召开了第三次会议。这一次，我要求团队改进业务策略和分工。因为随着直播管理的发展，越来越多的竞争对手开始针对我们，和我们拼产品机制、费用投入。残酷的内卷，让我们不断流失客户。原来合作的主播，对冰泉的新鲜感也开始消退。虽然我们仍然不停地发展新主播，但是销售增长出现乏力。我觉得必须在竞争策略和主播合作策略上建立新思路。

于是，我给团队提出了产品升级策略、分主播制定战略合作框架策略、大力发展尾部主播收割策略、平台合作主播发展策略。针对具体的重点主播的合作，我也给出了清晰的管理办法。我认为，我们不能再自己一个劲儿向前冲，必须有方法、有措施、有创新、有竞争应对。

针对现有直播团队，我要求分工进一步明确。只有根据主播的分层、分级去做我们的分层、分级，才能更加高效。不同的主播由不同的人员对接，也有利于合作的稳定性。

这一次，也许是我的要求太过复杂，要求改进的工作太多，刘农和团队的动作非常缓慢，一直没有做出让我认可的方案。我一直催，他们一直不动。

这让我很恼火，难以接受。我觉得，如果他们对我的工作要求有意见，或者觉得哪里不对，完全可以提出来，与我交流，通过沟通达成共识，而不是像现在这样进行软抵抗。

我将直播团队叫到办公室，再次和他们沟通。团队沉默以对，没有任何回应。会后，刘农没走。我依然有点恼火，说话的语气也不太好，我对他说："你赶紧去忙工作吧，我这里还有其他事。"

"程总，有件事情我要和你单独说一下。"刘农一副老练的样子，在沙发上坐了下来。

我情绪本来就不好了，更不喜欢他这副样子，于是走到他边上，急匆匆地说道："你有什么事情快点说，简单直接点啊。"

"是这样的，程总你对团队的调整，影响了大家的工作状态。工作量太大了，我们都忙不过来。况且这样一调整，大家的收入受到影响，抵触情绪就会更严重。大家觉得如果再这样，那就都辞职了。"刘农慢条斯理地说，看起来很淡定。

我火气更大了，恶狠狠地说："谁要走，我绝不挽留。管理就是要不断前进，不断改进。如果因为公司管理升级，制定了新的目标就撂挑子，那么公司也没必要强留他们。强扭的瓜不甜。"

"程总，话不是这么讲的。现在冰泉的人出去，收入马上就会翻一倍，冰泉的名声还是很大的。"

"任何一个人的价值，都会因为有平台的因素而存在。如果因为收入离职，那么我觉得外面的世界不一定精彩。如果心不在这儿了，那我也不强留。"我点了支烟，情绪也稍稍平复了下来。

"程总，我和你直说吧，我要辞职。"刘农终于说出了心里话。这让我很意外。我一直认为自己不断给他新的学习机会，不断提拔他，让他拥有更好的收入和平台，未来也会更加重用他。他怎么会想着离职？

"你是找到新工作了吗？"我内心稍微有点失落。任何一个管理者离职，都会给企业带来一定的影响，更何况我自认为对刘农非常好，他突然要走，让我的心理落差很大。

"我没有找新工作，只是想休息一下。另外我想自己开一家火锅店。"刘农半带着笑容和我解释。

我没有纠缠于他是否开火锅店的事情，而是问了他一句："你离职以后，认为谁可以接替你的岗位呢？"

"这个我就不好说了。我相信程总你肯定能找到更好的人选。何况我走了以后，现有的人也不一定稳定。您对我有恩，在我最困难的时候帮助过我。这点我还是要告知您。"刘农说话明显言不由衷。

刘农走后，我突然对自己的管理能力产生了怀疑。自己一直自信的情义之交，落到现实却被狠狠打脸。为什么直播团队和自己、和企业都不是一条心呢？

我第一次将所有的思考和精力集中到直播团队上。长期以来，我只有一个管理观点：谁的孩子谁抱走。所以，我不会去管细，而是找到一个合适的人，然后交给他全权负责。我深信，只有责权利对等，才会有高效的管理成果。可是，当我将直播团队和直播业务交给刘农时，却似乎陷入了困境。

刘农是一个很好学、很聪明，也很有业务能力的人。在日常管理中，刘农总是表现出他是在为大家着想，为大家争取利益，但是他将团队搞成了他的小团体。在整体工作中，他们以自己的利益为导向，所有的工作都以个人与客户的关系为先，而忽视公司的整体利益。这些问题长期积累下来，导致了如今团队的失控。在团队组建的时候，人力资源部就曾经提醒过我，但我以谁负责谁组建团队为由纵容了这种行为。

其实刘农为人并不坏，只是有点江湖习气，也许他只是用了职业经理人的习惯性做法。是我的管理失察、失职，让团队失去了管理的向心力和凝聚力，这是我的错，这个长期的错误延续到现在，导致团队迷失的心无论如何也挽回不了了。所以，当刘农再一次来到我办公室，再次用要开火锅店的可笑理由提出辞职时，我毫不犹豫地就同意了。我知道，冰泉整个直播团队都会被他带走。天下没有不散的筵席，人各有志吧，放下纠结的心，给他们祝福，山水有相逢。

一个企业管理者，一定要有担当，有面对问题的勇气和魄力。以前，我在管理上的放任产生了错误，我就必须为这个错误埋单，不能让这个错误延续。

我将直播业务分给严锐。在直播方面，他本来就有丰富的经验。我把直播和自播合在一起，成立新兴电商部，正好实现新电商平台管理、直播管理、自播管理一体化。

这番调整对我们的业务造成了一定的影响，也是我第一次在团队管理上栽跟头。吃一堑，长一智，这件事情让我明白，管理绝不能因为信任而放手，不能为了效率而纵容手下，不能让团队搞山头派系，不能让人员和业务陷入失控的状态。当然，这次的经历也让我有了全新的管理认知和反省，实现了管理上的成长和提升。

7. M 电商集团赋能和变革

从 9 月开始，东音和蓝手的直播从 M 电商集团全面断流了。这对以站外流量为主的新锐品牌来说，影响非常大。冰泉在东音和蓝手直播的销售比重非常大，在淘贝直播中和天亚、穆子琦的合作非常不稳定，和其他主播合作又不起量，因此，下半年我们在 M 电商集团的销售额出现下滑。这让我们的 M 电商集团团队非常焦虑，也对 M 电商集团的发展策略敲响了警钟。从下半年开始，我们一直在研究如何提升站内流量，提升 M 电商集团本身品牌沉淀的运营能力。

正好 M 电商集团团队的柯铭、顺儿带领团队来广州拜访各个企业，冰泉也是其中之一。柯铭是冰泉电商运营的好帮手，每一次他都会给我们很多启发。上一次，他在店铺初级运营到中级提升方面给了我们很多建议。这一次，我们非常期待他能给予我们应对流量变革的建议。

柯铭这一次带来的也是大部队。因为顺儿要调到其他部门，所以他这次给我介绍了新来的小二王娜。王娜特别务实，针对冰泉，她前期做了非常多的工作，包括数据分析和经营现状，整体来说，就是“三好”“三不好”。

第一好是冰泉的产品创新力强，抓住了年轻消费者，形成了口腔消费的年轻化新趋势，深度推动了好看、好玩、好用的新消费。

第二好是通过站外流量形成了 M 电商集团销售的驱动力，用站外拉动站内的模式造就了早期的突破和成功。

第三好是冰泉和平台的深度响应比较到位，能够积极参与 M 电商集团的多个营销活动，也注重大小节点的营销推广。

在“三好”的基础上，王娜也毫不客气地提出了“三不好”。

第一不好是我们过于依赖站外流量，站内的品牌力和流量运营基础不够强，日常站内种草和内容做得不够精细化，导致我们的日销量与传统大品牌差距较大。

第二不好是我们的消费者运营不够系统，AIPL① 的整体运营结构不稳定，没有形成持续的新老消费者运营体系，消费承接不到位。

第三不好是我们在整合营销方面缺乏创新力和爆破力，缺乏打大仗的能力，节点爆发依赖于直播。当直播出现问题时，销售冲锋能力明显不够。

王娜讲得很到位，我和团队需要深刻反省。我们必须面对问题，面对差距，才能找到未来。新锐品牌需要不断改进自身，才能真正实现精进。

王娜和顺儿也给我们分享了其他新锐品牌初级、中级、发展和高峰四个阶段的打法和优秀品牌的成功案例。

我一边记录，一边消化，并和团队强调：自我变革才能真正强大。

会后，柯铭又到我办公室和我聊天。他是河南人，不抽烟，也不怎么喝酒，而且专业性极强，也非常善谈。作为宝生公司曾经的口腔品牌负责人，他对口腔类目的研究如数家珍。这几年，他也特别重视新锐品牌的发展。在他的 M 电商集团框架中，就是以传统品牌的创新和新锐品牌的突破为重点，推动生意发展的。

这一次，柯铭除强调提升冰泉在 M 电商集团的消费者运营和品牌力建设以外，还给我们提了四点建议。

一是我们的产品需要更多更好的创新力，来提升货品结构，重构人货场，形成不同的消费人群和不同的营销竞争能力。

二是要重视淘贝直播，要加强与淘贝直播团队的沟通，争取更强的突破力。

三是多研究、多衔接、多参加 M 电商集团的聚划算、百亿补贴和超级品牌日，在平台形成更好的营销力。

四是强化私域运营，提升老客户的沉淀和复购，从产品冲锋走向品

---

① AIPL：即 Awareness，认知；Interest，兴趣；Purchase，购买；Loyalty，忠诚。

牌沉淀。

我之所以特别喜欢和柯铭沟通，就是因为他在深度操作方面特别有经验，也有很多很好的实操落地的方法。虽然他说的话非常平和，但每次都能激发我心中想要再次突破的热情。有时候，我觉得自己很幸运，能够从各个平台处得到启发和成长，形成新的发展方向，找到新的打法。这也是我们冰泉能够不断提升的重要保障。

会后，他们匆匆赶回杭州。我和团队连夜加班落实工作。我列出了六点改进要求，和任盈、李云带领的 M 电商集团团队制订工作计划。

虽然团队也按照我的要求做好了新的工作分工，明确了新的工作重点，并且融进了“双 11”的整体规划，但是，我总觉得 M 电商集团的工作缺少点什么。我想的，任盈思考的，李云认为的，似乎不在一个频道。我说什么，大家都觉得对；任盈讲什么，好像也都是事儿；李云制定的，又缺口气。

当我意识到是自己驱动着 M 电商集团团队前进的时候，我感到非常无助和无力。我觉得我们的工作应该反过来才对，毕竟我不是 M 电商集团运营管理专家，缺乏整体、长期和持续的管理能力。我最多只能把握前进的方向，说说整体思路，任盈和李云才是具体的管理者，更应该具备全面的运营策略和关键方法。但是，我和他们沟通时，找不到感觉。

甚至，我觉得任盈和李云之间的沟通是断开的。任盈作为内容负责人，在整体管理 M 电商集团方面肯定是有所欠缺的，而李云总是关注具体事务，对我和任盈交代的工作都只是应付，甚至还对任盈的工作有所抵触。大家的沟通，很难达成共识。

后续，任盈制定了几个品牌提升的方案，比如和杭州栈道合作推动淘贝直播升级，和测评机构合作提升内容推广，和丁花医生合作提升品牌认知等。我们的这些合作花费了不少费用，但是结果却不理想，如同点了一次火把，照亮了边上的路，但是没点起灯。待到火把灭了，又是漆黑一片。

我决定找任盈谈一下，于是找了一个中午和她一起吃饭。我们边吃边聊，这样会轻松一点。

“你自己对现在的工作怎么看？”我开口就表达了不满。

“程总，我知道自己的工作没有做好，但是团队太弱了，尤其是 M 电商集团团队太不专业了。他们基本上不配合，做什么都是应付我，甚至还有些抵触。”任盈开始向我诉苦。

“M 电商集团不是转交给你管理了吗？为什么还不能落地呢？”我并不认可她的理由。

“他们都是说一套，做一套。我安排工作时，他们都说好，但实际上他们不会做，而且从不加班，到点就走，没有一点责任心。”任盈继续向我解释。

“我觉得这不是理由。如果你觉得李云不行，那么你作为负责人可以调整他。你这个理由我不能接受。”我开始生气了。

“现在工作量那么大，一下子也找不到合适的人接手。况且如果一下子没人负责，那么工作就更加干不下去了。”任盈依然觉得自己很委屈。

我不再说话，觉得这是一次失败的沟通。我和她的想法不在一个频道上。

对于 M 电商集团，我有一种强烈的挫败感，再一次感受到冰泉在 M 电商集团管理上的乏力。我还是希望支持任盈一把，既然她觉得人员有问题，那我帮她优化。我也想再找一个在 M 电商集团运营上更加用心和专业的人。

正好，王平联系我。他此前在美天负责电商运营，后续去了几家小企业做旗舰店负责人，虽然没有大的成绩，但是在专业度和小企业运营方面还不错。矮子里拔高个儿，总比一群矮子强。

于是我邀请他到公司担任 M 电商集团旗舰店的负责人，准备调李云负责东音电商运营。但是，这个安排最终铸成了大错。“双 11”前临阵换将是大忌，这样会导致前面的工作不能延续，后续的工作又缺乏承接，王平的工作和任盈的工作更加对接不上。我的折腾又造成了冰泉电商的混乱。用人太随意，我要承担主要责任。

8. 第三次融资开启

营销管理没有十全十美。对于 M 电商集团，我有想法却缺乏做法，有做法却缺乏持续，这就导致我们 M 电商集团的销售虽然仍在高位，但是却陷入了发展“瓶颈”。M 电商集团继续被我逼着折腾，虽然不怎么顺心，但还是要继续搞。

正在我有点焦头烂额的时候，星阳资本的黄总又来找我了。她说：“程总，我觉得冰泉可以做第三次融资了。这一次我过来，就是和你商量方案的。”

“不是刚刚做完吗？现在做第三次融资是不是太快了？”对于再次融资，我还没有思想准备。

“你看，你们正处于业绩上升期，而且投资人对口腔越来越重视和看好。我看很多口腔企业都在融资，你不抓住现在这个机会再冲一把，钱都被其他人抢走了。你还是要抓住机会再向前推一把，以储备更多资金。这样对公司发展有好处。”黄总讲话带着上海人固有的腔调，听起来也合情合理。

我想，她要求我们尽快启动冰泉的第三次融资，除了觉得冰泉的发展形势不错，现在的投资环境不错，可以顺势再在资本市场推一把，也是希望通过我们的融资带给他们更多的回报。这也是一举两得的事情。

“这一次融资如果要做，我觉得你要改进一下策略和客户选择。我们也要一起理一理 BP 方案和路演细节，把工作做得更加精细一点。”我担心星阳资本又走天女散花、广种薄收的融资老路子。

“知道了，你放心吧。我们会和你沟通的。”黄总虽然嘴上这么说，却没有任何实际行动。

倒是千度的吴总给我打电话，说：“你有任何融资的帮扶需要，都可以找我们的程勇。他以前做过 FA，能帮你把工作做得更深入细致。”

程总说到就到，他和华丰资本的易宁一起来了公司。易总是易励派来帮我优化融资思路的人。

我和他们介绍了融资中的问题和想法，其实就是两大核心：一是品牌 BP；二是路演重点思路。原来我准备和星阳的黄总沟通改进，但是她来了又急匆匆走了，后续也没什么实际沟通。

程总是福建人，戴一副眼镜。易总是海南人，也非常斯文。他们两个先单独沟通了一下，然后，程总就围绕我的两大核心，写了全新的框架出来。

我很佩服他们，不愧是专业的。一个下午，他们就找到了冰泉的核心要素和沟通的核心竞争力价值。作为企业经营者，我非常认可程总和易总做的改进方案。于是，我们一起改 BP，梳理路演方案。我心中也有了更加精准的沟通思路。

星阳资本安排的客户沟通又开始了，还是老套路。我又开始见各种投资人。为了提高效率，黄总安排我去上海三天，集中见各种投资人，她全程陪同。

虽然她手里还有其他项目，但是要亲自负责我们的项目。这是我们合作的约定。何况她的家在上海，非常方便。

在上海和投资人见面，也很简单，要么喝咖啡，要么一起吃饭。三天时间，我见了 12 位投资人。虽然工作强度有点高，肠胃还出了问题，但我依然精力充沛。

不得不说，黄总认识的投资人的确多，而且都是大规模的投资人。但是这次交流下来，我对自己和黄总都非常不满意。我觉得他们还是在延续上一次的错误。从另外一个角度来说，星阳与我也产生了很大的隔阂。

这轮融资见面，黄总给我安排的依然大部分都不是快消品投资人，没有按照我上次和她说的以快消品投资为重点的客户来配称，同时她也没有和我沟通每一位投资人的合作策略，依然是我讲，她看。因此，我用“浪费时间”来形容这些交流和沟通，甚至言语中有些激动。

“这样换汤不换药的做法，太没有意思了。”在前往机场的路上，我继续对黄总发飙，“我感觉自己和你们在一起就是个机器。你们不给分析，不给建议，没有方向、没有重点地让我见各种投资人，显得你们不像一个专业的投资中介公司。上次我叫你们优化 BP 和路演计划，你们也没做。要不是千度的程总和华丰的易总帮我改进，我们这一次的投资沟通会更乱。上次贝曼资本的罗总提出，要有精准的客户方向，你们也没改。沟通的投资人方向不对，一切都是白费，是浪费时间。”我几乎没有停顿地一口气说完，心里对星阳资本大大改观，怨气不断上涌。

面对我的不满，黄总淡淡地说，她会再改进。但是我看得出来，面对我的激动，她作为合作方的老板，情绪也很不好，只是她涵养比我好，没有爆发出来而已。而我的性格就是这么直接，毫不隐瞒自己的不满。

在我的催促下，回到广州一周，黄总终于约了一个新投资人，是快消行业的大投资人，立峰资本的李峰。但这次她没有过来，也许还在生气。李峰是立峰资本的老板，的确是快消行业的老手，爱品会就是他投资成功的案例。做投资以前，他自己做了一家非常有名的公司，十八子眼镜。可以说，他既有实操经验，又是投资老手。

李总非常低调，也非常有亲和力。他和我年龄相仿，来到我办公室，他非常专注地听我讲，还拿出笔认真记录。

当我讲完冰泉的发展经历和经营策略时，李总问了我一句话：“你觉得口腔领域的天花板有多高?”

我再次慷慨激昂地回答道：“我认为口腔领域远远不止于牙膏。虽然牙膏现在只有 300 多亿的市场，但是把口腔新品类、口腔电子类产品加起来，一定是一个千亿级市场。”

李总点了点头，笑着说：“要形成千亿级口腔市场肯定要有一个过程。我觉得你不应该只立足于这几个品类，真正的口腔大品类是消费医疗，也就是口腔整形牙套等产品，潜力非常大。”李总看着我，继续将他的想法娓娓道来，“冰泉不应该只站在这几个简单的口腔产品上看市场。你的营销管理绝对没有问题，但是在口腔领域要形成千亿级市场，做出百亿级企业，最快速的就是整形牙套。你必须站得更高，拥有更大的视野和突破力，才能真正成为行业的资深玩家。”

李总的话深深打动了我。他说得对，做整形牙套的人没有什么营销策略和打法，而知道策略打法的我又不懂整形牙套。用快消品的打法，做出消费医疗的新突破，会是一盘真正的大棋。他的这番话让我有些激动。两个同龄人，找到了沟通的共鸣，彼此有点惺惺相惜。

李总说他回去研究一下如何投资冰泉，让我研究一下如何进入消费医疗，然后两个人再来沟通具体的合作细节。我和立峰资本的沟通非常顺利，这让我和黄总的不愉快烟消云散。

晚上，我马上和千度资本的吴总、华丰资本的易总沟通，想听听他们的意见。他们没有我那么兴奋，反倒建议我不要着急，再多看几个。他们认为，立峰资本的合作条件会比较苛刻，未来还要沟通很多细节。同时，千度的吴总和程总又给我们介绍了另外一位投资人——冰日资本。

我早就知道冰日资本，老板是王新，在消费品领域赫赫有名。我们的同行本草就是她们投资的成功项目。

冰日资本的风格是风风火火，联系上以后的第二天，王总就决定与我直接开电话会议，一谈就是四个半小时。王总是财务出身，对于营销思路问得并不多，也非常认可冰泉的策略和打法，知道口腔类目发展的潜力。她对冰泉很有好感。在沟通的下半场，她所有的问题都与财务数字有关：毛利率、费用率、利润率、新客、老客、转化率、ROI、复购率等。

数据都在我心中，我们一问一答，热闹非凡。战斗持续到将近12点，她依然不知疲倦。我喜欢和简单干脆的人沟通，也喜欢这种有共鸣、有激情的投资交流。到了最后，王总又问我："你认为东音营销有未来吗？"

我不知道王总为什么会问这个问题，我的回答是肯定的。之所以大家现在都认为东音营销没有未来，是因为东音的算法，东音直播的高流量费用，使得目前很少企业能在东音赚到钱。但我认为这些都是表象，真相是东音很快会在实践中找到自己的整合营销升级之路。市场年轻潮流化、消费升级、内容为王的未来，都决定了东音不仅会有发展，而且会有颠覆性的大发展。

王总对我的这个回答保持了一段时间的沉默，然后又问了我一个更加不可思议的问题。

"你有没有考虑过自己做董事长，另外招聘一个人担任总经理？我们冰日资本投资，从来都是大手笔，没有投资过20%份额以下的项目。你有考虑过找一个优秀的管理者来具体操盘吗？在这方面，我们有的是人才，可以介绍给你。”

我非常诧异，王总为什么要我招一个新的总经理呢？我创业就是为了实现梦想，自己还没有过足瘾呢。我非常坚定地否定了她的这个想法。投资再大再多，我也不能让自己成为冰泉事业的旁观者，这是我的底线。和立峰资本聊完，黄总没再给我们介绍新的资本。我开始自己奔走于广州的各个投资公司之间。一起沟通的投资公司，基本上是朋友介绍的。因为有上海的经验，我沟通的广州的投资人基本上也是快消行业的，自然事半功倍。我又确认了一批投资意向公司。

9. 再一次见罗宇

在推进第三次融资工作的同时，我和团队又约了京西电商集团沟通冰泉的“双 11”规划。

与京西电商集团的沟通是常规性的。我们在经销商北京朝戈的带领下与京西电商集团进行了深入的沟通。京西电商集团的个护负责人换了，我们这次见到的是刚刚调过来的杨卓总。杨总非常年轻，市场运营经验很丰富。对于冰泉在京西的业务不如预期，她希望我们能利用冰泉的直播优势，快速推动冰泉在京西的销售突破。这是一个非常好的思路，也是非常值得我们去尝试的创新打法。我和团队、北京经销商在现场就与杨总确定了新思路和操作方案，非常高效。

因为沟通非常顺畅，所以离开京西电商集团大楼的时候，我离飞机起飞还有一个下午的时间。于是我立马想到可以约一下冰泉的 A 轮投资人贝曼资本，找罗宇总沟通一下她对我们第三次融资的建议。

因为是临时预约，所以我也没有做任何准备，非常仓促地到了贝曼资本的办公室。当天是周一，罗总非常忙。她们正好在开周会，所有的同事都集中在办公室，上海的团队则线上参加。

罗总没有和我见外，直接请我到她们的大会议室。见到这么多人在会议室，我还吓了一跳，对自己的唐突感到有点抱歉，生怕影响她们的正常会议。

罗总见到我依然笑眯眯的，非常有亲和力。她的员工却很严肃，一个个正襟危坐，非常认真。罗总开门见山地说："这里没有外人，有哪些事情我们可以一起沟通。"

于是我开始大大咧咧地讲述冰泉当前工作的一些思路，也将近期见过的投资人的情况做了一个简单汇报。我知道她们都很忙，也不愿意影响大家的正常周会，所以汇报非常简洁，半个小时就讲完了大致情况。

罗总非常认可冰泉的企业战略和经营策略，对融资的判断也非常精准。除再次强调要找对投资人以外，她还建议："你们还缺一个有影响力的领投方，也就是既有行业影响力，又有融资带动力的投资方。每一轮投资都要目标明确，目的清晰。你们现在进入第三轮融资，一定要从投资赋能、投资带动力和影响力三个方面去考虑。具体的投资合作建议，我会安排李佳和你具体沟通。"

这次让我有点意外的是，没有见到王元新王总，原来她跳槽去了另外一家投资公司。其实我也非常认可王总。她是罗宇总的校友，也是斯坦福毕业的学霸，专业能力和为人都很好。

沟通完后，罗总突然说："程总，你这次来，正赶上我们团队开例会。我有一个想法，看你能不能为我们团队讲一讲当前快消行业新锐企业的变化和见解？正好给我们团队做一个培训，提高一下认知啊！"

这让我有点措手不及。对快消行业，我确实非常深入和熟悉，但是要我和投资人讲这方面的内容，还真不知从何谈起。

于是我赶紧推辞："我哪有那个水平。我们还是一个小企业，很多工作还处于起步期，问题很多。要我给大家培训，可是万万不敢。"

看到我想退场，李佳赶紧拦住我，笑着说："你就不要推辞了，罗总就是想让我们多了解快消行业，让我们未来在投资决策中拥有更加全面和精准的分析能力。程总你可以的，大致给我们讲讲吧。"

看样子，我只能硬着头皮上阵了。不过，我也不是怯场的人，况且贝曼资本和冰泉是一家人，交流都是敞开的。把自己的真实理解讲出来，我还是非常自然流畅的。

我分享了自己对快消行业新锐品牌的六个观点：

第一，品牌价值驱动才是王道。

新锐品牌必须以品牌定位价值为起点，因为只有扎根于消费者心中的价值认知才是企业长期发展的关键。一个企业必须知道自己能为消费者提供什么样的价值，而且这个价值必须能得到消费者认可，并长期扎根在消费者心中，让消费者为价值埋单。而长期埋单，绝不是因为一时冲动或者价格。

第二，技术驱动产品创新，极致供应链是伪命题。

好产品才能成就好品牌。早期，市场过于重视市场趋势和市场红利的快速变现能力，一个月就能推出符合市场的所谓的好产品，也就是所谓的极致供应链。对此，我极不认可。一个优秀的产品，在配方、调试、市场准备、备案、认证评价方面，至少需要4~6个月的精雕细琢。以极快的速度，简单粗糙地将产品推向市场，是对自己、对消费者的不负责任。

第三，线上与线下渠道的共建才是大未来。

企业必须掌握线上与线下渠道共建的能力，就好比桌子有四条腿才稳固。线上是做创新力和新鲜度，线下是做市场信任和长期复购。线上是冲锋力，线下是稳定性，只有二者相辅相成，才能保障市场发展的稳定性，实现经营的可持续性。

第四，流量的变革决定了未来新的营销格局。

市场最大的变化来自流量，而流量的变化又决定了消费路径和购物习惯。我们必须洞察流量，研究流量，驾驭流量，找到符合企业的流量格局，才能形成企业在不断变化中的前进动力。流量变化不可怕，可怕的是不知道应变。

第五，新媒体平台需要建立专业化和精细化的ROI管控能力。

新媒体已经从媒体转化成了渠道，越来越多的媒体即平台，平台即媒体。品效合一和品销合一是主流。我们必须站在品牌渗透的角度去做品宣推广，但是品效和品销结合的ROI管控能力需要我们自建内容，自建投流，自建创新能力，不能过于依赖第三方公司。我们可以在第三方公司的优势基础上，提升自己的专业化和精细化能力。这是一个长期工程。

第六，组织体系的升级才能够匹配企业的持续发展。

战略决定组织，组织才能支持战略。我认为，组织体系的提升在于三个变：一是不断根据业务变架构；二是不断根据发展变人才；三是不断根据人才变激励和合伙人制度。这样，才会让团队更有能力，更有活力，让企业有更强的生命力。

我在现场侃侃而谈，毫不拘束和见外。原本计划一个小时的分享，我讲了将近三个小时。我分享的时候，罗总和她的团队都在记录，没有插话，始终是肯定的眼神和态度。

我讲完以后，罗总非常真诚地总结说："只有实战的企业家才会有真实的实践体验。程总给我们上的这一课很及时，也非常有意义。"大家纷纷鼓掌。

在掌声中，我从兴奋的演讲中回归现实，开始反省，自己是不是有点大言不惭，过于自吹自擂了？我自嘲着说："其实我也是一个'老中医'，有时候给别人看病信口开河，给自己看病却无可奈何，大家见谅啊。"

大家都被我的话逗笑了，氛围一下子轻松起来。坦诚讲，我平时也是一个喜欢开玩笑的人，但是刚刚那个比喻也是实话。我们冰泉虽然有清晰的战略路径，但是在实际操作中也会遇到很多问题和困惑，有点无可奈何。管理真的是行胜于言。

离开贝曼资本，我自己也非常感慨。贝曼资本是国内优秀的投资公司，但罗总她们依然如此谦虚，如此好学，如此尊重被投企业，这让我有点自惭形秽。

我就是这样，别人越重视我，越对我好，我就越觉得自己亏欠别人，越觉得要加倍努力，才能够获得别人的持续认可。这一次的贝曼资本之行，又给了我新的压力。我必须带领团队继续冲锋和突破，绝不能让投资人对冰泉失望。

10

第十章 前进中的调整和优化

（2021年10月—2021年12月）

1. 行业渠道的多变性

进入 2021 年下半年，整个日化行业极度内卷，无论是平台、渠道还是品牌之间，都充满了许多不确定性。各种流量格局的演变，更加让人难以把握风云变幻的市场。

线上平台变得更加复杂。

M 电商集团越来越难找到创新点，做的是基本功，拼的是产品创新力、节点整合力。

随着东音和蓝手的流量迅速发展，M 电商集团流量陷入创新的困境，淘贝直播又受限于两大主播的垄断，导致包括冰泉在内的新锐品牌极度缺乏突破力。在这种状态下，我们只能苦练基本功，从店铺基本功上去强化占位，而很难实现抢位和夺位。毕竟，在这一点上，传统知名品牌有更大的优势。要想实现更好的突破，我们必须从产品创新上发力，形成更好的人货场产品矩阵，形成新的产品制高点。这又是一个机会和机遇把握的问题。当然，节点突破一直是 M 电商集团的重点工程，需要有强大的整合营销力，才能打造势能和动能。在基础和产品都相对有能力的情况下，特色和个性化的主题营销推广能为节点打造新的亮点。但是，这又需要大量投放的智慧和勇气，甚至有时候还要有赌一把的气魄。

淘外的传统电商更是在流量枯竭的情况下寻求多种突破方式。

京西、爱品会在东音、蓝手与 M 电商集团断流的情况下，曾经想竭力去抓住这一红利。在京西的经营沟通会议上，冰泉也提出过这一点。可是想法很丰满，现实很骨感，在东音主播追求流量高转化的现实中，京西和爱品会本身的费用和成本居高，主播和品牌在这些平台直播转化存在双难，只能靠平台组织的专项直播去推动。这样又很难形成规模效应，难以整体改变和持续运营。虽然京西、爱品会也采取了多种新流量运营手段，但是都没有形成新的营销冲击力，导致行业中的新老平台在淘外电商陷入骑墙的发展状态。

莎宁更是受流量变化影响很大，线下被剧烈冲击，线上体量有限。从 2021 年下半年开始，莎宁就进入了厂商博弈状态，销售和回款都陷入泥潭。

品夕夕的流量看似加大了，人群规模猛增，但是低价、假货横行，以杀鸡取卵的方式迎来的销量只会此消彼长，难以形成持续的品牌化。有时候它似乎是偷偷摸摸地冲销量，而回到桌面，则无法面对多平台共赢的正面战场。

传统电商管理变得更为复杂。王平过来负责了一个月依然问题很多，而且和任盈沟通不畅。他实在无法承担如此重任，我只好让他离开了。

在人员的问题上我想尽办法，终于找到一个自己特别满意、特别合适的人选——安勇。老安是我多年的兄弟，从我在索新时，我们就共同战斗。2010 年以前，他都是负责线下销售，之后转型做电商，成为电商资深专家。冰泉创业之初，我就想叫他过来，只是他那时候在巧惠干得风生水起，不可能离开，所以才把李志飞介绍给我。

后来，安勇又自己创业干了一两年。现在，正好他的创业项目停了下来，处于发展的空档期。这真是一个千载难逢的机会。我马上和他沟通，兄弟一起干事，多好的组合啊。很快我们就达成共识，他过来负责冰泉的传统电商管理。我想，有安勇在，冰泉的电商管理，可以让我放心了。

新兴电商东音、蓝手则是有流量缺运营，缺闭环。

随着直播和自播高速发展，东音和蓝手的流量吸引力增强，成为新时代的流量赢家。这个流量又体现了一高两低的状态：高投入费用，低产品价格，低盈利能力。这种消耗战，让平台想通过电商运营来改变，但是平台本身缺乏搜索和闭环，无法形成长期收割能力。因此，平台的电商运营又出现了好看不好卖的现象，依然依赖直播、自播、短视频，通过高投入维持销量。

社群电商的价格优势受到直播流量的强大冲击，已经陷入销售的低谷。

社群电商很多都是早期的微商转型，这些客户本身是以关系营销和实惠营销为重要推广手段。现在，在下有品夕夕，上有东音、蓝手自播的情况下，社群的优势能力和原有的封闭式管理开始下行，社群电商很难爆量。虽然有的社群也结合自播去组合营销，但是热闹大于实效。

社区团购因为营销的体验缺乏，热度渐渐消失。

社区团购兴起于疫情防控时期，尤其是食品、蔬菜和日用品成为这个新渠道的主流。但是社区团购也有三个硬伤：一是平台“烧钱”，补贴不能长久；二是仓储配送的高成本限制了厂家的回报；三是产品交付的质量难以保证，产品体验感很差，尤其是夏天，在生鲜和水产品的表现上更明显。这就导致社区团购拉新成本很高，而老客户的维护能力很弱，整体难以盈利，流量渐渐进入疲软状态。

线下渠道，出现的是百家变革，百家难以绽放，只能在前进中不断寻找光芒。

大卖场则呈现两端创新：精品化和新零售。

在疫情防控期间，大卖场受到的影响最大。因为规模的原因，大卖场的基础成本和费用极高，客流量锐减，导致销售和利润受到严重冲击、库存周转率大大降低、存货量居高不下、回款非常缓慢，严重影响经销商的正常经营。经销商和大卖场都在“裸奔”。在这种情况下，有的大卖场将线上经营作为自己的发力点，但是线上经营毕竟需要专业化和精细化，线下渠道只能分到线上的一杯羹，难以吃到线上的大餐，难以解决经营困局。

于是，大卖场开始走向另外两种升级方式：

一种是形象升级、品牌升级、价值升级的精品化改造，以提升卖场的档次、客单，实现卖场的转型变革。这种方式非常适合冰泉这类年轻化新锐品牌。

另一种是展开各种新零售促销推广方式，比如建立卖场的社群、直播、新场景营销推广等。这些模式在二、三线城市的连锁超市尤为明显。新零售推广虽然从某种程度上可以实现更多的销量补充，但是同样缺乏根本性的引流能力，让销售有所改善，但没有改变下滑的势头。冰泉也在不断顺应这些模式。

CS 渠道则迅速往连锁化和超市化方向转变。

2021 年的 CS 渠道越发艰难，小店几乎难以为继，其他的门店则逐步形成连锁化经营，通过连锁实现规模经营和更好的产品驾驭力，甚至部分 CS 渠道将店铺做成了自选超市型、精致沃森氏型，产品也趋向新兴年轻化、进口高客单品牌。但是，进店率低依然大大限制了门店销售量的提升，长期的低价折扣方式又严重降低了经营利润率，导致新店开不了，促销停不了，投入和服务加大。CS 渠道的销售处于低增长甚至下滑的状况。

潮流店已经兴起，但是低客单难以形成规模和销量主流。

潮流店其实就是城市购物中心和步行街的买手店，讲究的是店铺自身的吸引力和爆品的冲动销售力。潮流的店铺形象、商品，通过相对较好的进店率、销售自选方式推动顾客冲动性购买。潮流店是当前集合店渠道中最有发展和增长潜力的，但是潮流店有开店的局限性，规模和低客单没有形成全国性的规模能力，只是形成流量的机会销售渠道，没有成为重点主流。

母婴店正在 CS 化，还处于低层次的竞争阶段。

因为国家的奶粉新政，使原有的母婴渠道跳出对奶粉的依赖，逐渐转型成母婴和日化商品二合一的店铺。这些店铺的商品结构、定价方式、促销方式都是早期 CS 渠道的模式，从短期内可以推动销售量和利润增长，但是因为信息的透明性，加上 CS 渠道是日化商品的主流认知渠道，母婴渠道只能处于 CS 化的起步阶段。

便利店则处于迅速整合的连锁化经营当中，数量大、规模大，但是日用品在便利店的占比过小。

便利店和社区店是疫情红利的产物。随着社区就近购物成为消费习惯，便利店和社区店成为最贴近消费者的市场，拥有了更多、更好的规模化增长机会。2021 年，开店最多、增长数量最多的也是便利店。但是，便利店对商品的属性要求非常高，也就是消费者还没有养成去便利店购买日用品的习惯。便利店依然不能为日化产品做出规模化的销量贡献。

理顺思路，我开始召集市场部和销售部开会。

“我们要‘变态’，要做‘变态’的人。”我一开口，就让大家吓了一跳。我看着大家，开始和大家解释说：“为什么要‘变态’呢？因为我们当前处于行业渠道多变的市场。面对市场变化，我们必须做渠道管理运动战。‘变态’，就是在变动中找到自己最佳的管理状态。”

大家不由得哄堂大笑，气氛明显放松下来。

是的，针对“变态”，我对大家提出了更高的要求。这个“变态”，是对市场洞察和研究、市场机会和趋势、渠道变化和变革、推广活动创新和突破、自我能力和业务精进的要求，也是对我们的市场价值差异化能力和竞争能力的考验。

我将自己对渠道的认识和看法一一和大家分享，让大家的思路更加清晰，不再盲目。“只有了解市场，顺应市场，才能找到更好的出发点和前进动力。我希望大家和我在不断地变化和变动中，找到每一个部门、每一个管理者应有的管理策略和工作状态。我们的经营姿态必须和变动的市场状态完美结合。”我慷慨激昂地告诉大家。

2. 新兴电商的精耕

既然要“变态”，就不能怕困难；要找到自己最好的状态，就要在建立能力的同时顺应机会。

冰泉在多变的市场中找到的重点经营创新机会是全力发展新兴电商。如果说 2021 年新兴电商经历了 10 种新模式，那么冰泉几乎是每一种都有参与。进入年底，冰泉必须由顺应走向精耕。只有精耕才能扎根市场，出奇守正，再守正出奇。

针对新兴电商，我始终觉得电商运营才是唯一的出路。平台是这样做的，我们也要这样去思考和融合。

2021 年下半年，刘农带着团队离开后，我将达人直播、品牌自播和新兴电商平台运营整合成新兴电商销售中心，由严锐负责。小严是“90后”，喜欢研究，也非常努力好学。把这一块交给他，我也放心。

此前，我和小严统一了基本经营思想。这一次，我和他理顺经营思路。“新兴电商日新月异，新问题和新机会层出不穷。上次我们谈了思路，这一次，我想和你谈谈具体的经营。”我怕小严烦，先主动和他说出我的目的。

这一次，我觉得随意一点会更轻松，效果更好，所以没有打印什么文件。小严的接受度很高，他站起来，主动和我说：“程总，你两次带给我的思路，我都觉得很清晰，也都明白了，大方向和要求，市场环境和变化。这一次要聊具体经营方法的话，我想叫上团队主要负责人一起，省得我回去传达不到位。”

说完，他不等我回答，就直接通知重点业务板块的主管一起来开会。我觉得小严做得的也有道理。“你是要我一网打尽啊。”我一边拿着本子和小严走进会议室，一边和他开玩笑。

“一网打尽，也是一举搞定啊。”跟着我，小严也学会说俏皮话了。

我写了个提纲，然后开始和大家大讲我的工作策略和构想：“我们新兴电商运营，必须做出变化中的战略升级和精耕。新兴电商运营其实就是达人直播、品牌自播、平台运营、节点打造、私域运营。”

我环顾了一圈，看着同事们有点懵懵懂懂，继续说：“现在直播的变化非常明显，你方唱罢我登场，主播内卷，品牌内卷，销售和盈利之间的矛盾日益明显。我相信大家也体会到了。进入下半年，所有的传统品牌全部入场直播，不顾线下渠道的价格体系和电商价格体系，全面杀价，力度之大让人惊诧。而低价杂牌，或者是曾经没落的一些口腔品牌，更是无底线的低价，要量不要利，甚至是要量不要面子。包括原来从冰泉离职的刘农，也在一些口腔品牌的直播中冲击冰泉。冰泉面临着多面竞争。各个主播直播冰泉虽然能够产量，但依然会因为同类品牌的价格冲击、投入和产品新鲜度，逐渐丧失对冰泉的忠诚度。未来新兴电商的具体做法，要有利、分层、专业化运营和拓展。”

讲到这里，我看了一眼柳骏，他在认真做笔记。

达人直播是新兴电商的重点分销业务，下半年我把这项工作交给了柳骏负责。柳骏是我们之前的商超 KA 负责人，我觉得 KA 管理和达人分销管理都是重点客户管理模式。因此，我让柳骏转型管理达人直播。他是业务上的老革命，曾经是我在索新、美芳和美天时期的老同事，所以他转型非常快，很快就熟悉了达人直播管理，也很快理解了公司的新策略。

"什么是有利、分层、专业化运营和拓展呢?"我把这些字写在大屏幕上,继续说:"今天我想让大家围绕这几点谈谈自己的想法,然后汇总记录,最后用排除法,找到我们最精准的策略和方法。现在我给大家一个小时的时间,每个人写出自己的建议。小严把大家的建议收集起来,我们再用排除法删掉多余或者同样的内容。每一个点留下三个最佳答案。"

小严请我回会议室时,他们已经搞了两个多小时了。大家浓缩出来的结果是:**控佣金,拓多级客户,自播ROI,自播内容,搞好平台关系**。我觉得太对了,这就是我的想法。智慧共创就是好,大家想法一致,我再来谈有利、分层和专业就容易多了。

紧接着,我继续和大家讲述更加深入的理解和分析。

有利才有为。不和同类品牌杀价,只做有利的事,不做亏本的买卖。因此,控制成本费用,优化和创新产品机制是达人直播的基础管理要求。

分层才分利。稳定部分达人合作,让那些愿意持续价值合作、持续共赢的主播与冰泉形成战略同盟,同时建立全新的分层管理,制定头部、腰部、尾部主播的差异化机制和策略,形成不同的销售和盈利能力。

专业才有业。专业是从合作对接、日常生意复盘和产品内容输出上更加专业化,更加有品牌价值管理意识和精进提升能力。

针对这三个方面,我又进一步细化了方案及具体的操作方法和要求:不出坑位费,不超佣金规范模,定客户结构,定老客户,开拓新客户,建立新布局。

落实这些工作肯定会有困难,甚至会遇到调整的低迷期,但是我们的达人直播管理必须变革才能长久。我相信所有的品牌达人直播都将回归到这个正道。

我告诉大家,品牌自播是一个新重点,但是自播流量同样会陷入越往后越艰难的怪圈。有时候,自播和直播是矛盾的,究竟是杀鸡取卵,还是共同繁荣,需要首先明确布局。

自播业务管理早期由陈睿负责,后来他因为家庭的原因离职,严锐又招聘了一位新同事,他在后面督战。从实际管理上看,我们的销售效果很好,但缺乏ROI突破能力。用一句简单的话来说,如果价格放低,投入加大，那么销售量会更大，但是不盈利，会让公司更加难受。如果自播的力度低于直播，后续的销售退货率就会大大提高，会增加对应的成本。

因此，我要求大家，首先，从直播和自播的产品机制上进行区隔和优化，比如有共同的口香糖牙膏机制，又有不同的产品组合方案，共性不冲突，个性有特色。其次，自播要在内容上突破，实现更好的自造流量能力。光靠费用投出来的销量是低水平和低质量的。因此，我要求自播团队在内容制作和创新上发力，甚至对内容提出八个字："有样学样，顺势抄袭。"团队在自创能力不高的情况下，去学习平台的火爆内容、有当下影响力的内容，让跨类目的好内容成为冰泉的新内容。我始终认为，内容是品销最大的原动力，也是形成自然流量的关键能力。我多次和严锐提出要形成自己在内容制作、投流上的能力。他也在进一步改进和提升，虽然效果不是很明显，但是我要求他坚持，坚持在实践中去提升，形成新的专业化能力。

自播的创新不能仅在形式上做花样，还需要更多生动化的营销主题。我一直觉得自播不是一个如何播的过程，而是在人群流量过来的时候，如何播得有特色，让消费者更加感兴趣，更加有新鲜感。只有生动的直播才会让消费者喜欢来，喜欢买，喜欢重复来和重复买。

讲完自播，我又和大家谈到了平台电商的具体操作。

平台运营、节点大促和私域运营都属于平台电商的管理，这块工作一直是严锐在带着小胡做。我给他们定了一个规矩：虽然没有特别多的花样，但是要与平台及时沟通，充分响应平台，把握一切资源，做一切可以做的活动。小胡做工作非常踏实，工作落地也非常快，周而复始做着基础工作，每天都很平淡。这是优点，也是缺点，优点是让我放心，缺点是还不能让我很开心。

在会上，我直接和小胡开玩笑说："你要让自己的工作动起来，要主动去驱动平台运营，形成平台运营的自主创新能力。我们不仅要配合平台，而且要想着如何挖掘平台的潜力并实现突破。我们不仅要用好平台的销售工具，还要以此来形成我们的数据分析能力、持续改进的突破能力。我们要主动整合平台资源，打造自己在平台的声量和销量影响力，让平台运营越来越有张力。”我们要像做 M 电商集团旗舰店一样去做东音和蓝手的平台电商。

会议的形式是我提出来的，工作的措施是大家共创出来的。我把措施讲得非常详细，也达到了让团队工作升级的目的。

在这些策略调整下，我们的新兴电商由轰轰烈烈的大投入、大销量阶段进入平稳调整期，进入一个更加理性的长远销售管理阶段。虽然有很多同事觉得这样导致我们的销量规模下降了，少了上半年那种士气如虹的冲锋力，但是我告诉大家，高速奔跑固然重要，但是我们只有拥有强健的体魄，才能跑得久，跑得远，跑得越来越好。

这才是真正的“变态”，真正找到市场变化中自己该有的状态，而不是给别人看的状态。我们要做真正的自己，而不是做那个别人眼中的自己。

3. 社区团购落下帷幕

社区团购是冰泉 2021 年的新渠道创新项目。启动后的大半年，陈景带着团队在折腾中前进，在前进中寻找突破的机会。

上半年，我们按照既定的布局思路排兵布阵，勇往直前，却效果甚微。

在冰泉社区团购合伙人张正的协助下，我们很快进入了社区团购第一销售平台——茂盛好选。同时，也进入了立团、诚星优选、夕夕买菜等社区团购平台。在另一个合伙人王锐的协助下，陈景的社区团购分销速度很快，短时间内覆盖了全国重点城市的主要社区团购。按照原定计划，我们的第一步就是先做好全国性平台，形成重点势能和样板后，再陆续开发地区平台经销商，从而做出整体的营销面。

从渠道发展策略和工作进度上来说，冰泉的社区团购无懈可击。具体业务负责人王锐有丰富的实操经验，张正是社区团购生意中的全国佼佼者。冰泉通过他们的能力拓展社区团购，正好是顺势而为。

社区团购的渠道开发进度很快。对于后续的工作，陈景也迅速跟上。

落实供应链和物流配套。陈景一口气在全国建立了20多个分仓。在社区团购这一块，我们必须有强大的配送能力，才能适应渠道的销售需求和响应速度。但是，大量的分仓也形成了高额的物流成本。由于在起步期，社区团购的生意量不够大，导致很多低销售地区出现物流费用比销售费用还高的现象。

同时，产品组合也有问题。一开始，我给他们建议，看平台适合卖什么类型、什么规格、什么概念、什么价格的产品，我们就要去顺应他们的要求做产品组合。这个理念本身没错，但是当产品组合真的做出来以后，我们发现这个产品组合和价格体系与我们现有的渠道销售有严重的冲突。也就是这个社区团购的产品组合，可能会导致我们整个渠道体系价格混乱。于是，我们又重新更换产品组合，甚至为社区团购做了专供产品组合。

新的产品组合确定后，我们又按照社区团购的特性制定了促销推广模式。陈景、王锐和陈招开始拜访各个平台，去沟通和落实各项促销活动。不过，活动效果却并不理想。平台想要我们的畅销爆品口香糖牙膏，而我们给平台的主要是抗敏牙膏和元气茶香牙膏系列。这两个系列的知名度和影响力远不如口香糖牙膏。因此，我们的产品组合虽然满足了价格体系和促销模式的要求，但是产品本身缺乏张力，销售转化率偏低。即使大的活动，销售额也达不到10万元，小的活动效果就更差了。活动效果不理想，陈景和王锐又不停地更换产品组合和活动方案。折腾了四五个月，效果依然平平。而多次更改产品组合，又导致各个仓库多次调货，无形中又大大增加了物流成本。

冰泉的社区团购开始进入“姥姥不疼、舅舅不爱”的状态。冰泉在平台的热度开始降低，冰泉的活动信心受挫，明显不咸不淡。

陈景还在不断寻找机会，探索新渠道模式。他又顺势开发了好好超市。好好超市是福建企业，陈景作为福建人，很快就找到了相应的优秀经销商。好好超市实际上是社区团购和电商超市二合一的模式，直配入户，有价格竞争力，还在社区做了很多推广。因为是直配，好好超市的到货速度快，产品体验好。冰泉一进入好好超市就展现了强劲的销售力，第一场就卖了将近50万元，效果远好于社区团购。这让我们一下找到了亮点。但是，因为好好超市的投入成本高，所以费用要求也越来越高。我们有了第一次好的销售量后，平台和客户要求的投入也越来越大。于是，另一个问题出现了：冰泉在好好超市投入大、有销量，但是不盈利，不投入就没销量。我们和好好超市的合作陷入僵局。冰泉在好好超市的整体运营难以稳定和持续。

陈景还带领团队，把业务拓展到了社群电商。陈景叫来了一个社群电商的老手，是他的老部下刘智勇。刘智勇对社群非常熟悉，有许多操作经验。他来了以后，非常积极努力，很快就将冰泉推广到以海购、新好为核心的多个社群电商。在初期，冰泉的社群电商也取得了一些中等的成绩，每次活动销售1万多套。而后，随着社群电商原有的销售模式陷入低迷，很多社群电商启动了社群直播二合一的推广模式。这个模式需要我们用社群的支持、直播的产品及价格组合去做，也就是双向大投入。这样做下来，销售毛利荡然无存。我们的社群电商也陷入了一个死循环。

只要思想不滑坡，方法总比问题多。陈景又带领团队发展社区物业销售业务，也就是通过雍州、恒澳、好利、千科等多个房地产物业公司销售产品。2021年，这种新型销售模式也是一个新热点，物业在创新他们的商业合作模式，品牌也希望通过物业这种更直接的方式触达消费者。

冰泉率先启动了雍州物业销售渠道。在这个方面，我们是有优势的，因为雍州投资就是冰泉的股东。负责对接我们的雍州投资负责人林时非常积极地帮我们推动合作，我们也因此很快进入了雍州的主流销售平台。广州市场是第一战，冰泉一次销售就卖了接近60万元。很快，我们又启动了多个地区的雍州物业销售。冰泉通过套装组合很快就形成了物业销售的新势头。

正当我们准备进一步发展物业销售业务时，雍州物业销售部门提出了一个新的要求：我们要和他们签订一个千万元销售年框，同时按照这个年框做好对应的广告推广。这个广告费用按销售目标的一定比例支付。这又让我们措手不及，按照原有的费用加上广告费用，我们不仅没有利润，还会陷入亏损状态。正当我们犹豫不决的时候，一个传统品牌愿意全盘接受雍州的条件，于是雍州和这个品牌签订了专项合作年框。我们前期建立的基础被同类品牌全部推翻和侵蚀。虽然后期雍州投资的林时总帮我们协调，但他们毕竟分属两个业务板块，有各自的业务规则，后续也就不了了之。我们的物业销售也是空欢喜一场。

几个月下来，冰泉的社区团购业务不断前进，不断调整，花了很多时间和费用，做了很多渠道，却没折腾出一个好的效果。年底一算账，整体销售额1000多万元，而且是亏损的。有些同事对我在社区团购上的一番折腾有一些怨言，觉得是我在不熟悉社区团购市场整体环境和管理模式的情况下，凭着感性进入市场，凭着感性前进，所以不断前进、不断受阻、没有结果。

我并不后悔这种折腾。因为我始终认为，唯有折腾才能有创新的未来。

其实，我非常认可陈景和他的团队的努力。他比我大6岁，但是他的冲劲和创新精神，始终让我感受到老革命的战斗状态。他每天都加班，每个周末都带领着团队战斗，保持乐观和活力。一方面，我为他们的奋斗感到欣慰，另一方面，又为社区团购的无法突破而感到焦虑。

到了年底，我不得不思考，究竟该怎么办？

最终，我选择了暂时放弃社区团购项目，终止社区团购公司的运作。我是一个真诚的人，一切都和项目合伙人张正、王锐、陈招、陈景实话实说。通过将近一年的经营，冰泉的社区团购销售量不大，亏损不小。国家近期对社区团购的报道和评论都是负面的，觉得他们的大补贴搞乱了市场，搞垮了很多实体店，搞差了市场环境。因此，我提出让大家从冰泉新零售科技有限公司退出。为了感谢大家的付出，我也提出所有的亏损由冰泉公司承担。他们退出后可以拿到全部本金。在我心中，即使不合作了，我们也要以朋友的心态好合好散。做一个让合作者满意的合伙人，才有长期发展能力。

在项目清算的聚餐上，我和大家说："任何项目合作，干就干得精彩，分也分得如意，山水有相逢！"

离开之后，陈景去了温泉公司做操盘手。冰泉的社区团购落幕了。

在企业发展过程中，我们要做加法，去创新和拓展，但是在发现问题以后，也要具备做减法的能力。只有将自己不擅长的领域或者并不具备的能力放下，才能集中力量找到更好的精彩。

4. 电动牙刷的调整

社区团购落下帷幕，冰泉的另外一个项目——静享公司的电动牙刷项目同样进入了调整阶段。

静享公司团队组建的时候，是一个让我非常自豪的超豪华阵营。这个超豪华阵营让我对静享的未来充满了期待。但是，现实与想象有着极大的差异。正是因为这个超豪华的管理团队，让项目的管理矛盾重重。

公司刚成立十多天，李春苦笑着来找我，说："程总，我的工作很难做。在这个项目中，你明确说过以品牌管理为主驱动的，所以你一直要我主动推动项目的发展。但是，我们团队彼此的性格、理念不同。大家表面其乐融融，在实际工作中却缺乏共识和共进理念。每个人都认为自己很了不起，这种自傲导致大家各自为政，不能形成整体'一盘棋'。我根本控制不了这个局面。"

他讲得很激动，还有点愤怒。

"要不我再和大家一起，理顺一下思路，磨合，磨合？凡事都有一个过程嘛。"我还是安慰李春。项目刚刚启动，我实在不想节外生枝，更何况我忙不过来那么多工作，需要他的帮助。但他是一个有强烈自尊心的人，因为这一点，他坚决离开了团队。

李春走了以后，我自己把这一块管了起来。由于品牌当前阶段主要是产品开发，所以我干脆把品牌主体工作推进交给了郭广，由他全权负责产品规划、产品设计、产品上市，由龙工从技术上协同支持，形成以产品开发为核心的工作推动。

这个时候，罗军的工作就相对比较飘了，因为产品开发有周期，而市场营销工作还不能落地。老罗只能频繁做着各种调研、市场分析、渠道规划方案。

老罗非科班出身，对渠道的系统策略、经营思路是实战型的，但对战略和战术层面的思考不够。这样又导致郭广和管平两个人觉得老罗的工作不在状态，彼此排斥。最后，老罗也闷闷不乐地离开了。老罗走的时候，还和我说："龙工和郭工从根本上就瞧不上冰泉，本身就不认可冰泉，觉得冰泉的管理模式太低端了。"老罗提醒我说："如果管理层不认可公司，不认可团队的共同工作，这个项目就会陷入缺乏使命和态度的状态，缺乏责任和效率。"

李春继续做他的管理咨询，罗军进入另外一家国际性企业担任营销高管。他们又找到了各自的新位置。我的内心对他们有愧疚感，毕竟，是我把他们折腾了一把。虽然静享复杂的人事让我很是烦恼，但我也没有放弃。我觉得铁打的营盘流水的兵，只要我们坚持，项目就总会有鲜花绽放的一天。

可是，在后续的工作中，老罗的话开始应验。

静享公司的整体思路清晰，虽然调整了团队，但是各项工作进度和计划明确。在实际工作中，我们却进入了进度、效率、费用的困局。

既定的计划一变再变。原来说3个月开发出产品，后来延迟到6个月、9个月。当然，这并不是龙工和郭工能力不行，而是的确有很多市场客观因素。技术人员招聘延后、技术开发的速度、产品设计的反复、供应链和采购管理的协同滞后，共同导致静享整个团队一直处于慢慢悠悠的状态。时间过去了半年，我们竟然一个产品都没有做出来。郭工和龙工安慰我说，电子类产品开发，本身就是一个复杂的过程。他们希望我有心理准备，并给他们足够的时间做出足够好的产品。可是，我看着20多个人每天这么慢工出细活般工作，有点着急，甚至变态地想，为什么大家都不加班？为什么进度有问题没有人着急和改进？为什么大家都没有紧张感和紧迫感？难道真的是因为大家缺乏事业心和责任感吗？是大家的工作不在一个频道上吗？进度和效率折磨我的同时，高额的费用也沉甸甸地压在我身上。

静享公司无论用什么，都要用最好最贵的，这是采购部给我的反馈。在静享团队，大家没有节约的意识，拿出的开模和试产的费用就在千万元以上。这让我无法接受，也始料未及。我希望团队能站在高品质、低成本的理念上做预算，但是真实的预算让我无比地焦虑。我不能接受团队这种无视费用，不做改进的产品开发态度。

静享公司的进度和人员的工作态度都让我很不满，我开始反思这个项目。也许是我的预想太美好，也许是我对新项目的计划和准备不充分，也许是冰泉真的还不具备电子类项目的运作能力，面对静享公司的现状，我变得犹豫和忧郁。

如果继续前进，我总感觉没有乘风破浪的感觉，不像一家人同舟共济。停止前进，又始终觉得不舍，感觉失去了坚持创新突破的初衷。我有点进退两难。

对此，我征求股东和投资人的意见。他们的意见有两派，以贝曼资本为主的投资人李总建议我们应该立即终止这个项目，减损止损。千度和华丰资本则建议我们用最小的单元继续前进，保留新项目的火种，尤其是华丰的易总，更是告诉我，冰泉电子口腔类产品崛起才是项目最终做大做强的关键。缺少了这一步，冰泉将很难快速做出规模和效益。易总希望我和团队好好沟通一下，用真心去激发团队的事业心和进取心，让团队振作起来，减费用，提效率，用新的精神面貌竖起静享的大旗。

11 月前后，我每天都在想，也试图和团队深度沟通，但是团队心如止水，我无法激起他们的波澜。

几经抉择，我最终还是选择调整项目，将原有的战略进攻改为辅助性发展。

我和龙工、郭工进行了深入的谈话："我们的项目现在遇到了问题，可能要暂停了。"当我直接说出这句话的时候，他们脸上没有惊讶。

"公司为什么不坚持了呢？是因为费用吗？还是因为对电动牙刷的未来没有信心？"龙工想了想，还是问了一句。

我想了想，决定还是实话实说："说句实在话，从工作能力上讲，你们无懈可击。从工作专业度上说，你们也非常专业，都是行业领先甚至顶尖的水平。但是你们没有进入创业者的角色。你们前期的职业经理人精神或者在外企的职业方式，决定了你们更重视工作，而不是工作的成败和工作的效率。你们更重视工作中的自我满足，而不是公司成长与成功。这一点我的感受很明显。你们自己看看，无论是费用预算还是工作成果，冰泉公司都难以继续支撑下去了。也许是冰泉的庙太小，也许是我们启动项目的时机不对，所以我和各位投资人决定暂时中止这个项目。”

等我说完，郭工想说什么，但最终没说。他们默默走出我的办公室，我也只能叹息一声。

的确是这样，他们无法融入冰泉的企业文化，他们内心的自傲决定了静享公司的管理处于自我循环的小圈子里，每个人做着自己的事，过着自己的日子，领着自己的工资，而没有想过冲锋、进取，更没有想到公司面临的危机、竞争，缺乏企业主人翁精神。

我是一个心软的人，也是一个真诚的人。在他们离职时，他们和静享团队都提出了相对应的人事赔偿要求。我并没有用创业的所谓的投入来压制他们，也没有用项目合作的理由来推脱。这也证明了，一开始，他们就没有进入老板的状态。我不愿意让跟随我前进的人吃亏，所以我没有让他们承担任何责任，只是合理地解散团队和让他们离开。

我把静享公司的技术基础和产品开发事项转交给了冰泉市场部，由杨卓宝来承接后续的工作。虽然与静享公司的合作暂停，但是冰泉电动牙刷还是要做，可以作为一个高客单的辅助产品。在适当的时机，我们再去进攻。

通过静享公司，我意识到，认清自己，调整自己，认清团队，人才配套，才是找到企业经营最好状态的一种方式。

5. 线下渠道新模式

开半年度会议的时候，我和销售部门分析市场现状和疫情情况，做出了一些策略调整。线下的生意复杂烦琐，计划没有变化快。在第四季度，我再一次和刘奇商讨如何更好地做出应对。

没有调查就没有发言权。我和刘奇走访了十多个城市，拜访了十多个经销商。我需要听到他们的声音，知道他们对一线市场的看法，需要更多实用、实效的经营建议。

三位经销商的话给了我很大启发。

福建经销商王勇一直是一位智者，他说："现在的营销就是要在流量短缺的情况下抢资源。谁抢的资源多，谁就占据市场主动权。我们要主动找采购，知道他们想做什么，我们能够配合他们做什么，根据他们的需求来配套促销活动才是最容易获得资源的。"

得资源者得天下，王总说得非常精辟。其实，冰泉也应该思考如何顺应卖场变革的需求，去支持各种配称的促销活动。

厦门盛都（化妆品代理公司）经销商李涯则说得非常直接："现在做生意，促销资源有限，我们要想做好，不是集中所有的品牌，而是要在品牌组合上创新，把国际的、传统的、新兴的、时尚的、低价的各种品牌组合到一起，我们就能形成合力，而不是相互对冲。我必须升级代理，让更多能激活公司的品牌加入，同时淘汰那些同质化的品牌，这样才能越做越好。"

李总是行业老炮，讲话一针见血。他的一番话，让我们更有信心。这不正是说明冰泉这样的年轻化、时尚的新品牌能够满足经销商升级的要求吗？

江苏经销商陈辰原来是多润发的采购负责人，后来自己创业。在大卖场的经营上，他告诉我们他的独特做法："现在的促销不再是搞大堆头，也不再是搞超低价了，讲究的是新场景、新内容、新增值。我们不能为了卖产品而搞促销，而需要用精致的陈列形象、更生动的促销内容、更加有增值的促销服务来打动消费者，让消费者感受到你的新奇特，感受到你的超值回报。比如，我现在在很多大卖场搞促销，就会做增值的美甲服务，还有各种精致的小体验。新零售讲究的不仅是线上线下的互动，还讲究让消费者愉悦、轻松、快乐地体验。"

陈总毕竟是卖场管理专家出身，见解非常独到。冰泉在他代理的华东各个大卖场就做了特别多的精致小资的陈列形象，也做了很多非常精美的异型堆头，参与了各种各样的花式促销，活动效果也特别好。陈总其实是告诉我们，促销活动是从消费愉悦出发的价值驱动。这也深深触动了我们。

通过拜访经销商，我和刘奇再一次深度分析和升级了线下管理。在线下渠道，冰泉一直是新锐行业的一枝独秀，具有相对成熟的管理能力和经验，有明显的策略。

冰泉在新兴渠道做领导者，在年轻化渠道进入主流，在传统渠道占位，在机会渠道把握。

做新兴渠道的领导者，是冰泉用流血流泪流汗的战斗换来的。

在新兴渠道，我们是第一个吃螃蟹的。因此，在冲锋的同时，我们也面临着很多试错成本，虽然有着机会的销量红利，但是投入巨大。冰泉的影响力和声势都是依靠新兴渠道领导者的地位打出来的。在进攻中取得主导地位，我们既交了很多学费，又要在守住市场地位中建立持续成功的竞争壁垒。

因此，在新兴渠道比如沃森氏、千宁等，我们一方面紧密配合新兴渠道的创新，另一方面也坚持加大投入去实现冰泉更好的发展。用一句白岩松早年说的话来说，就是“痛并快乐着”。

年轻化渠道体现的是产品年轻时尚化，因此需要我们拥有持续的创新和应变能力。

目前，国内各种年轻化的化妆品店发展很快，传统的百强连锁店在做形象变革和产品变革，以购物中心为主战场的潮流店，如五福、CC、WARY 等则形成了一股新势力。年轻化渠道的特点就是好看、好用、好玩和有趣，对商品的生动性要求很高，对商品的自选率也很高。冰泉必须不断适应，不断有新的产品和推广模式。各种新品牌层出不穷，竞争非常激烈，也需要我们快速应变。冰泉在年轻化渠道的经营虽然还算成功，但仍有强烈的危机感，一步一步走来如履薄冰，如临深渊，小心翼翼地努力前行。

在传统渠道占位其实有点痛苦。我们不做会觉得可惜，做了又感觉难受，因为传统渠道的改变和颠覆需要一个过程。

传统渠道是大卖场、连锁超市和小超市。超市曾经是口腔产品的主战场，占据了 70%以上的市场份额。随着消费升级和渠道变化，超市的市场份额不断下降，但是主导地位依然存在。在现在的超市，口腔产品的促销员比洗发水还多。各个传统厂家都以守住超市作为生意的重点，大投入，大促销，大活动，花样层出不穷。在商超，传统品牌有着天然的优势积累，强大的竞争力和销售力，使我们无法与他们正面抢拼，不得不寻找各种战机。可以说，冰泉作为口腔界的后辈，在商超战场处于夹缝中求生存的状态。我们搞促销的投入产出比肯定比不上传统品牌，产品的时尚精致和个性化价值无法得到有效彰显。我们占位的同时其实需要更多的守位能力，需要花更多的时间来证明。商超其实也在变化，变得精品化、商品年轻化。在这种变化中，就有冰泉的机会。因为我们可以跟随变化、顺应变化，去实现价值升级的触达，从而实现在商超的成长。

机会渠道虽然有所把握，但不能形成销售的规模。

线下也有很多机会渠道，比如母婴渠道、便利店渠道、家居用品店渠道等。随着消费升级，我们可以去把握这些机会。但是，在这些机会渠道中，原有的口腔份额并不大，不能形成主流和规模，只能是生意的补充。

因此，从整体上来讲，冰泉在线下渠道既有格局，又有难点。格局是布局明确，策略清楚，难点是竞争复杂，动销不缓慢。

于是，我和冰泉线下团队提出了一个管理模式：场、货、人、促。

线上是人、货、场、术，结合人群的精准细分，做出对应的产品组合，形成不同的场景营销推广，制定不同的流量战术去实现销售突破。而线下的场、货、人、促，则是另外一个观点。线下必须以卖场的分类作为起点，在不同的卖场建立不同的产品分销标准，找到不同的人群定位匹配，再根据卖场、商品和人群建立匹配的促销模式，用匹配的促销实现动销和生意的持续。

于是，我安排刘奇和线下团队对渠道进行分类，分出产品分销标准，做出人群定位分析，做出各种促销方案计划和政策支持方式。这种重新填格子的管理方式，让线下的操作更加精准，让产品和渠道能实现更好的适应性，也能让各种促销投入更有实效。这样虽然不能做出大的突破，但至少能稳住基本的发展局面。

通过刘奇和团队三个多月的调整，我们的市场实操显示，方案是有效的，也进一步强化了终端销售的持续能力。

但是，也有一个大卖场发生了意外，那就是艾之玛。艾之玛曾经是中国最大规模的大卖场，凭借平价和特卖模式形成了强大的渠道影响力和销售力，是公平和合理的象征，是创新和灵活的代表。但是，近几年，艾之玛没有跟上时代发展。

卖场的陈列和形象过于老旧，产品促销的方式过于老套。对比其他大卖场，艾之玛的收费也越来越高，老品牌仅仅是活下去，新品牌却很难活得成。

在艾之玛，要不就是用费用换销售，要不就是产品白卖一场，还不够支付卖场的高额费用。我们在艾之玛也陷入了恶性循环。早期的家多福也有同样的困境，不过因为家多福结算和费用的混乱，我们从一开始就没有进入。

我们也曾经想推进艾之玛的线上渠道，并不断响应，但是艾之玛的线上经营团队基本上是不咸不淡，没有真正的线上经营意识，也没有强烈的线上管理欲望。他们的很多想法都不能落地，或者直接不了了之。也许是艾之玛的线上人员不专业，也许是他们本身就不重视线上。总之，我们在艾之玛的线上渠道也是一声叹息。

我开始不再看好艾之玛的未来。我认为，任何一个渠道，哪怕曾经是巨人，也要跟上时代，否则就会被时代抛弃。

再三考虑，我觉得冰泉目前不适合在艾之玛发展，决定暂时退出。这是冰泉主动退出的第一个渠道，而且是战略性渠道。这是一个选择，也是我们的经营策略。不能说这个选择是对还是错，只是对冰泉来说必须退出了。因为我们不能在一个渠道上做无谓的消耗，这是最基本的生意法则。只是这样做有一点对不起艾之玛的采购负责人 Loria，她特别重视冰泉，也将冰泉作为重点产品引进，而我们辜负了她的期望，也伤害了她对我们的信心和感情。

事后，我还专门给她发邮件致以歉意。朋友之间做生意，合作是快乐，不能够合作也不能留有怨气。

我特别重视线下的生意发展，也特别强调线上是冰泉成功的关键。虽然冰泉的线下占比只有 30%，但是，我认为，未来线上线下真正的格局是五五开。我和团队都必须从心里重视线下渠道，持续精耕，当然，也要寻找冲锋的战机。我坚信，冰泉线下经营会有厚积薄发的成功。

6. 管理的效率和人员的调整

随着生意的多样性和销量的快速成长，我从2020年开始就提出了要从管理要效益，要做降本增效，要做到两低两高：*低成本、低费用，高效率、高反应*。

低成本对产品非常重要。

早期，冰泉刚创业的时候，我提出必须做最好的产品，无论是原料还是包材、专利技术，都往贵里做，以贵为好。我认为贵的就是好的。这样其实走进了一个误区，因为好的不一定贵，贵的不一定好，同时因为以贵为导向，也导致供应商和生产商抓住我们的心理，报价往高了报。因此，冰泉上市的前一年多，产品成本非常不合理。

针对这个问题，我首先梳理和调整了原料配方，以好为导向，而不再以贵为导向，全面展开成本优化。在进行成本优化时，不降低使用功效，不降低产品品质，也就是优化的产品配方依然要经过冰泉200个人的试用团队盲刷后再确定方案。针对新配方，我们也和多个冰泉认可的优质工厂进行价格谈判，再一次降低成本。针对包材，我们也评估了多家供应商，选择质量好、价格优的企业合作。经过这三轮工作，冰泉2021年的成本得到了有效控制，从不合理到合理、合格、合适。更重要的是，通过采购价格谈判，我们重塑了供应链体系的布局，实现了更好的资源配置和整合。

低费用则是各项后台支持费用。

后台支持费用主要是物流快递费用。讲句老实话，我们的物流合作商还是我的老朋友顺通。我们和顺通的合作还算高效，但因为早期冰泉启动的时候，销售量并不大，合作没有价格优势。

2020年年底我提出降本增效以后，采购部门和供应链部门则在全国落实了以下三方面工作：

一是根据规模重新议价，重新布局物流体系。我们由单一客户合作转向两个客户合作，由单一华南仓配转向华南和华东同步仓配。重新议价降低了费用，而双生产和双物流客户布局也解决了工厂长途物流调配的问题，进一步降低了费用。

二是从细节管理上降低费用。我们的快递是根据重量收费，所以我们一方面需要确保主品费用可控，另一方面反向和营销团队沟通，在组品的时候主动研究对应的物流成本。

三是优化非牙膏合作公司。无论是牙刷还是其他口腔护理产品，我们以前都过于简单粗糙，议价时不够精细。通过多客户评估、比价，我们的非牙膏类产品成本同样得到了有效控制。

除了快递物流费用，我们还全面梳理和优化调整了大货物流，真正实现了可行可控。

高效率体现在流程和速度。

2021 年冰泉快速增长，所以老业务有了新要求，新业务又增加了要求，这些都要求我们提高效率。在初期，我们的流程很不规范，我临时拍板说了算；要不就拖拖拉拉，非常缓慢，甚至还出现流程和分工的纠纷，比如业务部门心急如焚，恨不得没有规矩，财务和物流部门则慢条斯理，不符合规定就概不执行。彼此之间没有形成流程的驱动力。针对这个问题，我们最重要的是在流程链条中明确了谁驱动、谁负责，有情况、早沟通的机制，大大加快了管理流程。

高反应则是管理的响应力和应变力。

管理中往往会出现临时性情况或者问题，比如计划突然改变，临时要调配商品，市场出现突发情况，甚至出现大的业务和管理问题。在这种情况下，我们绝不能拖，更不能等。

在实际操作过程中，降本增效的工作也让我们有了很多教训，积累很多经验，拥有了更加实效的供应链圈子。比如有的供应商虽然降低了价格，但是品质不过关，甚至偷工减料，降低工艺和品质。当出现这种情况的时候，我们一方面根据质量管控的要求拒收对应的包材和原料，另一方面也会将它列入合作黑名单。

有的生产商对我们的计划配合不紧密，或者响应能力很差，不能满足我们的货品生产要求。针对这种情况，我们会和生产商沟通，甚至和他们团队开会，将问题摊在桌面上，共同解决和改进，并制定明确的管理规定和要求，确保厂商拥有同样的效率。

当然，也有的供应商重利不重事，只顾自己的利益和回报。对于优秀并符合公司要求的供应商，我们会沟通和管理，通过磨合提升合作能力。对于那些认钱不认人的供应商，我们则限制性合作，不将它作为重点战略合作伙伴。针对能和公司共进共享的供应商，我们则将它列为重点战略合作伙伴，集中资源，长期快乐合作。

对于职能管理体系，我都是跟进，但很少管细节。我对管理有个认知：业务是龙头，是企业的发动机，公司的业务就是老大。只要符合规定、符合批文的，各职能部门就要围着业务转。职能部门要响应业务，做业务的服务员。只有建立这个意识，才能确保企业拥有强劲的发展保障和前进动力。

在管理提升的过程中，我们调整优化了两名管理层人员。一名是供应链的林小青。作为供应链的负责人，林小青非常专业，也非常注重细节和计划管理，但是缺乏沟通能力。她与其他部门对接各项工作时，往往容易发生矛盾和扯皮，有时候还搞得剑拔弩张，甚至直接发生冲突。

虽然管理人员的人际关系不是我们最看重的，但是好的人际关系才能让团队更加有合作力，更加有经营管理力。

最终我选择放弃林小青。从 7 月开始，我重新招聘了一名更加优秀的供应链负责人吴志杰。他是武汉人，在供应链领域有近 20 年的管理经验。我最欣赏吴志杰的是，无论遇到什么事情，他都不会手足无措，而是能快速找到解决方案，落地工作。重新规划供应链布局、物流快递费用降低都和他有关。我喜欢和干脆利索又有情商的人一起战斗。大家都很舒适，也能感受到勇往直前的活力。

另一名是负责内容营销的任盈。此前，任盈的内容营销部门和电商部门合在一起管理，但是因为策略不清，上下不同心，工作不落地，导致内容营销团队的管理多余又低效。安勇过来负责整体的电商管理以后，任盈就只负责单一的内容营销项目，也始终没什么成效。

任盈本身非常敬业，每天都会研究数据和趋势，但是她的工作始终没有上升到竞争意识和策略意识，只会抓日常管理。这样的工作是中庸的，而工作结果也不能让人满意。我的用人原则是：要么不用，要用就用好。而且只要用了，就要全力保驾护航，保证工作更快更好。当然，努力却没有成果的员工，公司自然也会选择优化。对于任盈本人的工作，我非常认可。她做事认真细致，但是在业务管理的高度和策略，以及团队管理的技巧上，都有所欠缺。也许是因为太年轻，也许是我给她的组织架构配置不合理。

我的管理风格是，将业务放在第一位，然后督促和紧盯职能，让他们能跟得上业务的工作节奏，能帮助业务跑得更好。也正是这种管理风格和习惯，让我形成了杀伐决断、行事果断的能力。这种能力的好处就是工作效率更高，但是这种能力的另一种表述则是刚愎自用，自以为是，过于自负。这也是我在某些重点工作决策上过于草率的根本原因。

7. 初见张波老师

下半年，冰泉的各项工作不断做出调整和完善。随着生意的增长，品牌推广的大量消耗，融资再次成为冰泉公司的一项重点工作。

这一次融资，我再次和星阳资本的黄总强调，一定要精准选择客户，确保效率和成果。也许是我的要求比较苛刻，也许是我与他们沟通时比较武断，我明显感觉黄总没有以前那么积极。她只是做了一个简单的融资计划，后续的沟通和陪同工作则是安排他们公司的小张跟进。

也许是黄总他们的客户资源本身就是以大平台或者供应链投资为主，所以这一次，我们还是遇到了同样的问题：我要求客户精准，但是实际上还是不够精准。当我和黄总他们有了隔阂，缺乏合作的热情后，他们推荐客户的积极性也下降了。

我见了第一波投资人，依然没有特别好的效果。这让我有点沮丧。我和黄总通了一个电话，想解开彼此的心结。我承认是我有点着急，工作风格过于强势，导致双方的磨合没有到位。黄总热情承诺说，后续再理顺一下拓展方案。但是实际上，她后续没有什么行动。

其实，我也并不是很着急，公司账上的资金还是足够的，只是我需要未雨绸缪，提前为 2022 年的发展做准备。

择日不如撞日，正当我在融资方面处于僵持状态的时候，说道资本的谢总正好来广州了。她这一次到东莞谈一个项目，正好有多余的时间来公司坐坐。

谢总和我是同年，都是“70 后”，大家的共同语言也就特别多。她第一次过来是一年前，那时候我们双方只是做了一个简单的沟通。后来我们和其他投资公司的合作速度很快，也就没有继续跟进合作。

这一次谢总过来，我特别重视。因为，我特别看重谢总的投资公司，不仅是因为说道资本在行业内的影响力，更在于她们公司有一个重要的合伙人张波老师。作为国内著名的财经大咖，中国经济和消费的深度洞察者，张波老师是我们这一代人心目中的偶像。

谢总和她的团队到公司时正好是中午，我们相约一起吃饭。

我们的办公地在老城区，楼下就是最著名的美食基地。我按照老广州的习惯，安排大家一起喝中午茶，让谢总她们尝尝广州西关的特色。

看得出，谢总很疲倦。投资人奔波于全国各地谈项目，费脑子又费体力，工作量可想而知。和谢总在一起，我没有像和其他投资人沟通时那样猛谈自己的职业经历、冰泉的发展战略，更多讲的是自己对新消费的看法。

我不太会泡茶，但是我中午点了菊普茶，一边泡茶一边和谢总说：“现在的新消费企业，必须有创新才有发展力。创新就是打破常规，实现多种重组和嫁接，就比如我们今天喝的这个菊普茶，本身就是菊花茶和普洱茶的结合，形成一个全新的品类。这个品类提升和扩大了消费需求。当然，这只是从产品层面来看。如果站在品牌层面，我也正好有一个例子。”

我一边讲着，一边顺势给大家倒茶，说：“我有一个在广东新会做陈皮的好朋友。他做了一款陈皮普洱茶，这个产品同样是创新的，火了一阵子。他做了以后，大家都跟着做，产品本身的价值也就不大了。后来他就想将这个茶做成快消的易拉罐饮品，在推出之前，来征求我的意见。

我给他的建议是，将名字倒过来，叫普洱陈皮茶。我告诉朋友，普洱茶遍地都是，但是陈皮茶你是首创，叫普洱陈皮茶，你就创新了一个品类，主打陈皮清咽利喉的功效。而普洱只是其中一个口味，未来你还可以以此推出绿茶陈皮茶、乌龙陈皮茶等。这样，思维就活了。我的朋友按照我的思路去做，果然取得了非常好的效果。”

我用这个真实的故事向谢总讲述我对产品、品类和品牌的看法，然后再讲我们的口香糖牙膏如何以同样的方式去价值定位，去做出自己的市场竞争力。

这一次沟通，虽然我没有和谢总讲太多冰泉发展的细节，但更多表达了我对新消费的观点和理解。作为同龄人，加上看过那么多快消品，看得出谢总和我有非常多的共鸣。

谢总回到杭州，就马上约我和她们公司另外两个合作人——王雄和张波见面。只是不巧，王总在杭州，张总在上海，我需要跑两个地方。好的沟通不在乎多跑，我毫不犹豫地订了机票，先飞到杭州。

说道办公的地方很有品位，是在西湖边一个半山上的一栋民国时期的别墅，而且是民国时期著名的张静江先生的别墅，特别有文化精神的一个地方。

王总和我年龄相仿，我们的沟通非常快速。在了解项目之后，他只问了我两个问题：一是问我如何与传统大口腔品牌湖南红药、黑客等竞争；二是问我对冰泉未来发展规模的看法。

其实这是一个问题。我站在品牌价值差异化谈竞争，站在新兴品类崛起、新兴渠道突起谈发展。这些都在我的心中，也是我实际所想、实际所做的。因此，我和王总的沟通也是非常愉快，非常顺利。

中午，我和谢总她们在办公室吃了盒饭，就赶火车直奔上海，去见我的偶像张波老师。因为张波老师正好在上海虹桥边上讲课，我们见面的地点就约在上海虹桥的一个酒店。

在火车上，我有点忐忑，毕竟，张波老师是全国名人，又是我崇拜的对象。我甚至有点怯场。但是，见到张波老师本人以后，一切就变得非常轻松愉快。

张波老师没有一点架子，非常随和，非常热情。当我从背包里拿出产品给他看的时候，他很惊讶，这也是牙膏？然后他静静地听我讲述自己对新消费品的看法。因为他的亲和力，我也变得随意起来，放开了，也放松了。

从品牌价值推动品牌持续成功，我讲了新青年、新媒体、新渠道、新消费、新模式，又讲了如何去建立价值叠加和价值沉淀，还大谈渠道的发展变革以及如何实现全新的人货场重构。我讲的内容既有自创的理论框架，又有实操的经验分享；既有实话实说的真实，又有趋势、优势的高度。

张波老师很满意，也很认可我的思路、想法和做法。让我感动的是，在我讲的时候，他还拿出纸和笔，记下我的观点。身为大师，竟然如此谦虚，这就是高度和境界。

张波老师是行业高手，也是见多识广的行业专家，是读万卷书行万里路的人。他认为冰泉公司经营的是好心情经济。他告诉我，冰泉的发展就是我们的消费从物质需求、功效需求，同时叠加和升级为心情愉悦的情感追求。这就是一种好心情的满足。他认为冰泉抓住了好心情这种情感愉悦的消费，建立了新消费的全新快乐品位和精致生活价值。

这又让我一下找到了冰泉品牌内容的新高度，深化和升华了冰泉品牌的新思路。和张波老师的沟通，不仅是我向他介绍冰泉，也让我收获了品牌运营的全新消费价值框架。

在分开的时候，张波老师说："我是'60后'，以前对新消费的一些做法不太认可。现在，我看到了更多新消费的崛起，就在于不断打破常规，不断建立消费需求的新维度。我非常认可这样的发展未来。要是以前，对于冰泉这样的品牌，我们肯定不想看。但是在现在，我觉得冰泉品牌就是我们要投资和发展的方向。"

听到张波老师对冰泉这么直接的肯定，我异常兴奋。从上海飞回广州的飞机上，我还激动不已，将张波老师关于好心情经济的一些观点赶紧记录下来。我必须把这些全新认知落实给团队，这也是冰泉内容营销的新高度。

8. 第三次融资完成

我和说道资本的沟通非常顺利。虽然黄总她们没有参与说道资本的沟通，但我依然将沟通的情况汇报给她们。后续她们又给我推荐了六九娱乐。六九娱乐是上市公司，著名的游戏公司，总部就在广州。虽然我不玩游戏，但是对游戏公司特别感兴趣，因为游戏受众人群就是年轻人，游戏本身也是一种流行的新消费。

黄总她们依然没有过来。现在我们的合作，她只是一个介绍人的角色了。我也不介意，自己动手丰衣足食吧。我直接和六九娱乐约好了见面。

在广州的金融城，整栋大楼30多层都是六九娱乐的，实力非常雄厚。我和杨卓宝到了他们的办公室，非常明显地感受到了年轻化的气氛。

六九娱乐的李宇总和张翔总两个人接待了我们，安排我们在会议室等待。这一次，他们董事长陈总和投资负责人梁总要亲自和我沟通。

董事长陈总进会议室的时候，穿着休闲短裤和POLO衫。从面相上看，他应该是“70后”，但是言谈举止非常年轻，甚至还有些跳跃。

听我介绍完项目，陈总问了我一句话：“你怎么想到做这种牙膏的?”

这样的问题我还是第一次遇到，赶紧回答：“我的想法比较跳跃，因为我觉得差异化不仅是功效和使用的差异化，还要从包装和颜值上有足够的差异化。我有一个观点，成功的品牌一定是听见名字有联想，看见包装有幻想，使用产品有感想。你看冰泉，听见名字就觉得泉水叮咚，充满想象力。看见包装后，一定会想这样的牙膏究竟是什么样的呢？这也是牙膏吗？就这样开始了幻想。真正使用产品以后，你会发现和原有的口腔产品完全不同，给人以更加清新香甜的感受，真正觉得符合自己对好产品的感受。从这个逻辑上讲，品牌就赢在了起点。”

我的“三想”说法逗笑了陈总和梁总。他们估计是没有想到我这么一个中年油腻男，居然有这么多年轻的元素。

因为产生了思想碰撞，六九娱乐对冰泉也非常感兴趣。陈总直接安排李宇总和张翔总做好后续沟通对接，他也喜欢上了冰泉。

融资工作的两次顺利又让我得意起来。我这个人就是这么感性，有点快乐的事情就不会伪装，听到歌声就会跳舞。

好事往往会接踵而来。虽然黄总她们不重视我们的项目，但是我自己会做好跟进计划。正当我计划如何做好这一次融资的具体落实时，我几乎同时接到了两个老朋友的电话。

一个是行业老同志赖总打过来的。赖总是日化行业的前辈，是国际美妆协会中国分会的会长，非常热心。当年我在澳洲出差的时候，经常去他的庄园吃烧烤。

赖总给我打电话就是帮我介绍投资人。他的一个朋友在广州做快消投资，也是这个资本的LP①，所以谈到新项目，他第一时间就想到了我。

另一个电话是我的朋友刘总打的。刘总是我在日化行业的资深兄弟，当年在宝生做销售，后来做彩姿总经理，现在在千立巴巴负责销售通的业务。刘总告诉我，他原来在宝生的一个好朋友现在负责投资，看中了冰泉的项目，希望能谈谈。

有好朋友就是快乐，有好事都能想到我。

刘总介绍的投资公司叫美可资本，名字很有特色。叫这个名字，是因为他们母公司在调味品原料方面几乎形成了垄断，中国70%调味品的原材料都是由他们供货，美味生活所以就叫美可资本。

赖总和美可资本的团队第二天就来了公司。美可资本的老板姓郑，一个非常开朗性情的潮汕美女。他们的投资负责人叫刘俊，是一名非常好学、热情的四川帅哥。

因为是朋友，所以我们在聊项目的同时，也聊到相互认识的朋友，其乐融融。非常巧，美可资本的郑总居然有一个和我非常相似的习惯，那就是每天写分享日志。在我的朋友中，能够和我一样每天坚持这个习

① LP：Limited Partner，有限合伙人。

惯的人，她是第一个。刘俊是汕头大学毕业，而我曾经在汕头美芳战斗过7年，还当过汕大的客座讲师，所以我们也有很多共同语言。

有时候，投资与被投资在于信任。郑总和刘总只和我们聊了两个多小时，就现场拍板，要加入冰泉的项目。这让我很感动。虽然他们后续也有投资尽调和评估流程，但是我真没想到，我们第一次见面就如此投缘，如此认可我们。

刘总介绍的资本是深圳前海的洛海资本，投资人叫洪杨，一个在宝生工作十多年的非常专业的投资人。我说他专业，不仅是在于他的投资领域，还在于他对日化行业品牌管理的深度与高度。

洪总和我见面，没怎么闲聊，所有的话题都是关于品牌和营销，几乎是他在提问，我在回答。

我对宝生其实是有深刻的理解，因为我的师傅林中当年就是宝生的高管，还是宝生进入中国后第一个做高管的中国人。林总对我的影响非常深刻，所以我对宝生营销的OGSM战略思考、六大思维原则以及更广更深更强更好的四更销售理论，都非常熟悉。我的品牌思想也受宝生影响，所以我和洪总沟通没什么障碍。我有国际企业的品牌思想，有20多年的实战经验，我把二者结合形成的企业经营思路，也得到了洪总的高度认可，甚至洪总认为我是他见过的对中国快消经营认识最有高度的一个人。

洪总和我见面后，马上安排我周末与他的老板柯总见面。柯总是“80后”，言谈举止非常深沉稳重。在他的办公室喝茶，我还没怎么介绍企业，他就不停地提问，我就不停地回答。柯总对快消品并不是特别熟悉，但是我感觉他看的就是我对事物的看法、我处理问题的做法，以及我对趋势和驾驭企业管理的理解。他的问题都是方向性的，略带一点实际操作。这些内容对我来讲不是什么难事。我依然是怎么想的、怎么做的，就怎么说，不加任何修饰。在我看来，沟通本身也是一种缘分的碰撞。

不过，回来的路上，我开始想，自己的话是不是有点多，语气是否有些狂妄，是否不够慎重？第二天，洪总打电话找我要数据。他告诉我，他老板很看好冰泉项目，也有非常强烈的合作意愿，一切都水到渠成。

只要思想不滑坡，方法总比问题多，自己努力也有自己的成功。星阳资本的工作不给力，我就自己跟进，安排财务继续给对应的客户提供数据，继续配合尽调，继续由杨征律师沟通投资协议和合同。

顺利来时让人难以置信，也让我得意扬扬。这一次融资，我见到了崇拜的老师，也结交了非常契合的朋友。

这一轮老投资人也非常给力，全部都给予跟投，冰泉又一次收获了近亿元的资本注入。这一次，针对融资情况，虽然我对星阳资本有一定的看法，但是大家既然是合作，就要讲究契约，只要是她介绍的，哪怕是她没有参与沟通，该给的佣金，我还是照付。但是不是她介绍，并且她没有任何参与的投资客户，是我自己找的，也是自己全程对接的客户，我是不会给她佣金的。黄总自己心里也有数，当即表示没有任何问题，非常理解。这本身也合情合理。

我做事是有原则的，也非常讲道理，有什么情况我会坦诚说出来。合作就在于道理、合理、情理、在理。人与人之间相处，有时候要多一点理解和坦诚。话说清楚了，事就做明白了。我喜欢说在前面，做在后面，不喜欢做在前面，说在后面。

我不能够用情绪或者看法作为彼此合作的条件，前期我们的磨合不到位，但是并不代表她们不努力，我的看法并不见得就是她们真实的做法，其实每一个合作伙伴都是值得我们尊敬和认可的。

但是在第三轮融资合作后，我针对未来的融资框架和方向进行了调整，我还是喜欢和自己对胃口的客户同频共振，或者后续如果再融资我还是会自己亲自上阵，还是按照自己的风格去冲锋更有激情。

当然，通过融资合作，我也明白了一个道理，企业与企业之间的合作、人与人之间的交往，还是要互相理解、互相融合，形成彼此相似的合作理念。只有合群才能合作，只有共识才能共事，只有同心才能同得。

融资结束后，我和冰泉高管们又一起庆祝。在宴会上，我非常感慨地敬了团队。我再次告诉大家，这一次融资结束后，我既高兴，又忐忑，高兴的是冰泉能得到这么多资本朋友的助力，这是我们的骄傲和幸运。忐忑的是，我们必须对得起资本朋友的这份信任。大家都是朋友，我们绝不能辜负朋友，要对得起朋友。

我刚说完，大家都哈哈大笑起来。俊凯和刘奇举杯过来提醒我说，程总你每次融资庆功都讲这句话，每次内容几乎一样，我们都听了好几遍了。

我却很认真、很肯定地告诉他们，这不是啰唆，这是一种真实的感受。做人真实真诚才是最大的力量。我们要珍惜和守护资本朋友的信任。资本既是冰泉的动力，也是冰泉的压力。

9. 消费潮起来

业务顺利了，有钱了，我又想着做点大事了。

我说过，**品牌发展有四个维度：一是产品不断创新的组合冲击力；二是渠道不断拓宽的销售覆盖力；三是消费者推广沟通的内容渗透力；四是品牌制高点的广告力。前三项决定了品牌的基础营销能力，第四项则是品牌价值提升的核心力。**

因此，我想做品牌广告了，而且不是简简单单地做影院和互联网广告。我要做大屏的电视广告，而且要做有影响力的栏目广告。

产品、渠道和推广往往可以将品牌的水烧到90摄氏度，但是最关键的10摄氏度往往要靠大屏大媒体才能够将水烧开。这方面，我当年做美天、绿尚时，都有过成功的经验。

于是，我联系望风传媒，表达了我们想抓一个大媒体的想法。这个想法有五点要求：一是覆盖全国的有影响力的央视或者卫视媒体；二是覆盖年轻化、时尚化的娱乐或者消费栏目；三是符合冰泉品牌的调性和粉丝兴趣；四是有性价比，最好是花赞助的费用，行冠名的实质；五是时间点要在“双11”前后，要为“双11”赋能。

望风传媒是服务美天集团等日化行业的资深广告商，能最大限度地满足客户需求，为客户做好前前后后的贴心服务。

有生意做，什么工作都快。才一周，望风传媒就给我们选了三个栏目，让我们挑选。第一个是北方卫视的歌唱类节目，第二个是江扬卫视的直播类节目，第三个是东西卫视的国潮类节目。这三档节目的冠名费用都是数千万元，时间档和节目的调性都符合我们的要求。

我对卫视栏目广告非常有经验。我喜欢“四看”：一看节目在频道的重视度，有重视度就会有大量的宣传片；二看参加节目的嘉宾和成员，嘉宾决定了节目影响力；三看我们融入节目的充分度，能实现更多的二次放大；四看参与品牌与我们的契合度，多品牌参与就能形成多品牌共同放大的能量。

最终我们选择了东西卫视的《消费潮起来》，这个节目仿佛是为我们量身定做的。当然，它的性价比也是最高的。

冰泉正式开启了大广告模式，总冠名东西卫视《消费潮起来》。

我是一个特别热心又多事的人，东西卫视也是我的老朋友。启动节目制作的沟通时，他们还在为谁做节目总主持人而左右为难。当我看到他们的备选主持人中有张波老师的时候，我的个人意识马上迸发出来，我们要求张波老师来主持，这是我们冠名节目的一个条件。我将这个任务交给了望风传媒，笑着和他们总经理潘胜说：“作为甲方，我们必须有自己的强势要求。”

当然，请张波老师做主持人，我其实有自己的小算盘。张波老师是我们的投资人，他做主持人，肯定会更倾向我们冰泉，能极大提高我们在节目中的曝光度。同时，张波老师在渠道中有极大影响力，他做主持人除了能带给我们品牌更好的价值高度，也能极大地推动我们在各大渠道的招商拓展，这是一次绝佳的渠道广告。更何况，这还可以引发很多话题和内容营销的发酵放大。

一切都如冰泉的意。最终，东西卫视《消费潮起来》由张波老师以及脱口秀明星庞博老师共同主持。

我是一个花钱比较谨慎的人。冰泉投入数千万元在东西卫视冠名节目，我必须将各项工作做到位。

当节目合同确定以后，我做的第一件事就是召集望风传媒、东西卫视和公司的人员一起，开《消费潮起来》整合传播工作会议。在会议现场，我立马就提出了节目推广的十点要求。

第一，必须与节目组共同明确节目细节。怎么样才能最大化地把冰泉融入进去，既有曝光率，又有内容的渗透，以东西卫视为主。

第二，对于广告权益，把节目口播、硬广、压屏条、宣传广告等各个权益细节全部落实到具体操作，以望风传媒为主。

第三，节目现场的舞美表现、品牌展示、产品展示、舞台、主持台、嘉宾台甚至休息间等各种曝光方式的落实，由望风传媒负责。

第四，必须拍两个广告片：一个是冰泉市场潮流广告片；另一个是节目宣传广告片。冰泉广告片由我和杨卓宝负责，节目宣传片由东西卫视负责。

第五，做好参加节目的主持人和嘉宾在栏目中的各项内容剪辑和二次传播，并明确二次传播的规划，由望风传媒制定方案并落实。

第六，制定东音平台的节目和内容宣传方案，实现更大的节目和品牌影响力，由杨卓宝团队负责、东西卫视协助。

第七，做好节目中其他品牌商的联合推广，形成多品牌联动宣传方案，由杨卓宝负责、望风传媒协助。

第八，利用好节目本身的东音号，蓄势推广后展开直播卖货工作，实现更多的销售回报，由望风传媒负责、杨卓宝协助。

第九，做好节目本身在公司内部团队和经销商团队的宣传造势，由杨卓宝落实。

第十，制定一个节目的 KV 宣传物料，在线上和线下同步实现品牌和节目的关联，同步在各个电商、各大卖场借势传播。每一个电商页面、每一个终端陈列都要看到节目主元素。在条件成熟的情况下，我们还要开发《消费潮起来》的定制产品，由杨卓宝和各个销售部共同落实。

十点要求，十全十美。我多年精耕传统企业，有做广告的经验，这十点还只是基本功。

从上海回到公司，我自己写文案，跟进脚本，然后找一家公司拍广告片。我可能是日化行业内唯一会自己做广告片的老板，而且我做广告片还很到位。当然，成本会很低，自己干，什么费用都能省下来。这点功夫，真的要感谢我的老师叶国中传授的经验。

2021 年下半年，《消费潮起来》在东西卫视闪耀登场。

每一期节目录制，我都要求杨卓宝去拍摄现场，现场跟进和改进。

每一期节目播出，我都会盯在电视机前把整期节目看完，看节目、看广告、看内容、看宣传。我就像在看自己孩子的演出一样，一丝一毫都不敢松懈。同时，我还用手机拍下现场的精彩片段。如果发现细节有纰漏，我也会记录下来，马上落实跟进节目组改进，不断提升传播效果。

每一期节目播出后，我都会做一个星期的自媒体宣传计划和外部媒体传播计划，形成《消费潮起来》的宣传影响力。

同时，我们也做了各个媒体的二次传播，东音新媒体的短视频内容传播和直播，在渠道的宣传造势。

第一期，节目收视率全国第二。第二期，节目收视率全国第一。以后每一期都是全国第一。

由冰泉总冠名的《消费潮起来》取得了极大的成功。这是冰泉第一次大规模的电视广告，也是冰泉品牌影响力第一次达到一个顶峰。

冰泉品牌士气如虹，气势磅礴。冰泉在 2021 年“双 11”再次成为新锐营销的领导者证明了这一点。

11

第十一章 新起点和新征程

（2021年12月—2022年1月）

1. 战略会议

每年年底，我都会召开年度战略会议。在我的管理中有一个逻辑：凡事有方向，凡事有策略，凡事有计划。年度目标和方向确定了，就有了整体的工作思路。工作思路确定了以后，才能形成达成目标的策略，才能根据策略制定工作重点。只有明确策略和工作重点，才能制订每一个人的行动计划。如此，我们每年的工作就不会乱，每月的工作就不会虚，每天的工作就不会忘。

正是基于这个逻辑，我非常重视每年的战略会议。进入 2021 年年底，年度战略会议成了我最重要的工作。

战略会议分为两块：一块是会务；另一块是会议。会务是准备和筹备，是会议各项事务的后勤工作；会议是具体会议的日程，是会议的组织工作。我将会务交给黄俊凯负责，会议交给伍美君负责。

在会议启动的时候，他们和我商量，想将战略会议放在公司开，这样简单易行，还能节省费用。我想了一下，觉得战略会议必须有仪式感。磨刀不误砍柴工，该花的费用还是要花，于是要求团队将会议地点定在韶山。

韶山是我们中国人的圣地，是毛主席的故乡。在那里开会，既可以感悟毛主席的战斗革命精神，还能让团队拥有更高的境界。当然，也可以让大家在年底稍微放松和娱乐一下。

战略会议还是老规矩，开启动会定公司的年度方向和目标，做各部门的战略和策略规划，讨论战略规划，确定并落实战略规划。团队和我一起工作多年，在战略规划上大都轻车熟路。

我给 2022 年的战略规划定了四个字："量利而行"。这里的"利"并不是一个错别字，而是冰泉 2022 年的整体经营工作方向。2022 年，我要求团队继续追求增长冲量的同时，必须注重盈利能力，"量利而行"，有量有利。

有了精神，大家纷纷开始做市场分析、数据研究，按各自的工作目标制定相应的策略和规划。2021 年 12 月底，我们按计划来到韶山。会议的地点在韶山建国酒店，一个五星级酒店，档次很高，费用却不贵。我是湖南人，韶山不知道来过多少次。很多同事却是第一次过来，大家非常兴奋，开会的热情高涨。

这次会议，大部分投资人也非常关注，所以也派代表前来参加，想更多了解冰泉。或者说，他们也可以在战略会议上给冰泉献计献策，助冰泉一臂之力。

第一天的晚宴，大家没怎么喝酒。我的房间却成了大家的讨论室。和团队都是老朋友，所以大家做完会议准备工作后，会到我房间聊天。

刘奇更是一直坐着不走，一直和我喝茶，聊市场，也聊一些老朋友的情况。到了凌晨快 2 点，我开始催他回去睡觉，毕竟明天全天的会议，必须养精蓄锐。刘奇依然没有要走的意思。

“程总，我想了一下，有一件事还是要跟你汇报。”刘奇好像下了很大决心一样，终于开口了。

“什么事啊，搞得这么神神秘秘的。你我多少年的兄弟了，没必要这么藏着掖着，有话快说，有屁就放。”我继续用玩笑话撺掇他。

“是这样的，明年我儿子要高考了。他在怀化家里不是很听话，我老婆管不住他，所以我想多陪陪他。另外，我自己在长沙的公司现在的发展也不是特别顺利，想花更多的时间理顺一下长沙的公司。”刘奇憋了好久，终于说出了他想说的话。

“那你就多花点时间在长沙嘛，反正工作都有团队做，你指挥好就行。”我心里一惊，难道这小子要撂挑子。

“是这样的，我如果长期在长沙，就会耽误冰泉的工作。如果我不在长沙，我的私事又搞不定。所以我想要不就辞去销售总监的职务，让梁铁军来担起这个担子算了。”刘奇一边说一边看着我，他怕我生气。

我听他讲完，沉默了一会。刘奇老待在长沙，我的确不太喜欢。我总觉得工作必须全身心投入才行。他自己主动提出辞职，我其实也没有意见。梁铁军也是我从美芳到美天的老同事，是销售的一员猛将。刘奇之所以和我提出辞职，的确是有现实情况，但是我觉得他更多的是担心他的股权如何处理。

这是一个棘手的问题。站在全体股东的角度来讲，他如果离开，就应该退出股份，我按照原始投资退钱给他就行。但是冰泉发展到今天，他是有历史贡献的功臣，更何况大家都是多年的兄弟。

我想了想，终究是感情战胜了利益。我直接告诉他："如果你实在是因为两边难以周全，那么离开我也没有意见。毕竟兄弟之间，是互相成就的，而不是强扭着的，何况现在公司整体发展比较顺利。你将工作移交给梁铁军管，我也没有意见。至于你的股权，我就继续保留，让你继续当公司的股东，拥有股东的一切利益，只是不在公司任职而已。当然，你的董事职务必须移交给黄俊凯。"

看得出，对于我的决定，刘奇很感激也很满意。也许他了解我为人处世的风格，早就预估过我的做法了。

第二天，战略会议如期召开，依然是我主持。

我围绕"量利而行"谈了如何在2022年冲出业务的量，做出全新的利。各个团队也发布了自己的具体目标、关键业务和策略重点方案。统一思想，步调一致，冰泉的战略会议让每一个人明确了新一年的制高点，明确了年度工作行动路线。

战略会后的晚宴是热闹的，黄俊凯特意准备了好酒。这一次我也放开了干杯。虽然我的身体不允许我放纵，但是一年一次应该还是可以的。

每一个人，我都敬了一杯，都给予了勉励。

因为明天没有具体的会议，安排的是去韶山参观旅游，所以大家都喝得尽兴。当然，投资人团队也成为我敬酒的重点对象。他们可都是冰泉的大财主，是冰泉长期发展和成长的贵人。

我特别宣布了刘奇只担任股东的事项，也公布了梁铁军担任销售总监的任命。刘奇拉着我的手，表示着感谢，不停地说："程总，你是我最大的贵人。我跟了你这么多年，收获很多。每次跟着你，我总是能够顺风顺水。这一次，我虽然离开了团队，但是你既然还让我做股东，我就会继续在冰泉项目上尽全力。我永远都是冰泉人。"

男人之间就是这样，豪爽豪迈是永恒。刘奇这次算是满意而归了。

当然，冰泉团队更是满意和快乐。会议开了，旅游团建了，回去各自开始落地了。

2. 叶国中老师走了

2022年的1月，工作时间比较短，因为过年比较早。年度战略要落地，1月份的工作要推进，还有年货节、假前工作部署，我的各项工作安排也比较紧凑。月初的时候，我甚至都没有回家，直接住在公司楼下的酒店，也忘记了刮胡子。整个人邋遢不堪。

1月14日，我如往常一样一早到公司写日志，准备一天的工作计划。突然，我接到叶国中老师公司总经理张成的电话，他告诉我一个惊人的消息：叶国中老师走了。

这简直是一个晴天霹雳。那一刻，我挂了电话，眼泪不自觉地流了下来。我是一个重感情的人，特别不能承受一些感情上的打击。而叶老师的离去对我真的是一个重大的打击。

我望着自己办公桌对面墙上叶老师写的字："用冲突创意冰泉"，久久不能平静和释怀。

叶国中是我的老师，不仅教给我很多营销创意，还极力帮助和扶持我的事业。他是我生命中的贵人，成为他的弟子，我始终非常骄傲。

2021年，我写了一本《冰泉攻守道》，还专门请叶老师给我的新书作序。其实，那个时候我已经知道了叶老师生病的消息。因为有上海瑞金医院的专家小组全程治疗，学生们对老师的病情还是比较乐观的，所以我不仅请老师给我的新书斧正作序，还请他为我的一个朋友写了一幅字。

现在，叶老师居然这么突然地走了！虽然张成说叶老师走得很安详，但是我想不通，人的生命为什么会如此脆弱？我不能接受身边亲近的人离去，常常会因此非常伤心。

2019年，我一个曾经非常好的手下，后来回重庆创业的黄伦因为急病走了。我当时到重庆吊唁他，也是泪流满面。

2021年，我在郑州的老朋友丁德因为车祸离去，当时也震惊不已，急忙赶到郑州，却无法面对自己这个事业上的老朋友西去。老丁不仅是我多年的同事，我和他还是师兄弟，有共同的师傅林中。我创业做冰泉的时候，老丁不仅参会为我站台，还马上与我合作并汇款50万元，这给了我们创业初期极大的支持，甚至在我们启动社区团购的时候，他也给了我们很多真实的建议。他的离去当时也让我彻夜难眠。

如今，我的老师叶国中先生也这么突然地走了，我在办公室无法正常办公，情绪降到了冰点。

晚上，我连夜写下一篇文章《怀念我的老师叶国中先生》。我和老师在一起的时光历历在目，和老师在一起的欢笑如在昨天，和老师在一起的故事难以忘怀。写完文章，我连夜订票去上海。我必须去送老师最后一程。

结果早上给张成打电话时，他却告诉我，叶老师生前要求一切从简从速，上午就会办完所有的后事，我过去的意义不大。让我后面等合适的时机再去叶老师家中拜祭即可。

没能送老师最后一程，我很遗憾，也特别愧疚，心情非常不好。不过，我写的《怀念我的老师叶国中先生》发布以后，影响极大，阅读量数万，还被各大媒体转载。这似乎也成为大家了解和怀念叶国中老师的一种方式，让我略感欣慰。

叶国中老师在行业的影响力是顶尖的。

作为中国创意第一人，他为2000多家企业做过品牌创意，帮助这些企业实现了快速的成功。传统企业、新锐企业，中央级媒体、卫视媒体、纸媒，都有很多叶国中老师的创意广告。他的离去，对行业来说，既是一个重大的损失，又是一个让人震惊的遗憾。

面对媒体的采访，我除了讲述老师的创意思想，还特别强调，老师虽走，但是创意没走；老师虽去，但是精神没去。叶国中老师开创了中国广告创意的新时代，这个时代带有强烈的叶老师的冲突创意色彩。叶老师虽已离去，但是他的冲突创意依然光芒万丈。

媒体铺天盖地地报道，行业的各个大咖也深深哀悼，甚至包括创意竞争的同行，包括那些曾经攻击过叶老师的广告人。似乎在叶老师离开的那一刻，拨云见日。

中国广告协会张华会长决定为叶国中老师举办一个特别的追思会，他安排人通知我参加。因为疫情，追思会在网上召开。中星电视台前广告中心林主任、北方大学新闻传播学院李刚院长、新闻主编周红老师以及国内众多的行业大咖、大型企业家都参加了追思会。也许，这是中国广告界有史以来最大也是最隆重的一次追思会。

我作为叶国中老师的弟子，同时作为企业代表做了发言。没有过多华丽的辞藻，也没有过多的歌功颂德，更没有矫揉造作和痛哭流涕，我只是用非常平实的话语讲述了叶老师在创意中的一些故事，讲述了叶老师对企业、对朋友、对弟子的为人处世的态度，讲述了叶老师创意的灵魂，讲述了叶老师真实自然的性情。

我的讲话有些超时，但我觉得自己是在用朴实的方式去表达对老师的怀念。我甚至想，也许老师在天上也听得见我们这些学生的悲伤。

当天晚上，谢文学、李建分、李剑安等几个好朋友知道我心情不好，特意过来陪我。正好刘奇过来办理离职手续，黄俊凯特意找了一个安静的地方，安排大家一起喝了一点酒。

高兴的时候喝酒是放松，忧伤的时候喝酒却是闷上加闷，特别容易醉。

我和兄弟们说，叶国中不仅是我的老师，更是冰泉创意的缔造者。冰泉的口香糖牙膏其实就是叶老师的奇思妙想。他的离去无法改变，但是对我们每一个人来说，更加需要珍重和珍惜彼此。

我告诉大家，我一直有一个为人的四知理念：**对人要知感恩，对事要知尽责，对物要知珍惜，对己要知知足**。其中，对人要知感恩非常重要。在这个世界上，我们只会遇到四种人：**好人、坏人、恩人、贵人**。好人处处有，生活是缘分；坏人会碰到，尽量要远离；恩人和贵人特别少，可遇不可求。恩人和贵人是一种缘分，我们要惜缘。叶国中老师就是我和冰泉的恩人和贵人，他虽然走了，但是我生命中对他的感恩依旧，因为时光永远冲不断这一份情谊和缘分。

兄弟们和我一起唏嘘感慨，陪着我喝酒，直到我喝醉。

我就是这样一个人，非常真实，特别不善于伪装。也许这样的性格不成熟，甚至成不了大事，但是我不会改变自己，保持自己的本性也是我对事业和生活的态度。

3. 快消的冬天来了

马上到春节了，大家都在为节前工作布置，紧张地忙碌着。

从 2022 年 1 月开始，国家突然对疫情防控收得更紧，一方面是因为各地疫情频繁爆发；另外一方面是因为国家在疫情治理方面进一步强化了一些刚性的措施。这是对人民生命和生活的保障，但也对经济活动带来了极大的冲击和影响。

本来 1 月作为开年起始，应该以开门红作为起点。但是，随着大量地方无法发货或者发不出去货，1 月的生意出奇地低迷，甚至可以说是近三年来的最低点。这对冰泉这样的初创企业来说，既痛苦又无奈。

生意数据起不来，原有的想法也大都无法落地，冰泉量利而行的量起不来，利更无从谈起。因此，在春节前，员工都盼着放假，而我，则极其郁闷和低落，恨不得不放假，继续找到生意突破的办法。

很多同行和我的想法一样，体量大的企业更加难受。

艾琪的老板李总和营销老总邵总是我的老朋友。我们节前约在一起聚一聚，大家一起研究和探讨 2022 年的生意方向。

他们两个也是日化行业的老兵，原来都是姿岚的营销高管，一个负责市场，一个负责销售，将姿岚这个国产彩妆做到了生意的最高峰。后来他们自己创业，打造了艾琪，让品牌迅速成为新锐彩妆企业的老大，销售额突破十亿元，成为创业领域内的大神级人物。

我们边吃边聊。艾琪的李总是一个风风火火的女强人，说话干脆利索，办事坚决果断，是个典型的贵州女汉子。邵总从营销基层一步步做起来，同样有 20 多年的实战营销经验，为人豪爽讲义气。对于优秀的人，我向来是非常佩服和尊重，尤其是他们的成功让我非常仰慕，非常想学习。

“程总，今年1月你们的生意怎么样啊？”李总说话开门见山，从不拐弯。

“我们情况很不好啊，现在有600多个地方发不出去货。流量下滑厉害，无论是传统电商，还是直播这些新兴电商，生意都是断崖式下滑。当然，线下就更加恐怖了，基本处于半歇业状态。我现在都愁死了。”我实话实说。

“艾琪虽然没受那么大影响，但也被冲击了。现在天亚、穆子琦停播了，我们跟大主播的合作也有所下降。加上你讲的疫情影响发货，我们也难受啊。”邵总马上做了一个补充。虽然他讲得有所保留，但是我听得出，大家的情况都不容乐观。

李总也悲观地接着说：“我看2022年的市场情况，短期内也不会好。疫情是客观原因，整体市场都处于流量重组状态，各个品牌又内卷严重，大环境会持续低迷。我觉得大家都要做好思想准备。”

“你们家大业大，不着急啊。我们冰泉毕竟规模小，受冲击特别大。年前我还想继续冲锋，现在看来，必须调整策略，保守一点了。”我说得有点恭维他们，但也是实话实说。

李总一阵苦笑：“企业摊子大，调整更难，船大难掉头啊。对了，我看了张波老师年终秀的直播，张波老师对冰泉很是夸赞啊，还专门提出了冰泉的好心情经济。张波老师都这么看好你，你做得牛啊！”

“张波老师那是鼓励我们。他的年终秀讲得非常精彩，我组织团队学习了好几遍。无论是他讲的当前中国的八个经济周期变化，还是全行业在2022年的经营思路必须围绕着先站住、再站高，先活着、再活好去做，我都觉得特别有道理。我们现在不能再冲了，要考虑如何在市场形势不好的情况下站住和活着再说。”对于张波老师的年终秀，我可是全程学习并做了记录。因此，我对张波老师对经济和行业的分析理解得比较透彻。

“有道理。2022年的情况就这样了，只要我们自己能够去面对和调整，也能活出自己的精彩。年年难过年年过，年年过得都不错嘛。”邵总一边说着顺口溜，一边大笑。

大家继续喝酒，探讨行业产品、媒体、渠道等方面的变化，彼此分享，彼此学习，共同干杯，也共同放松。

他山之石，可以攻玉。我想，面对这个市场情况，我们必须及时做出应变了。

春节放假前，我及时停止了某些非常规的费用投入，也叫停了原定的一些整合推广项目。过完年，我们再从整体上理顺思路，重造战略。

1 月底，春节假期开启，我依然雷打不动回湖南。去年过年，我因为疫情待在了广州，今年无论如何都要回去享受亲情的温暖。

心里很温暖，但是这个春节却实在有点冷。在湖南，一直下着小雨，还下起了大雪，阴冷阴冷的。因为天气冷，也不想出去，我猫在善化老家的屋内烤火，从难得的紧张中放松下来。

老爸过来教育我。他说："不要那么努力工作，要注意身体。一切都有天数，犯不着那么拼，也没有必要那么投入。做企业能够成功就成功，不能成功就算了，不要给自己那么大的压力。"

父亲 70 多岁了，想法也变了。他没有以前那么威严和说一不二了，更多的是对儿子身体的关心，对儿子生活的关注。在他的心中，什么事业都是空的。到了他这个年龄，似乎很多东西都看明白了、看通透了。

老妈则不同，她老人家总觉得儿子是最优秀的，儿子做什么都是对的。在她的心里，孩子们都是她的骄傲。她不教育我，却总是教育孙子孙女，要他们理解和体谅爸爸，多关心爸爸。我已经习惯了老妈的啰唆，但是我儿子和女儿却被奶奶念叨得烦了，时刻躲着她。他们还是小孩子，根本理解不了奶奶的苦心。

父母不知道我自己创业的情况，也不知道在这个寒冬，市场也进入了寒冬。要是以前，这个春节我会继续看数据，继续分析和研究，继续制定工作的新思路。我的骨子里就是一个工作狂。但是今年春节，我没有打开过电脑。也许，我是真的想放松一下，也许是没有太多的想法，也不知道应该有什么想法。

春节的同学聚会，是我们这些老同学的常规项目。这次是新程银行的聂铮请客，杨博、肖玲、彭灵、马新、刘亮、张星伟等老同学都来了，在云省当市长的左威、中星十五局华南区老大章文也回来了。大家的想法估计和我一样，去年没有回来，今年必须回来放松一下。

我们同学聚会基本上不谈工作，大家都比较真实，也没有什么人攀比和装腔作势。我们都是简单直接的朋友，性情相同，习惯相近，喝点小酒，吹吹牛皮，讲讲笑话，发自内心的轻松。

虽然我们不谈工作，但是也会聊聊事业。和大部分从商的同学交流下来，我觉得 2022 年的经济低迷是注定的，大家都不好过。

大家觥筹交错，好不热闹。同学们带了一个不好的消息，另外一个同学刘海生病了。他是我特别亲近的好友，不知道为什么得了皮肤肌肉萎缩症。这是一种特别麻烦和难熬的病。肌肉萎缩会导致行动不便，而且从长远来看，很难治好。我的心情很沉重，第二天就赶到刘海家中看望他。自己拿了一些钱出来，又组织同学们去看望和帮助。在我心中，只有同学遇到困难的时候，你的真心付出才是值得珍惜的同学之情。人与人在一起，一切都是缘分和情分。

这个 1 月，天气很冷，经济很冷。虽然有春节家中的温馨，有同学聚会的快乐，但是我在行业的起伏中，对事业特别感慨。通过刘海同学生病这件事，感觉人生特别无常。

事业我们要冲，但不能只凭满腔热血，也要审时度势。生活我们要有，但不能那么随意随便，我们也要保重自己。

2022 年虽然是一切行业的低谷，但又是另外一个发展周期的开始。向前看，向上看，一切都会好起来。

4. 经营思路的调整

2 月初回公司上班，大家又开始听我“念经”了。这一次，我没有告诉大家如何调整战略，而是要求大家集思广益，让大家想想面对下行的经济环境应该如何做。用众人智慧解决众人问题，才是实效管理。

年前时间太紧张，我没有去给美天的古总和刘总拜年，春节后必须补上。我给古总打电话，要和他见面聚聚，除了拜个晚年，也向他汇报一下工作，更重要的是想听听他对市场未来的看法。古总精耕行业 30 多年，总是有对市场的独特理解。

虽然古总是公司的重要股东，但他很少过问冰泉的日常工作，也从不干涉。主要是他本身在美天的事情很多，也比较相信我，对冰泉的投资还是比较满意的。

古总带了两瓶好酒，我们一起吃炒鸡。

这两年，古总自己做了一家白酒公司。他为人豪迈，也喜欢喝点小酒，正是这个热爱让他看到了酱酒市场的未来，把心思都放到了白酒这一个全新的大项目上，也做了一个新的酱酒品牌，有一个气势磅礴的名字：周庄。美天集团则是刘总和小古总在管理。吃炒鸡的环境不是很好，但是气氛非常好。天气有点冷，我们围着炒鸡的炉子，热气腾腾，温暖舒适。

“你小子，冰泉做得风生水起，当老板当得春风得意，今天要多喝一点啊。”古总说道。

“我酒量不行，况且身体也不允许自己放开了喝。但是老大今天在这里，我一切都听老大的，你说怎么喝就怎么喝。”虽然我离开了美天，但在我的心中，古总永远是我的老大。所以，我的言谈举止都对古总非常尊敬。

“和你开玩笑的，你不要喝太多了，免得我要对你负责呢。怎么样，你有什么想法，先快点讲。等会儿吃饭了，就少谈工作。”古总比较干脆利索。

我赶紧将当前的市场情况和形势简单汇报给古总，同时将自己准备转变思路，守住市场的想法也说了一下。

古总主动给我倒了一杯酒，慢条斯理地说：“整体环境是不好，全行业都一样，也不仅是你。你的想法和做法我都认可，只是我提醒你，你当老板的心太高，你目前的业务做得太多了，要发展的想法太大了，对自己的要求也太高了。你要将自己的姿态放低一点，欲望放小一点，这样才能真正沉下心去做调整。至于公司经营和市场管理，程英奇，你是高手，不用我来教你。况且你是个工作狂，还有什么事情做不好。”

古总的话简单明了，虽然没有告诉我什么市场管理的灵丹妙药，但是他那一句要将自己的心放下来，放小一点，却给我很大的触动。

晚上回到家，我在手机上写了八个字：**结构、巩固、规范、保利**。

2022 年，我必须将冰泉的战略由“量利而行”转向“为利而行”。古总说得对，在经济低迷的今天，我不能心太大了，既想销量进一步增长，又想盈利能力提高。我必须从心里认识到战略调整的重要性。

我必须调整业务结构，无论是产品，还是渠道，首先抓住盈利，其次根据销量去调整投入情况，提高盈利能力，砍掉那些费力又不赚钱的项目。我们必须从根本上去调整结构，才能够从根本上找到冰泉持续发展的支撑点。

我必须巩固现有的经营能力，在冰泉的优势产品、优势渠道做好专业化、精细化运营，放弃那些不切实际的幻想，放弃过多的想法和折腾，围绕优势去打造强势，去形成企业和品牌的沉淀。

我必须提升企业内部管理的规范化，优化组织架构，优化团队人员，强化职能管理，进一步降本增效。各个部门必须严控费用，要用拧毛巾的心态去降低企业的运营成本和费用，从管理上出效益。

我必须让团队的高管从业务管理者向企业经营者转型，让大家有利润意识、经营效益意识。所有部门建立内部核算管理，财务部门强化各项盈利能力的管控，建立利润目标和考核目标，让有利成为我们冰泉前进的基础。

当我自己完全想通的时候，我的心也真正放了下来。

我和团队再次召开战略调整会，再次统一了全新的“为利而行”的经营战略。团队很快理解了我的工作要求，也没有责怪我的反复，全部重新制定战略规划，目标再造，预算重造，业务结构全面优化，管理重点重新部署。

2 月这段时间，我有时候很自信，有时候很自责。

自信的是，我对整个市场的当前形势、发展趋势有清晰的判断，总是能把握住市场的脉搏，找到市场的方向，带领团队向正确的方向和思路走。

自责的是，因为自己太想将冰泉做得足够好，太渴望冰泉成功，导致我总是对自己不满足、对现状不满意，想做的事情太多，期待用更多的创新去推动冰泉。因此，2021 年到现在这一年多时间，我总是在折腾，总是想做大的，总是想搞快的。这种情绪和状态让我非常焦虑，往往会责骂团队，让团队无所适从。

这一次新的调整，其实是我内心和行动的共同调整。整体调整完成后，我和团队一起认真做了一次自我批评。

我批评自己的天马行空、好高骛远、朝令夕改、决策不慎重不严谨、管理不够民主，甚至我开始反思，自己在行业奋斗 20 多年，做了太长时间的企业高管，当了太长时间的职业经理人，所以总是以销量作为前进的理念，而在经营费用管理、经营效益的分析上做得远远不够。这是我管理的习惯性本能，也是因为自己没有完全做好自我转型，没有进入一个真正的创业者状态。

我想，自己要做一个彻底的改变，要从销量的虚荣囚笼里跳出来，做一个真正让企业盈利、让企业价值不断增长的经营者。我自己领悟深刻，但是团队工作没那么顺利。虽然重新制定了目标、预算、组织架构，但是我们 2 月和 3 月销售量降低，同时没有看到利润。这究竟是为什么？

3 月，我们还出现了人员的波动。

这一次达人直播的变动比较大。我重新规范了达人直播的产品机制和佣金，同时，决定撤销原来设在杭州的达人直播办事处，让团队全部回广州办公，强化日常管理的效率。

这个时候，柳骏提出了辞职。因为他家在杭州，不愿意离开。另一个非常重要的原因是他父亲得了重病，希望能有时间在杭州陪伴他的父亲。

我并不是一个不近人情的人，更何况柳骏是和我一起战斗了近 20 年的兄弟。我当初让他负责直播，让他从线下 KA 管理转型，就是希望他能有新的职业提升和方向，帮我守住直播这个冰泉的主战场。结果，他自己刚刚理顺，刚刚做出一点起色，就要因为搬回广州上班而离开。这实在让我无法接受。也许我是站在企业管理的角度而没有考虑他的家庭感受，我和柳骏通电话的时候，非常生气地说：“你难道需要 24 小时待在家里陪伴你的父亲吗？你在广州上班，本身每个月就有 10 多天在杭州处理业务，难道不能合理兼顾工作和家庭吗？”

柳骏被我的话镇住了，也许是我对事业的追求打动了他，也许是兄弟的情谊拉住了他，令我庆幸的是，最终他选择留下来和我继续战斗，当然我将达人直播销售部门迁移到了杭州，既可以贴近主播机构，又考虑了柳骏家庭的感受。

从这件事，我感受到团队管理还是必须将心比心，我们不能纯粹的为了工作而刚性管理，我们需要关心团队，也需要用心爱惜团队，必须做好团队管理和家庭生活的兼顾，这才是我们共同梦想的事业未来。

另外一个人是新兴电商的严锐，他和我提出离职的时候，我很惊讶。他的工作虽然近期遇到一些小挫折，但我整体还是满意的。他工作很细致认真，有公司整体的高度，也有担当，有责任心。虽然存在一些小缺点，但我整体还是很欣赏他的。

他离职的原因是想自己创业。我知道这是借口，但是我又找不到反驳他的理由。他要离开，十有八九是其他企业给了他更高的职位和薪酬。虽然我不能说自己是最好的老板，但我始终觉得，以严锐的性格，我和他应该非常有默契。但是在现实利益诱惑面前，我却没有挽留他的理由和能力，任何职业管理者都是需要尊重的，在一起是朋友，如果真的要离开，也是兄弟。

小严很负责，他还给我推荐了王志光过来负责新兴电商。志光其实也是原来美天的电商总监，负责时美未来，离职好几年了。他后来去了多个企业，脑瓜子很灵活，专业能力和管理能力都不错。

虽然小严找来了志光，没有让我们的工作陷入断层，但我对他的离职还是非常遗憾，甚至有点惆怅。

回归现实，我开始明白，我是创业者，我必须将其他人也当成创业者，这样才能共创共进共赢。

我不能责怪团队。我反倒在想，要想尽快上下同心同欲，形成持续的共同战斗力，真正要思考的是如何让团队和我一样拥有创业的心，如何让他们从身份转型到内心转变，直至管理行为的改变。只有这样，我们才能够实现共同的发展成功。

5. IPO[①] 规范和股权改革

2022 年其实是我的本命年，我属虎。老虎不发威，是为了让大家都能够像老虎一样。3 月以后，我就在思考如何让团队真正虎虎生威。

我有一个大哥，也是属虎的，3 月过生日，叫我去他家聚聚。

大哥是一个低调的人，在他家吃饭的人不多，正好一桌，都是湖南老乡和朋友。因为是生日宴又是家宴，气氛很热烈，大家纷纷敬酒，个个满面红光，酣畅淋漓。

大哥一方面感谢大家，一方面说自己快退休了，总算能够功成名就。在酒桌上，大哥提了企业管理的四层境界。

企业管理的第一层境界是做贸易赚差价。这属于中间商，也是剥皮商，上下游都不可控，虽然赚了差价，但是命运却掌握在其他企业手里，缺乏持续发展的能力，更没有品牌力和自主性。

企业管理的第二层境界是做工厂。加工产品，这个赚的是工业利润，通过产品的生产成本去输出他人需要的品牌产品，这样的企业做得好，能够形成很大的规模，当然也是规模出效益。如果规模不够大，就会慢慢在强大的市场竞争和内卷中被淘汰。如果跟不上时代发展，就算足够大，也是替他人作嫁衣，会因为市场的变化而被迫转型或者消亡。

企业管理的第三层境界是做品牌。做好品牌价值定位，根据品牌价值输出产品，做好消费者推广和沟通，做好品牌的沉淀和积累，通过品牌价值驱动实现企业的长期生命力。因为品牌有溢价能力，又是属于自己的品牌，所以这一类企业有足够的自主性，有强大的持续发展力，能够做得比较长久，也能够实现企业的基业长青。

企业管理的第四层境界是做资本。这样既具备品牌价值，又有企业

---

① IPO：Initial Public Offerings，首次公开募股。

和品牌的创新发展力，通过资本市场这个杠杆让企业有更大的资金能力，有更大的市场化空间，在市场竞争中站在制高点，由做大转向做强。只有强大才是企业价值最大化的体现，也才是百年企业的基石。

大哥讲这些话的时候看着我们，非常认真又非常自然放松。我听懂了大哥的话，也特别能感受到大哥在生日时给我们的金玉良言。他给我的启发不仅是一个管理的点，也是一个企业真正发展的系统性思考。

我必须让冰泉由品牌化企业向未来的品牌化和资本化结合的企业升级。我必须高屋建瓴，为企业建立一个全新的成功发展目标，而且这个目标不仅是我个人的梦想，也是所有股东、所有冰泉伙伴们的梦想。大哥让我明白，只有共建一个远大的有未来的有共同成功的梦想，才是共同的事业未来。

关于如何构建资本化的管理，我又迅速请教了所有投资人，大致摸清了资本化发展的关键要素和要求。其实，资本化本身也是投资人给我的要求。他们投资冰泉，是需要将来在资本市场获得回报和退出。

虽然2022年的年度战略调整是要将心放下来，但我觉得企业共筑梦想这个事，可以让企业全方位地同心同力。只有让企业建立资本化的规范和计划，我们才有自己全新的目标，也就是我常讲的成功梦想。让投资人能够看到一起实现这个梦想，让所有的员工，尤其是中高层员工共同在这个梦想成功中去分享实现企业和品牌胜利的成果。

因此，我们要建立冰泉IPO发展战略规划，建立企业员工持股计划。我相信，只有让企业有大成功、大收获的未来，让员工从企业的参与者转化为企业的拥有者，共同成为成功的共享者，那么，我们冰泉就能建立真正齐心协力的思想，进入真正奋勇前行的状态，战无不胜，攻无不克。

把企业比作一个人的话，那么原来每一个员工都是人身上的一根毛，这根毛说扯掉了就扯掉了，毛和皮的关系是临时短暂的。如果我让重点员工成为人身上的一块皮，那么我们的血肉就连在了一起。皮是不会轻易掉的，我和员工的关系就会融合在一起。

我觉得，我们2月和3月的工作做得不到位，原因就在于团队对经营理解得不够深刻，因为他们没有和企业成为一个整体，没有打通事业心。

有了这个全新的系统的、有高度的想法，我迅速开始行动，让财务部总监徐琳去统筹，评估和选择 IPO 战略规划合作机构。我始终觉得，越公平越公开，就越有效越有力。

通过投资人的推荐，以及我和财务的评估选择，我们最终确定了最合适的证券公司、律所和会计师事务所。

一切工作紧锣密鼓地动起来，前期尽调落实，知道现状，后期规范性管理落实，按照 IPO 的规范要求来。同时，我们也很快制定了一个五年 IPO 的整体规划。

虽然这个五年规划还很遥远，甚至我和证券公司的朱总说，我们冰泉现在是在上幼儿园的时候，就在考虑将来大学学习什么专业了。但是，我觉得一个企业建立战略目标，拥有战略梦想，才能站得更高，看得更远，走得更好。

在证券公司的协助下，我们迅速落实员工持股计划。对于准备持股的中高层员工，我也不和大家做虚的。我要求证券公司不要做期权，更不要做干股或者岗位股，直接做成实际的工商注册的股份。这样才会有实用效果。在我的心中，我对利益的分享是敞开的。我一直认为，冰泉成功才是我最大的梦想，而成功后的利益我不是独占性的，而是希望共同的付出实现共同的梦想，共同的梦想成真实现共同的收获和回报。我追求的是共进共赢。当然，对于企业的控制权我还是必须牢牢掌握的，这是证券公司设计股权的细节问题。

3 月，冰泉完成了全新的企业蜕变，我们从品牌型转向品牌资本型发展，从企业管理型转向共同持股型企业前进。企业战略和企业经营都站到了一个全新的高度，这将开启企业发展新篇章。

6. 召开股东会议

战略调整，公司变革，各项工作稳步推进。战略决定组织，组织支持战略，针对组织架构我也同步进行了优化升级。

我一直认为冰泉公司是以价值驱动为核心的组织体系，所以组织架构必须按照价值链来设计。

我作为公司董事长和总经理，负责战略全局和公司整体经营。在下面，我设计了八个销售和管理中心，一个总经办。为什么要设计成中心，而不是部门呢？一方面是出于业务和管理多样性的需要；另一方面我希望能实现以中心为单位的独立管理和独立核算的能力，每一个中心都是一个完整的作战体，都有自主驱动的经营能力。

品牌管理中心是价值塑造体系，继续由杨卓宝负责，核心职责是品牌战略规划、产品开发、技术研究、内容营销、品牌媒介推广和市场推广统筹。

各个销售中心则是价值传递和实现体系。

电商销售中心由安勇负责，主要的工作是M电商集团、京西电商集团、爱品会等传统电商渠道销售和推广，负责建立冰泉线上的品牌基础沉淀力和销售持续力。

新兴电商销售中心由王志光负责，主要的工作就是东音电商和蓝手电商运营管理，包括平台运营、达人直播和品牌自播三大板块。

线下销售中心由梁铁军负责，全面拓展线下的KA、商超、CS、母婴、便利店等多个渠道。铁军是老革命，也是一个非常敬业和专业的人。他从刘奇那里接手工作以后，很快就掌控了全局。

各个职能中心则是价值保障和持续体系。

供应链管理中心由吴志杰负责，这是我后来找的行业老革命。他有熟练的供应链运营能力，从供应链布局到计划管理、物流管理、快递管理都做得井井有条。

采购管理中心由黄俊凯负责。他做事很认真细致、踏实落地，负责原料采购、生产采购、行政采购各项工作，都做得很到位。

人事行政管理中心由伍美君负责，主要工作是人力资源和办公行政管理。她是一个工作细腻又用心的人，把工作抓得稳稳的。

财务管理中心由徐琳负责，她在公司整体预算管理、财税管理和费控管理上有丰富的经验。有她做财务把关，我很放心。

总经办由肖岚负责，她原来是《美妆日化》的主编，文字能力很强。我将她请过来，一方面做好整个公司的内外部公关宣传；另外一方面可以协助我做一些把关和协调工作，将我要求的各项工作督促落实到位。

战略和组织清楚，各项工作就能有条不紊地推进。

紧接着，我开始筹备另外一项重要的事情，那就是准备召开冰泉公司的股东大会。诸多的重大事项，我还是要和各位股东汇报一下。

本来，按照公司股东协议，重大事项只需要召开董事会即可，各位董事表决签字即可通过对应事项。但是，我觉得每一位股东都很重要，他们在冰泉投入了大量的资金，我有必要让他们了解冰泉公司每一阶段的发展变化。

做任何工作都要有计划，有条理，股东大会我也不能随意。我先写了一个股东大会会议内容和会议日程安排：公司整体战略规划调整方案、全新的组织架构和定岗定编、年度生意目标和整体预算方案、IPO 启动和员工持股方案、电动牙刷静享项目和社区团购项目终止说明。我将这些文件和日程分发给每一位股东，请他们先审阅了解。

我做工作还是比较周全的。在各位股东收到文件三天后，我又开始和他们逐一沟通，向他们传递我的想法，也听取他们的意见。

贝曼资本的意见很直接：一是要求冰泉公司必须走向盈利，必须做有回报的经营；二是希望我们能够强化产品的开发和创新，建立企业更有力的后续创新能力。

千度资本则告诉我们，收缩巩固稳定是正确的，从整体形势来看，资本市场的冬天已经来了，我们必须收紧银根过日子，不能再冒进，必须让企业沉下心抓经营。

华丰资本的易总非常认可我们的思路，但是他依然建议我们在电子类产品上继续蓄势，要有未来做大的能力。

其他资本包括老股东美天也都纷纷提出书面意见，重点同样是盈利、产品升级、IP 借势、渠道扎根和稳定团队。

我们的股东会议如期在网上召开，并顺利通过了各项文件。

工作取得了大家的认同，我再一次鼓起了干劲。工作就是这样，达到共识才能共事，合群才能合作，凡事大家的思想一致了，行为就错不了。

会议后，我又在自己的记事本上写下自己最喜欢的那三句话：

只要路对，就不怕路远。

走着走着花就开了。

付出必有回报。

有时候，信念比黄金还重要。唯有同心同德，才有同心同得。

我热爱冰泉的事业，我庆幸创业路上有支持我的股东，有愿意和我一起乘风破浪的团队。

7. 自我升级

每当工作进行到一个新阶段的时候，我总是会自我思考、自我反省和自我精进。这是我的职业习惯，也是自我提升的一种方式。

在做职业经理人的时候，我就告诉自己，要做一个有企业家精神的职业经理人，因为我要将企业的事业当成自己的事业，全身心投入，既要有企业家的责任精神，又要有职业经理人的敬业态度。而当自己创立了冰泉以后，我更多的是让自己的角色转型为一个有职业经理人精神的企业家。我认为，自己创业既要像老板一样有梦想，又要像职业经理人一样继续努力。这种角色的转换，让我在这二者之间形成不同的定位，始终保持一种前进和奋斗的状态。

在创业的三年多里，我有充满激情的时刻，有不断创新的理念，有谦虚学习的姿态，有兴奋张狂的亢奋，有患得患失的紧张，也有忧虑焦虑的失落，这些都会随着企业的起伏而呈现出不同的思想和情绪，也会随着市场的变化和企业的发展而反反复复。但是有一点，我没有改变，那就是始终坚持创业梦想向前走的理念，始终保持积极向前战斗的勇气，始终拥有企业经营理念和企业发展的价值观，始终和团队共同拥抱这个时代的未来。

在冰泉创立之初，我给冰泉的企业文化写下十二个字：**真实、利他、共享、奋斗、创新、共赢**。企业文化就是企业的价值观，而这个价值观是企业从上至下的行为标准。这个标准是我自己的言谈举止和直接表达。只有我自己拥有这个价值观，才能让团队共同形成企业文化的氛围。

为人要真实，工作要自律，合作要利他，事业要奋斗，前进要创新，未来要超越，这是我自己的理解，也一直在坚持和团队共同融入、相互影响着这种成功前进的精神。

三年过去了，我觉得自己应该更加成熟、更加淡定、更加坚定，也更加拥有企业担当。

我必须具备全新的高度。

所谓高度就是站在行业看类目，站在类目看企业，站在企业看明天。我必须始终了解市场的变化、行业的趋势、企业的状态、明天的方向。只有拥有高度才能让我们站得更高、看得更远，才能让我们统筹全局，拥有更大的格局，具备更大的视野，形成更大的发展。

我必须具备敏锐的市场洞察力。

在新消费市场变化的今天，我们不能先知先觉，但可以后知后觉，绝不能不知不觉。面对各种市场形态，我们要捕捉更多表象中认知的真相，知道市场的根本和核心要素，知道如何围绕渠道和客户战略转向，知道如何在数据中找到最精准的发展策略，知道如何应对各种竞争环境，如何找到冰泉更加有冲击力的发展路径。

我必须具备创新精神。

我对于创新的理解，首先是改变自己习惯性的本能。我们要跳出常规，跳出习惯和舒适区。张波老师讲过一句话，无论是“90 后”还是“80 后”“70 后”，只要你始终保持对这个世界的好奇心，就能驾驭世界的新未来，前浪后浪，各占沙滩。我非常认同这句话。对世界的好奇和兴趣、欲望是我们创新的原动力。我们只有积极了解，虚心学习，认识和接受各种新事物，才能真正找到属于自己的创新之路，让创新成为一种习惯。当然，创新并不意味着折腾，我们要从想做的、敢做的、能做的、要做的事情中找到自己该做的，要有拿来主义的精神，有精准创新的能力。

我必须具备管理能力。

管理就是管人理事，我要务实不务虚，真实不虚荣。

管人既是我的强项，又是我的弱项。我特别重视情谊，也特别希望团队、厂商、客户之间都能够形成融洽和谐、共赢共享的快乐，更希望彼此长久。我讲究真实、真诚，也讲究成人达己。这些，既是我们冰泉的企业文化，也是我一直坚持和坚守的行为准则。所以在行业内，我的朋友特别多。在团队内，我们都有很好的兄弟感情。

有时候管理就是仁不带兵，义不生财。这并不是说我们要不仁不义，而是说要知道何时仁义，何时要有管理的刚性和原则。

曾经有一个行业的大佬和我说过一句话，心软是成不了大事的。这个时候，我非常理解这句话的真谛。我不能将企业管理的担当和责任放到朋友兄弟感情上来，我不能将企业利益和发展放到随意和放纵上来，而是要具备管人的刚性和费控的理性，让原则和制度撑起企业内部团队，然后再用情义去融合相处的氛围。工作是工作，生活是生活，有管理的体系，才有生活的江湖。

以前，我过于在乎兄弟义气，而少了对管理的敬畏。未来，我必须去实现平衡和融合。

在管事上，我特别重视目标管理、计划管理、会议管理、日报管理和绩效管理。针对整个管理过程，我有自己坚持的逻辑和习惯。这么多年，团队也习惯了我顽固的、始终重复的、始终有自我管理理论支撑的管理模式。但是，随着企业的发展，这种管理的形式主义越来越明显，战略和策略不对应，策略和工作不衔接，工作和目标不对应，各种形式主义让我们的工作缺乏数据，缺乏主次，缺乏动力，缺乏驱动力。在这种状态下，我必须从上至下改进，一方面我必须强化团队的精简能力，让大家删繁就简；另一方面我必须让团队形成更加专业的管理能力，形成从上至下的管理效率，始终围绕目标前进。工作是要有成果的，是要做出自己的价值和成就感的，而不是看做了多少事。

我必须保持分享和负责任的精神。

舍得舍得，有舍才有得。我始终坚持要将企业打造成共进共赢共享的团队，始终坚持冰泉是大家共同的事业，所以，我推动员工持股计划，推动大家在工作中成长、在激励中前进、在成长和前进中成功。当我们冰泉的团队融为一体的时候，就能形成最大的合力，形成前进的最大动力。但是这种分享并不代表无条件和无原则，我必须让有能力分享和愿意来分享的人在战斗中同心同德，同心同得。

我一直认为企业责任和社会责任也是我们企业管理中的一部分。

我必须对企业负责，对员工负责，对企业股东负责。一个人的责任心就在于站在全局想大家，站在对方想共同。企业责任是一种担当和承担，也是一种以我为先的态度。只有自己具备带领团队奋勇前进、披荆斩棘、排除万难，具备逢山开道、遇水架桥的坚定前进信念，大家才会形成共同的主人翁精神，成为真正的事业共同体。

有社会责任也要有承担意识。企业不仅要有自我贡献，也要有社会奉献。无论是做中华全国工商联美容化妆品商会的副秘书长，还是化妆品质量管理工作委员会主任、中国口腔工业协会理事、广州海湾人大代表，甚至是哈尔滨商业大学、加拿大皇家学院校友会负责人，我都要积极投入和努力。负责意味着要付出，无论是付出精力还是付出物力，都既是个人的社会价值归属，也是企业价值的彰显。企业包括个人都是社会中的一部分，只有参与社会活动并承担社会责任，才能得到社会的价值认可。一家企业的成功不在于其企业规模多大，一个人的成功不在于其拥有多少财富，而在于在社会上积极奉献，真心付出，得到广泛认同和好评。

市场的发展变幻莫测，前路有机遇，也会有风险，有胜利，也会有挫折。我作为冰泉事业的领军者，必须更加具备坚韧的精神和态度。

我不能过于患得患失，不能过于小成得意，不能放肆张狂，不能遇事消沉，必须让自己的内心更加强大。当我自己强大的时候，就能有更加自信的勇气，无所畏惧，真正成为企业的主心骨，让团队和我始终保持事业的信念。在战斗中，我们迎接各种艰难挫折，正确面对各种艰难险阻；在前进中，我们迎接各种机遇挑战，推动各种创新创造。我们的坚韧会让事业有坚定的航向，不断扬帆起航，乘风破浪，最终到达胜利的彼岸。

不经历风雨怎么见彩虹，见到了彩虹必然有风雨。我相信坚韧不仅是一种能力，更是前进中的一种修炼。

三年前冰泉创业时，我是一种人生的状态，要做有职业经理人精神的企业家，要做有职业经理人精神的成功企业家！

三年后的今天，我觉得冰泉又将是另外一个开始。我必须拥有全新的事业精神，和团队一起实现新的成长。

这不是一种感慨，这是自我盘点的一次洗礼，也是我创业心路历程的一次复盘和升级。当我再次明白自己，找到一个全新的自己，我又开始在天空中展翅飞翔，在冰泉的事业中志存高远，砥砺前行。

8. 与时俱进新征程

回顾冰泉公司创立，从创意期，到线上势能期、线下拓展期、高速成长期、费用消耗期、融资助力期、创新领先期、调整优化期、再次发展期，每一个阶段都有让人兴奋的经历，而每一段经历也意味着冰泉在成长和成功道路上的快乐过程。

我热爱冰泉，也将冰泉事业和团队当作生命中最重要的一部分。

在冰泉创立之初，我写下了冰泉的使命和愿景。我们的使命是让口腔生活更加美好时尚，我们的愿景是做年轻新时代最喜爱的口腔品牌。

我始终认为一个企业的管理不是将事情做好，而是拥有共同的使命，形成共同的愿景，用共同的事业去收获成功。

既然我们的使命是让口腔生活更加美好时尚，那么我们就开创一个全新的口腔美好时尚的时代。既然我们要做年轻新时代最喜爱的口腔品牌，那么我们就要做出年轻化、高颜值，做出品牌和产品的生动化，让好看、好玩、好用成为品牌的主流。

冰泉不仅是在做一个企业，更是一股行业突破性的力量，是新消费、新趋势前进的力量。

冰泉企业要经营年轻。消费实际上是三个年轻：一个是年轻人；一个是中年人的年轻化；还有一个是整个消费市场的年轻态。年轻是一种全新的消费场景和理念，是一种全新的消费观念和价值。

所以，在冰泉的企业发展中，不仅以使命和愿景为驱动力，更重要的是研究年轻消费者，研究年轻人、年轻化和年轻态。品牌的调性、色彩、消费利益属性、产品、推广都围绕年轻进行。

无年轻，不冰泉。年轻让冰泉更加绽放。

作为一个既有传统品牌经营基因，又有新锐消费理念的企业管理者，我觉得企业发展的未来是品牌价值驱动。只有坚持品牌定位价值，让消费者知道你是谁，你做什么最优秀，你和他们有多贴近，才是经营的核心。

品牌价值不是一句空话，也不是一个口号，更不是一则广告，更多的是我们针对品牌价值塑造的思想点。

冰泉的基础价值是口腔产品的使用功效。我们必须从技术上确保美白、护龈、抗敏、清火等基本的口腔功效。消费者购买商品的基本理由是功效，我们只有解决消费者的问题，才能成为消费者的需要。因此，冰泉品牌价值的基本点是强化功效的研发和升级。但是基础价值是所有品牌共有的，冰泉的差异化价值才是成功的关键点，以口香价值定位作为自己强大的销售转化力。

年轻人更加重视口腔无异味、口味和香味，因此，冰泉独创的口香价值差异化，满足了不同消费者体会花式口香的需求，让自己喜爱的口香成为自己更加精致的口腔生活。这是一个个性化的价值叠加，消费者更愿意选择冰泉这些不辣又温和，还有各种花式口香的温馨的消费体验。

品牌是有灵魂的，因此，品牌不仅要有物质上的满足，还要构建亲近、自信的情感价值。

这是一个广泛社交的时代，在这个时代，人与人之间的距离非常重要。好的口气、好的口香会让生活更亲近，社交更自信，而冰泉的清新口腔、越刷越香，各种漱口水、口喷、美白牙贴等创新品类也融合了这种社交情感价值。

基础价值、差异化价值和情感价值构建了冰泉强大的价值驱动力，也让冰泉成为口腔新消费的未来。

品牌需要通过产品来表达，冰泉一直认为，好产品才能成就好品牌。

年轻化的好产品我一直用一句话来表达：**听见名字有联想，看到包装有幻想，使用产品有感想**。

好的品牌名字和产品名字，甚至给产品取一个让人记忆深刻的外号，总是能给人张扬又有活力的联想。**让人听到名字就能想象到你是谁，是产品成功的第一步**。

看到包装有幻想，消费者不再会为传统的包装认知埋单，那些符合消费跳跃性认知的、看到以后浮想联翩、能激发兴趣甚至幻想的包装，才能够激发消费者的购买欲望。

好产品的本质是好品质，因此，如何让科技支持产品力，让品质彰显产品力，在于消费者的使用体验感。能让消费者从使用中找到满意的愉悦，认可和认定你的产品才是真实的价值实现，才是产品持续复购力、竞争力和保障力的体现。

当然，冰泉的产品创新不仅是这些开发原则。我们也要坚持冰泉产品的多样化和丰富化，不断满足市场的变化和需求，不断创新卖点，在品类上突破和跨越。漱口水如何做大做强，口喷如何升级，甚至电子口腔类产品如何找到合适的时机去冲锋崛起，都是冰泉要坚持的产品之路。

对于产品，我一直非常反对极致供应链的说法。我们要有产品开发的速度和效率，但也要留有充分的时间，做出真正让消费者和市场满意和喜欢的商品。

我曾经说过，冰泉要想更好地成功，第一是客户，第二是客户，第三还是客户。因此，我们在与客户合作上要坚持共进共赢，坚持长期成人达己，坚持共享品牌胜利的果实。

对于上游供应商、物流商和生产商，我们要在确保互相成就的基础上，做好各项合作的规范管理、质量管理、信用管理，让客户有钱赚，让冰泉有保障，让生意更长久。

对于下游的经销商、渠道商和零售商，我们要在保障共同市场利益的基础上，坚持战略同步、度渠定做、同频共振、高效服务和快速反应，让客户从冰泉的生意中获得回报和持续回报，让客户通过冰泉实现更好的成长和成功。

客户就是我们的上帝，我们必须响应客户的变化，顺应客户的需求，与客户形成厂商价值一体化，也与客户在合作中更加有利有义有情。

生意好才是真的好，品牌和销售的推广才是经营的本质。冰泉的推广必须更加生动化。

电视大广告要结合时机，结合实际，要形成冰泉的空中力量，成就冰泉的更大品牌影响力。

新媒体内容营销要更有新场景，更有新消费兴趣驱动，更有消费渗透力和共鸣，与消费者谈一场轰轰烈烈的“恋爱”。让消费者爱上冰泉才是冰泉品牌的魅力。

线上营销的人货场重构，无论是传统电商，还是新兴电商，我们都要结合电商的流量做出持续增长的销量，与电商平台融合，用冰泉的年轻化、个性化做出电商的活力。

线下营销的精细化运营，从各种渠道变革中找到我们的顺势而为。无论是陈列形象，还是终端促销，我们都要从新零售中不断做出成功的新打法。线下营销在于不断积累，不断精耕，在策略上坚持，在动销上创新。

冰泉企业的成功，不仅在于战略、策略和工作，更在于我们优秀的团队。只有稳定而强大的团队，才能让工作落地，让企业前进，让未来成功。

组织架构、定岗定编、岗位职责、流程制度、薪酬激励、绩效管理、培训提升这些工作都是团队发展的基础，这些基础能让我们在目标、计划、过程管理中实现战斗保障和规范化的高效运营。

要想实现企业更大的成功，就要在使命和愿景中建立团队事业一体化机制。在建立冰泉未来伟大的品牌和资本化同步成功的同时，我们要做好团队共享共赢的股权激励，让团队拥有更强的主观能动性，让团队共同的梦想成真。

冰泉人，必须是一家人。冰泉的企业价值、员工价值、股东价值，甚至包括更多责任、付出和奉献的社会价值，构成了冰泉最好的价值成功体。

在这个多变的时代，我们不仅要埋头走路，还需要抬头看路，甚至看天，看遥远未来的天。

跟上时代的变化和步伐，与时代同步，与时俱进。

追上时代的变革和趋势，要顺应趋势，与势俱进。

团队始终坚持共同战斗，成就和共享，与士俱进。

活在当下做好每件事情，真实和务实，与事俱进。

这样，我们就能在冰泉的事业中变得更好、更强、更优秀，开始又一个三年、三十年、一百年的新征程。

这个7月的下午，微风和煦，天气正好，我的心中充满着骄傲和豪迈。冰泉是我的梦想，我始终在追逐梦想的阳光。

走出办公室，企业文化墙上的灯光映衬着每一个忙碌的冰泉人，那么真实，那么可爱。我想，这就是奋斗者的幸福吧！